# The Redemption
# of Time

관상지주

삼체
X

观想之宙

Copyright ⓒ2011 by 宝树(Bao Shu)
Korean translation copyright ⓒ2025 by SEOSAMDOK
Korean translation rights authorized with China Educational Publications Import & Export
Corporation Ltd. through ALICE Agency, Seoul.
All rights reserved.

이 책의 한국어판 저작권은 앨리스에이전시를 통한 저작권사와의 독점 계약으로
㈜서삼독에 있습니다. 저작권법에 의해 한국 내에서 보호를 받는 저작물이므로
무단전재와 복제를 금합니다.

# The Redemption of Time

## 관상지주

바오수 장편소설 | 허유영 옮김

삼체
X

류츠신劉慈欣 선생님께 바친다.

차례

연대표
9

프롤로그
10

상 : 시간 속의 과거
16

중 : 다도대화
122

하 : 하늘의 꽃받침
182

에필로그 : 프로방스
251

에필로그 이후 : 신우주의 기록
269

한국 독자들에게
308

# 연대표

- 위기의 세기 : 서기 201X년 ~ 2208년

- 위협의 세기 : 서기 2208년 ~ 2270년

- 포스트 위협의 세기 : 서기 2270년 ~ 2272년

- 전송의 세기 : 서기 2272년 ~ 2332년

- 벙커의 세기 : 서기 2333년 ~ 2400년

- 은하의 세기 : 서기 2273년 ~ 알 수 없음

- 파란별의 세기 : 서기 2687 ~ 2731년

- 647호 우주 예비 시간선 : 서기 2731 ~ 1890만 6416년

- 647호 우주 시간선 : 서기 1890만 6416년 ~ 서기 112억 4563만 2151년

- 말세의 세기 : 서기 112억 4563만 2142년 ~ 112억 4563만 2207년

- 신우주 시간선 : 서기 112억 4563만 2207년에 시작

※ 연대표의 전반부는 《삼체3 : 사신의 영생》에서 인용했다.
　관련 인물과 사건을 계속 반추하기 때문에 독자의 편의를 위해 추가했다.

# 프롤로그

## 말세의 세기 원년 0시 0분 0초
## 우주의 끝

옛날 아주 오랜 옛날, 어떤 성계…….

뭇별이 반짝이고 은하수가 웅혼하게 펼쳐져 있으며, 광대한 대우주에서 떨어져 나온 항성들 뒤에 셀 수 없는 생명체가 흩어져 있었다. 그들은 성계 구석구석에 몸을 숨긴 채, 생겨나고, 자라고, 꿈틀거리고, 몸부림치고, 죽고 죽였다. 이 멀고 외진 성계도 우주의 다른 곳과 마찬가지로 생명의 박동과 죽음의 비명으로 가득 차 있었다.

하지만 이 오래되고 광막한 우주도 이미 생의 끝에 다다랐다.

반경 100억 광년 안에 있는 항성들이 불가사의한 속도로 스러지며 문명이 하나씩 소멸하고 은하수도 연기처럼 사라져갔다. 모든 것이 마치 한 번도 존재하지 않았던 것처럼 태초의 허무로 돌아갔다.

이 성계에 속한 무수한 생명은 그들의 모든 투쟁과 좌절, 은둔과 살육이 더 이상 아무 의미 없다는 걸 모르고 있다. 더 광대한 우주에 그 힘을 짐작조차 할 수 없이 두려운 존재가 출현했으며, 그들 존재도 머지않아 사라질 것이란 사실을 그들은 알지 못했다.

억만 광년 밖에서 이미 사라진 은하의 희미한 빛이 아득한 암흑을 가로질러 와 이 외떨어진 성계를 비추고, 수신자 없는 편지처럼 흔적 없이 아스러진 옛 전설을 조용히 속삭였다.

억만 개의 뭇별 가운데 눈에 띄지 않는 어느 구석, 백억 광년 밖에 있는 '은하계'의 희미한 빛이 더디게 더디게 날아갔다. 절대다수의 생명이 육안으로 감지할 수 없는 이 희미한 빛점 속에 엄청난 전설이 되어 담겨 있다.

예원제(葉文潔), 딩이(丁儀), 장베이하이(章北海), 뤄지(羅輯)…….

에번스, 타일러, 하인스, 웨이드…….

홍안 기지, 삼체 조직, 면벽 프로젝트, 계단 프로젝트, 검잡이, 벙커 프로젝트…….

아주 오래된 이야기가 어제 일처럼 생생하고, 영웅과 성녀는 여전히 밤하늘의 별자리 속에서 반짝이지만, 이제 그 일을 아는 사람은 없고 그들을 기리는 사람은 더더욱 없다. 연극은 막을 내렸고, 배우는 퇴장했으며, 관중도 다 돌아갔다.

그러다 어느 순간, 아득한 암흑 공간 속 그 어떤 항성도 보이지 않는 스산한 구석에서 한 유령이 나타났다.

어슴푸레한 빛줄기 몇 가닥을 몸에 두른 그는 오래전 '인간'이라고 불렸던 생명의 그림자를 닮았다. 물론 반경 100억 광년 안에 이 '사람'을 알아볼 수 있는 다른 '사람'은 이미 없다.

유령도 그 사실을 알고 있다. 그의 세계와 종족은 우주의 한쪽 구석에서 흔적도 없이 소멸했다. 그 종족은 한때 휘황찬란한 문명을 창조하고 억만 개의 별을 정복했으며, 수많은 적을 무찌르고 장엄하고 위대한 서사시를 탄생시켰지만 이미 긴 역사의 강물 속에 가라앉았고, 역사의 강물은 시간의 바다로 흘러들어 더 이상 존재하지 않는다. 이제 시간의 바다마저 곧 말라버릴 것이다.

하지만 이 우주의 끄트머리에서, 시간이 흐르기를 멈추려는 이 순간에 유령은 이미 끝난 이야기를 고집스럽게 다시 써 내려가려 한다.

그가 암흑의 중심을 떠다니며 '팔'이라고 부를 수 있을 신체의 일부를 뻗었다. 그 끝에 달린 가지 다섯 개를 펼치자 은백색으로 반짝이는 작은 점 하나가 떠올랐다.

억만 개 별빛이 반사된 유령의 두 눈동자가 옛일을 회상하듯 은백색 점을 그윽하게 응시했다. 반딧불처럼 허공에서 너울대는 빛점은 언제든 사라질 듯 아슴아슴하지만 한편으로는 우주 탄생 이전의 특이점처럼 무궁한 가능성을 담고 있는 듯했다.

이 빛점은 아주 작은 웜홀인데, 어느 성계 중앙의 거대한 블랙홀과 연결되어 있어서 성계의 출력을 통해 에너지를 방출하고 있었다.

얼마 후 유령이 명령을 내리자 빛점이 은백색 선으로 바뀌며 끝없는 시간을 표현하듯 멀리 뻗어나갔다. 눈 깜짝할 사이에 백색 선이 2차원 평면이 되더니 다시 위아래로 둥실둥실 움직이며 부피를 가진 3차원이 되었다. 하지만 폭에 비해 두께가 미미할 만큼 얇아서, 3차원이지만 마치 우주에 펼쳐놓은 순백의 2차원 도화지 같았다.

유령이 도화지 위를 날며 두 팔을 펼치자 그를 중심으로 선선한 미풍이 일며 대기층이 나타났다. 그의 발밑에 있는 도화지가 미풍에 흔들리듯 물결처럼 너울거리며 주름이 잡히더니 금세 굳어져 산과 구릉, 협곡과 평원이 되었다.

그다음에 나타난 건 불과 물이다. 거대한 폭발음과 함께 순에너지가 합성된 수소와 산소가 공기 중에서 활활 타올라 불바다를 이루었다. 연소 작용으로 공기 중에 만들어진 물 분자가 응결되어 물방울이 생기고, 그것이 모여 거대한 구름이 되더니 막 탄생해 중력이 작용하기 시작한 대지 위로 폭우가 쏟아졌다. 지면으로 쏟아진 엄청난 빗물에 잠긴 낮은 평원 지대는 망망대해가 되었다.

바다가 생기자 유령은 큰 새처럼 바다 위를 날아 아무것도 없는 바닷가에 내려앉았다. 유령이 바다와 육지를 향해 양손을 뻗어 올리자 그의 몸속에 저장되어 있던 방대한 데이터가 순식간에 살아나 에너지를 흡수한 뒤 응축되어 실체가 되었다. 각종 생물이 회오리바람에 휩쓸려오듯 바다와 육지에 나타났다. 물고기와 고래가 조물주를 경배하듯 수면 위로 튀어 오르고, 파릇파릇한 풀과 나무가 깊숙한 대지에서 솟아 나와 길짐승과 파충류가 그 사이를 오갔으며, 하늘에 크고 작은 날짐승이 날아다녔다. 새로 탄생한 세계 위에 생명의 소란과 분주함이 나타났다. 각종 생명이 출현하고 숲, 초원, 호수, 사막도 하나씩 생겨났다.

이 모든 것을 끝냈지만 유령은 아직 뭔가 부족하다고 느꼈다. 깜깜한 하늘을 올려다보며 곰곰이 생각해보고 무엇이 빠졌는지 알았다. 손가락으로 하늘의 어떤 지점을 동그랗게 표시한 뒤 가볍게 튕기자 그의 손에서 나타난 또 다른 빛점이 그곳으로 날아갔다. 그리고 바로 그 자리에 휘황한 금빛 구체가 나타났다. 낯익은 태양이 나타난 것이다. 적어도 그렇게 보였다. 햇빛이 대기 중으로 퍼져나가자 하늘과 대지 전체가 일시에 환해졌다. 검푸른 하늘과 바다 위에서 빛이 비늘처럼 반짝였다.

새로 탄생한 빛이 유령을 비추자 그는 뿌듯한 표정으로 고개를 들고 오랜만에 다시 나타난 햇빛을 온몸으로 받았다.

아주 오래전 황금시대에 그랬던 것처럼.

햇빛이 그의 벌거벗은 몸과 털을 비추자 전형적인 인간의 모습이 나타났다. 그는 이제 어두운 유령이 아닌 '그'였다. '지구'라고 불렸던 오래된 세계에서 온 남자.

새로 태어난 세계는 오래전 그 지구처럼 익숙했다.

하지만 이것은 오래전 지구와 그 후에 나타난 수많은 인류 세계가 멸망하고 기나긴 세월이 흐른 뒤 이 우주 끝자락의 성계에 탄생한 새로운 세계다.

오랜 옛날 존재했던 대우주와 실제 지구에 비하면, 자신이 만든 이 세계는 작디작고 진짜도 아니며 보잘것없다는 사실을 유령은 알고 있었다. 하지만 그는 이 작은 세계를 창조하고, 이미 완결된 우주의 서사시를 계속 써 내려가려 한다. 그런다고 해서 이 우주가 진정으로 계속될 수는 없겠지만, 소멸이 얼마 남지 않은 지금 이 가짜 세계에 잠시 파묻혀 옛 태양의 노을빛을 누릴 수 있다면 그 역시 행복일 것이다.

"이것이 이 우주의 마지막 태양 빛이겠지……."

그가 나직이 중얼거렸다.

# I

## 상 : 시간 속의 과거

## 파란별의 세기 2년 : 우리 별

하늘엔 짙은 먹구름이 자욱하고 부슬비가 부드러운 안개처럼 오후의 호수를 감쌌다. 호숫가의 여린 풀이 미풍에 고개를 들어 달콤한 빗물을 흠뻑 빨아들였다. 풀잎을 엮어 만든 조각배가 호수 위를 떠다니다가 빗방울에 일렁이는 물결을 타고 기슭에서 점점 멀어졌다.

'세계의 끝으로 떠내려가는 것 같군.'

기슭에 앉은 윈톈밍(雲天明)이 무심히 주워 던진 축축한 자갈이 호수에 잔물결을 만들었다. 그림처럼 예쁜 젊은 여자가 곁에서 크고 아름다운 눈으로 조용히 그를 바라보고 있었다. 여자의 긴 머리가 바람에 흩날려 그의 뺨을 간질이는 감촉이 편안했다.

그 순간 윈톈밍은 대학교 1학년 때 청신(程心)과 MT를 갔던 행복했던 시간으로 돌아간 듯한 착각을 했다. 하지만 눈앞에 있는 연노란색 호수와 푸른 풀밭, 알록달록한 자갈이 시시각각 전혀 다른 시대의 전혀 다른 세계에 와 있다는 것을 상기시켜 주었다. 지금 그는 그로부터 7세기가 가까이 지나 300광년쯤 떨어진 다른 별 위에 있다.

다른 여자와 함께.

비끼는 바람과 가랑비를 맞아도 돌아갈 필요가 없다네*.

문득 오래된 시가 떠올랐다. 어릴 적 고전 시가를 중요하게 가르친 부모님이 억지로 외우게 한 시였다. 그런데 이제 그는 정말로 '돌아갈 필요가 없게' 되었다. 아니, 그 어떤 곳도 다시는 돌아갈 도리가 없어 이 외계 행성의 차디찬 비바람을 맞고 있을 수밖에.

생각해보면 이 모든 건 당연한 일이다. 윈텐밍은 스스로에게 물었다. 정말로 다시 청신과 호숫가에 앉아 종이배를 접을 수 있겠느냐고. 7세기가 흐른 뒤 다시 그녀와 나란히 앉을 수 있기를 기대하는 건 허무맹랑한 망상이다. 지금 이 순간 이족보행을 하는 동족이 곁에 있다는 사실만으로도 이미 대단한 행운이다.

하지만 이보다 큰 행운이 가까이 왔었다. 단 몇 시간, 아니 단 몇 분만 일찍 이곳에 왔더라도 700년간 헤어져 있던 여자를 만날 수 있었다. 7세기 동안 꿈에서도 그리워했던 사람을 만나 다시는 헤어지지 않고 영원히 이 작은 호숫가에서 살 수 있었다. 그랬더라면 지금 곁에 있는 여자는 그저 아내의 친한 친구이자 자신과는 무관한 다른 남자의 애인으로 남았을 것이다.

지금 그의 여신이 그에게서 불과 수십만 킬로미터 거리에 있고, 가끔 맑은 밤하늘에서 그녀를 태우고 이 행성 주위를 빠르지 않게 도는 비행선을 볼 수 있지만, 그녀는 눈앞에 있어도 닿을 수 없는 존재다.

그는 그녀에게 별을 선물했지만, 죽음의 선이 갑자기 확산되면서 그녀는 다시 이 행성에 착륙할 수 없게 되었다. 그녀가 그의 별이 되었다.

윈텐밍은 쓴웃음을 지으며 습관적으로 고개를 들어 하늘을 보았다. 오늘 하늘에는 비구름만 자욱했지만, 그녀가 그 위에 있다는 걸, 어쩌면 지

---

\* 옮긴이 주 : 당나라 때 문인 장지화(張志和)의 운문 〈어가자(漁歌子)〉의 한 구절.

금 그의 머리 위를 지나가고 있을지도 모른다는 걸 알고 있었다.

먼 하늘에서 시선을 거두고 고개를 숙였을 때 두 눈동자가 자신을 응시하고 있는 것을 알았지만 못 본 척했다. 등나무 넝쿨처럼 부드러운 두 팔이 그의 목을 감았다. 그가 잠시 따뜻한 위로를 느끼려 할 때 그의 목에 매달린 사람이 고금을 막론하고 지구와 은하계의 수많은 인류와 비인류 연인들이 수없이 주고받았을 질문을 던졌다.

"나와 그녀 중에 누가 더 좋아?"

"물론 당신이지!"

"어디가 좋은데?" 아이(艾) AA가 부드러운 말투로 추궁했다. "확실히 말해. 톈밍. 청신……"

원톈밍은 대답 대신 우격다짐으로 그녀의 입술을 가로막았다. 이 상황에서는 어떤 대답도 부적절하고 또 불필요하다는 걸 숱한 경험을 통해 알고 있었다. AA는 만족스럽게 키스를 받아들였다. 다시 추궁하지는 않았지만, 애교스럽게 원톈밍의 귓불을 깨문 뒤 성에 차지 않는 듯 그의 어깨를 세게 깨물었다.

깨물린 원톈밍이 비명을 지르며 그녀를 밀쳤다. 오래된 기억 속에 묻혀 있던 환각이 왈칵 쏟아져 나와 순간적으로 그를 휘감았다. 그는 숨이 가빠지는 느낌에 머리를 감싸며 괴로워했다.

"장난친 건데 뭘 그리 정색해……?"

AA는 원톈밍이 괜스레 예민하게 반응하는 줄 알았다가, 창백한 얼굴로 온몸을 떠는 걸 보고 또다시 끔찍한 공포와 섬망이 그를 덮쳤다는 걸 알아챘다.

"괜찮아?"

AA가 걱정스럽게 묻자 원톈밍은 겁에 질린 눈으로 숨을 몰아쉬다가 한참 만에 가까스로 말했다.

"당신, 진짜야, 가짜야?"

"그게 무슨 소리야?"

더럭 겁이 난 AA가 그를 끌어안으려고 했지만 그는 물러나며 몸을 웅크리고 경계의 눈빛으로 다시 물었다.

"진짜 사람이냐고. 혹시 날 속이려는 환각이야?"

심각성을 인지한 AA는 심호흡한 뒤 한 음절씩 또박또박 말했다.

"난 진짜 사람이야. 톈밍, 날 봐. 지금 당신 앞에 있는 나는 피부 한 겹, 머리카락 한 올까지 모두 진짜야. 이 세계도 가상이 아닌 진짜고. 톈밍, 여긴 우리 별이야."

"우리⋯⋯ 별?"

윈톈밍이 되물었다.

"그래. 그날 기억해? 여기 서서 청신 선생님을 기다리며 그들이 탄 비행선이 파란별의 궤도로 진입하는 걸 지켜봤잖아. 당신은 어린애처럼 웃으며 내 손을 잡고 청신 선생님을 어떻게 놀라게 해줄까 얘기했고, 당신도 가보지 않은 신기한 소우주에 함께 갈 거라고 했어. 하지만 갑자기 죽음의 선이 확산되면서 사방이 온통 깜깜해지고 태양과 행성과 항성들도 사라졌지. 무슨 일이 일어났는지 알았을 때 당신은 좀비처럼 미동 없이 여기 서 있었어. 눈물도 흘리지 않고 울부짖지도 않고. 그렇게 처절하게 절망하는 걸 보고 당신이 청신 선생님을 얼마나 사랑하는지 알았어."

"기억나." 윈톈밍이 넋 나간 표정으로 중얼거렸다.

"당신은 사흘 동안 물도 마시지 않고 잠도 거의 자지 않았어. 내가 그들은 죽은 게 아니라 다른 시간의 틀 속에 살고 있을 뿐이고, 언젠가 다시 만날 수 있을 거라고 말했지만 당신 귀엔 들리지 않는 것 같더라고. 사흘째 되던 밤 당신은 결국 울음을 터뜨렸어. 처음엔 소리 없이 눈물만 흘리더니 나중에는 목 놓아 오열했어. 나도 모르게 당신을 끌어안자 당신이 말했지. '이 별에 우리만 남았어요! 우리만 남았다고요!' 그때 내가 했던 말 기억해?"

"'이제 당신이 내 아담이고, 내가 당신의 이브예요'."

윈텐밍이 그때를 떠올리는지 눈을 감았다.

"왜 내가 그때 그런 말을 했는지 나도 모르겠어."

입술을 깨무는 AA의 두 뺨에 홍조가 떠올랐다.

"어쨌든 그날이 우리가 연인이 된 날이잖아. 그날 우린 절망을 벗어던지진 못해도 모든 걸 내려놓고 진심으로 기뻐했어. 다음 날 당신이 '이제 여긴 우리 별이에요'라고 했던 거 기억해?"

윈텐밍의 입가에 옅은 미소가 떠올랐다. "응."

"그럼 이제 말해봐. 여기가 가장 분명하게 실재하는 곳 아니겠어? 여기보다 뚜렷한 현실이 있을까?"

AA가 물었다. 그녀가 미소 지으며 윈텐밍에게 다가서자 그도 물러나지 않았다. 그녀는 윈텐밍의 손을 잡고 그의 품에 파고들어 심장 박동 소리를 들었다. 윈텐밍은 그녀에게 몸을 내어준 채 망연한 눈빛으로 앞을 바라보았다. AA가 그의 뺨에 가볍게 입을 맞추자 윈텐밍이 머뭇거리다가 천천히 그녀를 안았다. 그가 부드럽게 다가가 입을 맞추자 그녀는 그를 더 세게 안았다.

이 모든 것이 실재한다는 가장 원시적이고도 분명한 증거였다.

비는 멎었고 푸른 풀이 저녁 바람에 흔들렸다. 구름을 뚫고 나온 석양빛이 짙푸른 구릉 위에 금테를 만들었다. 지구에서는 결코 볼 수 없는 풍경이었다. 푸른 숲과 관목이 석양 아래에서 기지개를 켜고 일어나면 수천만 장의 잎사귀가 일제히 해가 지는 방향을 향해 몸을 돌려 태양 에너지를 흡수했다. 가끔 잎사귀들끼리 햇빛을 조금 더 받으려고 몸을 내밀다가 작은 다툼이 벌어져 사박사박 마찰음이 났다. 잠자리를 닮은 수륙양서곤충이 호수에서 날아올라 공중에서 춤을 추었다. 얇고 투명한 날개 네 장을 활짝 펼치고 푸른 풀에서 양분을 한껏 빨아들인 뒤 높고 가느다란 소리를 내며 짝을 찾았다. 이성이 이 소리를 듣고 비슷한 소리로 응답하면 둘씩 짝을 이루어 어지러운 교배의 춤을 추며 신성한 번식을 수행할 것이다. 이 생명의 속삭임이 한데 모여 파란별의 독특한 대합창을 만들어냈다.

새로 탄생한 이 블랙존의 중심은 외로운 두 이방인이 나타났다는 것을 제외하면 아무것도 변한 게 없었다. 서로 꼭 끌어안은 두 사람은 영원히 이 세계를 떠나지 못할 것이다. 하지만 상관없다. 수십억 년을 존재했고 또 수십억 년을 존재할 이 별에서 그들은 아무것도 아니었으므로. 그들은 호수 표면에 이는 잔물결처럼 아무 흔적도 없이 찰나에 사라질 터다.

윈텐밍이 지는 해를 보며 천천히 입을 열었다.

"내겐 이 세계 자체가 꿈 같아. AA, 아까 이성을 놓쳐서 미안해. 아직도 내가 꿈속을 완전히 벗어났는지 확신할 수가 없어. 꿈이 언제부터 시작됐고 언제 끝났는지도 모르겠어. 예전엔 이 모든 게 끝없이 계속됐으니까."

"끝없이 계속됐었다니 그게 무슨 말이야?" AA가 물었다.

"AA, 당신은 몇 살이야?" 윈텐밍이 물었다.

"기억 안 나. 400살은 넘었겠지." AA가 말했다.

"동면했던 기간을 제외하면?"

"그럼 스무 살이나 서른 살 정도? 정말로 기억이 안 나. 갑자기 여자 나이는 왜 묻고 그래?" AA가 입을 비죽거렸다.

"동면 기간을 빼면 고작 30대구나. 위협의 세기 기준으로 보면 아직 젊은 나이지. 내가 몇 살인 줄 알아?"

"한 700살쯤? 동면 기간은 나보다 짧을 테니까."

"아냐." 윈톈밍의 눈빛이 갑자기 노인의 그것처럼 보였다. "정신적으로 난 이미 수천 년을 살았어. 아니, 1만 년, 2만 년, 3만 년은 살았을지도."

AA는 그의 말을 이해할 수 없었지만 조용히 들어주었다.

윈톈밍이 쓸쓸하게 웃고는 말했다.

"당신은 모르겠지. 당신과 달리 난 대부분의 시간을 내 꿈속에서 살았어. 꿈속에서 수천 년, 1만 년을 살았던 거야. 위기의 세기 초에 내 몸이, 아니 내 뇌가 냉동된 순간부터 그 꿈이 시작되었어. 깜깜한 우주 속 영원히 끝나지 않는 꿈이었지. 물론 그중 절반 이상은 내가 만들어낸 환각이겠지만. 원칙적으로 절대영도에 가까운 뇌는 꿈을 꿀 수 없으니까. 그 후 삼체인은 꿈을 가장 강력한 무기 삼아 나를 자극하고 연구하고, 사용했어."

윈톈밍은 아무렇지 않게 평온한 말투로 '사용'이라고 했지만 AA는 소름이 끼쳤다. 그 단어 속에 감히 상상도 할 수 없는 쓰라림, 고통, 공포가 감춰져 있었다.

죽음의 선이 확장된 날, AA와 윈톈밍이 함께 살기 시작한 그날로부터 벌써 1파란별년이 지났다.*

두 사람은 서로 의지하며 힘이 되어주었다. 그사이 윈톈밍에게 조금 전과 비슷한 섬망 현상이 여러 번 나타났지만 그는 이유를 설명하지 않았고 AA도 묻지 않았다. 삼체 세계에 있을 때 겪은 일과 관련이 있으리라고 막

---

\* 옮긴이 주 : 400파란별일이 모여 1파란별년이 되는데, 1파란별일은 지구 하루의 3분의 2로 그 길이가 짧다.

연히 짐작했지만 윈톈밍은 그때의 일을 자세히 얘기한 적이 없다.

AA는 그의 마음을 이해할 수 있었다. 윈톈밍은 뇌 하나로 외계에 침투해 인류에게 귀중한 정보를 제공한, 역사상 가장 위대한 스파이다. 절대 쉽지 않은 일이었을 것이다. 그가 삼체 세계에서 얼마나 잔인하고 혹독한 검증을 거쳤을지 상상할 수 있었다. 그녀는 그의 고통스러운 기억과 영혼을 보듬고 싶었지만, 상처를 건드릴까 봐 차마 물어보지 못했다. 더 솔직하게는 그와 그녀의 가냘픈 사랑이 그가 겪은 끔찍한 고초에 감히 위로가 될지 확신할 수 없었다.

그래서 윈톈밍이 마침내 그때 일을 털어놓기 시작했을 때 AA는 연민과 행복을 동시에 느꼈다. 하지만 어떤 이야기가 나올지는 상상할 수 없는 영역이었다.

"아까 갑자기 그때의 꿈이 되살아났어."

윈톈밍이 발밑의 돌멩이를 만지작거렸다.

"삼체인이 만든 수많은 꿈에서 난 대학 시절 MT 때로 돌아가곤 했어. 청신과 나란히 앉아 대화하다가 입을 맞췄는데, 내가 그 달콤함에 완전히 취했을 때 갑자기 청신이 온몸이 비늘로 덮인 흉측한 괴물로 변하더니 새빨간 입술 사이에 난 날카로운 송곳니로 내 목덜미를 물어 호수에 던져버리는 거야. 난 추위와 공포에 숨이 막혀서……."

"너무 끔찍해!" AA가 놀라서 탄식했다.

"끔찍하다고?" 윈톈밍이 쓸쓸한 표정으로 픽 웃었다. "아직 시작하지도 않았는데. 이보다 무서운 악몽도 있겠지만 꿈 속 감각이 너무도 사실적이었어. 아직도 내 살갗을 뚫고 들어온 괴물의 송곳니와 빽빽이 이어진 수백 개의 겹눈이 똑똑히 기억나. 살을 찢는 고통과 숨이 턱턱 막히는 느낌도. 하지만 더 끔찍한 건 그 꿈이 절대로 끝나지 않는다는 거야. 호수에 빠져

질식한 채로, 깨어날 수도 정신을 잃을 수도 없고, 심지어는 죽을 수도 없어. 그 순간이 영원할 것처럼 끝 모를 고통이 지속돼. 의식이 또렷해졌다가 흐릿해지길 반복하다 보면 이 모든 게 꿈이라는 걸 기억했다가도 금세 잊어버리고 내가 정말 괴물에게 삼켜졌다고 생각하게 돼."

윈톈밍이 잠결에서처럼 힘없이 중얼거렸다.

"그때마다 한 사람이 생각났어. 단테의 베아트리체처럼 화관을 쓰고 불꽃 같은 옷을 입고 구름 사이에서 천사들의 호위를 받으며 나타나 어두운 호수 위 한 가닥 성스러운 빛과 같은 희망을 주는 여자. 그러면 난 생각했지. 청신은 절대로 괴물이 아니라고. 그녀는 날 구원할 여신이라고. 이런 악마의 계략으로는 날 속일 수 없다고. 하지만 세상에 동화는 없어. 부르기만 하면 여신이 나타나서 구원해주는 일은 동화에나 있지. 청신을 떠올리면 한 가닥 희망이 생겼지만 고통이 줄어들기보단 오히려 가슴이 갈가리 찢어지곤 했어."

"그만해." AA가 수염이 덥수룩한 그의 뺨을 어루만지며 가엾게 바라보았다. "이제 알았으니까 그만해. 다 꿈이야. 이제 지나갔어."

"아니, 당신은 아무것도 몰라!" 윈톈밍이 그녀의 손을 뿌리쳤다. "당신이 안다고? 그건 그냥 꿈이 아니라 삼체인이 내 뇌 속에 주입한 전기신호야. 나한테 그건 실제야. 지금 당신을 보고 만지는 것과 다를 바 없는. 그들은 생물학적 메커니즘을 이용해서 내 뇌 속에서 온갖 악몽을 현실로 만들었고 난 저항할 능력이 없었어. 난 현실을 통해 꿈에 저항하는 게 아니라 반대로 내가 처한 현실에 저항하기 위해 스스로 다른 꿈을 만들어내야 했어. 이길 수 없는 싸움이지. 내가 청신을 생각하는 게 도움이 됐을까? 내가 청신을 떠올리면 그들은 곧바로 청신이 내 눈앞에 나타나게 만들었어. 기적이 일어나 구원받았다고 믿는 순간 그곳을 수백 배 끔찍한 지옥으로 바꿔버렸지.

한번은 꿈에서 청신과 10년을 살면서 귀여운 딸도 낳았어. 그 10년의 행복과 평온이 그 뒤에 닥칠 지옥의 전주곡이었을 줄이야. 대기근이 일어나서 우리 가족은 피골이 상접할 만큼 마른 채 겨우 숨만 붙어 있었는데 어느 날 이상하게도 청신이 갑자기 고깃국을 한 솥 끓여주는 거야. '이런 기근에 고기가 어디서 났지?' 그러다 주방 구석에서 사람의 거죽과 머리카락을 발견하고 소스라치게 놀랐어. 그때 청신이 솥에서 흐물흐물하게 삶은 사람 머리를 건져내 보여주었어. 그게 내 딸의 머리라는 걸 알아본 순간, 청신이 웃으며 말했지. '많이 먹어. 더 줄게…….'"

"악!" AA는 구역질이 나서 윈톈밍의 팔을 붙잡았다. 이토록 끔찍한 악몽이라니. 윈톈밍이 말을 이었다.

"더 끔찍한 건 역겹고 비통하고 무서우면서도 배고픔을 참을 수가 없었다는 거야. 나는 통제할 수 없는 식욕에 내 딸을 게걸스럽게 씹어 먹고 만족스럽게 트림을 했어. 심지어 딸의 해골 옆에서 청신과 관계를 가진 뒤 잠이 들었어……. 눈을 떠보니 내 몸이 꽁꽁 묶여 있고 청신이 말하더군. 이젠 날 먹어야겠다고. 그리고 그녀가 내 팔의 살점을 뜯고 뼈를 씹어먹는 걸 내 눈으로 봤어……."

AA가 더 참지 못하고 외쳤다.

"그만해. 제발 그만!"

몸을 돌려 배를 붙잡고 신물을 뱉어낸 그녀는 잠시 후 마음을 진정시키고 물었다.

"삼체인들이 그런 기괴한 꿈으로 당신을 괴롭힌 이유가 도대체 뭐야?"

"인간에 대해 연구하려고. 그럴 만하지. 지자를 통해 지구의 모든 걸 알았지만 극단적 상황에서 인간이 보이는 감정과 신체적 반응을 연구하려면 실험을 해야만 하니까. 내가 꾼 악몽은 삼체인에게는 비극도 아니야. 그들의 윤리는 인간과 완전히 달라. 그들에겐 탈수된 동족을 먹는 게 일상이기 때문에 인간의 연약한 감성을 전혀 이해하지 못해. 그들은 그보다 열 배는 더 역겨운 행동도 아무렇지 않게 했어. 예를 들면…….”

"됐어. 그만해. 끔찍한 얘긴 나중에 다시 하자.”

AA가 그의 말을 잘랐다. 윈텐밍이 그동안 삼체 세계에서 있었던 일을 말하지 않았던 이유를 알 것 같았다.

"텐밍, 무슨 일이 있어도 이거 하나만은 명심해. 당신은 그런 시련 끝에 그들에게 신뢰를 얻어 삼체 세계 깊숙이 들어갔어. 당신의 희생은 헛되지 않았고, 충분히 가치가 있었어. 안 그래?”

윈텐밍이 그녀를 가만히 보다가 쓴웃음을 지었다. "맞아. 가치 있는 희생이었지. 그 결과는 지구와 인류의 멸망이었고.”

AA가 놀라 윈텐밍을 보았다. 그는 숨을 깊이 들이마시더니 비밀을 털어놓기 시작했다.

"AA, 정말 모르겠어? 내가 어떻게 삼체인의 신뢰를 얻고 삼체 세계로 들어갔는지. 내가 그들에게 협조했기 때문이야. 위협의 세기를 끝낸 물방울 공격은, 크게 보면 내가 저지른 일이었어.”

인류의 터전을 멸망시킨 근본적인 원인을 찾는다면 그건 청신도 아니고 윈텐밍도 아니고, 또 다른 누구도 아닐 것이다. 그건 무력으로 인류의 운명을 되돌리려고 했던 토머스 웨이드다. 600년 전 그가 뱉은 한마디가 두 세계의 운명을 결정지었다.

"뇌만 보냅시다.”

이 천재적인 방법이 폐기 직전에 있던 계단 프로젝트를 살려냈고, 그렇게 해서 한 인간의 뇌가 소중한 표본으로서 삼체인에게 보내졌다. 지자가 인간을 시시각각 관찰할 수는 있지만 단순히 관찰하는 것만으로는 인간의 사고 메커니즘을 온전히 이해할 수 없다. 게다가 면벽자 하인스가 멘털 스탬프로 인간의 정신을 통제하려고 한 뒤 지구 정부는 뇌과학 연구의 잠재적인 위험을 인식하고 엄격히 제한했으며, 인간의 사고와 뉴런의 생체전기 신호를 깊이 연구하지 못하도록 금지했다. 연구 내용이 삼체인의 손에 들어가면 관찰과 측량만으로 인간의 생각을 읽어낼 수 있게 되기 때문이었다.

때문에 2세기가 넘도록 인간의 뇌는 삼체인에게 미지의 영역이었다. 삼체인은 실제 인간을 대상으로 실험할 수 있기를 간절히 원했다. 단순한 학문적 연구가 아니라 현실적인 필요, 즉 전략적 속임수를 위한 것이었다. 물론 위기의 세기 내내 삼체인은 인류에게 전략적 속임수를 쓰려고 하지 않았다. 살충제를 뿌려 벌레를 죽이듯이 간단히 죽일 수 있으니 굳이 인류를 속일 필요가 없다고 생각했던 것이다. 하지만 암흑의 숲 이론의 존재를 알게 된 뒤 삼체 세계는 공포를 느꼈다. 우주 구석구석에 수많은 사냥꾼들이 숨어 있으며 과거에 지구와 주고받은 통신 때문에 자신들의 위치가 발각될 수 있다는 걸 알게 된 것이다. 그렇다면 전략적 속임수를 주요 대응 수단으로 고려할 수밖에 없었고, 그러기 위해서는 그들이 아는 범위 안에서 전략적 속임수를 구사하는 유일한 종족인 인류를 연구해야만 했다.

에번스가 인류의 사고에 감춰진 비밀을 전한 뒤 삼체 세계에는 '기만학'이라고 불리는 심오한 학문이 탄생했다. 삼체인들은 처음에는 그 독특한 기술을 금세 습득할 수 있으리라 예상했지만 곧 그 희망은 물거품이 되었다. 삼체 과학자들은 이론적으로는 속임수의 원리가 결코 어렵지 않다는 걸 알고 있었다. 거짓 명제를 내놓고 상대가 그 명제를 믿게 만들기만

하면 기대한 효과를 얻을 수 있기 때문이다. 하지만 문제는 삼체인에게 그런 본능이 없어 그 단순한 원리를 실행에 옮길 수 없다는 사실이었다. 인류 과학자가 4차원 공간의 수학적 원리를 이론적으로 설명할 수는 있지만 가장 간단한 4차원 도형도 만들어낼 수 없는 것과 같은 이치다.

삼체인도 실수로 잘못된 명제를 말할 때가 있지만 그들의 언어는 생각할 때 발생하는 전기신호가 직접 외부에 투사되는 형태이기에 틀린 것을 옳은 것처럼 말할 수는 없다. 삼체인이 무언가를 두고 틀렸다고 인식하면 그 대뇌 활동이 그대로 외부에 투사되기에, 상대에게 그것이 틀렸다고 저절로 알려주게 된다. 원격 통신 등 특수 상황에서는 대뇌 활동을 위조할 수 있지만, 하등동물에서 고등동물로 진화하는 과정에서 단단히 굳어진 본능 때문에 평소에 거짓을 범하는 것은 삼체인에게 불가능에 가까웠다.

삼체인은 인류 역사에 나타난 기만의 사례와 정치, 군사, 비즈니스, 게임이론 등에 관한 논문과 책을 연구해보았지만, 그 역사를 이해할 수도 없고 지구인 중에도 완벽히 통달한 이가 많지 않은 그 심오함을 습득할 수 없다는 걸 깨달았다. 그들은 하는 수 없이 차선책을 택했다. 상대적으로 이해하기 쉬운 문학작품을 연구하는 것이다. 한동안 삼체 과학자와 정치가들은 속임수에 관한 각종 대중소설을 바이블로 삼았다. 《몬테크리스토 백작》, 《셜록 홈스》, 《삼국연의》 같은 소설이 흥행했지만, 삼체인은 여전히 그 능력을 직관적으로 사용하기엔 역부족이었다. 지구인은 심심풀이로 읽는 소설이 삼체인에게는 해독할 수 없는 암호와 같았다. 그렇게 몇 년이 흐르고서도 가장 똑똑한 지자조차 동화 〈빨간 망토 소녀〉 정도의 단순한 속임수만 겨우 터득하는 정도였으므로 전략적으로 아무런 도움도 되지 못했다.

수십 년이 흘러도 좀체 진전이 보이지 않자 삼체인은 본능을 바꾸겠다는 허황된 계획을 포기하고 컴퓨터 시뮬레이션으로 속임수를 꾸미는 방식을 고안해냈다. 하지만 컴퓨터는 창조자의 능력을 복제하고 확장할 수 있을 뿐이다. 특정 연산을 지시하려면 그에 상응하는 소프트웨어를 만들어내야 했는데, 그러려면 삼체인 스스로 그 원리를 깊이 이해해야 했다. 인류가 골드바흐 추측의 증명 과정을 생각해내지 못하면 인류의 컴퓨터도 그 결과를 계산해내지 못하는 것처럼, 삼체인이 속임수를 이해하지 못하면 그들의 컴퓨터도 이해하지 못한다.

삼체 세계의 엘리트들이 수 대에 걸쳐 수많은 연구와 실험을 하고, 인류의 도서관에 소장된 모든 책의 정보를 입력한 끝에 삼체 컴퓨터가 마침내 열두 살 인간 어린이 수준의 속임수 구사력을 갖추게 되었지만 그 능력은 인류에게 익숙한 환경에서만 사용할 수 있었고(모든 자료와 사례가 그 환경에서 나왔으므로), 삼체와 미래의 외계 문명 사이에 발발할 수 있는 충돌에 대해서는 큰 효력을 발휘하지 못했다. 사실 대부분의 경우 컴퓨터의 기만 프로그램은 말의 앞뒤가 맞지 않았고 간단한 튜링 테스트*조차 통과하지 못했다.

삼체 과학자들은 우여곡절 끝에 원래의 결론으로 돌아왔다. 실행가능한 전략적 속임수를 구사하기 위해서는 실제 인간 표본을 가지고 연구해야 한다는 사실이었다. 삼체인이 지구를 점령하기 전의 인간 표본을 얻을 유일한 방법은 이미 태양계를 벗어난 윈톈밍의 뇌를 포획하는 것이었다. 이렇게 해서 위기의 세기가 끝날 무렵 삼체 함대는 전함을 파견해 윈톈밍의 뇌가 실려 있는 비행체를 포획하기로 했다. 아이러니하게도 인류가 이

---

\* 옮긴이 주 : 인공지능이 인간처럼 독자적으로 사고하고 있는지 인간과의 대화를 통해 확인하는 테스트 방법.

신호를 삼체인이 평화사절단을 파견한 것으로 잘못 해석하는 바람에 최후의 전투에서 전군이 섬멸하는 결과를 낳았다. 삼체인의 의도치 않은 '전략적 속임수'가 대성공을 거둔 셈이다.

삼체 함대는 뤄지의 위협이 성공한 뒤 마침내 윈톈밍의 뇌를 포획하는 데 성공했지만, 그 이후 지구와 삼체 세계의 관계가 완전히 뒤집히며 미묘한 전략적 균형을 유지하게 된다. 오랜 세월 통제되어 온 지구의 과학이 비약적으로 발전하며 삼체 세계는 점점 불리해졌다. 그러자 삼체인이 전략적 속임수를 구사하려는 대상도 우주 어딘가에 숨어 있을 미지의 세력이 아닌 지구로 바뀌었다. ETO*의 정신을 계승한 수많은 후계자가 지구에서 삼체인을 도울 방법을 모색하고 있지만, 삼체인의 입장에서는 전략이 지구인에게 노출되어 우주를 향해 저주의 주문이 전파될 위험을 감수할 수는 없었으므로 그들에게는 윈톈밍이라는 실험 대상이 더없이 중요했다.

삼체인은 지구상의 10년에 해당하는 시간 동안 윈톈밍 뇌의 기본 구조를 파악해냈다. 삼체인의 연구 효율이 지구인을 훨씬 능가한다는 사실을 감안하면 그들은 지구인이 한 세기 동안 연구해야 얻을 수 있는 성과를 거둔 셈이었다. 그들은 인체를 모방해 시각, 청각, 촉각, 후각, 미각 다섯 가지 감각을 느낄 수 있는 몸을 만들고 그 몸에 윈톈밍의 뇌를 장착한 뒤 각각의 감각 신호가 어떻게 전환되는지 연구하고, 그의 기억 속에 남아 있는 각종 정보를 해독했다. 그리 어려운 일은 아니었다. 적당한 때에 윈톈밍의 언어중추를 자극하기만 하면 그가 스스로 무엇을 보았는지, 무엇을 들었는지, 무엇이 생각났는지 말로 표현했기 때문이다. 윈톈밍의 생각을 직접

---

\* 옮긴이 주 : 지구 삼체 조직의 약칭(Earth-Trisolaris Organization).

볼 수는 없지만, 그들은 신호를 뇌 속에 입력하고 윈텐밍의 표현을 관찰하며 반복된 자극과 피드백을 연구해나갔다.

처음에는 실험이 신중했으므로 내용도 비교적 온화했고, 아름답고 아늑한 꿈을 자주 연출해주었다. 윈텐밍이 우주를 비행하는 꿈을 꾸었다고 생각했던 것도 바로 그 때문이었다. 하지만 뇌를 알아갈수록 실험은 점점 거칠고 잔인해졌다. 윈텐밍의 정신이 붕괴 직전까지 간 것도 수십 차례였다. 삼체인은 인류에 대한 기초 지식을 이용해 그를 벼랑 끝까지 내몰았다가 다시 뇌를 안정시키는 약품을 주입해 한숨 돌릴 시간을 주곤 했다.

그렇게 해서 삼체인은 윈텐밍의 의식을 비교적 정확히 읽을 수 있게 되었지만, 사람마다 신경세포 시냅스가 구성하는 위상(topology) 구조가 다르기 때문에 연구 성과 중 아주 기본적인 부분만을 다른 인간에게 적용할 수 있다는 것을 알아냈다. 사고의 복잡한 구조와 패턴은 인간 중에서도 윈텐밍만이 가진 특징이었다. 그것을 다른 인간에게 응용할 수도 다른 인간의 사고 활동을 읽어낼 수도 없었다.

또한 인간 개개인이 가진 경험과 기억이 모두 다르다는 점이 인간적 사고의 비밀을 파헤치기 힘든 이유였다. 물론 실험용 표본이 많았다면 그 단단한 벽을 깨뜨릴 수 있었겠지만, 삼체인이 가진 표본은 윈텐밍 하나뿐이었다.

하지만 그들은 이 뇌만으로도 수많은 일을 해냈다.

삼체인은 윈텐밍의 뇌를 포획한 뒤 지구 시간 기준으로 7년 만에 뇌의 첫 번째 수학 모델을 완성했다. 이 모델에는 뇌 속 분자 수준의 정보가 포함되어 있었고, 이를 이용해 기본적인 사고를 시뮬레이션할 수 있었다. 삼체인은 이 수학 모델에서 '쓸모없는' 지구인의 감정과 정체성을 삭제한 뒤 삼체 세계에 관한 방대한 정보를 입력해 그들을 위한 전략을 고안해내게 했다. 삼체인은 이것을 '윈톈밍 두뇌식 속임수 컴퓨팅'이라고 명명하고 간단히 '클라우드*'라고 불렀다.

그러자 흥미로운 현상이 나타났다. 삼체 세계에서 상업이 발달함에 따라 윈톈밍의 뇌를 디지털로 시뮬레이션한 보급형 버전 클라우드가 민간에서 이용되더니, 삼체인들이 클라우드를 사고 회로에 장착해 생각을 감추기 시작한 것이다. 이에 따라 예상치 못한 효과가 나타났다.

예를 들어 짝짓기 철이 되면 이런 대화가 곳곳에서 들렸다.

"사랑스러운 암컷이여, 당신과 한 몸이 되고 싶소."

수컷이 더듬이를 흔들며 구애한다(삼체인도 암수로 나뉘어 있지만 지구인의 성별과는 그 의미가 완전히 다르다). 예전에는 수컷이 마음에 들지 않으면 암컷은 "저리 꺼져! 못생긴 게 어디서! 널 보니까 배설을 하고 싶잖아!"라며 극단적 혐오의 뇌파를 방출하곤 했다. 이런 직설적 표현이 수컷의 공격성을 자극해 강압적으로 짝짓기가 이루어지는 일이 많았고, 그 때문에 암컷들에게 짝짓기는 악몽 같은 일이었다. 그런데 클라우드가 생긴 뒤로 삼체의 암컷들도 완곡한 방식으로 거절할 수 있게 되었다.

"고마워요. 참 멋진 분이군요. 하지만 우린 어울리지 않는 것 같아요."

그러면 수컷들은 흐뭇한 마음으로 돌아섰고, 어떤 면에서는 짝짓기보다 큰 만족감을 얻은 뒤 용감하게 다른 상대를 찾으러 갔다.

삼체 세계에는 엄청난 변화였다. 하지만 달갑지 않은 변화도 있었다. 속임수가 존재하지 않고 인류에 비해 월등한 기억력을 가진 삼체인은 가상의 화폐 잔액과 지불 액수를 말하기만 해도 거래가 성사되었기에 일상적인 거래는 기록하지 않고 실물 화폐가 필요하지도 않았다. 지구인이

---

* 옮긴이 주: 윈톈밍의 성씨인 윈(雲)은 '구름'을 뜻한다.

보기에는 도저히 이해할 수 없는 방식이었는데, 보통 이런 식이다.

"이 급속탈수기를 사겠어요. 내게 12,563포인트가 있는데 그중 231포인트를 지불할게요. 내 잔액은 12,332포인트예요."

"알겠습니다. 제 잔액은 73,212포인트였고 231포인트를 받았으니 73,443포인트가 되었습니다."

"자, 그럼 급속탈수기를 가져갑니다."

물론 실제로는 이렇게 긴 대화가 오가지도 않는다. 쌍방이 계산 과정을 투사해 보여주기 때문에 상대의 포인트가 변하는 것을 확인하고, 만약 계산이 틀렸으면 바로잡아주면 그만이다. 하지만 '클라우드'를 이용해 뇌파를 감추고 위조한 결과를 투사할 수 있게 되면서 여러 문제가 나타났다. 빈털터리가 부자인 척하고 비싼 물건을 사거나, 얼마짜리 물건을 사든 잔액이 줄어들지 않기도 했다. 상인들도 싸구려 제품을 고가품으로 속여 높은 가격을 부르는 일이 허다했다.

클라우드가 이렇게 악용되자 삼체 세계의 경제 시스템이 붕괴되어 급기야 정부가 나서서 사고 회로에 클라우드를 장착하지 못하도록 금지했다. 위반자는 즉시 탈수시켜 불태워버리겠다고 한 뒤 곳곳에 클라우드 탐지기를 설치하고 나서야 겨우 시장 질서가 회복되었다.

하지만 클라우드를 사고 회로에 직접 장착할 수 없어도 클라우드와 대화하는 것 자체만으로도 삼체인에게는 큰 즐거움이었다. 연산 속도가 느리고 기억력이 조금 나쁘다는 점을 제외하면 인간의 사고 수준은 삼체인에게 뒤지지 않았고, 오히려 삼체인이 갖지 못한 장점을 갖고 있었다. 남을 속이는 능력 외에도 감수성과 왕성한 호기심, 풍부한 상상력, 예측을 불허하는 창의력 등 강점이 많았다. 어떤 의미에서 보면 삼체인이 위협의 세기 막바지에 폭발적인 기술 도약을 통해 곡률 추진 엔진을 만들어낸 것도 윈톈밍의 뇌를 연구한 덕분이었다. 윈톈밍이 삼체 세계에서 존경과 인정을 받고, 삼체 세계에 협조하겠다고 선언한 뒤 상당히 높은 지위를 얻을 수 있었던 이유이기도 했다.

어찌 되었든 삼체인이 디지털 시뮬레이션으로 만들어낸 클라우드는 그들의 전략적 목표로 삼기에는 부족한 것으로 드러났다. 윈톈밍 뇌의 2세대 수학 모델은 원자 수준으로 고도화되었지만, 서기 세기에 면벽자 하인스가 밝혀낸 것처럼 인류의 사고는 양자 수준을 기반으로하고 있어 양자의 불확실성에 영향을 받았다. 삼체인이 양자 수준에서 윈톈밍의 뇌를 디지털로 복제해내지 않는 한 인류 사고 체계 근본을 알아낼 수는 없었다. 따라서 더 복잡하고 정밀한 인류 사고 체계를 알려면 윈톈밍의 뇌 자체를 연구하는 수밖에 없었다. 삼체인은 클라우드를 3세대까지 업그레이드한 뒤에야 인간의 사고를 시뮬레이션으로 재현하겠다는 목표를 포기하고, 윈톈밍을 끝없는 악몽에서 깨운 뒤 삼체 세계에 협조하라고 회유하고 협박했다.

윈톈밍의 얘기를 듣던 AA가 머뭇거리다가 긴장된 표정으로 물었다.
"그래서 그러기로 했어?"
그녀는 실망스러운 대답이 나오지 않기를 바랐다.
윈톈밍이 고개를 저었지만, 긴장을 풀 수는 없었다. 처음에는 거절했으나 육체적, 정신적 고문을 당하다가 결국 굴복했으리라는 것을 어느 정도는 예상하고 있었기 때문이다. 그녀는 인간의 육체에 한계가 있음을 알았고, 그 한계에 도달해 굴복했을 윈톈밍을 비난할 만큼 이상주의자도 아니었다. 하지만 깊은 무의식 속에서는 사랑하는 남자가 인류를 멸망으로 몰고 갔다는 사실을 받아들이기가 힘들었다. 그녀는 더 듣고 싶지 않았다.

"텐밍, 나 추워. 그만 우주선에 들어갈까?"

AA가 몸서리를 치며 팔짱을 꼈다. 해가 지고 땅거미가 내려앉자 블랙존의 기이하고 어지러운 별빛이 하늘에 나타났다. 파란별의 기온도 빠르게 떨어져 실오라기 하나 걸치지 않은 AA는 한기를 느꼈다.

얼마 전까지 파란별은 여름이었다. 그들은 파란별의 기온을 과소평가했다는 걸 알게 되었다. 궤도 이심률*이 크기 때문에 추운 계절에는 행성 면적의 3분의 2가 남극만큼 기온이 낮아지지만, 가장 더운 계절에는 섭씨 50도에 육박하는 고온이 된다. 어차피 둘뿐이기에 견디기 힘든 폭염이 계속되는 동안에는 옷을 벗어 던지고 나체로 생활해왔다. 하지만 파란별은 계절 변화도 빨라서 몇 번 비가 내리고 나면 가을이 찾아왔다.

윈텐밍이 손가락에 끼운 반짝이는 반지를 한 번 돌렸다. 그의 몸에 걸친 유일한 물건이었다. 즉시 주위에 반경 3미터의 역장(Force Field)이 나타나며 내부가 빠르게 따뜻해져, 히터를 켠 것처럼 금세 신체가 편안하게 느끼는 온도가 되었다. AA가 쓴웃음을 지었다. 우주에서 역장을 이용해 그 내부를 일정한 온도와 기압으로 유지하는 이런 기술은 인류도 위협의 세기 때 개발해낸 것이다. 다만 인류는 막대한 에너지를 소모하는 거대한 장비가 필요했던 반면, 윈텐밍은 아주 작은 '반지'만으로 동일한 효과를 냈다.

그가 어디서 그런 고도의 기술을 습득했는지는 모른다. 그가 타고 온 우주선은 블랙존에 갇혀 이 성계를 벗어날 수 없는데도 생활에 필요한 모든 것이 완비되어 있었고, 덕분에 그들은 이 황량한 행성에서 태양계 못지않은 편안한 생활을 누렸다. 며칠 전 호수에서 목욕을 하다가(호숫물에 희귀

---

\* 옮긴이 주 : 궤도의 타원 형태를 나타내는 0에서 1 사이의 값. 이심률이 0일 때 궤도는 완전한 원형이고, 이심률이 1에 가까워질수록 납작한 타원 형태가 된다. 행성의 공전 궤도 이심률이 클수록 계절 변화가 크다.

한 금속 원소가 함유되어 있기는 하지만 유해 성분이 아니어서 목욕을 할 수 있었다) AA는 오래전 청신과 욕실에서 쓰던 비누가 생각나 농담을 던졌다.

"톈밍, 비누가 있으면 좋겠어. 파란별에 온 뒤로 비누로 씻은 적이 없네. 당신이 비누를 구해다 주면 좋을 텐데!"

어리광처럼 한 말이었는데 놀랍게도 윈톈밍이 곧장 우주선으로 들어가더니 비누를 들고 나왔다. 수백 년 전 박물관에서 본 비누보다도 향기가 진한 비누였다. 그 비누를 어떻게 구했는지는 아직도 알지 못한다.

윈톈밍이 청신에게 선물하려고 했던 소우주는 말할 것도 없다. 그 점선으로 된 직육면체 안에 들어가 보지는 못했지만, 우주와 분리되어 독립적으로 존재한다는 사실만으로도 불가사의한 창조물이었다. 삼체인은 어떻게 그런 고도의 기술을 개발했을까? 그런 기술을 가졌는데 왜 멸망을 두려워했을까? 소우주로 이주하면 되지 않는가? 그리고 윈톈밍은 어떻게 그런 신비한 창조물을 갖게 된 걸까?

AA가 말했다. "톈밍, 이제 따뜻해졌어. 계속 얘기해줘. 나에게 다 털어놓으면 마음이 편해질 거야. 무슨 얘길 해도 난 당신 편이야."

윈톈밍이 회상에 잠겨 하늘을 올려다보다가 한참 만에 입을 열었다.

"악몽에서 깨어난 날부터 얘기할게. 그날을 영원히 잊을 수 없을 거야."


악몽에서 '깨어나 보니' 그는 온전한 몸을 갖고 큰 침대에 누워 있었다. 복제한 몸인 것 같았다. 암세포는 모두 사라졌고 지구에서보다 더 건강해진 것처럼 느껴졌다. 주위는 자동화 컴퓨터 장치로 둘러싸여 있고 삼체인은 보이지 않았다. 지구인이 보기에 흉측한 외계인일 자신들의 외모가 소통에 장애물이 되기를 원치 않았을지도 모른다.

일어나 방 안을 몇 바퀴 돌아보니 잠기지 않은 문이 하나 있었다. 잠시 망설이다가 문을 열고 밖으로 나가자 그에게 익숙한 서기 세기의 정원 풍경이 펼쳐져 있었다. 화단, 작은 다리, 바위로 꾸며놓은 인조산, 돌탑 등. 지구를 모방해서 만들어놓았을 것이다. 사방을 두른 높은 담장 너머는 보이지 않지만 파란 하늘, 눈부신 햇살, 뭉게뭉게 떠 있는 구름을 보니 삼체인의 우주선 내부를 그에게 편안한 환경으로 개조해놓은 것 같았다. 하늘과 구름도 시뮬레이션 이미지인 듯했다.

윈텐밍이 삼체인과 어떻게 소통하게 될지 궁금해하고 있을 때 하늘에 글씨가 나타났다.

'윈텐밍 선생, 삼체 세계에 오신 걸 환영합니다.'

윈텐밍은 삼체인과의 첫 대화에 깜짝 놀랐다. 최대한 차분함을 유지하며 아무도 없는 전방을 향해 고개를 살짝 끄덕였다.

"안녕하세요."

"안녕하세요."

삼체인은 인간이 하는 의례적인 인사치레도 없이 본론으로 들어갔다.

"우리의 지구 점령 계획에 도움이 필요해서 당신을 깨웠습니다."

올 게 오고 말았군.

윈텐밍의 입가에 복잡한 미소가 떠올랐다. 삼체인의 요구에 놀라지는 않았다. UN에서 인류에 대한 충성 서약을 거부했을 때 이미 이런 날이 오리라고 예상했었다. 이제 결정을 내려야 할 때였다.

"내가 왜 동족을 배신해야 합니까?" 윈텐밍이 냉랭한 말투로 물었다.

"종족은 넘을 수 없는 장벽이 아닙니다. 많은 지구인이 우리가 요구하지도 않았는데 우리에게 협조하겠다고 나섰습니다."

"미안하지만 난 ETO의 개자식들과 다릅니다."

상대는 그의 말에 조금도 성을 내지 않았다.

"하지만 당신은 지구인들에게도 별로 좋은 대우를 받지 못했죠. 당신이 우리에게 온 건 우연이 아닙니다. 당신의 뇌와 사고를 연구한 결과 우리도 큰 진전을 이루었습니다. 덕분에 당신도 삼체 세계에서 폭넓은 존경을 받고 있지요. 우리에게 협조한다면 가장 명예로운 시민으로서 부원수급 특권을 누리게 될 겁니다. 당신은 우리 세계의 물질적 이익에 매력을 느끼지 못하겠지만 지구를 손에 넣게 되면 당신이 지구의 자원을 상당 부분 지배하고 인간이 꿈꾸는 모든 것을 갖게 해주겠습니다."

원톈밍이 피식 웃었다. "인류가 멸망한 뒤에 그걸 갖는 게 무슨 의미가 있죠?"

"인류를 완전히 멸종시키지 않고 당신의 종족이 계속 대를 잇게 하겠습니다. 연구를 위해서라도 소수는 남겨둘 겁니다. 수십만에서 수백만 명쯤. 지구에 보호구역을 설정해 인류를 그곳에 살게 하고 당신이 그들을 절대적으로 통치하도록 해주겠습니다. 물론 지금 우리의 과학 기술만으로도 당신은 이곳에서 지구에서의 황제 못지않은 생활을 누릴 수 있습니다."

원톈밍은 삼체인이 거짓말을 못 한다는 것을 알고 있었다. 그 약속은 진심일 것이다.

"내가 거절한다면?" 그가 물었다.

"물론 유감스럽겠지만, 당신을 어떻게 하지는 않을 겁니다. 당신은 우리가 만든 꿈을 꾸며 계속 깊은 잠을 잘 수 있습니다."

삼체인의 짧은 대답에 가슴이 철렁 내려앉았다. 그건 끔찍하고 고통스러운 악몽에서 영원히 깨어날 수 없음을 의미한다는 걸 그는 알고 있었다. 그 어떤 육체적 고문보다 더 몸서리쳐지는 고통이었다.

원톈밍은 그 공포를 이미 경험해보았다. 그 지옥 속에서 어떻게 산단 말인가? 무엇을 위해? 고작 동족인 인류를 위해서? 인류가 뭐라고? 안락사 직전의 그를 끌어내 죽음보다 더한 고통으로 밀어 넣은 그들이 아닌가. 왜 그런 이들을 위해 희생해야 한단 말인가?

복잡하게 뒤엉킨 원망이 뇌리를 스치자 다시는 어리석은 짓을 저지르고 싶지 않다는 생각이 들었다. 상대가 참을성 있게 그의 대답을 기다리고 있었다.

"미안하지만, 거절하겠습니다."

마침내 윈톈밍이 말했다. 왜 계속 버티기로 했는지 자신도 알 수 없다. 삼체인에게 굴복한들, 인류 전체가 그를 저주한들 자신은 죄책감을 느끼지 않으리라는 것도 알고 있다. 애초에 이건 그가 짊어져야 할 책임이 아니었다. 그의 선택은 책임감 때문이 아니라 그의 피에 흐르는 구시대의 귀족 기질 때문이었다.

타인의 노예가 되어 조종당하는 것을 거부하고, 위협을 두려워하지 않으며, 유혹에 흔들리지 않고 독립적 의지를 고수하는 것이 바로 인간이 존엄한 이유이자 자부심이었다. 생존을 위해 무엇도 불사하는 삼체인은 이해할 수도 없고 이해하고 싶어 하지도 않는 인간의 특징이었다.

"다시 생각할 시간이 필요한가요? 인간은 중대한 결정을 내리기 전에 충분히 생각할 시간이 필요하다는 걸 우리도 알고 있습니다."

"필요 없습니다." 윈톈밍이 담담하게 대답했다.

시간이 얼마나 흘렀을까. 윈톈밍은 가로수의 노란 낙엽이 흩날리는 길 위에 서 있었다. 가을이 한창이었다. 옆에는 대학 캠퍼스의 풀밭과 운동장이 펼쳐져 있었다. 여학생 몇 명이 풀밭에 앉아 조용히 책을 읽고 있고, 조금 더 떨어진 곳에는 서로 기대어 앉은 연인이 보였다. 운동장에서는 건장한 남학생들이 시끄럽게 농구 시합을 하고 있었다. 발 닿는 대로 길을 따라 걷다가 문득 자신이 대학 시절로 돌아갔다는 걸 알았다. 어떻게 이곳에 왔는지 생각해 볼 겨를도 없이 갑자기 눈앞이 환해지고 아담하고 낯익은 사람이 길 끝에서 나타나더니 천천히 가까워졌다. 베이지색 트렌치코트를 입은 여자가 웃으며 부드러운 미소를 지었다.

"톈밍, 왔구나."

다정히 말을 건네고 팔에 팔짱을 끼며 몸을 기대는 청신을 그저 멍하니 보고 있었다. 설마 우리가 사귀게 된 걸까?

가슴이 애틋해졌지만 지나치게 아름답고 달콤한 이 모든 건 현실일 리 없다는 걸 곧 깨달았다. 그러자 모든 인과가 뇌리를 스쳤다. 이건 역시 꿈이고, 삼체인의 '몽형(夢刑)'이 다시 시작된 것이다.

"안 돼."

비통하게 외쳤지만 깨어나지는 않았고, 꿈속의 청신이 놀란 얼굴로 그를 보았다.

그는 두려움에 휩싸여 사방을 두리번거렸다. 하늘에서 죽음의 핏빛 비가 내리지 않을까? 땅이 갑자기 쪼개지지 않을까? 사람들이 갑자기 좀비로 변해 달려들지 않을까? 청신이 또 이상한 모습으로 변하지 않을까? 등이 곱은 백발 노파나 검붉은 피를 흘리는 괴물로 변하지는 않을까? 사람들이 산 채로 매장당하거나 학살당하지 않을까? 평온해 보이는 이 세계에 또 어떤 예측할 수 없는 공포가 숨어 있을까?

"톈밍, 왜 그래? 어디 아파?"

꿈속 청신이 걱정스럽게 물었다. 청신의 티 없이 맑은 눈동자를 보면 이렇게 다정한 사람이 앞으로 어떤 변고와 시련을 겪게 될지 상상할 수조차 없었다. 그는 끝내 이런 뒤틀린 '인생'을 견뎌내지 못하고 힘없이 쓰러지고 말았다.

"이런 꿈은 이제 그만해! 당신들을 도와줄게! 듣고 있는 거야?"

그 순간 주위 모든 것이 일시에 사라졌다. 윈톈밍은 온몸이 땀에 푹 젖은 채 처음 깨어났던 그 방에 누워 있었다.

눈앞에 끔찍한 광경이 펼쳐지는 꿈보다도 이렇게 모든 게 행복한 상황의 이면에 무언가가 도사리고 있을지 모르는 꿈이 훨씬 더 고통스러웠다. 평화가 언제든 돌연 악몽으로 변할 수 있다는 두려움을 견딜 수 없었던 그의 의지는 끝내 무너졌고 그는 삼체인에게 굴복했다.

"다른 건 바라지 않아요. 앞으로 청신과 함께 있는 꿈을 매일 꿀 수만 있다면 충분해요. 대신 행복한 꿈만 꾸고 싶어요."

이것이 그가 삼체인에게 제시한 유일한 조건이었다.

'그건 걱정 마십시오.'

삼체인의 대답이 허공에 나타났다. 글자에는 표정이 없지만 윈톈밍은 글자 뒤에 있는 삼체인이 자기만의 방식으로 승리자의 미소를 짓고 있을 것이라고 생각했다.

'벌레인 네가 아무리 발버둥 쳐봐야 아무 소용 없지.'


윈톈밍이 잠시 말을 멈췄다. AA가 등 뒤에서 그를 안으며 속삭였다.

"톈밍, 당신 잘못이 아니야. 정말 당신 잘못이 아니야……."

그녀도 혼란스러웠다. 자신이 정말 그를 원망하지 않는지도 모른 채 괴롭기만 했다. 이렇게 존경하는 영웅에게도 평범한 인간다운 나약한 면이 있다. 윈톈밍이 자조적으로 웃었다.

"내 얘긴 이제부터 시작인걸."


협상이 타결되자 삼체인은 윈톈밍이 요구한 각종 자료를 제공했다. 대형 도서관 하나 분량의 방대한 정보였다. 윈톈밍은 한참 자료를 살펴본 뒤 깊은 고민에 잠겼다. 어차피 삼체인이 인류를 속이는 것은 쉽지 않다. 윈톈밍이 생각할 시간이 필요하다고 하자 삼체인은 그를 방해하지 않고 내버려두었다. 윈톈밍은 생각에 잠긴 채 그 작고 인공적인 세계를 이리저리 돌아다니다가 이따금 앉아서 휴식을 취했다. 가끔은 7층 탑 꼭대기에 올라가 주변 경치를 내려다보았다.

다음 날 또 탑 꼭대기에 올라가 한 시간쯤 앉아 있었지만 삼체인은 아무것도 묻지 않고 그를 재촉하지도 않았다. 그는 삼체인의 경계가 느슨해졌다고 판단했다. 사흘째 되는 날에도 탑에 올라갔다. 꼭대기에 도착한 그는 난간을 훌쩍 넘어 밖으로 몸을 던졌다. 그의 몸이 20미터 높이에서 수직 낙하했다.

삼체인의 첫 번째 제안을 거절하고, 끔찍한 몽형에 항복하고, 그 후 협조하겠다고 약속한 것은 모두 속임수였다. 그의 목표는 깔끔한 죽음이었다. 지구와 중력이 비슷한 이 환경에서 그가 투신한 방향과 자세는 이미 치밀하게 계산된 것이었다. 그는 땅에 닿자마자 머리가 산산이 부서지도록 머리가 밑으로 가고 다리가 위를 향하는 자세로 뛰어내렸다. 삼체인의 과학이 아무리 발달했다 한들 곤죽이 된 뇌를 복원하는 건 불가능할 것이다. 유일한 변수는 삼체인이 모종의 특수 기술로 그가 바닥에 추락하지 않도록 공중에 보호용 역장을 치는 것이었다.

머리가 땅에 닿는 순간 그런 걱정도 사라졌다. 윈톈밍은 역사상 가장 행복한 투신자살자가 되어 안도감을 느끼며 편안히 의식을 잃었다.

"그다음엔 어떻게 됐어? 어떻게 살아났어?"

AA가 떨리는 목소리로 물었다. 그가 그때 죽지 않았다는 걸 알면서도 알 수 없는 두려움이 느껴졌다.

"눈을 떠보니 다친 데 하나 없이 온전한 몸으로 처음 깨어났던 그 방에 누워 있었어. 마치 '초기화'된 것처럼."

윈톈밍이 담담하게 말했다.

"어떻게 그럴 수가 있지? 설마……."

AA가 뭔가 짐작한 듯 얼굴이 새하얗게 질렸다.

"맞아. 난 투신한 게 아니었어." 윈톈밍의 입가에 자조적인 웃음이 떠올랐다. "처음부터 잠에서 깨어난 것도 아니었고, 몸이 복제된 것도 아니었지. 그것 또한 처음부터 끝까지 삼체인이 만든 꿈이었을 뿐. 그래서 그들은 내가 무슨 짓을 하든 조금도 개의치 않았던 거야. 꿈은 다시 시작하면 그만이니까. 내게 그 사실을 알려주지 않았을 뿐이지 속인 것도 아니었어. 그게 꿈이라는 사실은 중요하지 않다고 생각했겠지. 그들은 편의상 꿈을 통해 소통했을 뿐인데 내가 자신들을 속여넘기고 자살을 시도할 줄은 예상치 못했다며 오히려 감탄했어. 만약 그게 꿈이 아니라 실제였고 내 몸이 복제된 상태였다면 자살을 막지 못했을 거라면서, 그 일을 계기로 내 능력을 더 신뢰하게 됐다고 했지. 아이러니하지 않아?

그 뒤로 나와 삼체인 사이의 갈등은 점점 심해졌어. 내가 협조를 거절하자 그들은 몽형으로 나를 고문했어. 도저히 버틸 수 없어서 협조하겠다고 약속하고는 이런저런 핑계로 차일피일 미뤘는데, 시간이 지날수록 그 방법도 통하지 않았지. 삼체인은 그렇게 어리석지 않으니까. 내 뇌를 오랫동안 연구한 그들은 내 사고 체계를 훤히 보고 있어서 속이는 게 점점 힘들어졌어. 한편으로 나도 각종 공포와 잔인함에 차츰 무뎌졌고. 난 심지어 고통을 의식적으로 극복하고 제어할 수 있는 경지에 도달했어. 그러자 얼마 후 쥐 잡기 놀이에 싫증 난 그들은 내 동의 없이 내 뇌를 직접 사용하기 시작했어."

"직접 뇌를 사용했다고……?"

AA가 이해할 수 없다는 표정으로 묻자 윈텐밍이 설명해주었다.

인간의 뇌에서는 문제를 처리하고 해결하는 과정이 거의 자동으로 이루어진다. 외부에서 자극이 오면 반드시 반응이 일어나는데, 이 과정에 의식이 개입하지 않을 때도 많다. 모두가 알고 있듯 인간의 생각과 판단 중 많은 부분이 무의식중에 이루어진다. 의식은 그걸 모니터링하고 저장하고 정리하고 재가공하는 보조적인 역할만 한다. 만약 의식적으로 어떤 생각을 원치 않거나 강하게 거부한다면 그 과정에 큰 장애물이 생기게 된다. 삼체인은 윈텐밍의 뇌가 의식하지 못한 채 삼체인에게 협조하도록 만들기 위해 교묘하게 의식의 일부를 분리해낸 뒤, 프로그램을 이용해 사고를 통제하려고 했다. 하지만 그 시도는 실패로 돌아갔다. 인간의 사고와 재가공을 컴퓨터로, 그것도 인간의 사고를 이해하지 못하는 삼체의 컴퓨터로 통제하는 것이 불가능했기 때문이다. 삼체인은 그의 의식과 무의식을 포함한 뇌 전체가 자신들에게 기꺼이 협조하게 만들어야만 했다.

그 후 삼체인은 온갖 방법을 시도했다. 예를 들면 환각제 같은 약물을 사용해 그를 섬망 상태에 빠뜨려놓고 그가 전략적 속임수를 생각해내도록 유도하기도 했다. 하지만 이런 상황에서는 윈텐밍의 의식도 흐려지기 때문에 합리적으로 사고할 수가 없었다. '소울 쇼크(soul shock)'라는, 뇌에 끊임없이 문제를 주입하고 생각을 강요하는 방식으로 고문하기도 했다. 그의 의식에 저항이 나타나 대뇌 중추에 특별한 신호가 발생하면 그 신호에 소울 쇼크 장치가 반응해 뇌에 강한 물리적 자극을 가했다. 뇌에 생리적 손상을 유발하지 않으면서 강렬한 정신적, 육체적 고통을 주는 방식이었다. 하지만 이 자극이 지속적으로 반복되자 그의 뇌에서 조건반사가 나타나 윈텐밍은 더 이상 저항하지 않게 되었다.

이 방법은 어느 정도 효과가 있었지만 윈텐밍은 요가나 참선과 비슷한 마음 수련을 터득해 '저항하지' 않고도 순간적으로 아무것도 생각하지 않는, 완전히 폐쇄된 의식의 공백 상태로 들어간 뒤 자기만의 사색을 했다. 게다가 고통에 단련될수록 정신력이 점점 강해져 둔감해지거나 망각하는 방식으로 삼체인의 고문에 저항할 수 있었다. 일반적으로 인간은 뇌를 극히 일부만 사용하지만 그는 삼체인의 고문에 대항하기 위해 뇌의 무한한 잠재력을 끊임없이 계발하고 사용해야만 했다. 인간의 한계를 시험하는 멘털 공방전이 여러 번 벌어졌지만 삼체인은 기술적으로 절대적 우위를 점했음에도 그의 마음속에 구축된 단단한 요새를 무너뜨리지 못하고 패배를 인정할 수밖에 없었다.

AA는 이해할 수가 없었다.

"삼체인이 어떤 방법으로도 당신의 정신을 조종하지 못했는데도 당신이 그들에게 굴복했다고?"

"거짓말로 상대를 속일 때 제일 중요한 게 뭔지 알아?"

윈텐밍이 대답 대신 질문을 했다.

"글쎄, 그럴듯한 논리? 아니면 상대의 심리를 잘 포착하는 거?"

AA가 조금 망설이다가 대답했다.

"아니, 제일 중요한 건 진심이야. 자기 자신도 믿을 만큼의 진심."

윈텐밍이 긴 한숨을 쉬었다.

삼체 세계는 아무리 두들겨도 깨지지 않는 강철 같은 곳이 아니었다. 그들 역시 지구와 접촉한 뒤 강한 충격을 받았다. 위협의 세기 초, 삼체인과 윈텐밍이 '멘털 공방전'을 벌이던 그 시기에 삼체 사회 역시 중대한 위기에 처해 있었다. 뤄지의 위협이 성공한 뒤 지구 점령 계획이 수포로 돌아가자 삼체 세계는 크나큰 좌절에 빠져 민심까지 동요했다. 그 와중에 지구 문화가 확산되고 클라우드가 활용되기 시작하자 삼체의 전통적인 가치가 심각하게 흔들리기 시작했다. 삼체 행성과 함대 안에서 변화의 불씨가 차츰 확산되더니 얼마 후 급작스럽게 닥친 난세기로 인해 사회 혼란이 초래되자 혁명의 거센 불길이 타올랐다.

열악한 생존 환경 탓에 그들의 가장 간절한 소망은 늘 안정이었으므로 삼체 역사를 통틀어 진정한 혁명이라고 불릴 수 있는 사건은 없었다. 설령 반란의 조짐이 나타난다 해도 거짓말을 못 하는 천성 때문에 비밀 계획이나 지하조직 같은 수단은 사용할 수 없고, 잠재적 반동분자도 불순한 마음이 고스란히 표출되기 때문에 행동에 옮기기도 전에 사상범으로 체포된다. 삼체인은 지구에 대해 알게 된 뒤 비로소 혁명이라는 방식이 있음을 알았다. 민간에서 클라우드를 몸에 장착할 수 없도록 금지했지만 정부 산하 연구기관과 군대에는 클라우드 장비가 남아 있었다. 그러던 중 어느 혁명가가 그 기만 기능을 이용해 불순한 마음을 감추고 난세기와 항세기 사이의 과도기를 틈타 스노우볼식 폭동을 일으켰다. 그는 실패에 대한 대비책까지 마련해놓았는데 이상하리만치 순조로웠다. 기존의 틀에 안주하고 있던 권력가들은 혁명에 아무런 대비가 되어 있지 않았으므로 제대로 저항해보지도 못하고 완패했다.

삼체 행성의 통치자와 귀족이 몰락하자 지구에 반격하겠다는 계획은 무산되었다. 삼체 신정부는 지구에 대한 환상을 품고 있었으므로 태양계 외행성 중 하나에 이주지를 마련하는 대가로 지구와 평화적인 관계를 유지하고자 했다. 그들은 지자를 통해 삼체 함대 지휘권을 이양받았다. 그러나 삼체 함대 중에는 지구를 점령하고 인류를 멸망시키자고 주장하는 강경파가 우세했으므로 신정부의 명령에 불만을 가진 세력이 있었다. 그렇더라도 그들은 자기주장을 내세우지 않았고 겉과 속이 똑같은 삼체인의 본성 때문에 명령에 복종할 수밖에 없었다.

윈텐밍은 혁명의 과정을 자세히 알지 못했지만 삼체인 내부에 어떤 문제가 생겼다는 걸 직감적으로 알 수 있었다. 삼체인의 고문이 점점 뜸해지더니 어느 날부터 완전히 중단된 것이다. 얼마 후 삼체인은 그에게 연락해 삼체 세계에 큰 변화가 생겼으며 그가 삼체와 지구 사이의 사절로서 우호 관계 수립을 위해 노력해주길 바란다고 했다.

"잠깐, 속임수였지? 그걸 믿었어?"

AA가 말했다. 그녀는 한때 삼체인의 '우호적인 태도'를 굳게 믿었지만 대재앙을 겪고 난 뒤에는 삼체인이 어떤 말을 해도 의심하고 경계했다.

"아니. 속임수가 아니었어." 윈텐밍이 고개를 저었다. "삼체인이 속임수를 구사할 수 있었다면 애초에 내 협조가 필요하지도 않았겠지. 그때 내가 그들을 믿었다면, 어쩌면 정말로 삼체와 지구의 평화로운 공존이 가능했을지도 몰라. 하지만 역사는 늘 그렇게 우연의 장난으로 틀어지고 한 치 앞을 내다볼 수 없게 바뀌지. 난 그 기회를 놓치고 말았어."

당시 윈텐밍도 지금의 AA처럼 삼체인의 진의를 믿지 못해 협조를 거절했다. 내부를 안정화하기에도 바빴던 삼체 신정부는 윈텐밍의 생활에 간섭하지 않고 그가 자기 꿈속을 배회하도록 내버려두었다. 물론 몽형으로 고통을 주지도 않고 꿈에서 깨우지도 않았다. 그때부터 윈텐밍은 스스로 선택해 꿈에 빠져 지냈다. 꿈속에서 얼마나 시간이 흘렀는지도 알 수 없다. 2천 년일 수도 있고 5천 년, 아니면 1만 년일 수도 있었다.

"얼마나 그렇게 보냈어?" AA는 점점 더 이해할 수가 없었다.

"꿈속에서는 깨어 있을 때보다 시간이 훨씬 더디게 흐르고, 매일 규칙적으로 해가 뜨거나 달이 지지 않으니 시간관념이 없어. 실제로는 20년쯤 흘렀겠지만 꼭 수천 년이 흐른 것 같았어. 꿈에서 내 손으로 위대한 문명을 창조하고 훗날 그 문명이 멸망하는 것까지 본 적도 있어."

"그들이 1만 년 동안 당신을 꿈속에 혼자 내버려두었다고? 그건 무기 징역보다 100배는 더 끔찍한 형벌이야!"

AA가 분노했다.

"아니, 그 반대야. 그때가 내 일생에서 가장 행복한 시절이었어. 드디어 누구의 방해도 받지 않고 나 자신을 들여다볼 수 있었거든. 지구에서도 얻지 못한 행복이었어. 나는 오랫동안 삼체인에게 고문당하며 단련된 나머지, 나조차 상상하지 못한 드넓은 영혼의 대지를 개척하고 다스릴 수 있는 정신을 갖게 되었어. 무슨 꿈을 꾸든 내 의식을 이용해 묘사하고 통제하는 거야. 어릴 적 부모님이 억지로 읽게 했던 고전문학이 큰 도움이 되었어. 그때 읽은 작품들이 꿈의 소재가 되었으니까. 아르고호의 영웅들과 배를 타고 괴물을 무찌르며 황금 양털을 가지러 가고, 빅토르 위고의 《노트르담 드 파리》에 나오는 시인 그랭구와르를 따라 중세 파리의 후미진 뒷골목을 누비며 콰지모도의 종소리를 듣고, 말이 끄는 구름 마차를 타고 수많은 설산을 넘어 곤륜산에서 전설 속 서왕모(西王母)\*를 알현했어.

그 세계에서 난 유랑자이자 창조자였지. 그 세계의 모든 것을 내가 창조했어. 《성경》 속 예루살렘, 《신곡》의 지옥과 천당, 《청명상하도(淸明上河圖)》\*\* 속 변량(汴梁), 《서유기》의 하늘궁전과 천축국. 뿐만 아니라 세상에 존재하지 않고 아무도 상상하지 않은 기이한 곳을 창조하기도 했어. 꽃잎

---

\* 옮긴이 주 : 중국 신화 속 선녀.
\*\* 옮긴이 주 : 북송 시기 도읍 변량의 청명절 풍경을 세밀하게 표현한 그림.

속에 피어난 왕국이나 과일 껍질 안에서 자라는 우주, 바닷속에 지어진 도시나 하늘 위의 정원까지. 조물주가 되어 기술이나 과학적 원리는 무시하고 모든 것을 만들어낼 수 있었어. 상상하기만 하면 눈앞에 나타났으니까. 빛이 있으라, 하면 빛이 나타났지. 구조역학 원리에 맞지 않는 웅장하고 아름다운 건축물도 만들고, 시공간이 뒤섞인 기묘한 광경도 만들어봤어. 사막 위에 지어진 베네치아라든가, 대도시에 자라난 원시 밀림이라든가, 우주에서 지면으로 쏟아지는 폭포나 하늘에 떠 있는 열대 섬 같은 거.

다종다양한 인물과 이야기도 만들어놓았어. 신들의 전쟁과 신비한 보물, 전설적인 영웅과 평범한 소년의 모험, 가슴 시린 사랑 이야기……. 내가 나중에 삼체인들에게 들려준 100편 넘는 동화들은 대부분 그때 만든 것들이야."

"그래? 우린 당신이 그 세 편의 동화를 감추기 위해 100편이 넘는 동화를 힘들게 지어냈다고 생각했는데!" AA가 놀라워했다.

"힘들게 지어냈다고? 하하, 조금도 힘들지 않았어. 어떤 일에 기한이 있으면 게으름을 피우게 되고 잠도 자고 싶고 아무것도 하기 싫지만, 무한정 많은 시간이 주어지면 뭔가 만들어내는 것 외에는 달리 할 게 없어. 사실 그 동화들은 내가 창작한 것 중 극히 일부야."

"당신이 만든 사랑 이야기 하나만 들려줄 수 있어?"

AA는 그가 과거를 털어놓게 된 배경도 잊은 채 연인의 어깨에 기대 행복해하며 다정하게 속삭였다.

"좋아. 어떤 이야기를 해줄까. 음, 그게 좋겠다. 마음에 들지는 모르겠지만, 나도 특히 좋아하는 이야기야.

배경은 고대 중국이야. 양쯔강의 발원지인 탕구라산 자락의 티베트족 마을에 공상을 좋아하는 소년이 살았어. 소년은 산 아래 세상을 한 번도 본 적이 없었는데, 어느 날 외지에서 온 상인이 마을에 며칠 묵게 된 거야. 호기심이 발동한 소년이 상인에게 바깥세상은 어떤 곳이냐고 물었지. 상인은 소년의 마을 옆에 흐르는 시냇물이 동쪽으로 흘러가며 수없이 많은 시냇물과 합쳐져 강이 되고, 강이 점점 넓어지며 고산과 평원, 협곡과 구릉을 거쳐 만 2천 리를 흐르다가 마지막에 깊은 바다로 흘러 들어간다고 얘기했어. 소년이 바다는 어떻게 생겼냐고 물었더니 상인이 이렇게 말했어. '바다는 온 세상의 물이 다 모여 끝이 보이지 않을 만큼 넓어진 그 위로 거울처럼 파란 하늘이 비치는 곳이란다. 바닷가에 안개가 끼는 강남 지역에는 푸른 산과 호수 사이에 정자와 누각이 있는데, 그 풍경이 시나 그림처럼 아름답지. 비단 치마를 입은 아가씨들이 석호에 배를 띄우고 나긋나긋한 목소리로 노래를 부르곤 해.' 상인의 이야기에 매료된 소년은 그를 따라 강남에 가고 싶어졌어. 하지만 마을 사람들은 상인의 말을 믿지 않았고 소년의 부모도 허락하지 않았지. 상인은 강남에서 가져온 작은 유리병을 소년에게 선물하고 마을을 떠났어. 나중에 소년은 티베트어로 자기 인생과 소망을 편지에 적어 티베트고원에서 주운 옥돌과 함께 유리병에 넣은 다음, 입구를 잘 싸매 강물에 띄워 보냈어. 하류의 강남 지역까지 흘러가길 바라면서. 그런데 정말 기적이 일어난 거야. 반년 뒤 양쯔강이 바다로 흘러가는 어귀에 있는 건강(建康)\* 지역 성벽 밑에서 강가를 걷던 한 외로운 소녀가 그 유리병을 주운 거지."

원텐밍이 믿을 수 없다는 표정으로 자신을 보는 AA를 보았다. 이야기에 매료된 눈빛이 아니라 섬뜩한 진실을 깨닫고 겁에 질린 눈빛이었다.

"양쯔강 동화! 이거 양쯔강 동화 맞지?"

---

\* 옮긴이 주 : 난징(南京)의 옛 이름.

AA가 비명을 질렀다. 오래전 그녀가 청신에게 보여준 영화의 내용이었다. 몇 세기가 흘렀지만 대부분의 시간을 동면으로 보낸 그녀에게는 그 일이 불과 몇 년 전처럼 느껴졌으므로 똑똑히 기억하고 있었다.

"그대는 장강 상류에 살고, 나는 장강 하류에 산다네. 그대를 만날 수는 없지만 날마다 그대를 생각하며 장강 물을 함께 마시네……."

그때 그녀는 청신에게 이 이야기가 삼체인의 예술작품이라고 소개했지만 알고 보니 윈톈밍이 꿈에서 창작한 사랑 이야기였던 것이다. 그렇다면 설마, 설마…….

"양쯔강 동화 맞아."

윈톈밍이 마치 자신과 무관하다는 듯 차분한 말투로 말했다.

"이제 알았구나. 이 영화뿐 아니라 삼체인의 '예술작품'이라고 알려진 것들 대부분이 내 꿈의 내용이야. 삼체인은 내가 꿈에서 창작한 이야기를 이용해 인류의 신뢰를 얻었지. 그러니 내가 그들을 도와준 셈이야."

삼체인은 지구인의 반격을 촉발하지 않고 인류의 우주 전송 시스템을 파괴해 위협 상태를 끝내길 원했다. 이 계획이 성공하려면 인류가 여리고 착한 청신을 검잡이로 선택해야 했고, 그러려면 인류로 하여금 삼체 세계가 더 이상 실질적 위협이 되지 않는다고 믿게 만들어야 했다. 여러 방법이 있지만 가장 효과적인 방법은 신뢰와 호감을 쌓는 것이었다. 하지만 인류가 삼체 문명에 신뢰와 호감을 느끼게 만드는 건 결코 쉬운 일이 아니었고, 그러기 위해서는 '같은 부류'라는 동질감을 느끼게 하는 과정이 필요했다. 삼체의 전략 전문가들이 진즉에 이런 결론을 도출해냈지만, 수단을 논의하는 단계에서 한 발짝도 나가지 못하고 있었다. 삼체 세계와 인류 세계는 사실 너무 달랐다. 위협의 세기 초에 경험이 부족한 삼체인들이 인류에게 자신들의 사회와 문화에 대해 공개했었다. 부모가 짝짓기한 뒤 몸이

터지면서 자식이 탄생한다거나, 늙거나 장애가 있는 개체는 탈수시켜 소각한다는 등의 정보가 알려지자 인류는 삼체인에게 공포와 혐오를 느꼈다. 삼체인이 인류를 형용할 때 썼던 그 짧은 문장이 반대로 인류가 삼체인을 경멸하는 말로 사용되었다.

"너희는 벌레다!"

삼체인에게는 이 말이 낙후된 지구인의 과학과 기술 수준을 이르는 말이었지만, 인류는 이 말에 윤리적이고 문화적인 혐오감을 더 많이 부여했다. 삼체 세계에 화의파 정부가 탄생한 뒤 삼체인도 지구와의 관계 개선을 시도했지만 역사적으로 쌓인 원한과 문화 차이 탓에 거의 효과를 거두지 못했다. 삼체인은 감정에 거의 영향을 받지 않는 이성적인 종족이지만, 지구인은 최후의 전쟁 이후 삼체인에게 사무치는 증오심을 품고 있었다. 삼체인은 이런 비이성적 원한에 어떻게 대처해야 할지 알지 못했다.

그때 그들은 윈톈밍의 존재를 떠올렸고, 그에게서 유용한 단서를 찾고자 한 것이다. 그동안 윈톈밍이 꾼 모든 꿈이 저장된 기록 장치는 삼체인에게 마르지 않는 보물창고였다. 윈톈밍은 삼체의 지구 문화 애호가들 사이에서 우상처럼 떠받들어졌다. 그의 창작물이 삼체의 미디어에 문자와 이미지로 발표되자 삼체인은 열광적인 찬사를 보냈다. 그러고는 그것들을 정교하게 각색한 뒤 삼체인의 작품이라며 지구로 전송했다.

사실 삼체인이 처음부터 의도적으로 인류를 속이려 했다고 보기는 어렵다. 그들은 단지 선의의 표현으로 윈톈밍의 작품을 지구인에게 보냈을 수도 있다. 그들은 오랜 집단주 탓에 '저작권' 개념이 없었으므로 윈톈밍의 꿈을 자신들이 좋아하는 형식으로 각색한 뒤 그들 자신의 것이라고 생각했다. 삼체 세계에도 비밀이라는 개념이 어느 정도 생겨난 뒤였으므로 그들은 지구인이 창작자가 누구인지 물으면 제대로 대답하지 않는, 가장 낮은 수준의 속임수를 썼다. 인류는 스스로도 자각하지 못한 채 작품을 만들어준 지구인이 삼체 세계 안에 있을 줄은 상상도 못 했으므로, 당연히 삼체인의 집단창작물이라고 생각했던 것이다.

사실 윈텐밍의 작품에는 삼체인이 도저히 모방할 수 없는 짙은 휴머니즘과 인류의 가치관이 깃들어 있었기에 인류는 그게 정말로 삼체인의 창작물인지 의심했어야 정상이지만, 위협의 세기에 팽배해진 자기 과신과 지구에 대한 삼체인의 동경이 지구인의 눈을 멀게 했다. 인류는 지구의 문화가 아직 싹을 틔우는 단계임에도, 시공을 초월해 우주의 보편적 가치를 담아냈으니 삼체인이 지구 문화에 열광하며 모방하는 것이 지극히 당연하다고 생각했다. 게다가 삼체인도 적당한 환경이 조성되자 자연스럽게 그와 유사한 예술을 만들어내기 시작했다. 윈텐밍의 꿈을 각색하는 과정에서 삼체 세계 특유의 요소가 가미되기도 하고, 삼체인 스스로 윈텐밍의 꿈을 모방하기도 했으므로(물론 나란히 논할 수준은 아니었다) 지구인들은 원작이 삼체인의 작품임을 조금도 의심하지 않았다.

AA는 문득 삼체인의 또 다른 '휴머니즘' 작품이 생각났다.

"잠깐, 어떤 때는 일본 미녀의 모습을 하고 있고 또 어떤 때는 닌자의 모습을 띠는 지자 이야기도 설마 당신이 만들어낸 건 아니겠지?"

윈텐밍이 난처한 표정을 지으며 고개를 끄덕였다.

"맞아. 지자도 내 꿈에서 탄생했어."

그의 꿈속에는 어머니, 누나, 청신 등 몇 안 되는 여자 외에도 자주 등장하는 여자가 한 명 더 있었다. 그녀는 온화하고 수줍음이 많지만 가끔은 열정적이고 대담했는데 삼체인은 그 신비로운 여자를 매우 흥미롭게 여겼다. 지자가 조사한 결과 그녀는 지구 서기 시대의 일본 여배우 아사카와 란*이었다. 친구가 많지 않았던 윈텐밍은 대학 시절 그녀가 나오는 영화를 즐겨

보았고, 대학을 졸업하고 직장에 다니면서 그녀의 모든 작품을 소장했다. 그 여배우로 대표되는 일본 콘텐츠의 한 분야가 아시아에서 상당히 인기를 끈 적이 있었던 것이다.

삼체인은 원래 일본이라는 비교적 작은 나라에 별 관심이 없었지만, 윈텐밍의 꿈에 나타난 상징을 연구하던 전문가들이 매우 흥미로운 현상을 발견했다. 환경이 열악한 섬나라 일본은 두 개의 지각판이 만나는 곳에 위치해 지진, 해일, 화산 폭발 등 자연재해가 빈번했고 서기 세기 말에 초대형 지진해일이 수만 명의 생명을 앗아간 적도 있었다. 일본인은 항상 국토가 바다에 잠길지 모른다는 불안을 안고 살았고, 그 때문에 대륙을 점령해 안전한 터전으로 이주하려는 시도를 여러 번 했다. 또 일본인은 강인하고 복종에 익숙하며 절제력이 강해서 마치 지구 안의 삼체 세계라고 할 수 있을 정도로 국민성이 삼체인과 비슷했다.

흥미로운 점은 중국에서 문화적 영향을 받아 발전한 일본이 윈텐밍이 태어나기 수십 년 전 중국을 침략하는 바람에 두 나라 사이 감정의 골이 깊어졌음에도 불구하고, 불과 수십 년 뒤 일본의 엔터테인먼트가 중국 젊은 층에 크게 유행하며 과거에 쌓인 적대감도 희석되었다는 사실이었다. 이런 역사적 유사성에 착안한 삼체 학자들은 지구인이 삼체인에게 가진 적대감을 옅어지게 만들려면 일본을 연구하고 그들의 방식을 모방해야 한다는 일치된 결론을 얻었다. 그렇게 해서 지자가 일본 미녀의 모습으로 지구인 앞에 등장하게 되었는데, 그 원형이 바로 윈텐밍의 꿈에 나온 아사카와 란이었다.

"아, 어쩐지!" AA도 문득 생각나는 일이 있었다. "청신 선생님도 지자를

---

\* 옮긴이 주 : 2000년대 초반에 활동한 일본의 AV 배우.

만난 뒤 과거 선생님이 살던 시대의 외국 여배우를 닮았다고 했어. 이름을 말해주지 않았고 나도 묻지 않았는데 선생님과 당신이 같은 여배우를 기억하고 있었구나."

"청신이 아사카와 란을 알고 있었다고?" 윈톈밍이 깜짝 놀랐다.

"응. 왜 그렇게 놀라?" AA가 물었다.

"아냐. 아무것도." 윈톈밍이 웃을 듯 말 듯한 표정으로 고개를 저었다.

지자에게 일본 여배우의 이미지를 입히는 전략은 대성공을 거두었다. 위협의 세기 중반 인류에게 여성화 경향이 나타나고 있었기 때문에 일본 문화의 요소를 넣어 연출한 '다소곳하고 아름다운 여성'의 이미지는 시대 분위기와 잘 맞아떨어졌다. 지자는 '여성 중의 여성'으로 불렸고 지자의 옷차림, 메이크업, 액세서리가 인류의 유행을 이끌었다. 사실 지자의 이미지가 인류 사회의 여성화를 가속화하는 역할도 했다. 거칠고 야만적인 삼체인조차 부드럽고 나긋나긋한 여자가 되기로 했다면, 여성화가 인류 사회의 보편적 가치관이자 앞으로 나아갈 방향임을 보여주는 분명한 증거라고 여긴 것이다. 사람들은 괴테의 《파우스트》 속 구절을 약간 바꿔 여성적 문화가 가진 우주적 의미를 표현했다.

"영원한 여성이 우리와 삼체인을 저 높은 곳으로 인도한다!"

하지만 얼마 안 가서 삼체 세계는 더 이상 인류 문화에 경도되기를 거부했다.

삼체의 개혁은 오래 지속되지 못했다. 지구 문화를 맹목적으로 받아들이고 모방해도 삼체 세계의 현실적인 문제를 해결할 수 없었기 때문이다. 삼체 세계가 '인문 사회'가 되었다고 해서 난세기가 사라지지는 않았고, 오히려 삼체인 개별 개체의 자의식이 강해지며 기존의 군대식 체계가 느슨해졌다. 항세기에는 삼체인들이 여러 파벌로 나뉘어 중구난방으로 주장을 펼치며 혼란을 야기했고, 난세기가 되면 뿔뿔이 흩어져 각자도생하느라 바쁜 와중에 수억 개체가 목숨을 잃었다. 이런 혼란이 20년 넘게 반복되자 삼체 평민들 사이에서 새로운 사회에 대한 불만이 고조되었고 급기야 삼체 정부에 '지구 벌레의 정부'라는 멸칭이 붙기도 했다.

곤경에 빠진 삼체 신정부는 지구의 민주주의 선거제를 도입해 정치적 혼란을 해결해보려고 했으나 오히려 악수를 둔 꼴이었다. 구세력이 압도적인 득표율로 재기해 정권을 탈환한 뒤 '지구파'를 완전히 청산해버린 것이다. 이 과정에서 삼체인은 지구 문화의 약점을 간파했다. 삼체 세계 안에서 폭력주의가 다시 고개를 들더니 곧이어 전략적 속임수를 이용한 지구 정복 계획이 재차 논의되기 시작했다.

주전파들은 이미 지구인이 삼체 세계의 호의와 선의를 굳게 믿고 있어 그들을 속이기 위해 노력할 필요가 없다는 사실을 알고 쾌재를 불렀다. 삼체인의 전략적 속임수가 성공을 거둔 셈이다. 가장 큰 성공 요인은 바로 윈톈밍의 창작물과 과거 삼체 세계가 보여준 진심 어린 호의였다.

속임수를 들키지 않고 오래 유지하는 문제가 남아 있었지만 그건 그리 어렵지 않았다. 삼체 학자들의 연구 결과, 큰 변수가 생기지 않는 한 인류 사회에 나타난 여성화 경향은 적어도 한 세기 안에 돌이킬 수 없는 대세가 될 것으로 예상되었다. 온화한 여성이 차기 검잡이로 선출될 확률이 90퍼센트 이상이었고, 인류의 의심을 마비시키기 위한 무기로 재가공할 수 있는 아름다운 예술작품이 윈톈밍의 머릿속에 아직도 많이 남아 있었다. 이제는 삼체인도 지자의 숙련된 일본 다도와 꽃꽂이 솜씨로 인류의 환심을 사는 전략쯤은 충분히 구사할 수 있었다.

바로 그때 삼체 행성에 곡률 추진을 이용한 광속우주선이 탄생했다. 훗날 지구인은 광속 비행 우주선을 가진 삼체인이 왜 그렇게 태양계 정복을 고집했는지 의아해했지만, 사실 그 이유는 간단하다. 집착이 강한 종족이기 때문이다. 첫 함대가 이미 한 차례 지구를 점령한 경험이 있는 데다가 그들이 보기에 광속우주선이 최악의 상황에 대비하는 안전장치가 될 수 있었다. 삼체인의 반격이 실패해 인류가 우주 전송 시스템을 작동시키더라도 암흑의 숲 공격이 닥칠 때까지 150년이라는 시간이 있으므로 그 사이에 대형 광속우주선을 이용해 대부분의 삼체인을 태우고 삼체 성계를 빠져나갈 수 있을 것이라고 판단한 것이다. 뤄지의 저주가 효력을 발휘하기까지 걸리는 시간을 고려할 때 충분히 타당한 계획이었다.

훗날 암흑의 숲 공격이 그토록 빠르게 삼체 세계를 덮칠 줄은 아무도 예상하지 못했다. 예상과 달리 신호 전송부터 항성 궤멸까지 단 3년이 걸린 것이다.

계획이 순조롭게 착착 진행되자 삼체인은 마침내 윈톈밍을 꿈에서 깨웠다. 더 이상 그의 뇌를 연구할 필요가 없었기 때문이다. 삼체인에게 그는 더 이상 중요한 존재가 아니었다. 삼체인은 그가 전략적 속임수에 협조하면 좋겠지만, 강요하지는 않겠다고 자신 있게 말했다. 그는 이미 삼체 세계를 위해 큰 공을 세웠으므로 계속 꿈을 꾸든 삼체 사회와 어울려 살든, 원하는 방식으로 편안히 여생을 보내게 해주겠다고 했다.

윈톈밍이 협조한다면 삼체인의 여전히 서툰 위장이 훨씬 교묘해져 성공 확률이 오를 것이다. 삼체 학자들은 검잡이 교체 시기를 틈타 지구를 공격한다면 성공할 확률이 87.53퍼센트이고, 윈톈밍이 적극적으로 돕는다면 성공률이 93.27퍼센트까지 높아질 것으로 예상하고 있었다. 삼체인들은 윈톈밍의 협조로 공격이 성공한다면 지구인 천만 명을 남겨 호주 대륙에서 살게 해주겠다고 했다. 그 정도면 지구 문명을 보존하는 데 충분할 것이다.

하지만 그가 협조하지 않아도 이미 삼체인의 공격 성공률은 87.53퍼센트에 달했다. 그의 도움 없이 성공한다면 몇몇 표본과 유전자 데이터베이스를 제외하고는 인류를 비롯한 지구상의 모든 생명을 완전히 멸종시킬 계획이었다. 그렇게 되면 인류는 태양계에서 완전히 사라질 것이며, 태양계를 벗어난 블루스페이스호도 물방울의 공격을 받고 섬멸될 것이다. 우주 전체에서 인류 문명이 흔적도 없이 사라지는 것이다.

"너무 가혹해!"

AA가 자기도 모르게 외쳤다. 어떤 선택을 하든 윈톈밍은 인류에게 죄인이 될 수밖에 없었다. 87.53에서 93.27퍼센트 사이의 높은 확률을 비껴갈 기회가 인류에게 주어진다면 얘기가 달라지겠지만, 그럴 가능성은 희박했다.

"당신이라면 어떻게 하겠어?" 윈톈밍이 그녀에게 물었다.

"난 아무 선택도 못 해." AA가 고개를 저었다.

"반드시 선택해야만 한다면? 결정을 내려야만 한다면 어느 쪽을 선택하겠어?"

한참 침묵하던 그녀가 대답했다. "나라면 협조하는 쪽을 택하겠지."

윈톈밍도 그랬다. 삼체인을 돕는다면 적어도 적은 인구나마 지구인을 살릴 수 있고, 또 삼체인을 돕는 게 인류에게 경고 메시지를 전할 유일한 기회였다. 삼체인에게 집요하게 캐묻고 지자를 통해 알아보니, 삼체인은 실제로 전쟁을 준비하고 있었으며 그들이 말한 지구에 대한 정보도 사실이었다. 윈톈밍은 협상 끝에 지구 점령 후 살려둘 인구를 5천만 명까지 늘리겠다는 약속을 받아냈다. 삼체인이 한발 양보하자 그도 삼체 세계에 충성을 맹세했다.

사실 삼체인에게는 맹세라는 개념이 없다. 어떤 생각을 하는지 투명하게 공개되기에 충성심을 맹세할 필요가 없기 때문이다. 하지만 삼체 세계에 처음 들어온 지구인 윈텐밍은 일종의 의식을 치러야 마음이 놓일 것 같았다. 삼체인은 윈텐밍을 배려해 몇 세기 전 ETO 자료를 뒤져 성대한 서약식을 거행하고 이를 생중계했다. 쓸쓸한 표정으로 카메라 앞에 선 윈텐밍은 주먹을 높이 들고 지하에 고이 잠든 삼체 전사들의 오래된 선서 구호를 외쳤다.

"인류의 폭정을 제거하자! 세계는 삼체의 것이다!"

예원제, 에번스 등 당시 ETO 조직원들이 이 익숙한 구호를 듣는다면 어떤 기분일까.

서약은 형식적 행위일 뿐이므로 삼체인은 윈텐밍의 대뇌에 대한 면밀한 검사를 병행했다. 하지만 윈텐밍은 지난 수십 년간 삼체인과의 멘털 공방전을 통해 진실한 의도를 감추고 거짓을 내보이는 기술을 터득한 뒤였다. 사실 인간에게는 별로 어려운 일도 아니다. 태생적으로 타고난 기만 능력에 더해 지구에서 박대당하고 이용당했던 과거와 앞으로 삼체 세계에서 누리게 될 혜택을 떠올리면 손쉽게 연기에 몰입할 수 있었다. 삼체인은 윈텐밍의 진정한 의도를 알아채지 못하고 그가 겉으로 표출하는 공포와 분노, 굴복만을 볼 수 있었다. 윈텐밍은 인류에 대한 불만과 현실 인식으로 인한 절망, 자괴감과 자기변명, 삼체 세계에서 얻게 될 것들에 대한 물욕 등 몇 겹의 감정을 층층이 쌓아 진심을 감추었다. 삼체인이 보기에 이치에 맞는 논리였으므로 그들은 그의 진심을 의심하지 않았다.

윈텐밍은 삼체인에게 충성을 서약한 뒤에도 그들을 직접 만날 수 없었다. 그들이 일부러 만남을 피하는 듯했다. 지구인과 삼체인에게 필요한 환경이 너무 다른 탓에 만나려면 복잡하고 까다로운 문제를 해결해야 하고, 언제든 가상 공간에서 소통할 수 있으므로 만나지 않아도 된다고 했지만,

윈텐밍은 왜 그들이 그를 직접 만나지 않는지, 왜 그가 삼체인의 모습을 보지 못하게 하는지 궁금했다. 뭔가 숨기는 걸까? 하지만 그보다 더 중요한 일이 많았기에 우선 궁금증은 접어두었다.

그에게 주어진 임무는 주로 예술작품을 창작해 인류에게 보내는 일과 지구 정부에 보내는 외교 서한을 수정하고 다듬는 일, 민간 교류에 자문을 제공하는 일이었다. 물론 그의 신분과 존재는 인류에게 철저히 비밀로 했다. 삼체인은 그가 하는 일을 감시하는 기관을 설치해 인류에게 정보를 누설하지 못하도록 했다. 물론 기우는 아니었다. 윈텐밍은 삼체인이 지구 정복의 야심을 버리지 않았음을 인류에게 은밀히 알려줄 방법을 실제로 궁리하고 있었다.

그는 검열기관이 속임수를 찾아내는 능력이 상당히 부족하다는 사실을 금세 파악했다. 그들의 눈과 귀를 속여 태양계에 정보를 전달하기는 그리 어렵지 않을 것 같았다. 그도 그럴 것이 타인을 속이는 데 서툰 삼체인이 타인의 속임수를 쉽게 간파하지 못하는 건 당연했다. 실제로 윈텐밍은 그 뒤로 10여 년 동안 수차례나 삼체인에게 들키지 않고 지자를 통해 중요한 메시지를 인류에게 전송했다.

"정말로?" AA가 물었다. "왜 아무도 그걸 몰랐을까?"

"당연하지. 《와성상담(臥星嘗膽)》만 해도 그렇잖아. 고대 중국을 풍자한 그 SF소설에서 난 배경을 우주로 바꾸고, 월왕(越王) 구천(句踐)과 그의 신하가 겉으로는 오(吳)나라에 복종하면서 뒤로는 반격을 준비하는 대목을 강조했어. 그 책이 지구에서 엄청나게 많이 팔렸는데도 그 숨은 의미를 알아챈 사람이 없더군."

"그런 뜻이 있었구나." AA는 이제야 깨달았다. "그 속에 어떤 의미가 숨어 있는 것 같다고 생각하긴 했지만 뤄지와 장베이하이가 와신상담하며 삼체인을 속이고 최후의 승리를 거둔 데 대한 은유인 줄 알았는데. 이제 보니 정반대였네!"

"그랬군." 윈톈밍이 긴 한숨을 내쉬었다. "열에 아홉은 그렇게 생각했겠지. 인간은 늘 자기중심적이야. 언제나 자신을 승리자로 여기잖아. 나도 나중에는 이런 암시가 아무 소용도 없다는 걸 알았어. 그렇게 몇 년이 흐르니 점점 조급해져서 삼체인에게 간파당할 위험을 무릅쓰고 진실을 그대로 담은 작품을 썼고 그게《하늘의 배신》이야."

《하늘의 배신》은 실제 역사를 각색한 희곡으로 뤄지의 삼체 위협이 성공한 뒤 삼체인이 교묘한 음모로 그를 제거하고 다시 지구를 침공한다는 줄거리였다. 특히 삼체 우주선이 지구에 무차별적 공격을 퍼붓는 장면이 소름 끼칠 만큼 잔인하게 묘사되어 있었다. 윈톈밍으로서는 굉장한 모험이었고, 그 작품이 삼체인의 검열을 통과할 수 있으리라고 스스로도 기대하기 어려웠다. 하지만 예상과 달리 작품은 순조롭게 검열을 통과했을 뿐 아니라 삼체인이 직접 그 작품을 3D 영화로 제작해 지구로 전송했다. 과연 영화는 지구에서 큰 반향과 논란을 일으켰지만, 윈톈밍의 의도를 완전히 벗어나 '지구에 전쟁을 도발한 것에 대한 삼체의 죄책감과 반성, 심오한 휴머니즘을 보여준 수작'이라는 평가를 받으며 오스카 최우수작품상을 수상했다. 심지어 지자가 삼체인을 대표해 화려한 기모노를 입고 시상식에 참석해 트로피까지 받았다.

사실 인류의 어리석음을 탓할 수만은 없다. 윈톈밍이 창작했지만 삼체인의 작품으로 발표되었기에 삼체인의 잔인성을 드러낼수록 아이러니하게도 자기성찰로 비추어졌기 때문이다. 게다가 삼체인이 거짓을 말하지 못한다는 것은 잘 알려진 사실이므로 사람들은 영화에서처럼 삼체 세계가 비밀리에 음모를 꾸미는 게 불가능하다고 믿었다. 소수 강경파 인사들만이 그 속에서 부정적 뉘앙스를 읽어내 "지구 점령을 갈망하는 삼체인의 내면적 독백"이라고 주장했지만 아무도 믿지 않았다.

하지만 그는 한 가지 방법을 더 갖고 있었다.

그는 창작 외에도 삼체 과학계가 인류에게 전송할 기초과학 이론을 지어내는 일을 맡고 있었다. 옳아 보이지만 실은 잘못된 이론을 고안해내는 것은 삼체인에게 매우 어려운 일이었으므로 그들은 이 일을 전적으로 그에게 맡겼다. 하지만 20세기에 대학을 다닌 윈톈밍의 실력으로는 삼체의 첨단 이론을 이해하고 응용하기가 어려웠다. 고민에 빠져 있을 때 오래전 읽은 무협 소설이 떠올랐다. 그는 그 소설에서 영감을 얻어 삼체의 과학이론중 일부 데이터만 바꾸었다. 쿼크*의 에너지값에 0 하나를 더 쓰고, 공간 곡률에서 루트 기호를 지웠다. 인류의 과학 발전 속도로 볼 때, 20년 안에 그 수치의 오류를 발견할 가능성은 거의 없었다. 삼체 과학자들은 그 사실을 알고 놀라워하며 그를 천재라고 칭송했다. 인간에게는 그리 어려운 일이 아니지만 삼체인은 데이터를 거짓으로 바꾸겠다고 마음먹기만 해도 스스로 역겨움과 배설 충동을 느끼곤 했던 것이다.

"어쩐지!" AA가 소리쳤다. "박사 논문을 쓸 때 삼체의 데이터를 참고했는데 아무리 계산해도 틀린 값이 나오는 거야. 하는 수 없이 그냥 넘어갔는데 논문 인터뷰 때 하마터면 그것 때문에 탈락할 뻔했어. 이제 보니 당신 때문이었잖아?"

윈톈밍이 쓴웃음을 지으며 고개를 저었다.

"사실 의도적으로 심어놓은 힌트였어. 당장은 오류를 검증할 수 없지만 연구하면 결국은 찾아낼 수 있는 것들이니까. 그렇게 하면 인류가 삼체인

---

* 옮긴이 주 : 경입자와 함께 물질을 이루는 가장 근본적인 입자.

에게서 이상한 낌새를 발견하고 경계심을 가질 거라고 생각했어."

"그건 당신이 학자가 아니고 학술계의 실상을 몰라서 그래." 박사 학위가 있는 AA가 한숨을 지었다. "그런 방법은 아무 소용 없어. 실험으로 검증할 수 있을 거라고? 오류를 발견한다 해도 사람들은 오히려 그 실험에 문제가 있는 게 아니냐고 의심할 거야. 지구보다 수백 년은 앞서 있는 삼체의 과학이론을 어떻게 부정하겠어? 다른 학자들이 뒤이어 검증하지도 않을 거고, 소위 권위자들은 삼체의 기존 이론과 데이터를 두둔하는 보조 가설들을 계속 제시할걸. 그게 그들의 밥그릇이니까. 그러다 도저히 궤변을 늘어놓을 수 없는 지경에 다다르면 문제를 제기한 사람에게 더 설득력 있는 이론을 내놓으라고 압박하겠지. 반증에 조금이라도 빈틈이 있으면 벌떼처럼 달려들어 조롱할 거고. 하나를 트집 잡아 집중 공격하면서 다른 건 보려고 하지도 않아. 그 정도로 끝나면 다행이지. 문제를 제기한 사람이 하는 말이라면 일절 들어주지 않고 투명 인간 취급하기도 해. 과학계 전체가 오류를 인정하게 하려면 그 늙은이들이 죽을 때까지 기다리는 수밖에."

결국 윈톈밍의 모든 노력은 헛수고가 되었고, 오히려 삼체인의 지구 습격 승산을 높여주는 결과만 낳았다. 하지만 그 덕에 그는 삼체인에게 진의를 들키지 않고 그가 전적으로 충성하고 있다고 믿게 만들 수 있었다. 공격 개시까지 몇 년 남았을 때는 삼체 세계에서 윈톈밍의 지위가 점점 상승해, 지구와 직접 소통할 수는 없지만 지자를 보내 마음대로 지구를 관찰할 수 있는 권한까지 얻었다.

"그때 동면에서 깨어난 청신을 발견했어. 그때부터 난 쭉 당신들 곁에 있었지."

"우리가 아니라 청신 선생님 곁에 있었겠지."

AA가 뾰로통한 얼굴로 바로잡았다. 질투해선 안 된다는 걸 알았지만 참을 수가 없었다.

그녀에게는 청신과 윈톈밍에 관한 비밀이 하나 있다. 그녀가 태어나기 200여 년 전, 외계인은 SF소설에나 나오던 서기 세기에 시작된 아주 오래된 비밀, 또 그녀이기도 하고 그녀가 아니기도 한 어떤 사람에 관한 비밀이었다.

"아냐." 윈톈밍이 말했다. "물론 당신도 포함돼. 당신이 늘 청신과 함께 있었으니 당신도 오랜 친구 같은 느낌이 들어. 이유는 모르지만 처음부터 그랬어."

"그 아사, 무슨 란이라는 배우를 닮아서?" AA가 놀리듯이 말했다.

"아니야. 왜인지는 나도 잘 모르겠어. 아마도 당신이 붙임성이 좋아서 그렇겠지. 당신이 워낙 동에 번쩍, 서에 번쩍 돌아다녀서 지자도 따라잡기 힘들 때가 있었으니까."

"잠깐." AA가 뭔가 생각한 듯 말했다. "지자를 통해서 우릴 계속 보고 있었다는 말이야?"

"응, 당신과 청신이 고된 나날을 보내는 동안 나도 쭉 곁에 있었어. 당신들이 고난을 겪을 땐 내가 겪는 것처럼 고통스러웠고." 윈톈밍이 말했다.

청신에게 큰 감동을 주었던 말이지만 활발한 AA는 완전히 다른 반응을 보였다. 그녀가 갑자기 윈톈밍을 주먹으로 세게 때렸다.

"이 엉큼한 변태! 지자의 카메라로 우릴 훔쳐봤단 말이야? 목욕하고 옷 갈아입는 것도 봤어? 다이어트하는 것도, 다리털 미는 것도?"

생각지 못한 반응에 윈톈밍은 뭐라고 대답해야 할지 알 수 없었다.

"빨리 대답해! 봤어, 안 봤어?" AA가 그를 다그쳤다.

"안 봤어. 정말이야."

AA가 믿을 수 없다는 눈초리로 노려보자 윈톈밍의 얼굴이 빨개졌다.

"알았어. 인정할게. 청신을 몇 번 보긴 했지만 보호를 위해서였어. 정말이야. 당신은 본 적 없어. 맹세해!"

"청신 선생님만 보고 난 안 봤다고? 볼 수 있는데도? 내가 그렇게 매력이 없단 말이야?" AA가 정말로 토라진 듯 입을 비죽거렸다.

"아니, 한 번도 안 본 건 아니고." 윈톈밍이 울상이 되어 털어놓았다. "호주에서 두 사람이 목욕할 때. 당신도 알잖아. 그때 청신을 해치려는 사람들이 많았다는 걸."

"정말 봤구나! 이 변태!" AA가 윈톈밍을 세게 꼬집었다.

윈톈밍은 이 쓸데없는 대화를 중단시키기 위해 어쩔 수 없이 자기 입술로 그녀의 입을 막았다. 한참 뒤 그가 조심스럽게 물었다.

"화난 거 아니지?"

AA가 참고 있던 웃음을 터뜨리며 깔깔거렸다.

"순진하긴! 내가 정말 화난 줄 알았어? 당신을 놀린 거야. 서기인들이나 그런 걸 중요하게 여기지. 볼 테면 보라지. 본다고 어떻게 되는 것도 아닌데!"

윈톈밍은 AA를 품에 안고 이마에 가볍게 입을 맞췄다. 그녀의 마음이 그리 편하지 않으리라는 걸 알고 있었다. 그들이 지나온 시대는 인류 역사상 가장 고통스러운 시기였다. 그가 부담을 내려놓을 수 있도록 농담을 하는 그녀에게 고마웠지만 그런다고 어찌 마음이 가벼워지랴.

"그런데 우릴 보호하려고 계속 지켜보고 있었다고?" 한참 있다가 AA가 물었다. "청신 선생님이 동면에서 깨어난 지 얼마 안 돼서 그 미치광이 웨이드가 쏜 총에 죽을 뻔했을 때, 그때도 보고 있었어?"

윈톈밍의 얼굴에 오랜만에 돈 웃음기가 싹 가시고 슬픔과 자책의 기운이 드리웠다. 그의 표정을 보고 AA는 뱉은 말을 후회했다.

"당신 탓이 아니라는 걸 알아. 몇 광년 밖에서 아무것도 할 수 없어서 얼마나 괴로웠을까. 청신 선생님도 다행히 위기를 모면했잖아. 당신이 자책할 일이 아니야."

윈톈밍이 갑자기 괴상한 웃음소리를 냈다. 웃음소리가 파란별의 밤하늘을 처량하게 울렸다.

"하하하, 아무것도 할 수 없었다고? 차라리 아무것도 할 수 없었다면 얼마나 좋을까! 정말 아무것도 할 수 없었다면 난 억세게 운 좋은 놈이고, 인류에게도 크나큰 행운이었겠지. 애석하게도 난 지구를 멸망에서 구할 마지막 기회를 내 발로 차버렸어. 그러니 자책하지 않을 수가 있겠어?"

"그게 무슨 소리야? 그 일이 당신과 관련이 있어?"

윈톈밍이 쓴웃음을 지으며 뱉은 말에 그녀는 온몸이 선득했다.

"그날, 내가 청신을 살렸어."

400년 전 살인미수 사건의 또 다른 진실이 오늘에야 밝혀지고 있었다.

"청신이 동면에서 깨어난 뒤 난 지자를 통해 그녀를 지켜보았어. 손짓 하나, 작은 표정, 짧은 미소가 마음을 얼마나 아프게 했는지 몰라. 수백 년이 흐른 뒤 그런 식으로 다시 만나게 되다니. 수 광년 떨어져 있지만 손만 뻗으면 닿을 것 같았어. 며칠 동안 아무것도 안 하고 오로지 그녀만 지켜보았지. 마침내 당신 목소리를 위조한 웨이드의 전화가 걸려 오더군."

"그 전화……." AA도 돌이키고 싶지 않은 기억이었다.

"당신이 청신에게 인적이 드문 곳에서 만나자고 하는 걸 듣고 예감이 좋지 않았어. 지자를 보내 추적하니 당신이 아니라 음성변조기를 장착한 토머스 웨이드더군. 그땐 그가 누군지 몰랐어. 지자가 수집한 그의 신분과 행적을 보고서야 그가 검잡이가 되려고 한다는 걸 대번에 파악했지.

그걸 안 순간 할 말을 잃고 말았어. 청신이 가장 유력한 검잡이 후보라니. 꿈에 그리던 그녀를 다시 본 기쁨에 그녀의 명성과 영향력을 미처 생각하지 못했던 거야. 상상도 못 한 일이지! 모든 일의 발단은 내가 청신에게 그 별을 선물한 것이었잖아……. 우리 별 말이야. 평화롭게 살던 청신이 이 별 때문에 한 세계를 가진 성녀로 떠받들어지고 사람들에게 추앙받고, 심지어 성모 마리아의 화신으로 여겨지다니!

하지만 난 알았어. 청신이 바로 삼체인이 바라는 미래의 검잡이라는 걸. 그녀가 검잡이가 되는 순간, 삼체인은 주저 없이 지구를 공격할 거라는 사실도. 그들은 그녀가 절대로 전송 스위치를 누르지 못할 거라고 생각할 테니까. 그러니 그녀가 스위치를 누르든 말든 어차피 인류의 멸망은 피할 수 없는 기정사실이었어.

모든 게 그 별 때문이야. 내가 사랑하는 여자를 인류를 멸망시키고 그녀 자신도 파멸할 수밖에 없는 자리에 내 손으로 직접 올려놓았던 거야. 그 사실을 깨닫고 웨이드를 미행하다가 그가 구식 권총을 품에 넣고 약속 장소로 가는 걸 봤어. 위험하다는 느낌이 오더군. 총은 위협용으로만 쓰이길 바랐어. 청신이 검잡이 경선을 포기하겠다고 말하면 그자가 그 총을 쓰지 않을 줄 알았지. 사실 난 청신이 그에게 위협을 받아 경선에 나가지 않길 바랐어. 그게 인류에게든 그녀 자신에게든 좋은 일이니까.

하지만 웨이드가 청신에게 총을 겨눴을 때 내 생각이 틀렸다는 걸 알았지. 토머스 웨이드는 말로만 위협하는 남자가 아니었어. 목적을 달성하기 위해서라면 윤리나 도덕은 가볍게 무시하고 어떤 대가도 치를 수 있는 사람이더라고. 청신을 위협해 검잡이가 되기를 포기하게 만드는 데 그치면 청신이 그를 고발할 수 있으니 입을 막는 유일한 방법은 죽이는 것이었겠지. 검잡이가 되어 인류의 잠재적 위기를 제거하겠다는 그의 목적이 내가 가장 바라는 일이었다니, 아이러니하지 않아?"

그의 얼굴에 씁쓸한 미소가 번졌다.

"하지만 당신이 뭘 어쩔 수 있었겠어? 그럴 때는 지자도 개입하지 못하잖아."

AA는 뭐라고 위로해야 좋을지 알 수 없었다.

"아니. 사실 지자는 제한적이기는 하지만 거시 세계에 개입할 수 있어. 빠른 속도로 사람의 망막에 거듭 충격을 가해서 감광 효과를 일으키면 특정 이미지를 보여줄 수 있지. 그 기술은 서기 세기말부터 이미 사용되고 있었어. 물론 난 그 기술을 쓸 권한이 없었지만 만약 쓸 수 있었다면 내 정체가 드러나는 한이 있어도 인류에게 경고했을 거야. 하지만 그 상황을 삼체인에게 보고할 수는 있었어. 삼체인이 내 뇌에 칩을 심어놓아서 내가 특별한 명령어를 떠올리기만 해도 내 뇌에서 어떤 일이 벌어지는지 실시간으로 파악하고 지자를 이용해 보호 조치를 취할 수 있었거든."

"하지만 당신이 아니더라도 어차피 삼체인은 검잡이 유력 후보인 청신 선생님을 감시하지 않았겠어?" AA가 물었다.

"물론 감시했겠지만 삼체인은 인간과 본성적으로 달라서 인간관계를 잘 이해하지 못해. 웨이드가 목소리를 위조해 청신을 불러낸 단순한 속임수조차도 클라우드를 동원해야만 이해할 수 있으니까. 게다가 지자는 반응 속도가 느린 데다가 너무 신중해. 지자를 통해 검잡이 후보 사이의 싸움에 개입했다가 들통나면 지구의 경각심만 높이는 결과를 낳을 거야. 어쨌든 내가 알기로 그때 현장에 다른 지자는 없었어. 그날 삼체인이 현장을 지켜보고 있었는지도 모르겠고, 내가 삼체인에게 알리지 않았다면 그들이 직접 개입했을지도 모르겠지만, 결과적으로 손을 쓴 건 나라는 사실에는 변함이 없어.

그 짧은 순간에 수많은 생각이 한꺼번에 날 덮쳤어. 청신에 대한 감정과 그녀를 구해야 하는 수많은 이유까지. 청신은 외유내강한데 어째서 그녀가 전송 스위치를 누르지 못할 거라고 판단하는 거지? 삼체인이 웨이드보다 그녀를 더 두려워할지도 모르잖아? 그게 아니라 해도, 인류가 정말로 청신을 선택하려고 마음먹었다면, 설령 그녀가 죽는다 해도 인류는 비슷한 다른 여자를 검잡이로 선택하겠지. 그러니 청신이 죽든 살든 웨이드는 검잡이가 될 수 없을지도 몰라."

"톈밍, 당신 말이 맞아. 그건 역사야. 인류 공동의 결정이지 한 사람의 생사로 바꿀 수 있는 게 아니었어."

AA가 그를 위로했다.

"내가 옳았는지 틀렸는지는 모르겠지만, 이성적으로 판단하지 못한 건 분명해. 난 단지 청신을 구할 핑계를 찾고 있었던 거야. 사실…… 자기기만이지. 그걸 깨달은 뒤 결심했어. 아니, 결심했다고 생각했어. 사랑하는 사람을 희생시키는 대가로 인류 전체를 구하겠다고. 난 이미 큰 죄를 지은 죄인이니까 인류를 위해 마지막 책임을 져야 한다고 생각했어. 그래서, 웨이드가 첫 발을 쏘는 걸 지켜보기만 한 거야.

하지만 총알이 그녀의 머리를 관통하지 못하고 왼쪽 어깨를 박살냈어. 웨이드의 연민 때문이 아니라는 건 알고 있었어. 그자는 타인의 고통을 즐기는 미치광이니까. 안타깝게도 웨이드는 그때 자신이 치명적인 실수를 저질렀다는 걸 몰랐지.

난 내가 숱한 고통에 단련되어 모든 걸 견뎌낼 수 있을 줄 알았어. 사랑하는 사람이 눈앞에서 총을 맞고 죽는 걸 보면서도 꿋꿋하게 버틸 수 있을 줄 알았어. 하지만 청신의 어깨에서 피가 솟구치는 걸 보는 순간 사랑과 고통이 한꺼번에 덮쳐오더라. 모든 이성과 책임감이 흔적도 없이 사라지고 청신을 살려야 한다는 생각뿐. 인류 멸망을 대가로 치른다 해도 반드시 살려야만 했어. 그녀를 살릴 수만 있다면 어떤 죄도 뒤집어쓸 수 있었어.

난 조금의 망설임도 없이 뇌와 연결된 장치를 통해 삼체인에게 현장의 화면을 전송하고 '웨이드를 저지하고 청신을 구하세요. 그녀가 죽으면 당신들의 계획은 실패할 겁니다'라고 했지.

삼체인에게 신호를 보내자마자 웨이드가 두 번째 총알을 쐈어.

그 현장에는 청신과 웨이드뿐 아니라 2광년 밖에서 지자를 통해 모든 걸 보고 있는 나도 있었어. 그들은 몰랐겠지만, 난 청신의 머리를 향해 발사된 총알이 총구를 빠져나가는 순간 어찌 된 일인지 미세하게 각도가 틀어져 복부에 날아가 꽂히는 것을 똑똑히 보았어. 내 지시를 받는 지자가 아닌 또 다른 지자가 광속으로 날아와 웨이드의 눈동자 앞에서 움직이고 있다는 거였지. 그 지자가 웨이드의 눈앞에 환각을 만들어내는 바람에 총알이 빗나간 거야. 워낙 긴박한 순간이라 각도를 미세하게밖에 틀 수 없어서 총알이 청신을 완전히 피해 가진 못했지만."

AA가 오랫동안 품어온 의문이 마침내 풀렸다. 위협의 세기가 어느 정도 지난 뒤였고, 웨이드의 지능과 노련함이라면 그 시대 의술을 감안할 때 머리를 박살 내지 않는 한 사람을 죽일 수 없다는 걸 알았을 것이다. 첫 번째 총알은 잔인함을 즐기는 그의 변태적 게임이자 혹시 모를 반격을 무력화시키는 것이었다고 해도, 두 번째 총알은 분명히 죽이려는 것이었을 텐데 머리를 맞추지 못했다. 웨이드의 경력으로 볼 때 납득할 수 없는 실수였다. AA는 청신과 함께 그 점에 의문을 품으면서 아마도 웨이드가 청신의 아름다운 얼굴을 차마 훼손할 수 없어서 머리를 조준하지 않은 것 같다고 말했었다. 자기가 생각해도 억지스럽지만 다른 이유를 찾을 수가 없었다. 그런데 몇 광년 밖에 있던 윈톈밍이 지자를 써서 간섭한 거였다니.

"지자가 아주 교묘하게 개입했더군. 진술로 보아 웨이드 자신도 청신의 머리를 명중하지 못한 진짜 이유를 모르고 있었어. 눈앞이 순간적으로 아뜩해지며 현기증을 느꼈다고만 했지. 나이가 들면서 찾아온 경미한 신경통 때문이라고 생각하던데. 두 번째 총알이 빗나갔지만 사실 그는 그때도 개의치 않았어. 그가 가장 후회한 건 청신의 이마를 조준한 세 번째 총알이 악취탄이었다는 사실이라고 생각해. 악취탄이 아니었다면 청신은 죽었을 거라며, 이 모든 우연을 운명 탓으로 돌리더군.

세 번째 총알이 악취탄이었던 건 확실히 우연이야. 덕분에 지자의 개입이 발각되지 않았고. 하지만 그게 실탄이었다고 해도 청신의 귓가만 스쳐 지났을 거야. 지자의 간섭 때문에 웨이드의 눈에 보이는 광경이 실제와 미세한 차이가 있었으니까. 지자가 보내온 화면을 보니 애초에 세 번째 총알도 청신을 정확히 겨냥하지 못했어."

모든 건 웨이드가 자초한 일이었다. 그가 선발해 우주로 보낸 윈톈밍의 뇌가 결정적인 순간에 그의 계획을 무산시키고 인류를 예측할 수도 돌이킬 수도 없는 역사의 소용돌이로 밀어 넣은 것이다.

"내가 그렇게 청신을 구하는 바람에 지구를 구원할 마지막 기회를 망쳤어. 그다음은…… 모두 아는 대로야."

얘기를 마친 윈톈밍은 에너지가 완전히 소진된 듯 고통스러워하며 얼굴을 감쌌다.

"톈밍, 자책하지 마. 당신은 최선을 다했어. 정말 당신 잘못이 아니야."

AA가 진심으로 말했다. 이 길고 고통스러운 이야기를 듣고도 그가 조금도 원망스럽지 않았고 오히려 연민과 사랑만 깊어졌다.

이 강인하고도 야윈 남자를 언제부터 진심으로 사랑하게 되었을까? 알 수 없지만 한때 벗어나려고 몸부림쳤던 숙명이 결국 찾아왔다는 건 안다.

그녀는 마음속 모든 응어리를 내려놓고 진심을 다해 옆에 있는 이 남자를 보듬기로 했다. 그녀의 사랑으로 그의 사랑을 깨우고, 그녀의 힘으로 그를 북돋울 것이다.

이제 그에게 비밀을 말할 때가 된 걸까? 몇 번이나 말하려다 단념한 이야가 있었다. 몇 세기를 살면서 수많은 연애를 하고 수없이 많은 남자와 관계를 가졌지만 지금처럼 긴장한 적은 없었다. 이 비밀이 결코 작지 않다는 것도 알고 있다. 그들 세 사람의 과거와 얽혀 있으며, 인류 운명의 전환점과도 관계된 일이었다. 원톈밍이 이해해주지 않는다면 앞으로 그들의 관계는 더 이상 지금처럼 평화로울 수 없을 것이다.

AA는 왠지 청신을 처음 만났을 때 자신이 했던 말이 생각났다.

'또 그분 생각하세요……? 완전히 다른 시대고 생활도 달라졌어요. 과거와는 아무 관계도 없어요!'

그녀가 틀렸다. 완전히 틀렸다. 운명의 장난으로 돌고 돌아 눈앞에 돌아온 과거를 이제는 똑바로 대면해야만 한다. 청신도, 원톈밍도, 그녀 자신도.

어쩌면 지금은 적당한 때가 아닐지도 모른다…….

원톈밍은 계속 괴로움에 잠겨 있었다. 웨이드 일에 대해 털어놓은 그는 검잡이 교대식이 끝난 뒤 우주에서 물방울이 갑자기 지구를 공격한 10여 분에 대해 말했다. 그때 이미 지구의 멸망은 피할 수 없었지만 그래도 그는 청신이 스위치를 누르길 간절히 바랐다. 그 스위치를 눌러 냉혹하고 오만에 찬 삼체 벌레들이 잘못된 도박의 처절한 결말을 맛볼 수 있길 바랐다. 적어도 수십 년간 그가 받은 고통과 모욕에 복수하는 쾌감은 느낄 수 있을 것이다. 그는 자초한 멸망 앞에서 고통과 후회에 휩싸인 삼체 세계를 보고 싶었다.

그는 청신을 뚫어져라 보았다. 삼체 세계 전체가 그녀를 주시하고 있다는 것도 알고 있었다. 1분이 흐르고, 또 1분이 흘렀다. 청신은 떨고 있었다. 손이 스위치 앞에서 바들바들 떨렸다. 그의 마음도 삼체 세계처럼 그녀의 손을 따라 떨렸지만 바라는 바는 정반대였다.

청신, 눌러. 왜 안 눌러? 어서 눌러서 정의를 구현하고 악한 자들에게 벌을 내려! 그들도 우리와 함께 공멸하도록! 그가 속으로 고함을 질렀다.

하지만 결국 청신은 스위치를 누르지 않고 오히려 멀리 내던졌다. 그 순간 청신의 몸은 더 이상 떨리지 않았고 그녀는 어느 때보다 차분해 보였다.

청신이 결정을 내렸다.

갑자기 윈텐밍 주위에 그와 연락을 주고받는 몇몇 삼체인이 보낸 메시지가 반짝였다. 톈밍, 봤어? 성공했어! 우리가 성공했다고! 그 여자는 역시 예상대로였어! 우리 도박이 성공했어! 지구는 이제 우리 것이야…….

감정이 메마른 삼체인에게 이 정도 반응은 극도의 환희에 가까웠다.

그 순간 윈텐밍은 일생에서 처음으로 청신이 미웠다. 청신, 왜 그렇게 마음이 약해? 지구를 구할 수는 없어도 적과 공멸할 수는 있었잖아? 왜 인류를 배신한 벌레들까지 지켜주는 거야? 왜 다 같이 죽지 않는 거지? 넌 인류야, 삼체인이야?

대학 시절 미윈(密云) 저수지에 MT를 갔던 때가 생각났다. 그때 청신은 산책로에서 기어 다니는 애벌레가 사람들에게 밟힐까 봐 조심스럽게 집어 올려 풀밭으로 옮겨주었다. 다른 여학생들은 징그럽다며 호들갑 떨었지만 청신은 달랐다. 윈텐밍은 청신의 행동에 감동해 기억해두었다가 도서관에서 두꺼운 무척추동물 백과사전을 찾아보고 그 벌레가 어떤 나방의 유충이라는 걸 알아냈다. 성충이 되어도 나비처럼 화려한 날개를 갖지 못하는 볼품 없는 회색 나방의 유충.

하지만 아주 오랜 역사를 가진 종이었다. 화석으로 추정할 때 최소한 쥐라기 초기, 심지어 더 이른 시기까지도 거슬러 올라갔다. 그 나방이 처음 판게아 대륙*에서 기어 다닐 때, 공룡이 어슬렁거리는 밀림 속에서 그 보드라운 날개를 파닥일 때, 삼체 문명은 아직 진화하기도 전이었고 인류 문명은 말할 것도 없었다. 지구에는 그 나방 유충도 마땅히 존재할 권리가 있다. 하지만 수십 년간 인류가 환경을 파괴한 나머지 그 나방은 멸종 위기에 처해 있었고, 이미 몇 년 전부터 자연 상태에서 살아 있는 개체가 발견되었다는 보고가 없었다.

청신이 살린 유충이 바로 그런 생명이었다.

청신이 무심코 한 행동이 한 멸종위기종을 살렸다는 사실을 떠올릴 때마다 그게 자신과 무슨 관계가 있는 것처럼 가슴 한쪽이 따뜻했다. 그 유충이 성충이 되어 베이징 근교 깊은 산에서 종족을 보존하고 살아가는 상상을 했다. 청신은 그들을 지켜준 여신이었다.

하지만 그 사소한 사건이 나중에 두 세계의 운명에 영향을 미치게 될 줄은 예상하지 못했다.

아무리 생각해도 청신을 완전히 이해할 수 없지만, 적어도 한 가지는 알 수 있다. 그게 바로 청신이라는 것. 두 세기가 지났지만 그녀는 역시 예전의 그 청신이다. 틀린 것은 그녀가 아니라 그녀를 검잡이로 만든 사람들이고, 그중에는 자신도 포함되어 있다. 그러자 미움이 순식간에 자책으로 바뀌었다.

삼체인이 보낸 환희의 메시지가 눈앞에 둥둥 떠다녔다. 감정 지능을 수

---

* 옮긴이 주 : 약 3억 년에서 2억 년 전 지구상의 거의 모든 대륙이 하나로 뭉쳐져 있던 초대륙.

치로 환산하면 0에 가까운 이 종족은 정말로 윈톈밍을 자기편으로 생각하는지 기쁨과 청신에 대한 조롱을 조금도 숨기지 않았다.

"솔직히 원수가 계획을 발표했을 때 우리는 회의적이었어. 수십 년간 검잡이 뤄지가 우리에게 악몽 같은 존재였는데 그 지긋지긋한 인간의 후계자가 어디 호락호락하겠어? 그런데 이런 날이 올 줄이야! 톈밍, 고마워! 네가 인류의 경계심을 완벽하게 무너뜨렸어. 저 멍청한 암컷 지구 벌레가 스위치를 던져버렸을 때 얼마나 기뻤는지. 짝짓기보다 짜릿했다니까! 톈밍, 그 암컷 벌레는 대체 무슨 생각으로 그런 거지? 지구 벌레 출신인 네 생각은 어때?"

삼체 세계 전체가 그의 대답을 기다리고 있었다.

윈톈밍은 격앙된 심정을 억누르며 차분한 목소리로 짧게 대답했다.

"그녀가 당신들을 사랑하기 때문이지."

"사랑이라고?" 삼체인이 놀라 물었다. "종족 번식에 도움이 되는 이타적 감정 말이야? 그건 우리에게도 있어. 하지만 서로 적대적인 외계 종족 사이에 어떻게 그런 감정이 생길 수 있지? 그건 유전물질 보존에 아무 도움도 안 되는데."

"어떤 사람이 이런 말을 했어. 너희의 원수를 사랑하며 너희를 박해하는 자를 위하여 기도하라."

"그게 무슨 엉뚱한 소리지? 일종의 역설법인가?"

"아니, 우리 세계의 고대에 살았던 위대한 사람의 가르침이지. 아직도 많은 사람이 그 말을 자기 목숨보다 중하고 우주에서 가장 중요한 진리로 여겨."

삼체인은 그 말에 담긴 고귀한 정신을 발견한 듯 침묵하다가 한참 뒤에 메시지를 보냈다.

"이해할 수 없지만, 우주의 모든 종족이 그런 신념을 가진다면 암흑의 숲 가설도 존재하지 않겠군."

"그렇겠지."

윈톈밍이 말했다. 그는 선창 밖에 펼쳐진 깜깜한 우주를 바라보다가 문득 암흑의 숲이 단지 우주의 어느 어두운 구석, 이 은하 또는 이 나선팔* 또는 이 나선팔 끝 반경 수백 광년에만 존재하는 졸렬한 상황은 아닐까 생각했다. 그 좁은 구석을 제외한 그가 볼 수 없는 위대한 세계에서는 박애의 햇빛이 숲의 모든 나뭇잎과 모든 풀포기, 모든 오솔길을 다 비추고 있는 건 아닐까? 그 '찬란한 숲'이 정말 존재한다면 어떤 모습일까?

그는 쓴웃음을 지었다. 그는 이 수수께끼를 영원히 풀 수 없을 것이다. 그는 기껏해야 삼체 함대를 따라 태양계로 돌아가 고향에서 여생을 보낼 것이고, 인류 역사상 최악의 배신자로서 평생을 저주와 증오를 받으며 살게 될 것이다. 분노한 동족들이 던지는 돌에 맞아 죽지 않는다 해도 지구와 삼체 세계를 제외한 우주의 다른 부분을 영원히 볼 수도 알 수도 없을 것이다. 그러니 이런 생각을 해봐야 뭣 하겠는가?

바로 그때, 그는 아무 준비도 없이 '찬란한 숲'으로 들어갔고, 지구와 삼체인은 물론이고 우주 전체가 그로 인해 바뀌어버렸다.

"찬란한 숲? 그게 뭐야?"

AA가 물었다. 윈톈밍이 가져온 소우주와 관련이 있을 것이다.

"나도 몰라."

윈톈밍이 고개를 저었다. 그 순간 어디선가 환한 빛이 나타나 그의 주위를 비추었다. 아니, 천 개의 태양이 비추는 것 같았다. 동시에 그가 탄 우

---

* 옮긴이 주: 나선은하의 중심에서 소용돌이 모양으로 뻗어 나오는 팔과 같은 부분.

주선 전체가 마치 순간이동을 한 것처럼 우주의 어두운 심연에서 형용할 수 없는 어떤 '곳'으로 이동했다. 무궁무진한 공간인 것 같았다. 아니, 무궁무진한 세계가 그를 향해 열린 것 같았다. 그나마 적절한 표현을 찾는다면 개미가 어두운 동굴에서 햇살이 환하게 비추는 정원으로 기어 나왔을 때의 느낌 정도. 꽃잎도 나뭇잎도 물웅덩이도 그에게는 광활한 세상이었다. 바로 그 순간 그는 모든 것을 보았다.

"4차원 공간에 들어간 거야?" AA가 말했다. 윈텐밍의 묘사는 오래전 블루스페이스호가 겪은 일과 비슷했다.

"아니, 고차원 공간은 아니었어." 윈텐밍이 고개를 저었다. "그건 분명 3차원 세계였고, 난 4차원 공간엔 가본 적이 없어. 하지만 4차원보다 더 불가사의하고 웅장한 광경이었을 거라고 믿어. 플라톤의 말처럼 어두운 동굴에서 나와 참된 세상을 본 느낌, 광활하고 아름다운 바다를 마주한 기분이었어."

AA는 플라톤의 책을 읽지 않았지만 공감할 수 있는 비유를 금세 찾아냈다.

"당신이 나를 처음 만났을 때처럼?"

윈텐밍은 웃음을 터뜨리며 장난기 많은 연인의 코를 가볍게 비틀었다.

갑자기 나타난 빛이 주위를 휘감았을 때 윈텐밍의 눈에 처음 들어온 물체는 은은한 빛을 발산하는 은색 입체도형이었다. 얼핏 보면 대칭을 이루는 둥근 고리가 더 작고 다양한 크기의 무수한 고리로 겹겹이 이루어져 있었는데, 자세히 보니 완전한 대칭은 아니었다. 모든 고리가 수많은 더 작은 고리로 이루어져 있고, 각각의 고리가 복잡하게 연결되어 있었다. 이 입체 구조를 이루고 있는 기본적인 단위는 언뜻 보기에 부드러운 빛을 내는 반투명 곡선인 듯하지만, 자세히 보면 모든 곡선 자체가 입체적인 도형이었다. 곡선의 어떤 부분을 보든 그 자체로 온전하고 복잡한 구조가 꽉 들어차 있었다. 사람의 시력으로는 다 파악할 수 없을 만큼 무한히 정교한 도안이었다.

"프랙털 같은 거야?"

AA는 배경지식을 동원해 윈텐밍의 묘사를 이해하려고 노력했다.

"프랙털은 아니야. 굳이 비유하자면 활짝 핀 장미꽃 한 송이를 상상해 봐. 그 장미꽃이 그보다 큰 장미꽃의 꽃잎 하나가 되고, 그 큰 장미꽃은 또 다시 더 큰 장미꽃의 꽃잎 하나가 되는 식으로 무한히 계속되는 거야. 자세히 들여다보면 처음에 본 장미꽃도 층층이 더 작은 장미꽃으로 이루어져 있어. 제일 신기한 건 같은 품종이 하나도 없이 모든 장미꽃의 형태와 크기가 다르다는 거야."

AA는 상상할 수가 없어서 고개를 저었다.

윈텐밍은 아름답지만 영혼을 삼켜버릴 듯 섬뜩한 그 광경을 계속 볼 수가 없었다. 살펴보니 처음 본 그 고리는 더 큰 고리의 일부였다. 더 큰 구조가 선실 안을 가득 채우고 밖으로도 이어져 더 거대한 도형을 이루고 있었다. 장미꽃에 대한 비유처럼 층층이 쌓인 모든 고리가 비슷하게 생겼지만 또 완전히 달랐다.

그는 더 놀라운 사실을 발견했다. 그가 타고 있는 우주선도 이 기묘한 구조처럼 '반투명' 상태가 되어 있었던 것이다. 사실 반투명이라는 표현은 적절치 않다. 선실은 여전히 완전히 투명하지 않아서 벽과 천장이 모두 보이지만, 그 벽과 천장 너머를 또렷하게 볼 수 있었다. 마치 두 층이 겹쳐 보이는 것처럼. 아니, 두 층뿐만이 아니었다. 선실을 겹겹이 둘러싼 모든 벽을 투시할 수 있게 되어 평소에는 보이지 않던 우주선 구석구석이 눈에 들어왔다. 나중에 고차원 공간이 어떻게 생겼는지 알게 된 윈텐밍은 자신이 본 것이 고차원 공간이었는지 생각해보았지만 아니라는 결론을 내렸다. 그의 앞에 펼쳐진 수많은 입체는 분명히 3차원이었다. 그러나 어떤 것도 그의 시선을 가로막을 수 없었고, 동시에 여러 영상이 겹치듯이 어떤 것도 그의 시선을 가로막지 않아서 모든 것을 볼 수 있었다.

원톈밍은 무한히 복잡하고 빈틈없이 꽉 찬 그 빛나는 곡선이 우주선 밖으로 '넘쳐흘러' 우주선을 감싸고 있는 것을 보았다. 하지만 우주선에서 너무 멀리 퍼져나가지는 않았다. 선체 반경 몇 미터 밖으로 가면 곡선이 희미해져 뭇별들 사이로 사라지지만 곡선은 독립적인 구조물이 아니라 더 큰 구조의 일부임이 분명했다. 우주선이 특정 방식으로 이 기이한 구조의 에너지를 자극해 그중 일부에서 빛이 나게 한 것 같았다.

사실 청신이 스위치를 던져버렸을 때 삼체 함대는 이미 전방 수백만 킬로미터 떨어진 곳에서 중력파를 통해 간신히 감지해낼 수 있는 어떤 '물체'를 발견한 뒤였다. 그 '물체'는 브라운운동*만큼이나 복잡하고 불규칙한 궤적으로 움직이고 있었다. 우주에서 무언가가 이렇게 괴상한 운동 방식으로 움직인다는 것은 그것이 자연적인 천체가 아니라는 것을 의미한다. 삼체 함대는 신중하게 모든 부서에 경계 태세를 지시하고 긴급 상황에 대비하게 했지만, 환희에 들떠 있던 삼체인들은 그 지시를 즉각적으로 따르지 못했다. 그사이 그 신비한 '물체'가 삼체 함대를 발견하고 광속에 가까운 속도로 향해 날아오더니 순식간에 함대 우주선 수백 대를 감쌌다.

그러자 삼체 제1함대의 모든 우주선에서 이 기이하고 아름다운 구조가 환하게 빛나며 나타났다. 이 구조는 삼체 함대와 거의 맞닿은 순간 방향과 속도를 바꿔 삼체 함대와 동일한 방향으로 운동하며 상대적으로 멈춰 있

---

* 옮긴이 주 : 입자가 주변의 기체나 액체 분자와 충돌하면서 나타나는 무작위적인 운동.

는 상태를 유지했다.

하지만 그 후의 연구에 따르면, 윈톈밍이 타고 있는 우주선에서만 유일하게 물체와 깊은 접촉이 일어났다.

더 정확하게 말하면, 윈톈밍하고만 일어났다.

윈톈밍은 자신이 또 삼체인이 만든 꿈의 환각에 빠진 것인지 의심했지만 그럴 가능성은 없었다. 그가 아는 삼체인의 사고방식과 수준으로는 그런 환각을 만들어낼 수 없기 때문이다. 삼체인은 예술적 창의력과 상상력이 없는 종족이다. 그들이 그의 의식과 잠재의식에 주입했던 꿈 가운데 그가 경험해보지 못한 사물은 한 번도 등장하지 않았다. 그 웅장하고 아름다운 입체도형은 삼체인의 예술적 상상력을 초월하는 것이었고, 인류의 경험적 범주도 뛰어넘는 것이었다. 그것이 꿈일 가능성은 없다.

하지만 꿈이 아니라 그저 기이한 구조일 뿐이라면, 그가 어떻게 우주선 곳곳을 훤히 꿰뚫어 볼 수 있었을까? 선실 벽에 가로막혔어야 할 빛이 어떻게 그의 동공까지 들어왔을까? 물리학적, 생리학적으로 도저히 설명할 수 없는 일이다. 머릿속이 혼란스러웠다.

**빛의 본질적인 무한성 때문이지.**

어떤 목소리가, 더 정확히 말하면, 어떤 생각이 불현듯 그의 뇌리에 나타났다. 하지만 윈톈밍은 그 생각이 자신의 것도, 삼체인의 것도 아니라는 걸 분명히 알고 있었다. 삼체인은 항상 전기신호를 직접 그의 뇌에 입력하는 방식으로 그와 소통했다. 하지만 지금은 그 익숙한 방식과 완전히 달랐다. 어딘가에서 주입된 것이 아니라 그의 의식 깊숙한 곳에서 나온 것이었다.

그렇게 생각하는 순간 숨을 쉬기도 힘들 만큼 극심한 통증이 덮쳤다. 육체적 통증이 아닌 정신적 고통이었다. 곧이어 무의식에서 분출된 듯한 수많은 생각과 감정이 홍수처럼 의식으로 밀려 들어와 얼마 남지 않은 이

성을 덮쳤다. 우주의 탄생과 천국의 빛, 끝없는 창공과 대지 아래의 깊숙한 곳…… 낯섦과 신비로움과 두려움, 그리고 슬픔과 기쁨…….

윈톈밍은 아테나가 머리를 뚫고 나오기 직전의 제우스처럼 고통과 공포에 휩싸여 머리를 감싸고 신음했다. 이윽고 가까스로 정신을 차리고 삼체인과 오랫동안 멘털 공방전을 벌일 때 터득한 참선으로 맹렬하게 밀려드는 잡념을 떨쳐냈다. 순간 혼란스러운 의식이 얼음처럼 차갑게 얼어붙었다가 서서히 녹아 고요한 바다가 되었다.

"누구세요?" 의식이 되돌아온 윈톈밍이 힘겹게 물었다.

그의 질문과 거의 동시에 머릿속에 대답이 떠올랐다.

**영혼이다.**

여름의 나무 그늘, 달밤의 어스름한 그림자, 물 위에 거꾸로 비친 풍경, 거울 속 자신의 모습…….

대답이 떠오를 때 윈톈밍은 또다시 극렬한 고통을 느꼈다. 자의식이 휘청거리며 무의식의 심연으로 떨어지려고 할 때 그는 이를 악물고 버티며 물었다.

"무슨 영혼?"

**빛의 영혼.**

빛과 그림자, 명과 암, 낭랑한 울림과 고요함, 심연과 하늘.

하나님의 영이 어두운 심연 위를 떠다녔다.

하나님이 이르시되 빛이 있으라 하시니 빛이 있었다…….

빛이 어둠에 비치되 어둠이 깨닫지 못하더라…….

밀물처럼 밀려드는 이미지와 관념들이 애써 잔잔하게 가라앉혀놓은 의식의 표면을 뒤흔들었다. 머리가 쪼개질 것 같았다. 마침내 이 고통이 어디에서 오는 것인지 알 것 같았다. 그 목소리는 그와 일반적인 의미의 '대화'를 하는 것이 아니라 그의 마음속에 있는 모든 지식과 기억을 동원해 그가 인식할 수 없는 개념을 주입하는 것이었다. 그 목소리는 들릴 때마다 무한대에 가까운 정보량을 그에게 주입했다. 끝없이 복잡한 빛나는 입체 도형처럼, 넓은 의미 속에 작은 의미가 들어 있고, 작은 의미는 더 구체적이고 미세한 의미로 구성되어 있으며, 그 안에 어느 하나라도 없어서는 안 되는 정교하고 복잡한 논리가 겹겹이 배치되어 있다. 하지만 그의 이해력이 가진 한계 때문에 겉을 둘러싼 피상적인 부분만 인간이 이해 가능한 언어로 파악할 수 있었고, 나머지는 그의 마음에서 넘쳐 기억과 상상을 휘젓고 다니며 감정과 사유의 폭풍을 일으켰다. 그것은 인간이 견뎌낼 수 없는 것이었다. 그가 삼체인과의 투쟁을 통해 보통 사람을 능가하는 자기 통제력을 단련하지 않았더라면 진즉에 무너져버렸을 것이다.

"당신은 하나님의 사자(使者)인가요?"

원톈밍이 가쁜 숨을 몰아쉬며 경외감에 찬 목소리로 물었다. '빛의 영혼'이라는 말을 듣고 전에 교회에 갔던 기억이 떠올랐다. 종교는 없지만 어릴 적 어머니를 따라 교회에 몇 번 갔는데, 그때 목사님이 하나님은 모든 기도를 들을 수 있다고 했다. 하나님은 성령을 보내 신도의 마음을 충만하게 하고, '불의 혀처럼 갈라지는 것이 각 사람 위에 임한다'고 했다.

그 하나님은 "원수 갚는 것은 나의 일이니 내가 갚겠다"고 말했다.

삼체인이 인간의 사랑과 선의를 그토록 잔인하게 이용해 인류의 터전을 점령하고 인류를 학살하려는 지금이 바로 정의의 신이 나타나 사악한 외계인이 대가를 치러야 할 때였다.

그 생각에 미치자 그는 미칠 듯이 기뻤다.

너희가 볼 때는 그렇겠지. 하지만 나는 주재자의 정령이다.

그의 희망은 곧 사라졌다.

주재자는 죽었다. 난 죽은 정령일 뿐이다.

이 고통스러운 방식의 대화에 조금 익숙해진 윈텐밍이 조심스럽게 물었다.

"과학적으로 당신은 외계인인가요?"

아니다. 나는 정령이다.

미지의 상대가 그의 말을 바로잡았다.

"'정령'이 무엇인가요?"

상대가 대답했지만 윈텐밍은 그의 말을 이해할 수도, 아는 언어로 번역할 수도 없었다. 또다시 머릿속에 온갖 이미지가 파도처럼 밀려들었다. 말라버린 바다와 대지의 기원, 용과 거인족의 전쟁, 신들의 보물, 바위 속에서 들려오는 노래……. 그가 비명을 지르며 쓰러졌다.

"이런 식으로 '말하지 말아요'. 견딜 수가 없어요."

윈텐밍이 가물거리는 의식의 끈을 간신히 잡고 속으로 말했다.

이것이 내 유일한 대화 방식이다. 우리 우주에서는 가장 쉽고 단순한 정보 교환 방식이지. 너희 우주의 지능체가 너무 빨리 퇴화한 탓에 이런 생각태를 받아들이기 힘든 것이다.

윈텐밍은 '생각태'가 뭔지 물어볼 용기가 없었지만 '우리 우주'라는 표현에는 궁금증을 참을 수 없었다.

"우리 우주라고요? 당신은 다른 우주에서 왔단 말인가요?"

또다시 이해할 수 없는 '생각태'가 덮치는 바람에 머리가 터질 것만 같았다. 온몸이 땀으로 젖어 이해하기를 포기하고 절망적으로 물었다.

"이렇게 많은 '생각태'는 제가 감당할 수 없습니다. 저들과 소통하세요."

그가 말한 '저들'이란 물론 삼체인이었다. 더 이상 고통을 겪고 싶지 않았다. 삼체인과의 멘털 공방전으로 가장 끔찍한 정신적, 육체적 고통을 겪었다고 생각했는데 생각태 앞에서 그는 갓난아기만큼이나 무력했다. 젠장, 지구도 끝장났는데 당신의 우주가 어디든, 주재자가 무엇이든, 저 무감각한 삼체인들이나 알아보라지.

그들과 대화해보았지만 너보다도 사고력이 떨어져서 그 어떤 생각태도 이해하지 못했다.

"어떻게 그럴 수 있죠?"

그들은 벌레다.

'벌레'는 윈톈밍이 속으로 삼체인을 부르는 멸칭이었다. 그런데 이상한 생각태를 쓰는 '정령'이라는 존재가 나타나 그들을 그 단어로 정의하다니. 문득 사방을 둘러보니 그 빛나는 구조로 된 우주선 전체를 한눈에 볼 수 있었지만 삼체'인'은 보이지 않았고, 그가 상상하는 '외계인'의 모습에 부합하는 그 어떤 것도 보이지 않았다. 작은 초록색 몸을 가진 사람도, 큰 도마뱀도, 발톱이 여덟 개 달린 문어도, 아무것도 없었다.

설마 이 우주선에는 삼체인이 하나도 없는 걸까? 어떻게 그럴 수 있지?

잠시 후 한 가지 특이한 점을 발견했다. 지구의 우주선에는 당연히 있는 통로가 이 우주선에는 하나도 없다는 사실이었다. 그가 있는 선실 외에 다른 큰 선실은 없었고, 가느다란 파이프와 크지도 작지도 않은 구멍만 여러 개 나 있었다. 작은 구멍은 성냥갑만 하고, 큰 구멍도 서랍 정도 크기였는데 구멍 속에서 작은 은색 장치들이 기이한 빛을 내뿜었다. 곡식 낟알 정도 크기의 그 작은 장치들은 꿈틀거리고 있었다.

그것은 벌레였다…….

선득한 한기가 윈톈밍을 덮쳤다. 이제 모든 의문이 풀렸다.

그 작은 은색 '장치'가 바로 삼체인이었던 것이다. 개미와 비슷한 크기였다.

삼체 위기가 시작되고 몇 세기 동안 인류는 쭉 삼체인을 연구했다. 물론 첫 번째 연구 과제는 삼체인이 어떻게 생겼느냐 하는 것이었다. 생김새를 알 수 있는 직접적인 자료는 없지만 삼체 행성의 환경이 지구보다 훨씬 혹독하고, 삼체인의 탈수 특성, 개별 개체로 컴퓨터를 이룰 수 있는 특징 등으로 볼 때, 인간보다 훨씬 작아서 평균 키가 50센티미터를 넘지 않을 것이라는 결론을 내렸다. 쥐만 한 크기일 것이라고 주장하는 학자들도 많았고, 심지어 삼체인의 침략을 묘사한 SF영화는 그들을 흉측한 사마귀로 묘사하기도 했다.

하지만 삼체인의 몸이 몇 밀리미터밖에 안 될 것이라고 진지하게 주장한 사람은 없다. 상식적으로 개미만 한 생명체가 고도로 진화된 뇌를 지니고 이토록 발달한 문명을 이룩하는 것이 불가능해 보였기 때문이다. 하지만 인류의 학자들은 크나큰 오류를 범했다. 삼체인의 사고 체계는 개체의 개별적 사고를 기반으로 하는 인류와 달리 각 개체의 사고가 서로 거의 일치해 소통이 아주 빠르고 정확하게 이루어지는 특징을 갖고 있다. 따라서 삼체인 사이에는 각자가 지닌 정보가 실시간으로 소통되는 집단적 사고 체계가 구축되어 있다. 그들이 개체 컴퓨터를 구성할 수 있었던 이유도 여기에 있었다. 개개인의 독립적 사고력을 바탕으로 정보 공유를 통해 데이터베이스를 구성하고, 그 속에 든 방대한 데이터로 각자의 문제를 해결했다. 또 짝짓기 후 빠르게 분열해 자식을 낳는데, 자식이 부모의 기억을 일부 갖고 태어나기 때문에 기본적인 생존력을 습득하는 데 시간을 들일 필요가 없었다. 그 결과 뇌 구조가 단순해도 모듈화된 기억을 처리하는 데는 문제가 없었다.

하지만 인류의 학자들이 완전히 틀린 것만은 아니었다. 삼체인의 이런 특징 덕분에 그들은 파멸적인 자연재해에도 멸종되지 않고 수억만 년 동안 문명을 지킬 수 있었다. 하지만 작은 몸집 탓에 대뇌의 진화에 한계가 있을 수밖에 없었으므로 상상력과 창의력은 부족했고, 기존의 틀을 고수하는 고지식함 때문에 집단 사고를 통해 한 단계씩 천천히 진보할 뿐 인류 역사에서 자주 나타난 폭발적 혁신은 이루지 못했다. 삼체인이 삼체 행성을 떠나 더 적합한 생존 환경을 찾는다 해도 과학 기술과 문명을 가진 벌레의 상태를 벗어나기는 힘들 것이다.

그래서 삼체인은 자신들의 위치가 발각될 위험을 무릅쓰고서라도 지구를 습격해 인류를 멸종시키려고 한 것이다. 두 종족이 평등하게 교류하며 암흑의 숲 위협을 잠재우고 있고, 삼체인이 여전히 기술적 우위를 유지하고 있지만, 장기적으로는 인류가 금세 자신들의 기술을 추월할 것임을 그들은 알고 있었다. 한편으로 그들은 비교할 수 없이 거대한 인류의 체구에 공포를 느꼈다. 인간은 마음만 먹으면 한 손으로도 삼체인 수백을 눌러 죽일 수 있다. 이 엄청난 체구 차이는 기술로도 보완할 수 없다.

삼체인은 사회문화적 차이를 이용해 자신들의 개체 지능이 낮다는 사실을 지구인에게 잘 감추었다. 인류 입장에서 자신보다 월등히 앞선 문명을 가진 종족의 개별 개체가 실은 자신보다 훨씬 '아둔하다'고 어떻게 상상하겠는가? 삼체인이 지구인 앞에 직접 나타나지 않은 근본적 이유도 바로 여기에 있었다. 그들은 자신을 강한 존재로 포장했지만 인류가 자신들의 약점을 간파할까 봐 두려워했다. 그런데 자신을 '정령'이라고 소개한 신비한 지능체가 윈톈밍에게 그들의 이 근본적인 약점을 고스란히 폭로한 것이다. 삼체인 개개인의 빈약한 사고력으로는 생각태를 통한 소통을 감당할 수 없었고, 생각태에 당황한 그들은 대규모 정보 교환으로 집단 사고를 구성하지도 못했다.

그렇게 해서 윈톈밍이 정령의 유일한 소통 상대가 된 것이다.

"이……'섬유'들은 뭐죠?"

윈톈밍이 주위를 떠다니는 미세한 발광 물체들을 가리키며 물었다. 손끝이 미세 섬유 한 가닥에 닿자 눈부신 광채가 뿜어져 나왔다. 그는 깜짝 놀라 손을 움츠렸다. 손가락이 섬유에 닿았지만 아무 느낌도 없었고, 그 빛나는 섬유가 실체가 없는 것처럼 그의 손가락을 관통했기 때문이다.

우리 우주에서 투영된 것이지.

윈톈밍은 그 말의 의미를 이해하려고 애썼다.

"그러니까, 당신의 실체가 지금 이 우주에 있지 않다는 건가요? 당신은 지금 다른 우주에 있나요?"

나는 에덴동산에서 왔다. 네 눈에 보이는 건 에덴동산의 영상이다.

"에덴동산이라고요? 성경에 나오는 그 에덴동산 말입니까? 비유적 표현이겠죠?"

윈톈밍이 물었다.

나는 이 우주 최초의 완전한 세계인 에덴동산에서 왔다.

'완전한 세계'라는 개념과 함께 완전하다고 표현할 만한 수많은 이미지가 밀물처럼 밀려들었다. 찬란하게 빛나는 은하수와 물결 없이 잔잔한 호수, 완벽한 대칭을 이룬 옛 정원, 비너스 동상과 모나리자의 미소, 앵그르의 〈샘〉 등등. 그 후 꽃으로 된 천국, 무지개 위에 떠 있는 궁전 등 그의 꿈속 광경들이 나타났다. 눈앞이 아득할 만큼 수많은 이미지가 사방에 둥둥 떠다녔지만 윈톈밍이 이해할 수 있는 완전함이란 아주 작은 흔적 정도였다. 결국 정령은 그에게 '완전한 세계'를 충분히 이해시키기를 포기하고 가장 단순한 기하학 도형 하나만 남겼다. 어두운 배경 위에 영롱한 빛을 내며 떠 있는 완전한 구체였다. 윈톈밍은 그것이 바로 완전함이라는 걸 이해했다.

"그 세계는 어디에 있나요?"

윈톈밍이 물었다. 눈앞의 이미지를 보니 그곳이 속세에서 상상할 수 없을 만큼 아름다운 곳이리라는 게 느껴졌다.

파괴됐다.

짧은 대답과 함께 조금 전의 수많은 이미지가 다시 나타나더니 은하수가 먹구름에 뒤덮이고, 호수가 광풍에 출렁이고, 비너스의 팔이 부러지고, 모나리자의 미소는 울상으로 변했다. 모든 것이 핏빛으로 물들고 불길에 휩싸였다. 지옥의 악마들이 천국을 짓밟고 완전한 은빛 구체의 양쪽이 어둠에 점점 침식되어 아주 얇은 은빛 면으로 변했다가 한 가닥 선으로 바뀌더니, 이내 은색 선마저 사라지고 작게 빛나는 점만 남았다. 그런데 잠시 후 그 빛나는 점이 갑자기 커지며 그의 의식을 가득 채우더니 점 속에서 어둠이 나타났다. 그 검은 밤하늘에서 별들이 반짝이기 시작하고 은하계가 나타나고, 태양, 달, 지구가 나타났다. 그가 아는 바로 그 세계였다.

그는 할 말을 잊은 채 충격에 빠졌다. 정령이 하고 싶은 말이 무엇인지 어렴풋이 알 것 같았다. 그가 무한히 넓다고 생각하는 이 우주도 완전한 세계의 아주 작은 조각일 뿐이며, 우주는 몇 번째 파괴인지도 알 수 없을 만큼 숱한 파괴를 겪고 남은 잔여물이라는 사실. 훗날 관이판(關─帆)과 청신이 그랬듯, 그도 다른 방식으로 우주의 비밀을 알게 된 것이다.

"누가 그 완전한 세계를 파괴했죠?" 윈톈밍이 잠긴 목소리로 물었다.

매복자다.

"매복자라고요?"

극렬한 두통이 또다시 윈톈밍을 덮쳤다. 자신의 이해를 초월한 개념이라는 걸 알았지만 그는 다시 물었다.

"그가 에덴동산을 파괴한 이유가 뭐예요?"

모른다. 매복자 자신만 알겠지.

"왜 매복자라고 부르나요? 한 개체인가요, 문명인가요? 아니면 다른 무엇인가요? 암흑의 숲에서는 모든 문명이 숨어 있지 않습니까?"

최초의 완전한 세계에는 너희가 말하는 암흑의 숲 이론이 없었다. 그런데 한 지능체가 반역을 일으켜 암흑의 숲 상태가 되었지. 완전한 세계가 파괴된 뒤 도망친 그가 이 세계로 숨어들었다.

정령은 수많은 정보를 제공했지만 윈톈밍은 아주 일부만 해독할 수 있었고 중간에 상당한 공백이 끼어들었다. 하지만 그것도 그에게는 한계치였고, 나머지는 그의 이해 범위를 훨씬 뛰어넘는 것들이었다.

"잠깐!" AA가 숨 쉬기조차 힘들어 하며 외쳤다. "우리 이전에 있던 우주의 문명이 지금 이 우주에 남아 있다는 거야?"

그녀는 관이판이 우주선에서 청신에게 들려준 이야기는 모르고 있었지만 '마법 반지'에 대한 신비한 말이 생각났다.

'바다를 마르게 한 물고기는 여기 없다.'

그녀는 마침내 그 말의 의미를 조금 이해할 수 있었다.

"나도 몰라. 어쩌면 알았었는데 잊어버렸을 수도 있어."

윈톈밍이 멍한 표정으로 말했다.

그때 윈톈밍은 정령에게 이렇게 물었다.

"암흑의 숲을 끝내고 완전한 세계를 복원할 방법은 없는 건가요?"

만약 그럴 수 있다면, 지구를 구할 마지막 희망이 있다. 정령이 짧고 힘 있게 대답했다.

있다.

"어떤 방법이죠?" 윈톈밍이 다그쳤다.

매복자를 제거하는 것이다. 그러면 완전한 세계를 복원할 수 있다.

"어떻게 제거하죠?"

정령이 잠시 침묵했다가 '말했다'.

네가 수색자가 되어야 한다.

그 순간 생각이 거센 파도처럼 밀려와 윈톈밍을 휘감았다. 정령의 뜻을 알아들을 수는 있었지만 뒤따라 닥친 수많은 이미지는 그의 마지노선을 무너뜨렸다. 그는 지푸라기 한 가닥 붙잡지 못한 채 무한한 의미의 바다에 내던져졌다. 미친 듯이 허우적거려도 정령은 그를 구해주지 않았고 헤아릴 수 없이 많은 정보를 그의 머릿속에 욱여넣고 그가 끝없는 생각과 악몽의 소용돌이에 휘말리도록 내버려 두었다. 정신이 혼미해지는 찰나, 머릿속에서 어떤 빛 하나가 달칵 하고 켜졌다. 뭔지는 알았지만 너무 늦었다. 그의 뇌에서 방어 시스템이 작동하기 시작했지만 그는 그대로 의식을 잃었다.

"그다음엔 어떻게 됐어?"

AA는 완전한 세계를 복원할 수 있을지도 모른다는 사실에 마음이 다급해졌다. 그렇다면 태양계와 지구를 되찾을 희망도 있을 것이다. 과거 인류가 살던 그 세계로 돌아갈 수 있을지도 모른다. 윈톈밍이 고개를 저었다.

"그다음은 없어. 깨어나 보니 정령도 투영된 이미지도 모두 사라지고 없었어."

윈톈밍이 깨어나 보니 주변은 평소 그대로였다. 우주선은 언제나처럼 광막한 우주를 항해하고 있고 정령 같은 건 흔적도 없었다. 나중에 삼체인에게 받은 모니터링 데이터를 보니 그가 의식을 잃은 뒤 광섬유 구조는 완전히 사라졌고, 중력파로 감지했던 그 기이한 곡선도 광속으로 삼체 함대를 떠나 순식간에 수십 천문단위*나 멀어져 삼체인의 기술로도 관측할 수 없는 곳으로 사라졌다.

삼체 과학자들은 또 하나의 불가사의한 사실을 발견했다. 정령이 투영되는 운동 방식을 연구하던 중 은하계, 국부은하군**, 처녀자리 초은하단*** 등 이미 알려진 우주 거대 구조의 운동으로 인한 영향을 제외하면 정령의 운동이 아주 단순해진다는 사실을 우연히 알게 된 것이다. 다시 말해, 우주 전체에서, 아니 적어도 이 부근에서는 정령이 절대좌표계**** 속 정지된 상태를 유지하고 있을 가능성이 컸다. 정령이 광속에 가깝게 운동하는 것처럼 보이는 현상은 삼체 함대가 우주를 따라 운동한 결과이며, 정령이 삼체 함대를 발견한 뒤 스스로 다가와 그들과 접촉한 것이었다.

정령은 도대체 얼마나 엄청난 힘을 가졌기에 은하계 운동의 위력을 막아내고 절대적인 정지 상태를 유지할 수 있는 것일까?

삼체인은 추가 연구를 통해 정령 자체는 질량이 없으며 중력파에 감지된 질량 효과는 그 주위에 존재하는 역장에서 발생한 것임을 밝혀냈다. 이 역장이 어떤 '물체'를 감싸 주위의 우주와 분리시켰지만, 이 물체는 부피가 거의 없는 작은 점 하나인 듯했다. 이 작은 점이 순간적으로 그 거대한

---

\* 옮긴이 주 : 태양계 내 천체의 거리를 나타내는 단위. 지구와 태양의 거리를 1천문단위로 한다.
\*\* 옮긴이 주 : 안드로메다은하를 포함한 크고 작은 40개 이상의 은하로 이루어진 은하군으로, 우리은하도 여기에 포함되어 있다.
\*\*\* 옮긴이 주 : 은하단과 은하군이 모여 초은하단을 이루며, 우리은하가 속한 국부은하군이 처녀자리 초은하단에 속해 있다.
\*\*\*\* 옮긴이 주 : 지축 상에 원점을 가진 항성에 따라 위치를 정하는 관성좌표계. 일단 한번 설정되면 원점의 위치나 좌표축의 방향이 변하지 않는다.

빛나는 구조를 투영해낸 것이었다.

정령의 말대로였다. 그는 실제로 존재하는 실체가 아닌 투영된 이미지에 불과했다.

어쨌든 삼체인은 그 정령이 그들의 상상을 초월하는 고도의 문명이며, 그들에게 아무런 악의도 없고 심지어 그들과 소통하려고 시도했었다는 사실을 알게 되었다. 하지만 삼체인은 정령과 아주 미미한 소통조차 할 능력이 없었다. 오히려 삼체인 중 200여 명은 정령과 대화를 시도했다가 정신이 나가거나 인지력을 상실하는 바람에 탈수되어 불태워지고 말았다.

윈톈밍도 한동안 실성한 사람처럼 지냈다. 지구 시간으로 한 달이 넘게 흐른 뒤에야 겨우 정신을 차렸지만 삼체인은 그를 버리지 않았다. 당시를 촬영한 영상 속에서 그가 계속 혼잣말을 중얼거리고 가끔 고개를 숙인 채 깊은 생각에 잠기는 것으로 보아 정령과 긴 시간 소통했을 것으로 추정되었기 때문이다. 반면 삼체인들은 생각태가 주입되자마자 사고 체계가 뒤엉켜 실성해 버렸다. 특수한 신체 탓에 정신을 잃고 혼수상태에 빠지는 방식으로 자신을 보호할 수도 없었다.

삼체인은 그가 우월한 문명을 통해 알게 된 고도의 정보를 기억해내길 기다리며 반복해서 심문하고 그에게 최면을 걸어 연구했으나 효과가 거의 없었다. 얼마 후 윈톈밍은 정령을 만난 일의 초반을 겨우 기억해냈지만 어떤 정보를 얻었는지는 떠올리지 못했다. 그의 뇌를 조사해보니 그전에는 공백이었던 부분이 수많은 정보로 가득 차 있었지만 삼체인은 전혀 해독할 수 없었고, 그 정보들이 뇌의 다른 부분과 교류가 일어난 흔적도 없었다.

그에게 남은 건 떨쳐낼 수 없는 공포뿐이었다. 정령과의 대화는 기억하지 못했지만 압도적인 공포는 또렷하게 남아 한밤중에 소스라치게 놀라며 깨곤 했다.

시간이 흐르면서 그의 의식 표층 밑에 감춰져 있던 몇 가지가 수면 위로 떠올랐다. 어느 날 삼체인이 그에게 새로 제작한 광속우주선의 신기한 기능에 대해 얘기하는 도중 그는 갑자기 정령에게 들은 정보의 몇몇 파편을 기억해냈다.

가장 낮은 수준의 안전 보장 방법은 광속을 이용해 자신을 블랙홀로 만드는 것이다…….

윈텐밍은 '자신을 블랙홀로 만드는 것'이 무엇인지 알지 못했고, 그게 광속우주선과 무슨 관계가 있는지는 더더욱 알지 못했지만, 둘 사이에 어떤 연관이 있을 것이라고 확신했다. 오랫동안 생각한 끝에 드디어 블랙존의 비밀을 알아낸 것 같았다(어쩌면 어떤 신비한 힘이 그를 진리로 인도해준 것일 수도 있다). 그는 그 정보를 삼체인에게 제공하기로 했다. 삼체인의 실험을 통해 아이디어를 검증할 필요가 있었다. 단, 그는 삼체인이 태양계 침략을 중단해야 한다는 선결 조건을 내걸었다.

"그건 받아들일 수 없다."

삼체 함대 사령관이 단호하게 말했다.

"우린 이른바 안전 보장 성명이라고 불리는 방식만 믿고 태양계를 향한 위대한 진격을 포기하지 않을 것이다. 어쨌든 당신의 동족은 우주 전송 시스템을 작동시키지 않았고, 다시 작동시킬 가능성도 없으니 우리도 당분간은 이 방법을 쓸 필요가 없다."

"그렇다면 당신들은 내게서 고도의 문명에 관한 그 어떤 정보도 얻어내지 못할 거야."

윈텐밍이 분노를 누르며 낮게 말했다.

"그럴 순 없지." 삼체 사령관이 말했다. "윈텐밍, 우린 당신의 정보가 필요하다. 힘들게 차지한 지구를 그 정보와 교환할 생각은 없지만, 약간의 양보를 할 의향은 있다. 이걸 봐라."

사령관이 지자로부터 받은 화면을 보여주었다. 물방울에 공격당한 뒤 지구에서는 대혼란이 일어나고 있었다. 전 세계가 무정부 상태의 공황에 빠진 가운데 무차별한 학살 사태와 유린이 일어났고, 수많은 사람들이 피난을 다니는 도중에 굶어죽었다.

그중 한 장면이 윈톈밍의 눈길을 끌었다. 미국 서부 해안 도시 근교에 있던 난민들이 청신을 닮은 한 여자를 발견한 것이다. 누군가 외쳤다.

"여기 좀 봐! 그년이야! 우릴 배신한 년! 인류를 배신한 그년이라고(Look! This is that bitch! That bitch who betrayed us, betrayed the whole mankind)!"

외침을 들은 난민들은 성난 폭도로 돌변해 여자를 둘러싸더니 주먹질과 발길질을 하고 여자의 옷을 찢었다.

그녀의 남편인지 애인인지 모를 한 남자가 옆에서 울부짖었다.

"멈춰! 이 여자는 청이 아니야! 우린 한국인이라고(Please stop! She is not Cheng! She is not! We are Koreans)!"

하지만 소용없었다. 이성을 잃은 남자들은 그 불쌍한 여자의 옷을 벗기고 희롱했다. 같은 여자들도 달려들어 때리고 할퀴었다. 이윽고 광기에 휩싸인 군중은 야수처럼 피가 철철 흐르는 그녀의 살점을 씹어 뱉었다.

"저 여자는 청신이 아니다." 삼체인이 말했다. "청신은 지금 UN의 보호를 받고 있지만 오래 버틸 수 없을 것이다. 얼마 안 가서 저 여자보다 더 비참한 죽음을 맞이하겠지."

윈톈밍은 주먹을 꽉 쥐었다. 선택의 여지가 없었다. 청신이 비참하게 죽는 걸 두고 볼 수는 없다. 결국 그는 항복했다.

"좋아. 안전 보장 성명에 대해 알려주지. 그 대신 지자가 치안군을 조직

하고 질서를 유지해 더 이상의 무고한 희생이 없게 하고 청신과 그녀의 친구들을 보호해주길 바란다."

그가 힘없이 말했다.

마침내 삼체인은 안전 보장 성명을 발표할 효과적인 방법을 찾았다. 광속을 늦추는 것이다. 물론 그때까지는 삼체 행성의 위치가 곧 우주 전체에 노출될 줄 몰랐기에 블랙존을 만드는 데 큰 관심이 없었지만, 중력파가 이미 발사되었다는 사실을 알게 된 뒤에는 삼체인이 블랙존을 만들려고 해도 암흑의 숲 공격이 예상보다 훨씬 빠르게 닥치는 바람에 아무런 준비도 할 수 없었다.

상대적으로 시간적 여유가 있었던 인류도 기회를 놓친 것은 마찬가지였다.

그 뒤로 윈톈밍은 무서운 꿈을 꾸었다. 자신이 정령의 '수색자'가 되어 우주를 떠다니며 보이지 않는 '매복자'를 찾아다니는 꿈이었다. 수많은 행성과 나선팔을 돌아다녔지만 아무것도 찾지 못하다가 은하계 중심부에 도착했다. 그곳에는 나선팔보다 수만 배는 밝은 은하핵\*이 있었다. 오래된 항성 수백만 개가 서로 뒤엉켜 회전하며 어질어질한 중력의 무도회를 벌이고 있었다. 은하핵의 한가운데 있는 커다란 블랙홀은 그의 눈에는 보이지 않았지만 거대한 강착원반\*\*을 통해 그 존재를 드러내고 있었다. 인류의 태양이 강착원반 위에 떨어진다면 레코드판 위에 떨어진 먼지 한 톨밖에는 안 될 것이다.

하지만 윈톈밍은 그 거대한 강착원반이 두께가 거의 없는 얇은 막이고

---

\* 옮긴이 주 : 은하의 중심부.
\*\* 옮긴이 주 : 블랙홀 주위의 행성, 가스, 먼지 등 다양한 물질이 블랙홀의 중력에 의해 빠른 속도로 회전하며 빨려 들어갈 때 방출되는 강한 빛과 열이 원반 형태를 이루는 구조.

레코드판처럼 블랙홀 주위를 천천히 돌고 있다는 걸 알았다. 가까이 다가가 살펴보니 그 위에 우주의 수많은 성계가 세밀화처럼 섬세하고 빽빽하게 그려져 있었다. 더 가까이 가자 갖가지 형태의 우주선, 기괴한 외계생물까지 볼 수 있었다. 전체 그림은 거대하고 개별 요소는 놀라우리만치 세밀하게 그려져 있지만 모두 죽은 상태였다. 윈텐밍은 자신을 낚아채 그림 속으로 빨아당기려는 강한 힘을 느꼈다. 벗어나려고 했지만 이미 중력이 그를 휘감아 끝없는 2차원 평면으로 끌어당기고 있었다.

몸부림치며 가까스로 저주의 손아귀에서 벗어나 강착원반에서 멀어졌지만, 금세 더 무시무시한 블랙홀로 빨려들었다. 사건의 지평선을 넘어 그의 몸이 암흑의 심연으로 내던져졌다. 깜깜한 어둠 속에서 도깨비불이 보였다. 그 기이한 불빛 아래 검은 망토를 입고 뾰족한 고깔모자를 쓴 마법사가 있었다. 그의 매부리코 아래로 얇은 입술이 괴이한 각도로 음흉하게 올라가 있었다. 마법사는 넓은 종이를 펼쳐놓고 그림을 그리고 있었는데 그가 다 그린 그림을 블랙홀 밖으로 던지면 둥글게 말린 그림들이 강착원반의 일부가 되었다. 태양, 달, 지구가 모두 그림 속에 있었다. 마법사가 윈텐밍을 흘긋 보더니 순식간에 그려냈다. 머리카락 한 가닥, 솜털 한 올, 겁에 질린 눈동자까지 손에 잡힐 듯 정밀하게. 그림을 완성하자 윈텐밍은 순식간에 그림 속으로 빨려 들어가 2차원의 그림이 되었다.

윈텐밍이 비명을 지르며 악몽에서 깨어났다.

차원 강하는 이미 시작되었고, 지금 진행되고 있으며, 앞으로 계속될 것이다. 그리고 종국에는……. 이것이 그들 계획의 일부다.

정령의 말이 머릿속 깊은 곳을 번개처럼 스치고 지나갔다. 잊었던 그날 대화의 일부였다. 그 순간 그는 꿈의 의미를 깨달았다.

"차원 공격이야!"

AA가 떨리는 목소리로 외쳤다. 그녀는 자신이 본 태양계 멸망의 순간을 떠올렸다. 거대한 눈동자 같던, 2차원으로 변해버린 해왕성과 토성, 모든 것이 고스란히 납작해진 우주 도시, 달보다 더 큰 눈송이……. 윈톈밍의 황당한 꿈이 현실이 되었고, 현실은 꿈보다 더 끔찍했다.

윈톈밍이 무거운 표정으로 고개를 끄덕였다.

"당신의 꿈이 정말로 정령의 메시지였다면 그 '종이쪽지'로 인한 2차원화가 영원히 끝나지 않는다는 뜻이잖아. 설마." AA가 몸서리를 쳤다. "우주 전체가 2차원 세계로 변할 거라는 거야?"

"그뿐만이 아니야."

윈톈밍이 한숨을 내쉬며 충격적인 진실을 털어놓았다.

"정령은 현재의 3차원 우주도 차원 공격의 결과라고 했어. 원래 우주는 더 높은 차원이었대."

AA는 그의 말을 곱씹었다. 이해하기 어려운 말은 아니지만 믿기가 힘들었다.

"이 우주가 원래 4차원이었다는 거야? 4차원의 조각이 지금의 우주가 된 거라고?"

그녀는 마법 반지가 했던 말을 떠올렸다. 바다가 마르면 물고기가 물웅덩이로 모인다…….

"4차원이 아니라 10차원이었대." 윈톈밍이 담담히 말했다. "4차원 우주는 이미 차원 강하를 몇 차례 겪은 결과지. 정령이 살았던 완전한 세계는 10차원 우주였어. 10이 완전한 수라고 했던 고대 그리스 철학자 피타고라스의 말이 그제야 이해되더군."

"10차원?"

AA도 놀랐지만 사실 큰 충격을 받은 건 아니었다. 그녀에게는 4차원이든 10차원이든 막연한 숫자 차이에 불과했다.

"사실 인류도 물질의 기본 입자가 10차원이지만 그중 3개 차원만 펼쳐져 있고 나머지는 아주 작게 말려 관찰할 수 없다는 사실을 발견했어. 이 사실을 설명하기 위해 수많은 이론을 내놓았지만 그게 지능을 가진 어떤 생명체가 우주의 원초적 구조를 파괴한 결과일 줄은 몰랐지."

AA가 더 실질적인 질문을 했다.

"태양계에 차원 공격을 한 것도 매복자 짓이야?"

"그건 알 수 없어." 윈톈밍이 잠시 생각하다가 말을 이었다. "차원 무기를 만들어 암흑의 숲 공격을 할 줄 아는 또 다른 고급 문명도 있을 테니까. 하지만 매복자의 목적이 우주의 차원 강하인 건 분명해."

"우주의 차원을 떨어뜨리려는 이유가 뭐야?" AA가 말했다.

"모르겠어." 윈톈밍이 긴 한숨을 내쉬었다. "아마도 그게 이 우주의 가장 큰 비밀이겠지. 지자의 사각지대 기억해?"

AA가 고개를 끄덕였다. 지자의 사각지대란 지자를 무력화시키는 신비한 구역으로 우주 곳곳에 있었다. 천문학 박사인 그녀가 그걸 모를 리 없었다.

"지자의 사각지대가 없다면 지금 이 우주는 어떤 모습일까?" 윈톈밍이 물었다.

AA는 자기도 모르게 몸이 떨렸다. 그녀는 공상을 즐기는 성격이 아니었지만 윈톈밍의 가정은 현실성이 있었다. 위협의 세기 초에 학계에서 암흑의 숲이 보편적으로 존재하는가를 놓고 치열한 토론이 벌어졌다. 한 권위적인 학파가 우주에 삼체 수준의 기술을 가진 다른 종족이 있다면 지자나 지자와 유사한 양자 얽힘* 통신 기술을 갖고 있을 것이며, 그렇다면 수백억 년의 긴 세월 동안 가장 발달한 문명이 이미 우주 구석구석에 지자를 보내 암흑의 숲이 존재할 가능성을 차단했을 것이라고 주장했다. 그들은 이 추측을 근거로 지구와 삼체가 두려워하는 암흑의 숲 공격은 우주의 국부적 현상을 과장한 것이라고 일축했다.

하지만 얼마 후 우주 곳곳에 지자의 사각지대가 실재한다는 사실이 발견되면서 그 학설은 폐기되었다. 또 여러 증거를 종합해 볼 때 지자의 사각지대는 '인위적인' 결과물이며 그로 인해 어떤 문명도 우주를 속속들이 알 수는 없다는 결론에 도달했다. 따라서 양자 얽힘 통신으로도 무너뜨릴 수 없는 암흑의 숲 상태는 전체 우주의 보편적인 현상일 것이다.

하지만 지자의 사각지대가 암흑의 숲 이론에 아무런 영향을 미치지 못하는 것은 아니다. 어떤 문명이 우주 전체를 지자의 사각지대로 만들 만큼 강력한 힘을 가지고 있다면, 그 문명은 우주 전체에 영향을 미칠 수 있다. 그렇다면 이 문명은 지자와 비슷한 장치를 통해 언제든 우주 전체를 모니터링하며 갓 탄생한 문명의 싹을 자르고 우주 전체를 손아귀에 넣을 수 있을 것이다.

그들에게 다른 목적이 있다면 말이다.

"지자의 사각지대를 설치해 암흑의 숲 상태를 유지하려는 배후 조종자가 그 매복자일까?"

AA가 갑자기 섬뜩한 가능성을 떠올렸다. 윈톈밍이 실의에 빠진 표정으로 말했다.

---

* 옮긴이 주 : 원자보다 작은 입자인 양자가 각각 멀리 떨어져 있어도 계속 연결되어 한쪽의 상태가 다른 쪽에도 즉각적으로 연결되는 현상. 원격 통신 등에 이용할 수 있는 중요한 양자의 특성이다.

"그럴 가능성도 있지. 어떤 고급 문명이 장애물을 설치하지 않았다면 암흑의 숲이 나타날 수 없으니까. 하지만 에덴동산을 파괴하고 우주 전체를 장난감처럼 가지고 놀 만큼 사악한 문명이 있다면, 그건 사탄이 아닐까?"

매복자에 관한 단서를 모아보았지만 뚜렷한 결론을 내릴 수 없었다. 기억 속에 더 많은 정보가 들어 있을지도 모르지만 몇몇 단편적인 조각만 떠올릴 수 있었다. 이 우주의 가장 심오한 비밀은 아직도 어둠 속에 감춰져 있다.

잠시 후 AA가 물었다.

"인류에게 차원 공격에 대해 경고하기 위해 노주(露珠) 공주와 심수(深水) 왕자의 동화를 지어낸 거야?"

"처음부터 끝까지 다 지어낸 건 아니야. 꿈에서 본 이야기들을 이어 붙였지."

"삼체인이 의심하지 않았어? 그 이야기는 동화에 비유했다는 걸 쉽게 눈치챌 수 있었는데."

"삼체인은 상상력이 부족해. 그들의 가장 큰 약점이지. 차원 공격에 대해 알았다면 눈치챌 수도 있었겠지만 그들은 아무것도 모르고 있었어. 인간도 동화를 듣고 차원 공격에 빗댄 거라는 걸 금세 알아채지 못하는데 삼체인이 어떻게 알겠어? 그들은 차원 공격을 겪어보지도 않았고."

윈톈밍은 이번에는 비밀을 삼체인에게 알리지 않았다. 우주의 차원 강하라는 비밀이 지구와 삼체 간 전쟁에 어떤 도움이 될지 알 수 없었다. 삼체인들은 이 꿈도 모니터링했지만 수많은 악몽 중 하나였으므로 별로 주의를 기울이지 않았다. 삼체인은 그 속에 담긴 의미를 해독하지 못했고, 윈톈밍도 물론 말하지 않았다.

하지만 1년 남짓 흘러 그래비티호가 중력파를 발사했다는 사실을 삼체 함대가 알게 되면서 지구 공격 계획이 폐기되었다. 지구와 삼체 세계의 위치가 노출되었을 가능성이 커졌기 때문이다. 윈텐밍은 드디어 삼체인의 지구 공격에 대한 도의적 책임을 질 필요가 없어졌지만, 그보다 더 무거운 책임이 그의 어깨를 짓눌렀다. 머지않아 태양계와 지구에 닥칠 암흑의 숲 공격에서 인류를 구해야 한다는 사실이었다.

10차원 우주에서 온 정령은 이 3차원 우주의 모든 것을 알고 있었다. 그는 암흑의 숲 공격의 일곱 가지 가능성을 윈텐밍에게 알려주었는데 2차원화 공격은 그중에서도 가장 높은 수준의 공격이었다. 정령을 만난 뒤 1년 동안 윈텐밍은 그 일곱 가지 가능성을 모두 기억해냈다. 삼체인은 서둘러 그에게서 귀중한 정보를 알아내 공격에 대비하려고 했지만 윈텐밍은 나머지 여섯 가지 가능성만 알려주고 차원 공격에 대해서는 말하지 않았다. 그는 태양계가 차원 공격을 받을 가능성이 가장 크다고 직감했다. 하지만 삼체인에게 정보를 제공해도 어차피 삼체인은 인류에게 공개하지 않을 것이고 그가 인류와 접촉하는 것도 막으리란 걸 알고 있었다.

그는 여섯 가지 공격 방식을 알려주는 조건으로 청신과 원격으로 만날 수 있는 귀중한 기회를 얻어냈다. 그 만남에서 그는 자신이 꾼 꿈과 다른 이야기를 교묘하게 섞어서 만든 동화 세 편을 청신에게 들려주었다. 블랙 존과 곡률 추진은 들키지 않도록 정교한 비유를 꾸며내 감추었지만, 비교적 눈치채기 쉽게 심어놓은 차원 공격의 비유는 삼체인의 지식과 이해력의 범위를 초월하는 것이기 때문에 삼체인은 전혀 알아채지 못했다.

"당신의 직감이 빗나가 고급 문명이 차원 공격이 아닌 다른 공격 수단을 사용했더라면 어떻게 됐을까?" AA가 물었다.

"그랬더라도 달라질 건 없어. 차원 공격을 피할 수 있는 광속우주선은 다른 공격도 피할 수 있으니까. 그건 가장 안전한 방법이었어. 동화 속에

너무 많은 정보를 감출 수 없어서 제일 중요한 내용만 담았던 거야."

"하지만 두 사람이 원격으로 만났을 때 당신은 삼체인들에게 청신과 어릴 적부터 친구였고 서로 동화를 지어서 들려주었다고 했잖아. 삼체인이 당신의 기억을 뒤져보았다면 거짓말이라는 걸 들켰을 거야. 안 그래?"

AA는 어떤 특별한 이유 때문에 오랫동안 이 점에 의문을 품고 있었다. 괴로운 기억을 건드릴까 봐 하지 못했던 질문을 마침내 용기 내어 입 밖에 냈다. 단순히 호기심을 풀기 위한 물음은 아니었다.

윈톈밍이 깜깜한 하늘을 올려다보며 오래전 죽은 또 다른 자신의 것인 듯한 기억을 떠올렸다.

"100퍼센트 거짓말은 아니었어. 정말로 그런 친구가 있었으니까."

소년 시절 윈톈밍에게는 그런 여자아이가 있었다. 어느 해 여름방학에 친척을 보러 그의 이웃집에 놀러 온, 그보다 세 살 어린 소녀였다. 어떻게 친해졌는지는 기억나지 않지만 그 짧은 여름방학 동안 윈톈밍은 트로이 전쟁, 솔로몬의 보물, 원탁의 기사, 베니스의 상인 등 책에서 읽은 동화를 그 아이에게 들려주었다. 대부분 고전 교육을 중요하게 여기는 그의 부모님이 읽으라고 한 두꺼운 책 속 이야기였다. 그 소녀도 자기가 만든 짧은 이야기를 들려주곤 했는데 개구쟁이 왕자, 영리한 공주, 행복한 아기 돼지 등 아무렇게나 지어낸 이야기였다. 동화라고 부를 수 없을 만큼 유치한 이야기도 있었지만 윈톈밍은 눈동자를 반짝이며 재미있게 들었다. 그에게는 친구가 거의 없었다. 고상함과 품격을 따지는 부모님은 그가 '서민 가정' 아이들과 놀지 못하게 했기에 그 소녀와 자주 노는 것도 탐탁지 않게 여겼다. 윈톈밍이 막 중학교에 올라가 사춘기에 접어든 '위험한' 나이였기 때문이다. 다만 그때 그의 부모는 이혼을 앞두고 다투느라 아들에게 신경

쓸 겨를이 없었다.

한 달쯤 흘러 여름방학이 끝나자 소녀는 내년 여름방학에 다시 오겠다고 약속하고 자기 집으로 돌아갔다. 얼마 후 윈톈밍의 부모가 이혼서류에 도장을 찍었고 그는 아버지를 따라 타지로 이사하는 바람에 다시는 그 소녀를 만나지 못했다. 그 일로 그의 외로움은 더 깊어졌고, 그는 그 짧은 추억을 깊숙이 봉인해두고 거의 열어 보지 않았다.

하지만 그 소녀는 윈톈밍의 유년기에 따뜻한 온기를 불어넣은 사람이었다. 나중에 윈톈밍이 만든 세 편의 동화도 그 아이가 들려준 이야기에 살을 덧붙인 것이다.

"못된 왕자가 노주 공주를 죽이려고 저주의 마술을 부렸어. 하늘에서 운석들이 비처럼 쏟아져 내렸지만 하늘에서 내려온 선녀가 무지개로 만든 마법 우산을 공주에게 씌워서 운석을 막아주었지. 나중에 선녀와 공주, 호위대장이 고산(高山) 왕자를 찾으러 '근심 없는 섬'에 갔는데, 고산 왕자는 산처럼 커지기도 하고 모래처럼 작아지기도 하는 변신술을 부릴 수 있었어. 고산 왕자가 못된 왕자를 죽인 뒤 공주와 호위대장은 오래오래 행복하게 살았어. 고산 왕자와 선녀도 하늘나라를 떠나 근심 없는 섬에 가서 결혼했대."

윈톈밍은 자신에게 동화를 들려주던 소녀의 진지하고도 천진한 표정을 어렴풋이 기억하고 있었다. 그 이야기를 듣고 그는 이렇게 물었다.

"왜 고산 왕자와 노주 공주가 결혼하지 않았어?"

"에이, 내 얘기를 제대로 듣지 않았지!" 소녀가 입을 비죽거렸다. "고산 왕자는 노주 공주의 오빠인데 어떻게 결혼해? 그러니까 고산 왕자는 선녀와 결혼하고 노주 공주는 호위대장과 결혼해야지."

사실 그 여자아이는 청신과 별로 닮지 않았지만 윈톈밍은 청신을 처음

보았을 때 오랫동안 연락이 끊긴 어릴 적 친구를 다시 만난 느낌이 들었다. 그래서 어린 시절 기억에 청신을 투사해 그 소녀가 어린 청신이라고 상상했다. 그러고는 삼체인이 그의 기억을 조사할 때 그런 미세한 차이까지 분별할 수 없도록 일부러 기억을 뒤섞어 두 사람이 어릴 적부터 친구인 것처럼 위장했다.

"그 여자아이를 다시는 만나지 못했어?" AA가 떨리는 목소리로 물었다.

"응. 이렇게 넓은 세상에서 어떻게 찾을 수 있겠어? 이름도 잊어버렸는데. 어릴 적 별명이 웨이웨이(薇薇)였다는 것밖에 몰라. 왜 그래?"

갑자기 AA의 눈시울이 붉어지며 숨소리가 거칠어지더니 이상한 눈빛으로 그를 뚫어져라 보았다.

윈톈밍의 놀란 표정을 보며 AA가 허탈하게 웃었다.

"이름도 잊어버렸다고? 내가 알려줄게. 그 아이의 이름은…… 아이샤오웨이(艾曉薇)야."

윈톈밍은 10차원 우주의 비밀을 알고 난 뒤 이 3차원 우주에서는 더 이상 그 어떤 일도 자신을 놀라게 할 수 없을 거라고 생각했지만 그가 틀렸다. 사람의 마음에 가장 큰 전율을 일으키는 것은 우주의 불가사의가 아니라 한 사람의 인생과 진심이다.

윈톈밍의 머릿속이 하얘졌다. 어릴 적 알았던 소녀가 그로부터 200년 뒤에 태어난 이 여자와 어떤 관계가 있을 거라고는 상상조차 해본 적이 없었다.

AA의 말이 맞았다. 그 소녀의 이름은 아이샤오웨이였다. 잊어버린 게 아니라 떠올리고 싶지 않았던 것이다. 그의 무의식 속에서는 지금도 그 소녀가 청신일 수 있다는 황당무계한 환상을 깨고 싶지 않았기 때문이다.

그런데 AA가 그 소녀의 이름을 어떻게 알지? 윈텐밍은 그녀를 처음 보았을 때 얼핏 느꼈던 낯익은 친근함을 떠올렸다. 그게 우연이 아니었단 말인가? AA의 얼굴에서 옛날 웨이웨이와 닮은 점을 발견할 수는 있지만 그때 웨이웨이는 고작 열한 살이었다. AA가 정말로 웨이웨이라고 해도 지금의 얼굴만 보고 알아보기는 힘들 것이다.

게다가 AA는 서기인일 수 없다. 그녀의 과거를 자세히는 모르지만 습관, 기질, 말투만 보아도 그녀는 고작 200년 전 사람이 분명하다. 그건 위장할 수 없는 특징이다. 전에 지자를 통해 관찰한 것으로 보나, 1년 넘게 그녀와 생활하면서 느낀 것으로 보나, 그녀가 서기인일 가능성은 조금도 없다.

웨이웨이가 열한 살에 동면에 들어갔다면 가능하겠지만, 그때는 20세기인 1990년대가 아니던가? 그때는 동면 기술이 존재하지 않았다. 수많은 가능성이 떠올랐지만 어느 하나 성립되는 것이 없었다. 그는 입만 벙긋거렸을 뿐 온전한 질문을 내뱉지 못했다.

"당신이 어떻게······."

"아무것도 묻지 말고 우선 내 얘길 들어. 알았지?" AA가 손가락으로 그의 입술을 부드럽게 막았다. "아주 중요한 얘기야. 오래전부터 말하고 싶었는데 입이 떨어지지 않았어. 톈밍, 인류의 멸망은 정말로 당신 탓이 아니야. 자책할 필요 없어. 인류 멸망에 책임을 져야 할 사람은 당신도, 청신 선생님도 아니고, 바로 나야."

"뭐라고?"

"난 당신이 생각하는 것보다 인류 멸망에 훨씬 큰 역할을 했어. 설명하자면 서기 시대부터 얘기해야 해. 당신과 청신 선생님의 서기 시대 이야기 속에는 또 한 사람이 있었어. 이야기 속 매복자인 셈이지. 아이샤오웨이

또는 웨이웨이라고 불린 사람이야."

중얼거리듯 말했지만 속으로 수천 번도 더 되뇌었던 말이었다.

"그녀는 동화책을 좋아하고 공상을 즐기는 소녀였어. 어느 해 여름방학에 다른 도시에 사는 이모 집에 놀러 갔는데 비슷한 고층 건물이 빽빽하게 서 있는 대형 아파트 단지여서 적응하기가 힘들었지. 며칠 뒤 어디 다녀오다가 이모 집 초인종을 눌렀는데 처음 보는 오빠가 문을 열고 나오는 거야. 집을 잘못 찾은 것에 당황해서 와앙 하고 울음을 터뜨리니까 그 오빠가 집으로 데리고 들어가 아이스크림을 줬어. 웨이웨이는 그 아이스크림을 먹으면서 천천히 울음을 그쳤지."

윈텐밍은 그 아이를 만난 날이 떠올라 저절로 입가에 미소가 번졌다. 따뜻함에 젖어 진실을 알고 싶다는 호기심도 잠시 누그러졌다.

"그 오빠가 집을 찾아주겠다며 데리고 나왔지만 이모 집이 어디인지 기억나지 않았어. 옆에 비슷한 고층 아파트 한 동이 있다는 거 외에는 아무것도 몰랐지. 그 오빠와 근처 비슷한 아파트 단지를 다 돌아다녔지만 찾을 수가 없었어. 하는 수 없이 아파트 화단에 앉아서 가족들이 아이를 찾으러 다니다가 만나길 기다리기로 했어.

거기 몇 시간을 앉아 있는데 오빠가 심심하다며 웨이웨이에게 옛날이야기를 해주었고, 오빠의 이야기가 끝나자 웨이웨이도 자기가 지어낸 이야기를 들려주었어. 둘이 재밌게 얘기를 나누고 있을 때 드디어 웨이웨이의 가족이 나타나서 집으로 돌아갔어."

AA가 갑자기 말을 멈추고 물었다.

"그때 웨이웨이가 끝맺지 못한 이야기를 기억해?"

윈텐밍이 고개를 저었다. 상황만 대강 기억날 뿐 이야기는 기억나지 않았다.

"〈별을 선물한 사람〉이라는 이야기였어. 어느 왕국의 어린 공주가 궁궐 밖에 나갔다가 별을 선물해주겠다는 이상한 소년을 만난 이야기야. 공주는 헛소리라고 생각해서 호위병에게 소년을 쫓아버리라고 했지. 그런데 그 뒤에 많은 일이 일어나서 공주가 자신을 죽이려는 계모를 피해 궁궐에서 도망치게 된 거야. 공주가 병사들에게 쫓겨 위기에 처했을 때 갑자기 어느 별에서 밧줄 사다리가 내려왔어. 공주가 사다리를 타고 올라가니까 계모도 병사들을 데리고 뒤따라 올라왔어. 사다리 끝에 도착해 보니 그 소년이 별에서 기다리고 있었어. 소년이 공주를 끌어 올린 뒤에 사다리를 자르자 계모와 병사들이 사다리와 함께 허공에서 떨어졌어. 공주와 소년은 그 별에서 오래오래 행복하게 살았어."

윈텐밍도 그들이 서로 들려준 이야기들이 그제야 기억났다. 그가 삼체 함대에서 '천년의' 꿈을 헤매고 있을 때 이 유치하고 엉성한 이야기가 배경과 주인공을 바꿔가며 다양하게 나타났었다. 자신이 청신에게 별을 선물했기 때문에 그런 꿈을 꾸나 보다고 생각했지만 사실은 반대로 청신에게 별을 선물하기로 마음먹은 것이 웨이웨이가 들려준 이야기 때문이었던 걸까? 그 이야기가 무의식에 숨어 그의 생각에 영향을 미친 걸까?

"그 후 웨이웨이는 매일 당신을 찾아가 함께 놀았어. 그 여름방학은 그녀에게 어릴 적 가장 아름다운 추억이었지. 그 아이가 다음 해 여름방학에 다시 오겠다고 약속했던 걸 당신도 기억할 거야. 하지만 다음 해에 와보니 당신은 떠난 뒤였고 그렇게 연락이 끊겼어."

AA의 얼굴에서 장난기가 사라지고 평온하고 차분한 목소리가 귓가를 맴돌았다. 지구의 밤바람처럼 처량하고 쓸쓸한 바람이 불어와 어수선한 생각을 쓸어냈다. 그의 눈가가 축축해졌다.

"우정이라고 하기에도 너무 짧은 유년의 기억은 그렇게 사라졌어. 10년이 넘게 흘러 웨이웨이도 대학에 가고 취직도 했어. 그런데 대학을 다니고 취업한 곳이 공교롭게도 당신이 살던 그 도시더라고. 물론 당신을 만나지는 못했지만 어린 시절 추억은 간직하고 있었어. 가끔 그 오빠는 지금 어디에 살까, 생각했을 뿐 찾으려고 하지는 않았지. 그런데 상상도 못 한 곳에서 당신을 다시 만난 거야."

"그애가 나를 다시 만났다고?"

윈톈밍이 놀랐다. 성인이 된 아이샤오웨이를 만난 기억은 분명 없는데. 눈앞에 있는 다정하지만 조금 쓸쓸한 얼굴에서 희미하게 낯익은 느낌이 점점 강해졌다. 바로 그 순간, 기억 속에서 어렴풋이 떠오르는 장면이 있었다.

"당신을 본 적이 있어! 서기 세기 어디에선가 분명히 당신을 봤어!"

윈톈밍은 뒤죽박죽 엉킨 기억 속에서 그 얼굴의 주인을 찾아내려고 안간힘을 썼다. 고등학교, 대학교, 직장, 병원…… 지구를 떠나기 전 그의 생활은 아주 단순했고, 또래 여자를 만난 적이 얼마 없는데도 AA에 대한 기억은 찾을 수 없었다. 그래도 어딘가에서 그녀를 만난 건 분명하다. 어디서지? 대학 때 도서관에서? 회사에 다닐 때 엘리베이터에서? 셋 들어 살던 셰어하우스에서? 닮은 듯 안 닮은 듯 가물가물한 얼굴들이 머릿속을 스쳤지만 모두 아니었다. 언뜻 떠오른 기억 속에 유일하게 AA와 매우 닮은 얼굴이 있었다. 호기심 어린 눈동자로 자신을 보던 얼굴. 언제였을까? 얼굴 주변의 시공간이 모두 뭉개져 아무리 애를 써도 떠오르지 않았다.

AA가 자조적인 웃음을 지었다.

"어렴풋이라도 기억할 줄 알았어. 당신에겐 아주 중요한 날이었으니까. 어쩌면 당신 인생에서 가장 중요한 일이라고 할 수 있을 그날 말이야."

그녀가 해가 지는 방향을 가리켰다.

"당신이 이 별을 산 날."

그날이구나! 오랫동안 봉인되었던 기억이 어제 일처럼 또렷하게 되살아났다. 그날 그는 대학 동창 후원(胡文)의 문자메시지를 받고 닥터 장에게 외출 허가를 받아 택시를 타고 유네스코 베이징 대표처로 향했다. 스타 프로젝트 사무실에 들어갔을 때 외국인 주임과 허(何) 박사가 있었다. 잠깐, 한 사람이 더 있었던 것 같은데? 다시 기억을 더듬었다. 스타 프로젝트 사무실의 문을 열고 들어가자마자 처음으로 본 사람이, 설마⋯⋯.

윈톈밍이 숨을 훅 들이쉬고 AA를 가리키며 더듬댔다. "스타 프로젝트 사무실에 있던 데스크 직원! 그런데 당신이 어떻게⋯⋯."

"그건 내가 아니라," AA가 고개를 저었다. "당신의 어릴 적 친구 아이샤오웨이야. 내 전생이기도 해."

'전생'이 무슨 뜻일까. 그날의 일을 더듬어보았다. 그렇다. 그날 그녀는 그를 매우 반갑게 맞이한 뒤 차와 물을 가져다주고 호기심 어린 눈빛으로 뚫어져라 쳐다보았다. 그 외에는 기억나는 게 없다. 미모가 출중했으므로 기억에 남아야 했겠지만 그는 죽음을 앞둔 불치병 환자였고 절망 속에서 오로지 청신만을 생각했기에 무덤덤했다. 이후 한 번도 그녀를 떠올리지 않았기에 그녀가 AA와 연관이 있을 거라는 생각은 하지 못했다.

"기억 못 하는구나." AA가 쓸쓸하게 웃었다. "그래. 당신에겐 그저 길에서 스친 행인이나 다름없겠지. 하지만 그날 당신과의 만남은 그녀의 인생을 바꿔놓았어. 아이샤오웨이도 처음에는 당신을 알아보지 못했어. 당신이 별을 사러 왔다고 했을 때도 돈이 남아도는 재벌 2세라고 생각했지. 겉으로는 친절했지만 속으로는 비웃었을 거야. 그런데 당신이 그 별을 여자에게 선물할 거라고 허 박사님께 말했을 때 문득 옛날 일이 떠오른 거지. 어쩐지 당신의 얼굴이 낯이 익었지. 그는 자기 이름도 밝히지 않고 청신이라는 여자에게 선물할 거라고만 했는데 말이야. 용기를 내서 이름을 물어보려는데 이미 당신은 허 박사님의 차를 타고 별을 보러 간 뒤였어."

"그게 영원한 이별이 되었구나."

"나중에 당신이 서류에 쓴 이름을 보고 그 오빠가 맞다는 걸 알았지만 백만장자가 된 것 같으니 성가시게 하지 않기로 했어. 그런데 다음 날 허 박사님이 당신이 시한부 불치병 환자라는 거야. 웨이웨이는 큰 충격을 받고 당신의 주소나 연락처를 수소문했지만 이름 외에 아무것도 알아낼 수가 없었어. 그래서 어떻게 한 줄 알아? '페이스룩'이었나? 그 비슷한 사이트에서 이름을 검색했어. 다행히 동명이인이 별로 없어서 계정을 쉽게 찾아낼 수 있었어."

"페이스룩이라고? 페이스북 말하는 거지?"

AA가 고개를 끄덕였다. "맞아. 페이스북. 그게 뭐 하는 데야?"

"소셜 네트워킹 사이트."

자신이 페이스북 계정을 개설했었는지 기억나지 않았다. 계정을 만들었다 해도 기본 프로필 외에 아무것도 쓰지 않았을 것이고 다시 접속하지도 않았을 것이다.

"친구가 한 명 있었어. 이름이 후원이었을 거야. 사업을 하는 사람이었는데 그가 당신의 유일한 대학 친구인 것 같았어. 사업 수완이 좋고 페이스북에 친구도 많았지. 웨이웨이는 이삼일 검색한 끝에 드디어 후원과 연락이 닿았어. 당신의 연락처를 받자마자 당신이 입원한 병원에 갔는데, 청신이 이미 당신의 병을 고쳐주려고 미국에 데려갔다더라고.

그땐 웨이웨이도 아름다운 러브스토리인 줄만 알았지 다른 진실이 숨어 있을 줄은 몰랐어. 어쨌든 그녀는 당신의 그 대책 없는 낭만에 감동받았어. 어쩌면 그날부터 진심으로 당신을 사랑하게 됐는지도 몰라. 당신을 꼭 찾아내기로 마음먹었거든. 그게 무슨 의미가 있는지도 모른 채. 당신이 이미 우주로 보내졌는지도 까맣게 모르고.

그때부터 그녀의 삶은 비극이 되었어. 서너 해는 당신을 찾아다녔을 거야. 직장을 그만두고 청신을 찾아 미국에도 갔지만 청신도 동면에 들어간 뒤였지. 어디선가 당신이 동면에 들어갔다는 소식을 들었지만 웨이웨이는 동면을 선택하지 않았고 결국 당신을 포기했어.

나중엔 온라인쇼핑몰로 성공해서 돈도 제법 벌었어. 그때 어떤 다정한 남자와 가까워졌는데, 가진 건 없지만 당신처럼 로맨틱한 그에게 마음이 끌려 프러포즈를 받아들였지. 행복도 잠시 어느 날 그 남자가 불치병에 걸렸다는 거야. 웨이웨이는 당신이 떠올라 연인의 병을 고치겠다고 전 재산을 쏟아부었지만, 알고 보니 그건 사기극이었지. 그 남자는 웨이웨이의 돈을 몽땅 가로채 도망쳤어. 당신과의 일이 아니었더라면 그런 사기를 당하지 않았을 수도."

윈톈밍이 긴 한숨을 내쉬자 AA의 목소리가 더 무거워졌다.

"그다음은 더 비참해. 재기하려고 겨우 마음을 다잡았는데 그 사기꾼이 에이즈를 옮겨놓고 갔다는 사실을 알게 된 거야. 그녀는 그렇게 몇 년을 고통 속에 살다가 결국, 죽었어."

윈톈밍이 나직한 탄식을 토했다. 어릴 적 친구가 그토록 처량한 삶을 살았을 줄이야. 그날 스타 프로젝트 사무실 문을 열고 들어갔을 때 자신을 맞이하던 그녀의 해사한 미소가 떠올랐다. 자신과 그녀 사이에 그토록 순수한 추억이 있었음을, 또 미래가 예측할 수 없는 방향으로 펼쳐지리라는 것을 젊은 그가 어떻게 짐작할 수 있었겠는가.

"그녀는 자기 인생이 불행하게 끝나리라는 걸 알았지만 그대로 단념할 수가 없었어. 정말 단념할 수가 없었어."

AA의 눈에 눈물이 그렁그렁 차올랐다.

　　"그녀는 죽을 때 겨우 서른 살 남짓이었어. 자식이 없으니 얼마 남지 않은 재산을 처분해서 자신의 줄기세포를 유전자은행에 맡겼어. 미래에 어떤 방법으로든 다시 태어나 새로운 삶을 살길 바라면서. 그땐 비슷한 생각을 하는 사람들이 많았잖아. 전 세계 유전자은행에 그런 간절한 소망을 가진 가난한 이들의 줄기세포가 적어도 수백만 개는 있었으니까. 대협곡 시대와 위기의 세기 동안 아무도 거기에 관심이 없었고 복제하려는 사람은 더더욱 없었지. 대부분이 여러 이유로 훼손되었으니 아이샤오웨이의 줄기세포가 보존된 것만 해도 엄청난 행운이야.

　　약정에 따르면 그녀의 유전자는 200년간 보관하다가 복제하려는 사람이 나타나지 않으면 폐기하기로 되어 있었어. 200년 뒤 위협의 세기 중반이 되자 인류가 안정을 되찾으면서 인도주의와 휴머니즘이 다시 사회의 주류 가치관이 되었지. 그러자 한 유전자 보존기구가 복제를 기다리고 있는 줄기세포도 잠재적인 인간이니 생존권이 있다면서 복제 사업에 자금을 투자한 거야. 자금이 부족해 전부 복제하지는 못하고 100개 중 한두 개 정도만 선별해서 복제했는데 내가 운 좋게 선택됐어. 웨이웨이의 뛰어난 미모 덕을 보았겠지. 그래서 200년이 흐른 뒤 나는 전생의 꿈을 다시 이어가게 됐어."

　　"그런데 왜 그걸 전생이라고 불러?"

　　"우리 시대 복제인간들이 그렇게 불렀거든. 모체가 살아 있으면 부모라고 부르고, 모체가 이미 사망했으면 전생이라고. 아비와 어미 없는 생명으로서 일종의 뿌리를 찾기 위한 노력이랄까. 내 전생의 그녀가 내게 자기 인생에 대한 길고 긴 편지를 남겼어. 나는 그렇게 바보 같이 살지 말고 편안히 살라고 하더라고. 난 그 편지를 읽고 서기 세기 이야기를 알게 되었고, 어릴 적부터 DX3906라는 이 별의 존재도 알고 있었어. 이 별을 박사 논문 주제로 선택한 것도 그 때문이야."

AA가 그다음 얘기를 꺼내기를 주저했다.

700년의 대윤회가 그들을 에워싸고 있었다. 우연한 조우인 줄 알았는데 전생부터 이어진 인연일 줄이야. 그 순간 두 사람은 서로의 심장이 뛰는 소리를 들었다.

AA가 어색한 분위기를 풀려고 일부러 가볍게 웃었다.

"톈밍, 오해하지 마. 전생이라는 건 그냥 단어일 뿐이야. 난 아이샤오웨이가 아니고 그녀처럼 가엾지 않아. 그저 당신이 혼자가 아니라는 걸 얘기해주고 싶었어. 당신이 제일 외로웠던 시기에 당신을 애타게 걱정하고 그리워하는 사람이 이 세상에 있었다는 걸. 당신의 얼어붙은 뇌가 춥고 어두운 우주를 날아가고 있을 때 지구에서 누군가는 애달프게 당신을 찾고 있었다는 걸."

그녀는 마지막 한마디를 차마 할 수 없었다. 그를 애타게 찾던 사람은 청신이 아니었다고. 한참 말없이 생각에 잠겨 있던 윈톈밍이 작은 소리로 말했다.

"그녀가 내 앙투아네트*였다니."

AA가 숨을 깊이 들이쉬고는 미처 말 못 한 마지막 비밀을 꺼냈다.

"사실 청신 선생님을 동면에서 깨운 것도 나야. 청신 선생님이 서기 세기에 동면에 들어갔다는 걸 알고 찾아다니다가 여전히 동면 중이라는 걸

---

\* 옮긴이 주 : 로맹 롤랑의 소설 《장 크리스토프》 속 등장인물. 그녀는 연주회에서 짧은 인연으로 만난 크리스토프를 오랫동안 그리워한다. 어느 날 음악회에 갔다가 지휘자로 나온 크리스토프를 다시 만나지만, 크리스토프를 생각하며 편지를 쓰다가 지병인 폐결핵이 악화되어 세상을 떠난다. 나중에 동생 올리비에가 그 편지를 보고 누나가 크리스토프를 사랑했음을 그에게 전했다.

알게 되었어. 별로 중요한 인물이 아니니 정부는 당분간 소생시킬 계획이 없었지만 난 당장이라고 깨우고 싶었지. 내 전생인 웨이웨이는 한 번도 만나지 못한 당신의 첫사랑을 내 눈으로 보고 싶었거든. 그때 DX3906에 행성 두 개가 있다는 사실을 발견했어. 지금 우리가 있는 이 파란별 말이야. 사실 이건 아주 사소한 일이지. 해마다 이런 외계 행성이 수십 개씩 발견되니까 그런 소식은 사람들의 관심을 끌지 않잖아. 그래서 교묘한 수를 썼어. 자료를 기자인 친구에게 보내서 3세기 전 청신이 DX3906을 선물 받은 일을 취재해 특집 기사를 써달라고 한 거야. 대중에게 화제가 되면 정부도 관심을 가질 테니까. 그런 각고의 노력 끝에 드디어 청신이 동면에서 깨어났어. 어떤 사람인지 궁금해서 접근했다가 자연스레 제일 가까운 친구가 되었지. 하지만 그녀가 그 별 때문에 세계적인 유명 인사가 되고 검잡이로 선출될 줄은 나도 몰랐어."

원톈밍의 얼굴에서 핏기가 가셨다. 청신을 검잡이로 만든 장본인이 AA였다니 생각할 수나 있었겠는가.

"날 원망해, 톈밍. 내 호기심이 이렇게 엄청난 결과를 초래할 줄은 나도 몰랐어."

AA가 괴로운 듯 말했다.

그는 아무 말도 하지 않았다. AA가 청신을 동면 상태에서 소생시키지 않았거나, 몇 년 뒤에 소생시켰더라면 어떻게 됐을까? 그랬다면 비슷한 다른 여자가 검잡이 후보가 되었을 것이고, 토머스 웨이드의 도박이 성공해 지구의 멸망을 막지 않았을까? 그랬다면 청신은 지구에서 평온하게 일생을 마쳤을 것이다.

"오랫동안 혼자 품어온 비밀이야. 지구 멸망에 가장 책임이 큰 사람은 청신 선생님도 당신도 아닌 나야. 청신 선생님께 자책 말라고 수없이 위로

했지만 실은 그건 나 자신을 위로하는 말이었어. 내 호기심을 채우겠다고 그분을 동면에서 깨우지 않았더라면 모든 게 달라졌을까."

윈톈밍이 침울하게 눈을 감고 옛일을 회상했다. AA가 창백한 얼굴로 말했다.

"날 원망해도 되지만 아이샤오웨이는 원망하지 마. 그녀는 이 모든 일과 아무 상관도 없으니까. 그녀는 당신에게……."

"아니." 윈톈밍이 그녀의 말을 잘랐다. "당신도 원망하지 않아. 청신이 아닌 다른 여자였다고 해도 웨이드가 총을 쏠 때 난 아마 그녀를 구했을 거야. AA, 모든 일에는 원인과 결과가 있지만 원인을 제공했다고 해서 모든 결과를 책임져야 하는 건 아냐. 원인과 결과 사이에 끝없는 그물이 얽혀 있으니까. 누구도 혼자서 무언가를 결정할 수 없고, 모든 결정은 타인에게 영향을 받으며 수없이 바뀌고 뒤틀린 결과야. 넓게 보면 청신은 인류가 선택한 검잡이니까 그녀의 선택은 인류의 선택이고, 그녀의 가치관도 인류의 가치관이지. 좁게 보면 청신의 선택은 당신이 그녀를 소생시켰기 때문에 일어났지만, 당신이 청신을 소생시킨 건 나 때문이지. 그전에 난 청신에 의해 우주로 보내졌고, 청신은 나 때문에 동면에 들어갔어. 배후에서 그걸 결정한 사람은 청신을 죽이려고 한 웨이드였고. 복잡하게 얽힌 일이야.

예원제, 뤄지, 장베이하이도 다른 선택을 할 수 있었지만, 그렇다고 결과가 완전히 달라졌으리라는 보장이 있어? 이런 고민은 무의미해. 이미 결과는 나왔고 인류는 멸망했어. 아니, 인류는 아직 멸망하지 않았지. 당신이 들려준 관이판의 얘기에 따르면 우주선 문명이 독자적으로 은하에서 새로운 기원을 창조한 것 같으니까. 하지만 지구와 태양계가 소멸됐다는 건 누구도 바꿀 수 없는 사실이야."

"그렇지. 바꿀 수 없는 사실."

"그게 전부가 아니야." 윈톈밍이 상기된 얼굴로 말했다. "지구와 태양계는 아주 작은 시작일 거야. 천 년 뒤, 만 년 뒤, 아니 그보다 더 먼 미래의 관점에서 보면 지구의 멸망은 또 다른 콘스탄티노플의 함락에 불과할 수도 있어. 콘스탄티노플의 함락에 대해 알아?"

AA가 고개를 끄덕이다가 다시 고개를 저었다. "책에서 읽긴 했는데 자세하게는 몰라."

"나도 대강만 알고 있었어." 윈톈밍이 말했다. "그런데 삼체 함대에서 긴 시간 책을 읽다가 역사는 어차피 통제하거나 예측할 수 없다는 걸 깨달았어. 1200년 전인 1453년에 유럽 문명의 교두보였던 콘스탄티노플이 오스만 제국에게 함락되면서 천년을 이어온 동로마제국이 멸망했어. 유럽 전체가 오스만인의 말발굽 앞에 벌벌 떨었지. 하지만 그 비극이 유럽이 부흥하고 현대 문명이 싹트는 계기가 될 줄 누가 알았겠어? 콘스탄티노플의 학자들이 서유럽으로 피신하면서 고대 그리스와 로마의 유산을 서유럽으로 전파했고 그게 훗날 르네상스를 촉진한 거야. 또 오스만 제국이 유럽과 아시아 사이를 가로막자 유럽인들은 인도와 중국으로 가는 새로운 무역로를 개척해야 했고, 그렇게 해서 대항해 시대가 시작되었지. 불과 한 세기 후에 스페인인, 포르투갈인, 네덜란드인, 영국인이 세계 곳곳을 항해하며 새로운 문명을 가지고 돌아와 중세는 물론이고 고대 그리스와 로마 시대에도 상상할 수 없던 기적을 창조했잖아. 그러니 태양계의 멸망은 태양계보다 수천 배 더 화려하고 웅장한 은하 시대의 시작일지도 몰라."

AA가 눈동자를 반짝였다. 어쩌면 우주선 문명에 남은 인류가 성계를 하나씩 점령해 은하계에 식민지를 만들고 새로운 공화국이나 제국 또는 연방을 건설할지도 모른다. 아니면 수천수만 대의 우주선을 거느린 초대형 함대를 구축해 어디에도 정박하지 않고 우주를 항해할 수도 있다. 그것도 아니면 그들의 문명이 시간을 여행하고 역사를 바꾸는 신과 같은 초능력을 갖게 될 수도 있다.

그는 이내 끝없는 상상을 접고 현실로 돌아와 자조적으로 웃었다.

"다 무의미한 공상이야. 어차피 우린 죽을 때까지 이 블랙존을 벗어날 수 없는데, 은하 시대는 얘기해서 뭣 하겠어? 그 시대가 오기도 전에 우린 먼지가 되어 있을 텐데. 그래도 고마워, AA."

윈톈밍이 그녀의 눈동자를 뜨겁게 바라보았다.

"당신이 날 옭아매고 있던 과거의 족쇄를 풀어줬어. 청신에 대한 마음, 인류에 대한 죄책감이 내겐 모두 족쇄였는데. 우리가 한 일이 부끄럽지 않다면 더 이상 인류 멸망에 죄책감을 느낄 필요가 없어. 당신도, 나도, 우리 둘 다. 지금과 앞으로의 행복에 집중하면 돼. 알겠지?"

AA가 그를 보며 웃었지만 눈가에서 눈물이 주르르 흘렀다. 두 사람이 서로를 세게 끌어안았다. 이미 수없이 포옹했지만 마음이 이렇게 가까웠던 적은 없었다.

시간이 얼마나 흘렀을까, 속삭이는 목소리가 윈톈밍의 귓불에 닿았다.

"아이샤오웨이가 편지의 마지막에서 훗날 만약 당신을 만나게 된다면 이 말을 꼭 전해달라고 했어."

700년 동안 봉인되었던 편지가 펼쳐지는 순간, 윈톈밍의 가슴이 미친 듯이 뛰었다.

"당신이 행복한 삶을 살길 바라요."

그는 아무 말도 하지 않았지만 AA는 어깨가 축축해지는 걸 느꼈다.

"행복할 거야, 우리는." 윈톈밍이 속삭였다.

파란별의 밤은 짧았다. 동쪽 지평선 위로 장밋빛이 서서히 번지기 시작했다. 그 붉은빛이 숱한 풍상을 겪고 이제 막 사랑에 빠진 연인을 감싸고, 식물들이 새벽빛에 일어나 동쪽 여명을 바라보며 기지개를 켜고 생명의 합창을 불렀다. 두 사람의 사랑을 축복하는 찬가처럼 순수하고 따뜻한 선율이 그들 주위를 맴돌았다.

 꼭 끌어안은 두 사람은 높은 하늘 위 작은 빛점 하나가 차츰 희미해지는 뭇별들과 함께 아침 햇빛 속으로 사라지고 있는 것을 보지 못했다. 저 광속으로 비행하는 그 우주선 내부에서는 단 1초가 흘렀을 뿐이고, 청신과 관이판은 죽음의 선이 확장된 충격에서 아직 빠져나오지 못하고 있었다. 관이판은 청신의 머리를 감싸고 얼굴을 맞대고 있었다. 그들은 티베트 소년이 강물에 띄워 보낸 유리병처럼 어디로 가는지도 모른 채 무정한 시간의 물결에 떠밀려 가고 있었다.

 시간의 상류와 하류로 던져진 이들 네 사람은 영원히 다시 만날 수 없을 것처럼 점점 멀어지고 있었다.

 영원히 다시 만날 수 없을 것처럼.

# II

## 중 : 다도대화

## 파란별의 세기 63년 : 우리 별

다시 석양 무렵, 뭇산에 반쯤 가려진 태양이 점점 어두워졌다. 파란별에는 평소와 다름없이 생명의 대합창이 울려 퍼지고 있었다. 61파란별년 (지구 기준 40년) 전의 그 길었던 저녁과 달라진 게 하나도 없어 보였다. 유일하게 달라진 건 두 사람이 더 이상 젊지 않다는 점이었다.

바닥을 넓게 파낸 구덩이의 왼쪽에 백발이 성성한 AA가 풀방석을 덮고 미동도 없이 누워 있었다. 주름진 얼굴 위로 편안한 미소가 감돌았다. 구덩이 안 그녀의 옆자리는 비어 있고 노쇠한 윈텐밍이 그 앞에 앉아 깊은 생각에 잠겨 있었다.

그날 오전 그의 늙은 아내가 속세를 떠나 영원히 잠들었고, 그도 곧 아내 곁에 눕게 될 것이다.

오래전 그녀를 처음 만났을 때가 떠올랐다. 이 낯선 별에서의 첫 포옹, 그날 밤을 새워 나눈 긴 이야기, 그 뒤의 고되지만 행복했던 세월, 작년에 함께 바위산에 새긴 글. '우리는 행복하게 살았어요.'

그보다 훨씬 더 오래된, 역사가 시작되기도 전인 듯 오래전 그 사람이 남긴 축복도 떠올렸다.

'당신이 행복한 삶을 살길 바라요.'

내가 행복한 삶을 살았을까?

외로운 소년 시절과 청년 시절, 절망적인 병원 생활, 얼린 뇌로 홀로 어두운 우주를 날아가던 혹독한 세월, 뒤이어 삼체 함대에서 보낸 고통스러운 수십 년, 거의 '만 년'처럼 느껴지는 꿈들의 연속, 그 일들을 모두 겪은 뒤 신비한 '반지'의 도움으로 마침내 삼체인의 손아귀를 벗어나 청신과 약속한 이 별에 왔다.

하지만 그를 기다리고 있는 사람은 다른 여자였다. 그녀와의 기이한 인연을 알게 된 뒤 그녀를 진정으로 사랑하며 반평생을 살았다.

물질적인 기준으로 본다면 그의 후반생은 행복했다고 말할 수 없다. 처음 2년은 수월한 편이었지만 3년째 되던 해에 '반지'가 사라졌다. '반지'는 원래 만져지는 실체가 없이 '정령'의 작고 빛나는 섬유 고리 하나였다. 소우주 같은 그것은 '정령'이 그에게 준 선물이었다.

**매복자를 찾아내 제압해라. 이게 널 도와줄 것이다.**

정령이 마지막으로 꿈에 나타났던 날, 꿈에서 깨어 정령이 주입한 생각태 중 몇 가지의 의미를 깨달았을 때 갑자기 손가락에 은빛 '반지'가 나타났다. 그는 그것이 물질로 구체화되어 나타난 정령이라고 생각했다.

며칠 동안 기억의 파편을 떠올려 반지를 작동시키는 방법을 겨우 알아냈다. 생각으로 제어하고 작동시키는 이 반지에는 믿기지 않는 기능이 있었다. 소우주의 문을 열고, 삼체 우주선의 컴퓨터 시스템을 분석하고 제어하고, 기존 우주선을 순식간에 최첨단 성능을 가진 우주선으로 개조하며, 작은 범위에서 질량과 에너지의 상호 변환*을 통해 원하는 물건을 만들어낼 수도 있었다. 그가 알아낸 기능은 반지가 가진 기능의 극히 일부에 지나지 않았다. 반지의 모든 기능을 작동시켜 위력을 발휘하려면 생각태를

---

\* 옮긴이 주: 아인슈타인이 제시한 질량-에너지 등가 법칙에 따라 질량과 에너지가 상호 변환하는 걸 말한다. 원문에는 '순능화(純能化)'라고 표현되나 풀어서 옮겼다.

통해 명령을 내려야 하는데 그의 사고력으로는 불가능한 일이었다.

정령이 왜 자신에게 이렇게 위력적인 물건을 주었는지 알 수가 없었다. 사실상 인공지능 소프트웨어에 불과한 정령이 막강한 상대인 매복자와 대결하기 위해 그가 필요했을 수도 있다. 그렇지만 무슨 이유로 윈톈밍이 그런 불가능에 가까운 임무를 수행할 수 있다고 생각한단 말인가? 이 광활한 우주에서 먼지만도 못한 평범한 인간이 어떻게 지금껏 고도의 문명을 파괴한 가공할 악마를 제압할 수 있다는 것인가? 터무니없는 얘기였다.

그는 혼수상태인 듯 제정신이 아닌 채로도 정령의 요구에 응답하지 않았다. 혼미한 정신으로도 자신이 그렇게 강력한 암흑의 문명과 대결할 능력이 없음을 알았다. 그때 정령과 나누었던 대화가 기억났다.

"왜 제게 그런 걸 알려주시는 거죠? 저는 수색자가 되고 싶지 않아요."

시간이 없다. 난 점점 쇠약해지고 있어. 우주는 너무 넓고 생명체는 너무 적다. 널 놓치면 또 언제 수색자에 적합한 생명체를 찾을지 모른다.

"저는 수색자에 적합하지 않습니다. 불가능해요. 거절하겠습니다."

네 동의는 필요치 않다.

"그게 무슨 말씀인지…….."

시간이 지나면 알게 될 것이다.

그는 정령의 말을 이해할 수가 없었다. 정령은 자신의 의식 깊숙한 곳을 들여다보고 그가 그 임무를 받아들일 수밖에 없다고 판단한 것 같았다. 윈톈밍은 삼체 세계를 떠나 광속우주선을 몰고 항해할 때까지만 해도 이 우주의 가장 사악한 사탄을 무찌르겠다는 포부에 가득 차 있었다. 하지만 블랙존으로 인해 이 작은 별에 갇혀 한 발짝도 나갈 수 없게 되자 모든 투지가 사라지고 그저 사랑하는 여자와 여생을 보내고 싶었다.

이런 심경 변화 때문에 반지가 사라진 걸까? 아니면 이 블랙존 성계의 무언가가 반지의 에너지를 소멸시킨 걸까? 그는 아인슈타인의 유명한 질량에너지 공식인 E=mc^2를 기억하고 있었다. 이 공식대로라면 광속이 초당 수십 킬로미터까지 느려지면 에너지도 크게 약화되어야 하지 않을까? 물리학자가 아닌 윈톈밍은 이 의문의 해답을 알 수 없지만 광속이 엄청나게 느린 이 세계에서는 그 어떤 일도 일어날 수 있다. 모든 걸 아는 정령도 모든 가능성을 예상할 수는 없을 것이다.

같은 이유 때문인지 반지가 사라지기 한참 전 우주선의 남은 에너지도 고갈되었다. 반지마저 사라지자 그들은 그 어떤 첨단 기술도 사용할 수 없었다. 어쩔 수 없이 농경 시대, 아니, 원시 시대 같은 생활을 해야만 했다.

이 별에서 늙어 죽는 것 외의 유일한 탈출구는 소우주에 들어가는 것이었지만 이 길도 그들 스스로 막아버렸다.

나중에 청신이 이 별에 와서 추측한 것 중 일부는 맞았다. 처음에 AA는 소우주에 들어가는 걸 원치 않았다. 윈톈밍의 얘기를 들은 뒤 소우주가 선물이 아닌 무덤이라고 느꼈기 때문이다. 그녀는 백억 년을 건너뛰어 이 우주의 마지막을 보고 싶지 않았다. 소우주에 들어가면 윈톈밍이 정령의 임무를 받아들일 것이고, 그러면 길고 긴 세월을 넘어 억만년 뒤의 세상에 가서 차원이 낮춰진 우주를 구하기 위해 매복자와 최후의 결투를 벌이리라는 예감이 들었다. 그녀는 연인이 감당할 수 없는 임무를 받아들였다가 무너지는 것을 보고 싶지 않았고, 그래서 소우주에 가고 싶지 않았다.

물론 윈톈밍이 그녀를 내버려 둔 채 혼자 소우주로 들어갈 리 없었고 그렇게 하루하루 시간이 흘렀다.

나중에는 소우주에 들어가고 싶어도 들어갈 수가 없었다. 반지가 갑자기 사라져 윈톈밍이 소우주 진입 권한을 바꿀 수 없었기 때문이다. 윈톈밍과 청신만이 소우주 진입 권한을 갖고 있었으므로 AA가 소우주에 들어갈 방법은 없었다.

원톈밍이 소우주에 들어간 뒤에 진입 권한을 바꿀 수도 있겠지만, 그는 단 1초도 혼자 소우주에 들어갈 수가 없다. 소우주의 시간은 바깥 우주와 다르게 흐르기 때문에 소우주에 들어가자마자 다시 나와도 100년 이상 흘러 있을 수도 있다. 그러면 소우주의 문 앞에서 그를 기다리고 있던 AA는 이미 오래전에 백골이 되어 사라졌을 것이다.

그는 AA를 혼자 둘 수 없었고, 자신이 혼자가 되는 건 더 두려웠으므로 아내와 함께 천천히 늙어가는 편을 선택했다.

그들이 함께 산 지 3년째 되던 해 AA가 아이를 가졌지만 척박한 별에서 반지의 보호도 없이 임신부를 돌보는 건 사실상 불가능했으므로 두 달도 되지 않아 유산을 했다. 바닥이 흥건하게 젖을 정도로 하혈을 하는 바람에 AA도 죽을 고비를 간신히 넘겼다. 그때 건강을 심하게 해쳐서인지 그 후로는 다시 아기가 생기지 않았다.

어쩌면 그게 더 나은 일일 수도 있다. 아기를 낳는다 해도 기술의 도움 없이 어떻게 이 황량한 별에서 자손을 번성시킬 수 있을까? 게다가 그들의 후대가 어떻게 번성할 수 있겠는가. 후대를 이으려면 근친혼을 해야 하는데, 그러면 유전병 가능성이 높아져 두세 세대만 지나도 문명을 상실한 채 더럽고 벌거벗은 몸으로 머리를 풀어 헤치고 짐승 같은 생활을 할 것이다. 거기까지 생각이 미치자 원톈밍은 소름이 끼쳤다.

게다가 그는 수백 광년 떨어진 새로운 식민 세계에서 요행히 태양계 멸망을 피해 살아남은 동족이 인류 문명을 보존하고 번영시키고 있음을 알고 있었다. 인류에게 죄인인 그가 인류 멸망에 대한 책임을 이제 내려놓아도 되는 것이다.

그런 생각으로 AA와 의지하며 평생을 살았다. 그 삶이 행복했을까?

물질적으로는 거의 원시인에 가까운 고된 생활을 하고, 정신적으로도 상대를 잃고 혼자가 될까 봐 항상 걱정하고 두려워하며 살았다. 그들은 언제나 서로를 안은 채 잠들고 함께 일어났다. 상대가 잠시라도 보이지 않으면 불안해서 견딜 수 없었고, 상대가 감기에 걸려 열이라도 나면 자기가 아픈 것보다 더 괴로웠다. 그들의 사랑에는 권태기가 없었고, 언제나 사랑이 듬뿍 담긴 눈동자로 상대를 보았다. 주름이 자글자글한 얼굴도, 서리가 내린 듯 하얗게 변한 머리도 그들의 애정에 아무런 영향을 주지 않았다. 눈앞에 있는 사람이 죽기 전까지 만날 수 있는 유일한 인류라는 걸 알고 있었기 때문이다. 바로 오늘이 마지막일 수도 있다고 생각하면 가슴이 미어졌지만, 그 고통과 두려움 속에 말로 형용할 수 없는 낭만도 섞여 있었다. 세상에 이토록 애절한 사랑이 어디에 있을까?

그러므로, 그들의 삶은 행복했다.

하지만 이날이 오고 말았다. 오늘 오전 그의 품에서 잠들었던 백발의 AA는 다시 깨어나지 못했다. 그녀는 엷은 미소를 머금고 편안하게 떠났고, 그도 크게 슬프지 않았다. 자신도 곧 아내를 따라갈 거라는 사실을 알고 있었기 때문이다.

윈텐밍은 이 세계에 아무런 미련도 없었다. 7세기 전 안락사 침대에서 죽었어야 할 목숨이 700년을 더 살았다. 청신을 제외한 어떤 사람도 그보다 오래 살지 못했고, 이 우주에서 유일하게 그를 사랑하는 사람도 떠났으니 아무런 미련도 없었다.

소우주에 들어가 그 신비한 유토피아가 어떤 모습인지 구경해 볼까 생각도 했지만, 늙고 쇠한 자의 두려움이 그를 붙잡았다. 아내와 영원히 다른 시공간으로 분리되어 백골조차 곁에 없이 혼자서 마지막을 맞이해야 한다는 사실이 두려웠다. 지금 그는 언제 쓰러져 죽어도 이상할 게 없는 힘없고 평범한 노인일 뿐. 소우주에 들어간다 한들 무엇을 한단 말인가? 그저 편안히 떠나고 싶을 뿐 더 이상의 것을 알고 싶지도 않았다. 그는 이미 너무 많은 것을 알고 있지 않은가.

그는 우주의 미래가 어떤 모습인지 알고 있었다. 수많은 별이 웅장한 그림처럼 펼쳐졌다가 그 두루마리가 말리며 끝없는 은빛 선이 되고, 은빛 선이 다시 점으로 줄어들어 어둠 속에서 사라진 뒤 결국에는 어둠 자체도 사라져버릴 것이다. 우주의 '마지막'은 아무것도 없는 허공이다.

그는 우주의 미래를 보았다. 열적 죽음*도 없고, 빅 크런치**도 없고, 새로운 빅뱅***은 더더욱 없다. 우주는 그냥 아무것도 없이 허공 속으로 사라질 것이다. 이것이 차원 강하의 진정한 의미다. 즉, 한 차원씩 떨어질 때마다 무한한 물질과 에너지가 사라져 종국에는 아무것도 없는 허무의 상태가 되는 것이다.

그는 아주 오랜 옛날 대학 시절에 읽었던 외국 시를 떠올렸다.

세상은 이렇게 끝나네
폭발하지 않고 힘없이 신음하며****

---

* 옮긴이 주 : 열역학적 죽음이라고도 불리는 우주 종말의 시나리오 중 하나. 우주의 엔트로피가 최대치에 도달해 모든 에너지가 균일하게 분포됨으로써 아무런 물리적 변화도 일어나지 않는 열적 평형 상태.
** 옮긴이 주 : 대함몰이라고도 불리는 우주 종말 시나리오 중 하나. 우주가 일정 수준까지 팽창한 뒤 우주 전체의 질량이 팽창하는 에너지보다 커지면 그 자체의 중력으로 인해 한 점으로 수축하며 종말한다는 가설.
*** 옮긴이 주 : 태초에 모든 물질과 에너지가 좁은 구역에 응축되어 있다가 대폭발을 일으켜 팽창하며 우주가 형성되었다는 우주의 기원 가설.
**** 옮긴이 주 : T. S. 엘리엇 〈텅 빈 사람들(The hollow men)〉.

하지만 이 모든 게 그와 무슨 상관이 있을까? 그는 몇 시간 뒤 허공으로 사라질 것이고 그를 위해 눈물을 흘려줄 사람조차 없다.

본래 아무것도 없었는데 어디서 티끌이 일어나리오*

AA와 자신을 묻기 위해 윈텐밍은 오후 내내 땅을 파 큰 구덩이를 만들었다. 얼마 파내지도 못한 채로 숨이 가쁘고 땀이 비 오듯 흘렀다. 사실 무덤 없이 바닥에 쓰러져 죽어도 별로 달라지는 건 없었지만 인류의 습속대로 흙 속에 묻혀서 죽고 싶었다. 그래봤자 파란별의 벌레들을 위한 일일 뿐이지만.

태양이 서쪽 지평선 밑으로 가라앉고 하늘가에서 석양이 점점 어둑해지더니 땅거미가 내려앉았다. 시간이 됐다.

윈텐밍은 왼손에 AA의 머리칼 한 줌을 쥐고 구부정한 몸을 구덩이 속 아내 곁에 눕혔다. 팔을 뻗어 구덩이 옆에 쌓여 있는 흙을 최대한 많이 끌어내려 두 사람의 하반신을 덮은 뒤, 떨리는 손으로 품에서 녹슨 쇳조각을 꺼냈다. 그의 녹슨 우주선에서 떼어낸 조각이었다.

파란별의 하늘을 올려다보았다. 어둠 속에서 성긴 별빛이 반짝였다. 물론 태양은 없었다. 그 항성은 300년 전에 영원히 빛을 잃었다. 청년 시절의 그는 영원한 태양이 자기보다 먼저 죽을 줄은 상상도 하지 못했다.

그는 하늘에서 반짝이는 은색 빛점을 올려다보았다. 청신과 관이판이 타고 있는 우주선이었다. 그들을 태우고 저광속으로 파란별 주위를 도는 우주선을 40년이 넘게 보았다. 이곳에서는 40여 년이 흘렀지만 우주선에

---

* 옮긴이 주 : 당나라 승려 혜능(惠能)의 게송 〈보리게(菩提偈)〉.

탄 두 사람에게는 불과 몇 분, 아니 몇 초의 시간이었을 것이다.

하지만 언젠가 그들은 파란별에 착륙할 것이고, 그러면 자신이 남긴 소우주를 발견할지도 모른다. 그들이 소우주에 들어가 우주의 마지막을 보게 될까?

그들도 윈텐밍과 AA처럼 부부로 일생을 함께 살게 될까?

어떻게 되든 그는 이미 백골조차 사라져 먼지가 되었을 것이다. 그들이 자신과 AA가 바위에 새겨놓은 글을 볼 수 있길 바라는 수밖에.

시간이 되었다. 그는 마지막 남은 힘을 그러모아 쇳조각을 경동맥에 찔러넣었다. 쇳조각을 빼자 그의 생명력과 함께 솟구쳐 나온 선혈이 파란별의 대지에 스며들었다.

그들은 영원히 이 별의 일부가 되었다.

윈텐밍은 의식이 가물가물해지는 것을 느끼며 하늘을 향해 미소 지었다. 마음이 편안하고 홀가분했다. 한때 진심으로 사랑했던 여자를 향해 그녀는 결코 듣지 못할 축복을 보냈다.

"당신의 일생이 행복하길."

모든 게 끝났다.


    헛되고 헛되며 헛되고 헛되니 모든 것이 헛되도다


처음에는 오직 허공뿐이었고, 그와 허공은 일체였다. 하지만 허공에서 머나먼 기억 속 목소리가 나타났다. 처음에는 가물가물 희미했지만 소리는 점점 또렷해졌다.


    살과 피는 하나님 나라를 이어받을 수 없고, 썩는 것은 썩지 아니하는 것을 유업으로 받지 못하느니라. 보라. 내가 너희에게 비밀을 말하노니 우리가 다 잠잘 것이 아니오. 마지막 나팔에 모든 것이 순식간에 홀연히 변화하리니. 나팔 소리가 나매 죽은 자들이 썩지 아니할 것으로 다시 살아나고 우리도 변화하리라. 이 썩을 것이 반드시 썩지 아니할 것을 입겠고 이 죽을 것이 죽지 아니함을 입으리로다.*

어릴 적 가끔 엄마와 갔던 그 교회에서 목사님의 설교를 듣고 있는 것 같았다. 왠지 모르게 자꾸만 스르르 잠이 오는 건 목사님의 연설이 너무 따분한 탓일까. 얼마나 잤을까? 30분쯤? 엄마는 왜 날 깨우지 않지?

빛이 나타났다. 형체 없는 허공이 성질을 가진 어둠이 되었다가, 빛이 밀고 들어와 어둠을 희석했다. 몽롱한 의식 속에서 남자는 눈꺼풀을 뚫고 들어오는 빛을 느꼈다. 어떤 광원이 자신을 비추는 것 같았다.

눈을 뜨자 꿈의 흔적이 사라졌다. 남자는 자신이 구덩이 속에 누워 있다는 걸 알았다. 기이하리만치 깜깜한 밤하늘 아래 몇 가닥 별빛이 그의 눈동자를 비추었다.

하지만 그가 느낀 빛은 별빛이 아니라 옆에서 비춘 것이었다.

남자가 팔을 들어 왼손 넷째 손가락을 보았다. 반투명한 고리가 밝은 빛을 내뿜고 있었다. 고리는 더 작은 고리로 이루어져 있고, 그 고리 속에 또 고리가 있고, 층층이 끝없이 이어진다. 하지만 그는 아무런 무게도 느낄 수 없다. 실체 없는 투영된 이미지이기 때문이다.

그것이 자신의 '반지'라는 것이 생각났다. 반지가 되살아난 것이다.

남자는 모든 것이 기억났다. 이곳이 어린 시절의 교회가 아니라 다른

---

\* 옮긴이 주 : 신약 〈고린도전서〉.

별, 다른 시공간이라는 사실이.

반지에서 발산된 빛이 반라 상태인 그의 몸을 비추었다. 남자는 뭔가 달라진 느낌에 고개를 들어 자기 몸을 보았다가 깜짝 놀랐다.

매끈한 피부, 검은 머리카락, 불룩하게 두드러진 가슴 근육, 게다가 온몸에서 발산되는 에너지까지. 일생을 통틀어 어느 때보다도 젊고 건강하고 활력이 충만했다. 흙에 파묻혀 있던 다리를 뺀자 고대 그리스 올림픽 선수처럼 근육으로 뒤덮여 있었다.

영문을 모른 채 고개를 돌려 옆을 보았다. 그의 할머니쯤 되어 보이는 백발의 노구가 흙에 반쯤 파묻힌 채 누워 있었다. 그 노파가 그의 아내라는 걸 아무도 믿지 못할 것 같았다. 그가 잠들 때 두 사람은 똑같이 늙은 몸이었다.

남자가 무슨 생각이 난 듯 자기 목을 만졌다. 매끈한 피부 위에 티끌만 한 상처도 흉터도 아무것도 없었다. 잠깐, 아무것도 없다고?

또 무슨 생각이 난 듯 자기 목을 꾹 눌렀다. 맥박이 느껴지지 않았다. 왼쪽 가슴에 손을 얹었지만 역시 심장 박동이 느껴지지 않았다.

크게 심호흡하려고 했지만 자신은 숨을 쉬고 있지 않았다. 손으로 이마를 만져보니 이 별의 돌멩이처럼 차가웠다.

벌떡 일어나 주위를 몇 바퀴 돌았지만 평소와 다른 게 없었다. 너무 정상적이어서 오히려 비정상적으로 느껴질 만큼 모든 동작이 물 흐르듯 자연스러웠다. 팔을 들고 다리를 들 때도 힘이 넘쳤다. 젊어서 큰 병을 앓은 뒤로 몸이 이렇게 가벼웠던 적은 없는데.

남자는 또 무슨 생각이 들었는지 근처의 작은 호수로 달려갔다. 뇌에서 어떤 지령을 받은 듯 활시위에서 튕겨져 나간 화살처럼 빠르게. 치타처럼 씩씩하고 힘차게 한 발 한 발 풀밭을 딛고 도약했다. 지구에서 제일 빨랐던 단거리 육상선수도 그보다 빠르지는 않았을 것이다. 몇 초 만에 100미터를 넘게 달려 호수에 도착했다. 반지의 부드러운 빛을 받은 그의 얼굴이 연노란 호수에 비쳤다.

그는 열여덟 살로 돌아가 있었다.

아니, 열여덟 살 때도 이렇게 깨끗하고 강건한 얼굴과 건장한 몸은 가지지 못했었다. 심지어 그리스 신화 속 아폴론처럼 성스러운 아우라마저 느껴지다니.

한참을 멍하니 서 있던 남자는 갑자기 큰소리로 웃음을 터뜨렸다. 눈물이 왈칵 쏟아질 것 같아 크게 웃었지만 눈물은 다 말라버린 뒤였다.

그에게 그토록 많은 '투자'를 한 정령이 그를 그리 쉽게 놓아줄 리 없다는 걸 진즉에 알았어야 했다.

10년, 100년, 아니 천 년을 기다린다 해도 정령은 개의치 않을 것이다. 그에게는 윈텐밍이 익숙한 세계와 나누는 짧은 작별 인사 정도에 불과한 시간일 테니까. 윈텐밍의 앞에 놓인 전쟁은 1억 년 단위로 계산할 만큼 기나긴 전쟁이 될 것이므로. 이 정도 시간쯤은 아무것도 아닌 것이다. 정령은 그가 '죽을' 때까지 조용히 기다려준 뒤 그의 몸을 다시 만들어주었다. 자기 목적을 달성시켜줄 불멸의 육신을.

이제 그에게 영생이 주어졌다.

영생을 얻은 그는 정령이 시킨 일을 똑똑히 기억해낸 뒤 작은 의심도 두려움도 방황도 없이 기꺼이 그에게 복종하기로 했다. 불가능해 보이는 그 일에 평생을 바치기로.

하지만 이 모든 것은 그의 자유 의지에 따른 것이 아니다. 정령이 자신에게 벗어날 수 없는 '멘털 스탬프'를 찍었다는 걸 그는 알고 있었다. 그는 복종할 수밖에 없었고, 흔쾌히 그렇게 했다.

하지만 그는 주체성이나 자아의식을 잃지 않았고 여전히 그 자신이었다. 이제야 그는 '네 동의는 필요치 않다'라고 했던 정령의 말을 진정으로 이해했다.

정령은 그의 동의가 필요하지 않았고, 그의 동의를 스스로 만들어냈다.

그의 마음속에서 진실이 하나씩 깨어났다. 모든 전말을 이해했지만 이미 저항할 여지는 없었다. 자신이 정령의 충실한 노예가 되어 그를 위해 예측불가한 거대한 목표를 위해 온전히 스스로를 바치게 될 것임을 알고 있었다.

문득 이 말이 떠올랐다. 피할 수 없으면 즐겨라.

그가 씁쓸하게 웃은 뒤 벌떡 일어나 푸른 대지를 바람처럼 가로질러 글귀를 새겨놓은 바위로 달려갔다. '우리는 행복하게 살았어요.' 천만년 뒤에 돌아올 청신과 관이판을 위해 작년에 그와 아내가 힘들게 새겨놓은 글이었다.

그는 자기 생각이 틀렸다는 걸 깨달았다. 틀려도 단단히 틀렸다. 지금까지의 시간은 그의 인생에서 짧은 서막에 불과했다. 그의 인생은 이제 막 시작되는 참이었다. 앞으로 다가올 일에 비하면 지난 40여 년은 물론이고 만 년이 넘는 것 같던 그 꿈속 세월도 찰나에 지나지 않았다.

바위 옆에 사람 키만 한 금속 틀이 있었다. 테두리 안에는 아무것도 없는 것처럼 보였지만 남자는 그 속에 새로운 세계가 있다는 걸 알고 있었다. 그 세계에 들어가기만 하면 그가 40년이 넘게 산 파란별을 영원히 떠나는 것이다.

하지만 그는 이미 여러 세계를 떠나지 않았는가? 서기 세기의 지구, 꿈에서 본 무수한 세계, 삼체 함대 등. 또 하나의 세계를 떠난다고 해서 크게 달라질 건 없다.

어차피 시간은 또 시작되었다.

남자는 적막한 대지 위에 우두커니 서 있다. 금속 틀에 들어가려다가 또 망설였다. 손에 든 아내의 머리카락 한 줌을 만지작거렸다. 그녀가 아직 그곳에 있다. 그는 무슨 생각을 한 듯 몸을 홱 돌려 자신이 묻히려고 했던 '무덤'으로 달려가 구덩이 안에 누워 있는 노구를 내려다보았다. 눈물이 쏟아질 것 같았지만 새로 얻은 몸에는 흘릴 눈물이 없었다. 그는 결연한 표정으로 눈을 질끈 감더니 구덩이 가장자리에 쌓인 흙을 구덩이 안으로 밀어 넣었다. 아내의 노쇠한 얼굴이 영원히 땅속에 묻혔다.

그는 구덩이 위에 흙을 높게 쌓아 올린 뒤 그 둘레에 일정한 간격을 두고 돌멩이를 빙 둘러놓았다. 나중에 이 무덤을 찾을 수 있도록 표시해둔 것이다. 물론 다시 돌아오지 못할 수도 있다는 걸 알고 있었다. 그가 가려는 곳은 또 다른 우주였다.

AA, 당신 옆을 떠나지만 당신이 영원히 내 곁에 있을 거라는 걸 알아.

그는 동고동락한 아내에게 말한 뒤에도 차마 떠나지 못하고 한참 서성였다. 그러다가 하늘가가 환해지고 새로운 하루가 곧 시작되려고 할 때 마침내 몸을 돌려 금속 틀 안으로 들어갔다.

이번에는 조금도 망설임 없이 틀 안으로 성큼 발을 내디며 순식간에 허공 속으로 사라졌다.

이렇게 해서 윈톈밍은 자신의 우주인 647호 소우주에 처음 들어갔다.

## 시간의 밖 : 우리 우주

그의 우주는 아직 하늘과 땅이 갈라지지 않은 카오스 상태였으며, 빛과 어둠도 나누어지지 않고 시간도 시작되기 전이었다.

세계의 피안으로 건너간 윈톈밍은 몸을 돌려 자신이 방금 통과한 '문'을 보았지만 이미 사라지고 아무것도 없었다. 그는 희미한 백색 구름에 휩싸여 공중에 붕 떠 있었다. 아무것도 없는 가상 공간에 들어온 기분이었다. 사방 어디를 둘러보아도 입체감도 원근감도 없어서 자신이 실체가 있는 존재인지도 의심스러웠다.

그때 어떤 목소리가 들렸다. 텅 빈 허공에서 들리는 소리인지, 머릿속에서 울리는 소리인지도 분간할 수도 없었다.

"수색자 윈톈밍, 647호 우주에 처음 오신 것을 환영합니다. 저는 이 우주의 관리자입니다."

목소리는 차분하고 중성적이며 성별조차 짐작이 가지 않을 정도로 아무런 특징이 없었다.

647호. 윈톈밍은 그 숫자를 듣고 쓴웃음을 지었다. 그의 추측이 맞다면 그는 정령이 찾은 유일한 대상이 아닐 것이다. 정령은 100억 년 동안 다차원의 우주를 돌아다니며 수많은 문명을 접했을 것이고, 삼체인처럼 생각 태를 받아들일 수 없는 신경 구조를 가진 생명체 외에도 윈톈밍과 비슷하거나 심지어 그보다 월등히 높은 지능을 가진 생명체를 발견해 임무를 부여했을 것이다.

그렇다면 그보다 앞선 646개의 소우주는 어떻게 됐을까? 물어볼 것도 없이 모두 실패했겠지. 적어도 지금까지는 누구도 성공하지 못한 듯했다.

목소리가 계속 울렸다.

"당신의 기본 자료는 모두 입력되었습니다. 당신은 최고 권력자로서 이 우주의 기본값을 설정할 수 있습니다."

"기본값?" 윈텐밍이 물었다. 그는 이제 아내 이외의 누군가나 어떤 것과 대화하는 게 어색했다.

"차원, 물리 상수, 물질 분포 방식, 기본 원소 구성 등입니다. 소우주는 동원할 수 있는 에너지가 제한되어 있기에 한번 설정한 기본값은 변경할 수 없으니 유의하십시오. 3차원 이하로 설정하면 차원의 물결에 밀려 당신의 몸도 저차원화될 것입니다. 당신의 개조된 몸도 죽음을 피할 수 없습니다. 6차원 이상으로 설정하면 당신은 압축되어 고차원의 조각이 될 것입니다. 그러므로 3차원, 4차원, 5차원 중 하나로 설정하는 것이 좋습니다."

목소리가 차근차근 설명해주었다.

윈텐밍은 자신이 소우주의 차원까지 설정할 수 있을 줄은 몰랐다. 이 얼마나 놀라운 힘이란 말인가! 10차원이 있다고 말했던 정령도 본체는 이렇게 소우주에 머물면서 3차원 우주에 이미지만 투사되었으리라. 그 정령이 저차원화되지 않고 절대적인 정지 상태를 유지할 수 있는 것도 바로 그 때문일 것이다.

우주 밖의 10차원 세계라니! 대체 그는 어떤 존재란 말인가?

생각에 잠겼던 윈텐밍이 말했다.

"지구와 동일한 중력가속도 1G의 3차원이 좋겠습니다. 참, 생명을 창조할 수도 있나요?"

"데이터베이스에 있는 생물만 창조할 수 있습니다. 생태계를 구축해드릴 수는 있지만 세계의 기본값에 제약을 받습니다."

"잘됐군요. 하늘, 땅, 태양, 집, 밭, 그리고 나무를 만들어주세요. 지구에 있는 농장처럼. 농장이 뭔지 아시나요?"

"네. 압니다." 관리자가 대답했다.

순식간에 눈앞이 흐릿해지며 몸이 무거워지더니 발밑에 단단한 땅이 생기고 머리 위에 하늘이 펼쳐졌다. 태양이 금빛 햇살을 대지에 뿌리고 조금 떨어진 곳에 흰색 집 몇 채가 우뚝 세워졌다. 집 옆에 나무 몇 그루가 서 있고 미풍에 흔들리는 짙은 나무 그늘이 지붕 위로 드리웠다.

"정말 빠르군요!" 윈텐밍이 감탄했다.

"우주의 정상적인 속도입니다."

목소리가 의미심장한 대답을 했다. 윈텐밍은 나중에야 그 말의 진정한 의미를 이해했다.

멀리 시선을 던지자 지평선 위에 윈텐밍 자신이 있었다. 그것이 자신의 영상이라는 걸 알아챘을 때는 그 영상들이 사방으로 나타나 끝없이 먼 곳까지 뻗어 있었다.

"이 우주는 크지 않습니다. 각 변의 길이가 1킬로미터쯤 되는 정육면체라고 할 수 있습니다. 폐쇄적인 3차원 초구(超球)*이므로 어떤 방향으로든 1킬로미터를 걸어가면 원점으로 되돌아옵니다."

"정말…… 우주로군요." 윈텐밍은 놀라움을 금할 수가 없었다.

"물론이죠. 저는 원활한 소통을 위해 인간의 모습으로 당신 앞에 나타날 겁니다. 외모, 목소리, 성격, 이름 같은 제 속성도 원하시는 대로 설정할

---

\* 옮긴이 주 : 2차원 곡면인 구를 3차원 이상으로 확장한 것.

수 있습니다."

"어떻게 설정하죠?"

윈텐밍은 오래전에 했던 컴퓨터게임의 캐릭터 설정이 무척 번거로웠던 것을 떠올렸다.

상대가 말했다. "원하시는 모습을 선택하기만 하면 됩니다."

"좋군요." 윈텐밍이 가벼운 목소리로 말했다. "몇십 년 만에 '인간'을 볼 수 있겠어요."

그는 잠시 생각에 잠겼다. 이 관리자를 청신이나 AA의 모습으로 설정하고 싶지는 않지만 그 외에 잘 아는 사람이 별로 없었다. 아니, 그가 잘 아는 또 다른 '사람'이 있다. 그의 머릿속에서 탄생한 '사람'이고, 또 이 관리인과 마찬가지로 비인류 생명체였다.

"그럼 아사카와…… 아니, 지자?"

"결정하셨습니까?"

"잠깐." 윈텐밍이 조금 망설였다. "조금 더 생각해볼게요."

"그럴 필요 없습니다." 관리인이 그의 말을 잘랐다. "당신의 심리 분석을 완료했습니다. 당신은 그렇게 결정하게 될 겁니다."

윈텐밍이 반박할 겨를도 없이 흰색 건물의 문이 열리고 한 사람이 걸어 나왔다. 날씬한 몸매에 긴 머리를 어깨까지 늘어뜨리고 손짓부터 걸음걸이까지 모든 행동이 나긋나긋하고 매력적인 그 요염하면서도 비정한 로봇, 지자였다.

지자가 여성스러운 미소를 지으며 그리 넓지 않은 밭두렁을 표표히 걸어 다가오더니 허리를 깊이 숙여 일본식 인사를 했다. 윈텐밍은 한참 동안 그녀에게서 시선을 뗄 수가 없었다.

"왜 옷을 입지 않은 거예요?"

"당신이 설정하지 않았으니까요."
지자가 웃어 보이더니 윙크했다.

한참 뒤 윈톈밍은 거실에 앉아 호기심 어린 표정으로 사방을 둘러보고 있었다. 맞은편 다다미에 화려한 기모노 차림의 지자가 무릎을 꿇고 앉아 정교한 무늬가 그려진 다기를 앞에 놓고 천천히 차를 우리고 있었다. 순간 윈톈밍은 위협의 세기에 청신이 처음 지자를 만난 그때로 돌아간 착각이 들었다. 그날 윈톈밍도 아주 멀리서 지자의 다도를 감상하고 있었다.
"당신의 개조된 몸이 아직은 생각태를 교환할 수 없어서 인류의 언어를 통해 소통할 수밖에 없는 걸 양해해주세요."
지자가 사과하듯 말했다.
"당신은 진짜 지자가 아니군요."
상념에서 빠져나와 현실로 돌아온 윈톈밍이 낮은 소리로 말했다.
"그건 당신도 아시잖아요."
지자가 온화한 미소를 지었다. 모나리자만큼이나 신비한 미소였다.
"하지만 지자와 정말 닮았어요."
"당연하죠. 당신이 '반지'라고 부르는 그 지능형 모듈 속에 삼체 우주선에 관한 모든 정보가 저장되어 있으니까요. 주재자가 처음 삼체 함대와 접촉했을 때 함대에 대한 모든 정보를 스캔했어요. 지자에 관한 매개변수까지 전부. 그러니 저는 지자보다 지능이 높고 기본 설정값이 다르다는 걸 제외하면 지자라고 봐도 무방해요."
지자가 미소지었다. 윈톈밍은 속으로 놀랐다.
"삼체 함대에 있던 지구에 관한 정보도 모두 스캐닝했나요?"
"물론이죠. 주재자에겐 아주 쉬운 일이랍니다. 당신이 삼체 우주선에 가져간 씨앗의 유전자코드까지 갖고 있어요."

지자가 팔을 뻗어 방의 한쪽 구석을 가리켰다. 그곳에 씨앗 한 자루가 놓여 있었다. 윈톈밍은 지구의 농장 같은 이 소우주가 어떻게 생겨날 수 있었는지 이제야 알았다. 이곳의 나무와 풀은 환상이나 모형이 아니라 지구 식물의 유전자코드를 복제한 진짜 나무와 풀이었다.

뜻밖의 사실에 윈톈밍은 무척 기뻤다. 그는 삼체인의 정보공유시스템을 잘 알고 있었다. 지구와 삼체 세계가 수집한 모든 정보가 이 소우주에 전부 입력되어 있다는 뜻이었다. 청신이 이곳에 들어와 이 모든 걸 본다면 기뻐할 것이다.

하지만 이것이 그와 무슨 상관이 있을까? 지금 그는 도구에 불과한데.

"당신이 말하는 주재자가…… 정령인가요?"

정령이 자신을 '우주의 주재자'라고 했던 게 생각났다.

"맞아요. 정령은 주재자의 정령이에요. 하지만 우리에겐 주재자와 마찬가지죠."

"좋아요. 주재자든 정령이든, 당신과는 어떤 관계죠?"

"저는 주재자가 만든 프로그램이에요. 당신이 내 주인이고요." 지자가 막 우려낸 차 한 잔을 윈톈밍에게 건넸다. "그래서 저는 당신의 언어로도 당신과 대화할 수 있지만, 주재자는 생각태로만 당신과 소통할 수 있는 거예요."

"생각태, 그것 때문에 죽을 뻔했죠." 생각만 해도 끔찍했다.

"그럴 만해요. 거의 모든 지능체가 생각태를 받아들이지 못해요. 그들의 지능 계발에 한계가 있기 때문이죠. 그게 수색자를 선발하는 기준이기도 해요."

"나 같은 수색자가 더 있어요?"

"주재자에게 사명을 부여받고 매복자를 수색하러 다니는 지능체를 부르는 말이에요."

"그렇군요. 수색자가 얼마나 많아요?"

"예전에는 많았지만 지금은 많지 않아요. 아마 당신이 마지막일 거예요. 이 647호 소우주가 지능체에게 내어준 마지막 소우주죠. 당신은 행운아예요."

"주재자가 내게 소우주를 준 이유가 뭐죠?" 그가 찻잔을 받아들었다.

"광속의 제약을 벗어나 대우주를 누비며 매복자를 수색할 수 있게 해준 거예요."

윈텐밍도 예상한 대답이었다. 정령이 그에게 전원 속에서 편안히 여생을 보내라고 이 소우주를 주었을 리는 없다. 하지만 정령이 그렇게 엄청난 능력을 가졌다는 사실은 아직도 믿기 힘들었다.

"시간은요? 대우주의 과거로 갈 수 있나요?"

윈텐밍이 약간 상기된 목소리로 물었다. 어떤 시간으로든 돌아갈 수 있다면 그가 저지른 수많은 실수를 바로잡고 다른 삶을 살 수 있을 텐데.

"소우주의 시간은 대우주와 무관하게 흘러요. 하지만 당신이 소우주에 진입한 순간, 대우주의 시간에 절대적인 기준점이 생겼어요. 그 기준점 이전의 시간으로는 돌아갈 수 없지만, 그 후의 시간으로는 어디로든 갈 수 있어요. 하지만 너무 멀리 가지 않으시는 게 좋을 거예요. 대우주가 2차원 시대로 진입했기 때문에 대우주로 나갔다가 2차원화되실 수도 있어요."

"다른 646개의 소우주는 어떻게 됐어요?"

윈텐밍이 찻잔에 떠서 빙글빙글 돌아가는 찻잎을 내려다보았다. 자신이 이 방에서 어떤 '프로그램'과 함께 우주의 가장 심오한 문제를 논의하고 있다는 사실을 아직도 믿을 수가 없었다.

지자가 웃었다.

"죄송해요. 다른 소우주의 상황은 제가 알 수 없답니다. 제가 아는 건 646개 소우주 수색자 중 대부분이 주재자로부터 받은 임무를 수행하기 위해 대우주로 돌아갔다는 것뿐이에요. 유감스럽게도 그들 중 대부분은 사망했고, 아직 단 하나의 개체도 성공하지 못했어요."

"아직 살아 있는 수색자가 있나요?"

"대부분의 소우주는 더 높은 차원의 시대에서 왔어요. 이론적으로 그들은 이미 3차원 세계에서 활동할 수가 없어요. 3차원 세계에서 활동할 수 있는 소우주는 열아홉 개뿐이고 그중 일부가 아직 활동하고 있지만 그들이 어떻게 됐는지는 몰라요."

"다른 사람은 없나요? 내 말은, 수색자 중에 나 말고 다른 지구인이 있나요?"

윈텐밍이 물었다. 동족 수색자가 한 명이라도 있길 간절히 바랐다.

"제가 알기로는 없어요. 원칙적으로는 수색자가 사망하기 전에 다른 지능체에게 임무를 넘겨줄 수 있으니 지구인 수색자가 더 있을 수도 있지만, 실제로 그럴 가능성은 희박해요."

윈텐밍이 실망한 얼굴로 차를 한 모금 마신 뒤 물었다.

"왜 나를 선택했죠?"

"당신이 최고의 적임자는 아니지만 시간이 없어요. 주재자는 점점 쇠약해지고 있고, 3차원 세계는 주재자의 투영된 이미지가 작동할 수 있는 하한선이에요. 우주가 2차원화만 되어도 주재자의 이미지가 투영될 수는 있지만 개체가 지능을 가질 수 없기 때문에 더 이상 매복자를 저지할 수 없어 우주는 멸망할 거예요."

"주재자에게도 불가능한 게 있군요."

지자는 윈톈밍의 말에 든 비웃음의 뉘앙스를 모른 척하며 진지하게 대답했다.

"주재자의 능력은 우주 전체를 바꿀 수도 있어요. 하지만 주재자는 완전한 10차원 우주가 파괴되고 남은 정령 상태예요. 소우주에서 살아남아 계속 차원이 떨어지고 있는 우주에 이미지를 투영해 지능체를 찾고 생각태로 교류하고 있어요. 중요한 계획을 실행에 옮길 대체자를 찾지 못하면 주재자의 힘을 충분히 발휘할 수가 없어요."

"주재자가 정말 소우주에 있단 말이에요? 그 소우주는 어떤 곳이죠?"

"10차원 우주의 파편이에요. 모든 소우주는 10차원 우주에서 떨어져 나온 조각이니까요."

"어떻게 그럴 수가 있어요?" 윈톈밍이 놀라 물었다.

"소우주는 창세의 신비가 깃든 곳이 아니라 물질의 작은 조각이에요. 하지만 대우주와 별개로 독립되어 있으니 한 세계를 창조할 만큼 높은 에너지가 필요하죠. 모든 차원에 완전히 열려 있어야 하고요. 10차원의 우주만이 이런 소우주를 만들 수 있는 에너지와 차원을 갖고 있어요. 대우주에서 떨어져 나와 독립적으로 존재할 수 있고요. 이론적으로 10차원 우주가 멸망한 뒤에는 어떤 문명도 독립적으로 소우주를 만들어낼 수 없어요."

윈톈밍이 차 한 모금을 마시며 생각에 잠겨 고개를 끄덕였다. 소우주처럼 불가사의한 피조물이 흔할 리는 없다. 발달한 모든 문명이 이런 소우주를 만들어낼 수 있다면 대우주는 결국 그런 고도의 문명에 의해 조각조각 나뉘어 사라지고 말 것이다.

"주재자는 그 완전한 10차원 우주를 복원하기 위해 존재하는 건가요?"

"그 답은 주인님이 알고 계시잖아요."

지자가 허리를 약간 굽혀 공손하게 말했다. 당신이 그 숭고한 목표를 이룰 사명을 띠고 있지 않으냐는 행간의 뜻이 담겨 있었다.

"난 아직 알지 못해요. 모든 걸 알아야 주재자로부터 받은 임무에 헌신할 수 있을 거 아닙니까. 매복자를 찾으려는 이유가 뭡니까? 그게 10차원 우주를 복원하는 것과 무슨 관계가 있어요?"

지자가 몸을 곧게 세우고 엄숙한 표정으로 말했다.

"그게 바로 당신이 필요한 이유예요. 매복자는 주재자의 유일한 적이니까요. 주재자는 이 우주의 지혜와 문명에는 관심이 없어요. 원한다면 언제든 차원을 역전시킬 수 있으니까요. 주재자를 불안하게 하는 유일한 존재가 매복자죠. 주재자와 마찬가지로 10차원 세계에서 온 매복자만이 그와 맞설 힘이 있고, 또 유일하게 주재자의 차원 역전을 저지할 수 있어요."

윈톈밍이 물었다. "차원 역전? 그게 뭐죠?"

"현재 우주의 거시 구조는 3차원이고 다른 차원도 존재하지만 3차원 우주의 기본 물질 때문에 미시 세계에 갇혀 있어요. 차원 역전은 진공 붕괴를 이용해 가장 기본적인 차원에서 현재의 물질 구조를 분리해낸 뒤 그 기본 입자의 본성에 따라 고차원으로 다시 조합하는 방식으로 10차원 세계를 다시 구축하는 것을 뜻해요."

지자가 일상적인 얘기를 하듯 찻잔 뚜껑을 가볍게 열었다가 닫았다.

하지만 윈톈밍은 그 말에 담긴 무게를 느꼈다. 저차원 우주의 차원 역전은 우주의 멸망을 의미했다. 기본 입자 외에 아무것도 남지 않기 때문이다. 우주를 통째로 멸망시키는 위력을 상상하기만 해도 섬뜩했다.

"사실 주재자는 인위적인 왜곡을 바로잡아 대자연을 진짜 모습으로 되돌리려는 거죠."

그의 불안감을 눈치챈 듯 지자가 차분하게 설명했다.

"2차원화된 태양계와 지구를 차원 역전으로 회복시킬 수 있나요?"

그에게 실낱같은 희망이 생겼다.

"죄송하지만, 그건 불가능해요." 지자가 아둔한 학생을 가르치는 선생님처럼 미소를 지으며 고개를 저었다. "3차원 태양계는 이미 여러 번 차원이 떨어진 결과물이에요. 차원 역전은 세계를 최초의 상태로 복원하는 것이라, 3차원이나 4차원이 아닌 10차원 세계로만 돌아갈 수 있어요."

윈톈밍의 희망이 사라졌다.

"그렇군요. 주재자에게 그런 능력이 있는데 왜 우주의 차원이 이렇게 떨어질 때까지 내버려두었죠?"

"그렇게 단순한 문제가 아니에요. 매복자가 우주 곳곳에 특수한 장벽을 설치해놓았거든요. 주재자가 섣불리 차원 역전을 실행했다가는 주재자의 위치가 드러날 수 있어요."

"특수한 장벽이라······." 문득 윈톈밍의 뇌리를 스치는 것이 있었다. "잠깐! 매복자가 설치한 장벽이 지자의 사각지대인가요?"

"맞아요." 지자가 고개를 끄덕였다. "인류가 지자의 사각지대에 대해 다양한 추측을 했지만 유감스럽게도 모두 빗나갔어요. 사실 지자의 사각지대는 당신들의 추측처럼 암흑의 숲 상태를 유지하기 위해 만든 것이 아니에요. 암흑의 숲은 아주 작은 부작용일 뿐이죠. 지자의 사각지대는 사실 주재자가 방출하는 초끈 파동의 에너지 반응을 감지하기 위한 거예요. 주재자가 우주에서 차원 역전을 일으키려고 하면 그곳에서 초끈 파동 에너지가 방출되고 매복자가 주재자의 위치를 알아내 공격하겠죠."

윈톈밍은 아무 대답도 하지 않았다. 지구와 삼체 두 세계를 멸망으로 밀어 넣고 우주의 무수한 문명을 지배하는 암흑의 숲 법칙이 서로 대치하는 두 세력 사이에 놓인 지뢰밭의 아주 사소한 '부작용'에 불과하다는 사실을 받아들이기 힘들었다.

"하지만 주재자가 다른 소우주에 있다면서요. 그렇다면 매복자가 어떻게 그를 공격하죠?"

윈텐밍이 물었다.

"대우주든 소우주든 모든 우주는 초막* 위에 있어요." 지자가 놀란 윈텐밍을 보며 차분히 설명했다. "죄송해요. 초막은 우주의 가장 궁극적인 구조지만 지금은 자세히 설명할 수 없어요. 소우주의 초막 좌표는 대우주에서 멀리 떨어지면 안 돼요. 너무 멀면 이미지를 투영하고 입구를 만들 수 없기 때문이죠. 대우주의 가장 고급 문명은 초막에서 소우주가 있는 위치를 알면 소우주를 공격할 수 있어요."

"어떻게 공격하죠?"

"주로 우주의 위치에너지 차이를 이용해요. 구체적인 방법은 설명해도 모르실 거예요. 가끔 항성계의 질량을 에너지로 전환해서 초막 위로 떨어뜨리기도 해요."

지자가 물이 끓어야 찻잎을 우릴 수 있다는 당연한 얘기라는 듯이 말하며 차를 한 모금 마셨다.

"어떻게 그럴 수 있죠? 반경 몇만 광년 내에 수천억 개의 항성이 존재하고 그 속에 헤아릴 수 없는 문명이 존재할 텐데요! 단순한 가설이겠죠?"

"아니에요. 실제로 공격 시도가 수차례나 있었어요. 매복자가 어느 성계의 중력을 바꾼 뒤 전향력**을 이용해 모든 항성을 성계의 중심으로 빠르게 떨어뜨리는 거예요. 그러면 스티븐킹효과***로 인해 우주를 관통해 공간 왜곡을 일으킬 수 있는 거대한 슈퍼 블랙홀이 만들어져요. 그런 다음 그

---

\* 옮긴이 주 : 초막 이론 중 우주를 이루는 11차원의 얇은 막.
\*\* 옮긴이 주 : 회전체 표면 위에서 운동하는 물체에 대해 운동 방향과 수직으로 작용하는 가상의 힘.

에너지를 초막 위로 발사하면 다른 우주를 공격할 수 있어요. 그 공격 때문에 우리가 막대한 손실을 입었어요. 원래 주재자에게는 열두 개의 복제본이 있었지만 3차원 우주가 되기 전에 그중 일곱 개가 매복자에게 파괴됐고, 3차원 우주 초기에 또 네 개가 파괴되어 지금은 하나밖에 남지 않았어요."

"매복자가 그 공격을 위해 3차원 우주의 성계 네 개를 파괴했다는 말인가요?" 윈톈밍이 물었다.

지자가 상상력이 부족한 그가 딱하다는 듯이 웃으며 고개를 저었다.

"네 개가 아니라 셀 수 없이 많은 성계를 파괴했어요. 그런 방식의 공격은 명중률이 아주 낮아서, 실패한 수많은 공격들로 거의 대부분의 성계가 에너지로 전환됐어요. 오래전 지구의 과학자들이 에너지로 전환된 뒤 남은 잔해와 거기서 생겨난 이차방사선*을 발견했죠."

"그래요? 그런 얘긴 처음 들어요." 윈톈밍이 곰곰이 생각하다가 차를 한 모금 마셨다.

"들어보셨을 거예요. 서기 세계에 인류 과학자가 이상한 천체를 발견했다는 얘기요. 그 천체는 항성처럼 생겼지만 은하계 전체보다 더 많은 에너지를 방출하고 있었어요. 일반적인 성계보다 천 배 넘게 밝은 빛을 내는 그 별을 이상하게 여긴 과학자들이 '퀘이사**'라는 이름을 붙였죠."

---

\*\*\* 옮긴이 주: 고속철도가 커브를 틀 때 일어나는 전향력으로 인해 산사태와 지반 침하가 동시다발적으로 일어날 수 있다는 주장이다. 스티븐킹이라는 엔지니어가 로키산맥을 끼고 도는 철도에서 이 현상을 발견해 '스티븐킹 효과'라고 명명했다. 광범위한 논쟁을 일으켰지만 결국 허구로 밝혀졌다.

\* 옮긴이 주: 1차 방사선과 물질 사이의 상호 작용에 의해서 생기는 방사선.

\*\* 옮긴이 주: 블랙홀 주변 물질을 집어삼키는 에너지에 의해 형성되는 거대 발광체로 준항성이라고도 부른다.

원텐밍이 놀라 입에 머금고 있던 차를 풋 하고 뿜는 바람에 앞에 있던 지자의 얼굴에 차가 튀었다.

"죄송해요. 그런데 퀘이사가, 퀘이사가 전부 매복자가 성계를 파괴한 거라는……."

그는 말을 잇지 못했다. 그가 어떤 존재들의 대결에 말려들었는지 그제야 실감이 났다. 태양계의 2차원화만 해도 이미 그의 세계에는 엄청나게 충격적인 일인데 두 신적 존재의 전쟁에 비하면 개미 싸움만도 못한 셈이었다. 지자가 얼굴에 튄 차를 냅킨으로 닦으며 차분히 말했다.

"퀘이사는 별거 아니에요. 더 놀라운 게 있는걸요. 인류가 불규칙 은하라고 부른 그 이상한 형태의 성계들은 사실 3차원 우주 초기에 성계가 매복자에게 에너지를 빼앗기고 남은 잔재들이죠."

"좋아요. 그런데 그렇게 엄청난 능력을 가진 매복자가 왜 숨어 있죠?" 원텐밍이 물었다.

"그들도 대우주에 있으니까요. 매복자가 대우주 속 어떤 점에 있는지 그 좌표를 안다면 그 점의 차원 역전을 일으킬 수 있어요. 점이라고는 하지만 사실 반경 수천 광년이나 되는 면적인데, 대우주의 그 어떤 방법으로도 이 우주 공습을 막아낼 수 없죠. 매복자가 자신의 좌표를 감추지 않았다면 이미 공격받아 소멸되었을 거예요. 사실 3차원 우주 초기에 주재자가 매복자의 통제센터를 파괴하고 일부 차원 역전을 일으켰어요. 하지만 매복자에게 또 다른 통제센터가 있을 줄은 예상하지 못했죠. 매복자는 다른 통제센터를 이용해 주재자의 복제본을 여럿 파괴하고 차원 역전을 중단시켰는데, 그 전쟁으로 3차원 우주 가운데 차원 역전이 일어난 부분에 직경 1에서 3억 광년 사이의 슈퍼 블랙홀이 생겨났어요. 차원이 엉망으로 뒤틀린 그곳에서는 모든 게 파괴되고 암흑물질로 변했죠. 역전이 일어나지 않은 나머지 부분은 성계가 비교적 밀집된 구조를 이루게 되었고요."

인류의 과학자들이 해답을 찾지 못해 추측만 난무했던 우주의 난제들이 드디어 하나씩 풀리고 있었다. 진실이 드러날 때마다 윈톈밍은 전율했다. 하지만 그는 그 거대한 장기판에서 오직 앞으로 나아갈 수밖에 없는 졸이 되고 말았다.

"정리해보죠." 윈톈밍이 말했다. "우리 소우주 밖 초막에 있는 주재자가 매복자의 좌표를 알아내면 그를 제거할 수 있고, 마찬가지로 우주 깊은 곳에 숨어 있는 매복자도 주재자의 좌표를 알아내면 그를 궤멸할 수 있다, 그런 뜻인가요?"

"그래요." 지자가 고개를 끄덕였다.

"섣부른 공격으로 자신의 좌표를 상대에게 들키면 자멸할 수 있으니 어느 쪽도 공격하지 못하고 대치하고 있는 거고요."

"맞아요." 지자가 고개를 끄덕였다. "그러므로 암흑의 숲은 서로의 존재를 모르는 수많은 문명이 아니라 서로에 대해 잘 아는 두 적수 사이에 존재할 수밖에 없는 거죠."

"좋아요. 그렇다면 질문이 있어요. 내가 대체 뭘 할 수 있죠?"

윈톈밍이 쓴웃음을 지었다. 두 군대 사이 전쟁에서 개미 한 마리가 뭘 할 수 있을까?

지자가 망설임 없이 대답했다.

"소우주가 2차원화되기 전에 매복자를 찾아내요. 주재자는 대우주에서 정령과 비슷한 방식으로 무작위로 찾는 수밖에 없어요. 그것도 최대 아홉 개까지 투영할 수 있죠. 아홉 개를 넘어가면 매복자가 우주에 투사된 여러 방향을 보고 초막 위에 있는 소우주의 위치를 추측할 수 있어요. 그래서 당신처럼 지능을 가진 생명체가 수색자의 역할을 해주어야 해요. 쉬운 일은 아니지만, 당신에겐 최소한 100억 년의 시간과 주재자로부터 받은 불멸의 몸이 있어요. 게다가 당신에겐 반지도 있어요. 반지가 있으면 언제든 이 소우주로 돌아올 수 있답니다, 주인님."

"알았어요. 매복자에 대한 또 다른 단서는 없나요?"

"별로 없어요. 지금 우린 '복원자'라고 불리는 미스터리단체가 매복자와 관련되어 있다고 의심하고 있어요."

"복원자라고요?" 원텐밍이 미간을 찡그렸다.

"네. 자칭 복원자라는 이들이 최근 수억 년 동안 상당한 영향력을 발휘하고 있어요. 한 문명일 수도 있고, 여러 문명이 모인 집단일 수도 있는데, 우주를 리셋해 최초의 전원 시대로 되돌리려고 한다는 것 외에는 주재자도 그들에 대해 아는 게 없어요."

"그건 주재자가 원하는 일이잖아요?"

"하지만 방향은 정반대예요. 복원자는 10차원 세계로 돌아가려면 먼저 0차원으로 떨어져야 한다고 주장해요. 0차원으로 돌아가야 순환에 의해 다시 10차원으로 돌아갈 수 있다는 논리인데, 물론 헛소리죠. 0차원에서는 그 어떤 문명도 살아남을 수 없어요. 완전한 죽음이에요. 고차원 회복 원리도 모르는 바보들이거나, 매복자가 배후에서 그들을 조종하고 있을 거예요. 어쩌면 둘 다일 수도 있고요."

"그들은 어디에 있는데요?"

"복원자가 어디에서 생겨났는지는 모르지만, 최근 수억 년 사이에 그들은 여러 성계에 기지를 건설했어요. 가장 가까운 기지는 은하계의 야생오리 성단\*에 있고 제일 먼 기지는 70억 광년 떨어진 성계에 있어요. 하지만

---

\* M11(NGC 6705). 방패자리에 있는 산개 성단으로 지구에서 6200광년 떨어져 있다.

소우주에서는 똑같은 거리예요. 먼저 야생오리 성단에 가시는 게 좋을 거예요. 거기에 있는 복원자들이 최근 은하계에서 제일 활발하게 활동하고 있으니까요. 대우주의 면적으로 보면 주인님과 그들은 이웃이나 마찬가지니까 통하는 게 있을 거예요."

"이웃이라…… 아, 생각났어요! 그놈들이 DX3906의 죽음의 선을 만들었죠?"

"제가 가진 데이터베이스에는 관련 정보가 없지만, 죽음의 선을 말씀하시는 거라면, 확실히 그럴 가능성이 있어요."

"잘됐군요! 안 그래도 그놈들을 손봐줄 생각이었는데!"

복원자 때문에 수십 년을 파란별에 갇혀 있었다는 생각을 하자 분노가 치밀었다. 하지만 금세 목소리에 힘이 빠졌다.

"하지만 난 아무런 경험이 없어요. 야생오리 성단이 그렇게 큰데 거길 가서 뭘 어떻게 해야 하죠?"

"주재자에게 임무를 받은 다른 수색자가 이미 거기로 갔으니까 도움을 받을 수 있을 거예요."

"그를 어떻게 찾아요?" 윈톈밍의 눈동자가 반짝였다.

"그게 바로 주재자에게 당신이 필요한 이유예요. 주재자가 입수한 정보에 따르면, 589호 소우주의 수색자가 거기로 가서 표식을 남겨놓았대요. 하지만 그 뒤로 행방불명되고 소우주와도 연락이 끊겼어요. 지금까지 그런 적은 없었는데 말이죠. 주재자는 당신이 그곳에 가서 그를 찾길 바라고 있어요. 그가 우리에게 중요한 정보를 가지고 있을 거예요."

"그 589호 소우주의 수색자가 누구, 아니 무엇이죠?"

"그건 저도 몰라요. 초막 위에서 정보를 전송할 때 에너지가 굉장히 많이 소모되어서 간략한 정보만 전달할 수 있거든요. 589호 소우주는 아직도 활동하고 있는 몇 안 되는 소우주 중 하나인데, 주재자가 4차원 공간에 내어준 소우주죠. 그땐 3차원 우주가 없었거든요. 그 소우주의 주인은 4차원 지능체가 3차원화되었거나, 4차원 지능체에게 임무를 받은 계승자일 거예요. 그에게도 반지가 있어요. 야생오리 성단의 특정 지점에 도착해 그가 남긴 정보를 찾을 수도 있고, 반지를 통해 그에게 연락할 수도 있을 거예요. 하지만 구체적인 건 그곳에 도착해야만 알 수 있겠죠. 언제 출발하시겠어요?"

"잠깐, 그건 나중에 얘기해요. 아직 질문이 남아 있어요. 이 전쟁은 왜 시작된 거죠? 매복자가 차원을 떨어뜨려 완전한 10차원 세계를 파괴한 이유가 뭐예요?"

"그건 주재자도 몰라요." 지자가 고개를 저었다. "하지만 주재자가 생각태를 통해 단서를 당신에게 전송해줄 거예요. 그걸 바탕으로 당신이 해답을 찾을 수 있을지도 몰라요."

생각태라는 말에 윈톈밍이 멈칫 놀라자 지자가 서둘러 설명했다.

"걱정하지 마세요. 생각태를 받아들일 수 있도록 주재자가 당신의 몸과 뇌를 개조해놓았어요. 이제는 고통스럽지 않으실 거예요."

윈톈밍은 조금 호기심이 들어 입을 꾹 다물고 고개를 끄덕였다. 지자가 빙긋 웃으며 일어나 윈톈밍에게 다가와 몸을 약간 굽히며 "실례합니다"라고 말하더니 그의 어깨에 손을 얹고 눈을 지긋이 응시했다. 지자의 깊은 눈동자 속 소용돌이가 그를 끌어당기듯이 매료시켰다. 그 순간 수많은 관념과 이미지가 윈톈밍을 에워쌌다.

생각태를 받아들이는 과정은 전 우주에서 가장 기묘한 경험일 것이다. 수많은 정보가 폭풍우 치는 바다의 파도처럼 그를 집어삼킬 듯이 밀려들었지만 지난번과 달리 어떤 힘이 그를 바다에서 건져 올린 뒤 햇빛으로 환히 밝혀주는 것 같았다. 순식간에 모든 게 분명해졌다. 모든 관념과 형식, 이미지가 하나의 의미를 향해 서로 연결되어 논리와 문법을 구성한 뒤 층층이 쌓여 통일된 형태를 이루었다. 생각태를 처음 받아들였던 날은 엉성한 윤곽만 이해했지만 이번에는 처음부터 끝까지, 심오한 의미에서 피상적인 의미까지 모든 것을 이해할 수 있었다.

그는 우주의 기원을 보았다. 한 점에서 무한한 물질과 힘이 방출되었다. 그때는 물질과 에너지 사이에 유의미한 구분이 없었으므로 물질이 곧 에너지였다. 순식간에 10차원 세계가 나타났다. 윈텐밍은 드디어 진정한 10차원 세계를 눈으로 보았다.

그 세계의 완전함을 언어로는 형용할 수 없다. 빛이 세계의 이쪽 끝에서 저쪽 끝까지 순간이동을 하듯 빠르게 전달되는데, 광속은 물론 다른 속도에도 한계가 없었다. 10차원 세계 구석구석에서 나타난 수많은 생명이 무한한 속도로 서로 연결되어 하나가 되고, 생명의 지능이 진화하자 문명이 등장하고, 과학, 문화, 예술이 뒤를 이어 나타나더니 순식간에 완벽해졌다.

윈텐밍은 지자의 "우주의 정상적인 속도입니다"라는 말을 이제야 이해했다.

"10차원 우주는 완벽한 빛의 세계였어요. 세계 전체가 광자*의 에너지 교환을 기반으로 만들어졌죠. 입자와 반입자**가 모두 광자에서 생겨난 뒤 서로 충돌해 소멸되며 다시 새 광자를 만들어냈죠***. 그래서 모든 것이 무

---

\* 옮긴이 주 : 빛을 구성하는 가장 작은 양자.
\*\* 옮긴이 주 : 특정 입자와 비교했을 때 질량은 같지만 운동 방식이 정반대인 입자.

한한 광속으로 진행되었어요. 더 신비한 건 입자와 반입자가 서로 상쇄되어 우주의 총에너지가 0이었다는 사실이에요. 이 불가사의한 대칭 상태에서 10차원 우주의 지능체가 탄생했어요."

지자의 아름다운 목소리가 이 기묘한 우주에 메아리치며 생각태에 풍부한 색채를 더했다.

물질, 생명, 지능, 문명…… 10차원 우주의 모든 것은 통합적이었다. 모든 물질이 생명을 가졌고, 모든 생명이 지능을 가졌으며, 모든 지능이 조화로운 문명 상태로 존재했다. 3차원 우주처럼 텅 빈 공간 속에 외로운 성체들이 드문드문 떠 있는 모습이 아니라, 우주 전체가 살아 있는 하나의 유기체라고 할 수 있었다. 모든 생명은 이 위대한 생명의 일부이고, 모든 지능은 최고 지능의 범주에 속해 있었다. 이 최고 경지의 지능을 가진 통합적 존재에게 암흑의 숲 상태는 이해할 수 없는 것이었다.

윈텐밍은 영혼의 저 밑바닥에서부터 차오르는 전율을 느꼈다. 이것이 주재자의 본체다. 10차원 세계는 그 자체로 살아 있다.

"주재자는 인류처럼 독립된 개체가 아니라 무궁무진한 자아의식의 총화예요. 의식을 가진 모든 개체가 우주 본체를 비롯한 모든 것을 다른 개체와 공유하는 동시에 각각 독립적인 지위를 가지고 있죠. 인류는 이런 존재 방식을 상상도 할 수 없을 거예요. 개체가 우주와 절대적인 조화를 이루는 이런 방식을 말이죠. 당신이 본 정령의 기하학 구조처럼요."

윈텐밍은 이 모든 생각태를 받아들이고 나서야 주재자가 왜 그토록 다급하고 간절하게 그 완전한 세계로 돌아가려고 하는지 이해했다. 그런 무

---

*** 옮긴이 주 : 입자와 반입자는 항상 쌍으로 생겨나는데 이를 쌍생성이라 하고 입자와 반입자가 서로 충돌하면 에너지를 방출하고 소멸하는데 이를 쌍소멸이라고 한다.

한한 생명력을 가진 세계를 경험한 그가 어떻게 이 광막하고 조악한 3차원 우주를 참을 수 있겠는가? 이제는 그토록 아름답고 조화로운 세계를 파괴하려는 매복자를 도저히 이해할 수가 없었다. 얼마나 악랄한 광기인가!

윈텐밍의 눈앞에 대멸망의 과정이 생생하게 펼쳐졌다.

세계의 어느 외진 곳에서 부드러운 생명의 빛이 돌연 꺼지고 아주 작고 검은 점이 나타났다. 처음에는 끝없이 넓은 백지에 떨어진 잉크 한 방울처럼 거의 눈에 띄지 않을 만큼 작았던 점이 광속으로 번져나갔다. 무한한 광속을 따라 어둠도 무한히 빠른 속도로 확장되더니 순식간에 10차원 우주 전체가 암흑에 집어삼켜졌다.

멸망은 순식간이었지만 그 속에도 분명한 순서가 있었다. 윈텐밍은 생각태를 통해 그 구체적인 과정을 모두 경험했다. 3차원 우주의 언어로는 형용할 수 없지만, 비슷하게라도 말하자면 세계 전체가 수많은 도미노 블록으로 그린 그림처럼 보였다. 도미노가 차례로 쓰러져도 밑그림은 그대로 존재하지만, 그 구조는 완전히 바뀌어 순식간에 세계가 '납작해진'다.

우주가 10차원에서 9차원으로 떨어졌다. 10차원 우주의 비정한 반역자가 자신을 길러준 모체를 죽인 것이다.

"주재자의 무한한 의식통합체 속에서 하나의 의식이 갑자기 반란을 일으켜 우주 전체의 차원을 떨어뜨렸어요. 주재자는 대비할 겨를조차 없었고, 그 이유도 알 수도 없었어요. 엄마 배 속에 있던 태아가 갑자기 엄마 자궁을 찢어버린 거나 마찬가지죠. 어떻게 대비할 수 있겠어요? 매복자는 아주 쉽게 승리를 거두었죠."

지자가 분에 차서 말했다.

"하지만 차원이 완전히 떨어지기 직전에 조직적인 변화가 나타나긴 했어요. 10차원 우주에 남은 힘이 자체적으로 저항을 시도했죠. 빛과 어둠이 교차하는 점에서 눈부신 빛이 나타났어요."

이 빛에 비하면 은하계의 빛은 찬란한 태양 아래 가물거리는 촛불밖에 되지 않았다. 물론 윈텐밍은 이 전쟁의 방식과 의의까지는 온전히 이해할 수 없었다. 윈텐밍은 이 10차원 우주가 멸망하기 직전 매복자가 방출한 생각태를 받았다. 광기의 외침이 전쟁터에 울려 퍼졌다.

"이 우주는 너무 좁아! 더 큰 우주가 필요해!"

하지만 그 외침이 무얼 의미하는지 이해할 수가 없었다. 한 차원 떨어진 9차원 우주가 10차원 우주보다 더 넓단 말인가? 그는 전쟁의 빛 속에서 아주 작은 조각이 10차원 우주에서 떨어져 나와 보이지 않는 곳으로 날아가는 것을 보고 그게 주재자와 그의 소우주라는 걸 알았다.

"주재자가 차원 강하를 막으려고 했지만 이미 늦은 뒤였어요. 대우주에서 분리한 작은 조각을 소우주 삼아 마지막 불씨를 보존할 수밖에요. 다행히 모든 소우주 조각에 대우주의 전체 정보가 담겨 보존되어 있어요."

주재자는 10차원 우주 자체의 정령 또는 그 정령의 마지막 조각이었다. 그래서 차원 역전을 통해 잃어버린 천국을 복원하는 데 그토록 집착하는 것이다. 그것이 곧 자기 자신의 복원을 의미하기 때문이다.

생각태 속에 9차원 우주가 나타났다. 얼핏 보면 깨진 달걀처럼 부서진 10차원 우주 같았다. 반고(盤古)*가 죽은 뒤 그의 몸이 나뉘어 산과 강, 해와 달이 된 것처럼 9차원 우주는 말하자면 10차원 우주의 시체가 변해서 만들어진 것이다. 그 자체로는 이미 생명이 없지만 무수한 생명체가 서로 싸우는 전쟁터가 된 셈이다. 그렇다. 전쟁터였다. 굳이 형언하자면 9차원

---

\* 옮긴이 주 : 중국 창세신화 속 신. 천지가 분리되기 전 우주는 큰 달걀 같은 혼돈 상태에 있었는데 이 달걀에서 잉태된 반고가 1만8천 년 뒤 깨어나 도끼로 달걀을 깨자 천지가 생겼다. 반고가 죽은 뒤 그의 체액이 흘러 강과 바다를 이루고 뼈와 살은 산과 들과 언덕이 되었다.

우주는 파괴와 전쟁으로 가득 찬 폐허 위의 도시였다.

"9차원 우주의 역사는 10차원 우주에서부터 이어져요. 저차원 우주의 차원 강화와 달리 10차원 우주의 통일된 생명체는 9차원으로 떨어진 뒤에도 죽지 않고 여러 개의 의식으로 분열되어 수많은 문명이 군락을 이루게 되죠. 그중 절대다수는 10차원 우주의 기억과 문명을 보존하고 있었어요. 꽤 많은 문명이 연합해서 10차원 우주로 되돌아가려고 시도한 적도 있지만 일부가 꾐에 넘어가 매복자의 편에 섰죠."

지자가 윈톈밍에게 생각태를 주입했다.

매복자의 꾐에 넘어갔다고? 어떻게 그럴 수가 있지? 윈톈밍은 이해할 수 없었다.

9차원 우주에서도 광속은 여전히 믿을 수 없을 만큼 빨라서 단 1초 만에 세계 전체를 가로지를 수 있었지만 어쨌든 무한한 속도는 아니었다. 전쟁도 순식간에 승부가 나지 않고 복잡한 과정을 거쳤다. 탐색을 위한 차원 역전과 차원 강하 시도가 수시로 일어나면서 온갖 이상 현상이 끊이지 않았는데, 지우개 가루처럼 기묘한 광채가 쉬지 않고 형태를 바꾸더니 결국 눈이 멀 것 같은 강력한 섬광이 나타난 뒤 우주 전체에서 빛이 사라졌다.

"그 시기에 인류 천문학자들이 추측한 대로 입자와 반입자의 상호 소멸이 나타났어요. 균형이 깨지고 광속이 느려지면서 모든 반입자와 거의 모든 입자가 멸망했죠. 입자 중 10억 분의 1만 남아 오늘날의 우주가 되었는데 그 후 방출한 거대한 에너지가 우주의 급격한 팽창을 일으켰어요."

"하지만 어떻게 입자가 반입자보다 많을 수가 있죠? 완전히 소멸되지 않았어요?"

윈톈밍은 천문학의 한 가지 난제를 떠올렸다.

"차원이 떨어진 후 우주의 대칭이 깨졌어요. 차원이 하나 사라지면서 그 충격으로 대량 붕괴된 반입자가 중성미자가 된 거죠. 그 때문에 당신들이 CP 대칭성깨짐*이라고 부르는 기이한 현상이 일어난 거고요."

입자와 반입자가 소멸되면서 거대한 규모의 차원 강하가 또 한 차례 나타났다. 어둠이 내려앉고 수많은 문명이 내지르는 절망적인 비명 속에 우주는 바람 빠진 풍선처럼 또 한 단계 낮은 차원으로 떨어지기 시작했고, 얼마 후 9차원 우주가 8차원 우주로 바뀌었다.

8차원 우주는 이상한 세계였다. 8차원의 수많은 동굴과 터널로 이루어진 초구형 고체로, 3차원 우주에 비유하자면 얼린 두부처럼 구멍이 숭숭 뚫린 세계였다. 동굴 속에서 차원이 강하된 문명들이 하나씩 깨어나 서로 죽고 죽이는 전쟁을 벌였다. 8차원 우주에 이르러서는 광속이 상당히 느려졌지만 그럼에도 전쟁은 빠르게 전개되어 폭이 1만 광년이 넘는 '거대한 바위'가 금세 꿰뚫리고 은하계 몇 개를 합친 크기의 '동굴'도 빠르게 무너져 구멍이 메워질 정도였다. 물론 이 모든 건 윈텐밍이 이해할 수 있는 관념으로 설명한 것일 뿐, 8차원 우주를 3차원의 기준으로 가늠할 수는 없을 것이다.

전쟁 속에서 또 한 번 피할 수 없는 차원 강하가 일어나 우주는 7차원이 되었다. 7차원 우주는 8차원 우주에 비해 구조가 훨씬 단순했다. 무한대의 6차원 평면이 반으로 나뉘어 한쪽은 단단하고, 다른 한쪽은 텅 비어 있는 공간이었다. 모든 문명은 수억 광년 거리에 걸쳐 펼쳐진 6차원 평면 위에 존재했는데, 이 '평면'도 3차원에 비하면 억만 배는 복잡한 구조였다. 이전 우주들과 마찬가지로 7차원 우주도 탄생하자마자 각 문명 사이에 전쟁이

---

\* 옮긴이 주 : 우주가 처음 생성되었을 때는 입자와 반입자가 동등한 양으로 생성되었을 것으로 추측하지만 현재의 우주는 대부분 입자로 이루어져 있다. 입자와 반입자가 비대칭이 된 원인에 관한 물리적 현상을 말한다.

벌어졌다. 그중 10차원 우주 시대부터 이어진 문명은 드물었고 신생 문명이 주도적인 위치에 있었는데, 암흑의 숲 법칙의 영향력이 점점 커지면서 문명 간 전쟁이 끊이지 않았고, 차원 무기가 흔하게 사용되는 바람에 우주는 또 한 차례 차원 강하에 직면했다.

"9차원, 8차원, 7차원 시대까지는 10차원 우주였을 때 주재자와 매복자가 대치하던 구도가 이어져 두 세력이 비등비등했지만, 차원이 하나 떨어질 때마다 주재자의 세력이 약해졌어요. 물론 매복자도 점점 약해졌지만 비교적 그들에게 유리하죠. 애초에 차원을 떨어뜨리는 것이 그들의 목적이니까요. 그들은 처음부터 차원을 떨어뜨리기 위한 준비를 마쳐놓았어요. 그러니 차원 무기를 이용해 그들의 차원을 강하시켜도 단지 전쟁을 다음 우주로 연장하는 것 이상의 의미는 없더라고요."

6차원까지 내려오자 10차원 문명은 흔적도 없이 사라졌다. 이 6차원 우주의 생김새가 제일 특이했는데 광활한 에너지의 바다 위에 무수한 암흑 물질의 섬이 둥둥 떠다니는 모습이었다. 물론 6차원의 바다와 섬이지만 말이다. 모든 섬의 폭이 1만 광년이 넘어 그 안에서 독립된 우주를 구성할 수 있었고, 각 섬은 100만 광년 넘게 떨어져 있었다. 에너지 바다와 암흑 물질의 섬에서 천태만상이 진화했고, 그 문명들 사이의 전쟁은 그 어떤 판타지 소설보다 장렬하고 아름다웠다. 에너지 바다에서 수면을 뚫고 솟아오른 불사조와 섬의 깊은 곳을 배회하는 흑룡, 영원히 바람에 너울대는 꽃의 왕국 등 이들 문명의 승리는 신의 위력만큼이나 장엄했고, 그들의 멸망은 백조의 노래만큼이나 구슬펐다.

차원 강하와 다시 차원 강하, 그리고 또 차원 강하.

5차원과 4차원 우주는 지금의 3차원 우주와 거의 비슷했다. 어둡고 광활한 공간에 희미한 에너지 불꽃이 드문드문 떠 있고, 세계는 중력을 바탕으로 체계를 이루고 있었다. 광속과 다른 물질의 속도도 차원이 떨어질수록 점점 느려졌다. 현재 3차원 우주의 한쪽 끝에서 다른 쪽 끝까지 가려면 분, 초나 일, 월이 아닌 천만 년을 단위로 계산해야 한다. 이처럼 먼 거리가 각 문명을 영구적인 격리 상태로 만들었고, 매복자로 인해 암흑의 숲 상태가 완벽하게 구축되었다. 모든 발전한 문명은 어둠 속에 자신의 모습을 감춘 채 위치가 노출된 사냥감을 향해 언제든 총을 쏠 준비가 되어 있었고, 스스로도 언제든 더 강한 적에 의해 제거될 위험을 안고 살아갔다.

오랜 숙적인 주재자와 매복자도 예외가 아니었다. 이 우주 게임의 진정한 게이머인 그들도 자신을 감춘 채 치명적인 일격을 날리기 위해 조용히 상대를 찾고 있었다.

우주의 탄생과 소멸, 문명의 흥망과 성쇠가 반복되며 길고 긴 세월이 흐른 뒤, 윈톈밍이라는 벌레가 이 모든 과정을 말없이 지켜보고 있다.

시간이 얼마나 흘렀을까. 윈톈밍은 지자의 시선을 외면했다. 불멸의 육체가 생기고 나서 예전보다 훨씬 쉽게 생각태를 받아들일 수 있게 되었지만 그는 이 장면들을 겪고 뭐라고 말해야 할지 모를 만큼 여전히 약했다. 육체적으로는 강할지 몰라도 정신적인 에너지는 완전히 고갈된 것이다.

"난 '이 우주는 너무 좁다'는 매복자의 말을 이해할 수가 없어요."

윈톈밍이 중얼거렸다. 지자가 고개를 저었다.

"그건 주재자도 이해하지 못했어요. 하지만 당신이 꼭 그걸 이해해야 하는 건 아니에요. 맡은 임무를 완수하기만 하면 되죠. 매복자는 논리적으로 설명되지 않아요."

"전혀 설명이 안 되죠."

윈톈밍도 고개를 저었다. 그토록 완전했던 10차원 우주를 파괴한 미치광이를 어떻게 논리적으로 설명할 수 있을까.

윈텐밍이 일어나 밖으로 나갔다. 소우주의 '문', 그 빛나는 직사각형 틀이 멀리서 나타났다. 그 문을 향해 다가가자 지자가 말없이 그의 뒤를 따랐다. 윈텐밍이 문 앞에 서서 지자를 돌아보았다.

"대우주의 시간이 얼마나 흘렀죠?"

"소우주의 시간은 대우주와 다르게 흘러요. 어떤 의미에서 지금 대우주의 시간은 당신이 소우주로 들어온 그 순간에 멈춰 있어요. 우리가 두 우주의 시간 비율을 조정할 수도 있고요. 하지만 이미 말했듯이 너무 먼 미래로는 가지 않는 게 좋을 거예요. 그때 우주는 이미 2차원으로 변해 있을 테니까요. 우리에게 남은 시간은 많지 않아요."

"얼마나 남았는데요?"

"150억 년도 남지 않았어요."

윈텐밍이 쓴웃음을 지었다. 150억 년을 두고 얼마 남지 않은 것이라니, 얼마나 우스운 말인가. 바로 어제까지만 해도 그는 숱한 곡절을 겪은 700여 년을 자기 인생의 전부라고 생각했건만, 그가 꾸었던 수천 년의 악몽도 곧 닥칠 일에 비하면 아무것도 아니었다. 100억 년이 지나도 깨어날 수 없는 악몽이 그를 기다리고 있다.

별과 별 사이의 암흑 속에서 그를 기다리고 있을 예측 불가능한 미래를 생각하자 갑자기 마음이 약해졌다. 보고 싶은 사람이 있었다. 원래는 다시 만나고 싶지 않았던 사람이었다. 여전히 젊고 아름다울 그녀에게 굼뜬 걸음조차 힘겨워진 자신의 늙은 몸을 보여주고 싶지 않았었다. 하지만 이제는 상황이 달라졌으니 그녀를 다시 만나고 싶었다.

"조금 기다려도 될까요? 그들이 이 우주로 들어올 때까지 기다렸다가 짧은 대화라도 나누고 싶어요."

'그들'이 의미하는 것이 누구인지 지자는 물론 알고 있었다.

"물론이죠. 1억 년 이상 걸리지 않으면 상관없어요. 원하신다면 여기서 몇 년 더 지내다가 떠나세요. 시간이 흐르는 속도를 조절하면 그들을 더 빨리 만나실 수도 있을 거예요."

윈텐밍은 지자의 말에 기뻤지만 이내 시무룩해졌다. 다른 여자와 결혼해 평생을 살았고 아내가 죽은 지 며칠도 되지 않았는데 무슨 기대를 품고 첫사랑과 재회하겠다는 거지? 게다가 청신과 관이판 사이에 어떤 일이 있었는지도 모르는데, 자신은 불청객이 되는 게 아닐까?

내가 진정으로 사랑하는 사람은 청신일까, AA일까, 아니면 이미 오래전에 죽은 아이샤오웨이일까?

힘없이 고개를 저었다. 전에는 이런 걸 고민할 필요가 없었다. 그저 청신과 오붓하고 평온하게 살면 되었다. 이게 다 죽음의 선이 확장된 탓이다. 그게 모든 걸 바꿔놓았다. 광속이 느려지면서 기나긴 시간이 그들을 각각 시간의 강 상류와 하류로 데려가 갈라놓은 탓에 영원히 만날 수가 없게 되었다. 광속에 한계가 없는 10차원 우주였다면 지금과는 완전히 달랐을 텐데…….

잠깐!

어렴풋한 하나의 생각이 윈텐밍의 뇌리를 스치더니 금세 또렷해졌다. 예전에는 주의를 기울이지 않았던 중요한 사실이었다. 너무 익숙해서 오히려 간과했던 점이었다.

"3차원 우주가 얼마나 오래됐죠?"

그의 눈동자에 형형한 빛이 돌았다.

"인류의 방식으로 계산하면 대략 138억 9천4백만 년 되었어요."

지자는 질문의 의도를 파악하지 못한 채 금세 대답을 내놓았다.

"4차원 우주는요?"

"100만 년 정도 지속됐어요."

"5차원 우주는?"

"131년요."

"6차원 우주는?"

"9일하고도 열한 시간."

"7차원은?"

"2분 3초."

"8차원은?"

"12밀리초."

"9차원은?"

"31나노초."

윈텐밍이 흥분을 가까스로 누르며 마지막 질문을 했다.

"그럼, 10차원 우주는요?"

지자가 처음으로 잠시 생각한 뒤 대답했다.

"영원이에요. 10차원 우주에는 시간이 필요 없어요."

"내가 왜 그 생각을 못 했지?"

윈텐밍이 중얼거렸다.

"무한한 속도, 무한한 효율. 무엇이든 시작과 동시에 완성되고 짧은 틈조차 없는 세계. 시간이 없는 세계. 시간도 없고, 운동도 없고, 변화도 없고, 과정도 없다라. 그런 세계에서는 무엇이든 시작과 동시에 끝이 나죠! 10차원 우주에서는 찰나가 곧 영원이에요! 살아 있는 생명은 없고 수많은 필름만 계속 쌓이는 그곳은…… 죽음의 세계죠."

"그게 무슨 말이에요?" 지자가 말했다. "당신이 하는 말을 이해할 수가 없어요. 완전한 세계에는 시간이 필요하지 않아요. 시간은…… 모든 일을 성가시게 늦출 뿐이에요."

"당신이 주재자에게 종속되어 있기 때문에 그렇게 생각하는 거예요. 당신도 주재자처럼 시간에 대해 알지 못해요. 당신은 시간 속에서 살지 않기 때문에 시간 자체를 볼 수 없으니까요. 내가 지구의 신화를 들려줄게요."

"하지만 전 이미 지구상의 모든 신화를 알고 있는걸요."

지자가 망설임 없이 말했다.

"하지만 신화에 담긴 의미까지는 모를 수도 있죠. 그걸 알았다면 매복자의 의도를 진즉에 눈치챘을 거예요. 그리스 신화에서 태초의 세계는 이렇게 시작되죠. 하늘의 신 우라노스와 대지의 여신 가이아가 관계를 맺고 여러 신을 낳아요. 하지만 자식들이 싫었던 우라노스는 그들이 세상에 나오지 못하도록 생식기를 이용해 가이아의 자궁으로 다시 밀어 넣었어요. 그래서 하늘과 땅은 분리되지 못하고 영원한 결합 상태에 머물러 있었죠. 우라노스에게 포위되고 짓눌려 고통스러웠던 가이아는 자식들을 시켜 아버지 우라노스를 죽이게 해요. 결국 가이아의 아들 크로노스가 우라노스의 생식기를 잘라 그와 가이아의 사이를 갈라놓죠. 그렇게 해서 하늘과 땅이 분리되고 신들이 세상으로 나와 우주 만물이 생기를 얻게 된 거예요."

"그건 기원전 8세기 그리스 시인 헤시오도스의 《신들의 계보》에 실려 있는 원시적이고 저속한 이야기잖아요." 지자가 미간을 찡그리며 입을 비죽거렸다. "그게 10차원 우주와 무슨 관계가 있다는 거예요?"

"당신은 지구 문명에 대해 전부 알고 있으니까 크로노스가 그리스어로 '시간'을 의미한다는 것도 알겠죠. 시간이 모든 것을 시작하게 한다는 뜻이에요. 매복자에게 필요한 건 바로 시간이에요. 시간이 없는 우주는 아무리 넓어도 너무 좁을 수밖에 없어요. 매복자는 그걸 참지 못하고 차원을 떨어뜨리려는 거예요. 차원이 한 단계씩 내려갈 때마다 시간이 수만 배는 늘어나니까요. 매복자는 미치광이도 아니고 악당도 아니에요. 그에게는 약간의…… 시간이 필요한 것뿐이죠.

매복자에게 차원 강하는 시간을 창조하기 위한 수단이에요. 차원을 떨어뜨리고 시간으로 보상받는 거예요. 그게 그가 차원 강하를 통해 얻는 이득이에요. 차원을 떨어뜨리지 않으면 시간을 얻을 수 없으니까요."

"타당한 추측이네요. 우리도 그가 광속을 낮춰 시간을 벌려 한다는 생각은 했어요."

지자가 말했다.

"크로노스가 하늘과 땅을 갈라놓은 것처럼 시간이 우주를 갈라서 영원불변의 생명인 10차원 우주를 소멸시켰어요. 그 후 모든 문명은 시간과 공간의 제약을 받으며 살게 되었죠. 우주가 무한한 미지의 세계가 된 거예요. 시간이 생겨난 뒤에야 희망, 기대, 기다림, 기쁨, 추억, 망각 그리고…… 자유가 생겨날 수 있어요."

"하지만 그런 건 모두 아무 의미도 없는걸요." 지자가 심드렁하게 대답했다. "영원함만이 유일한 가치인데요."

"하지만 매복자는 그렇게 생각하지 않아요. 그는 절대 균형과 영원불변의 10차원 우주에서 사는 게 숨막혔던 거예요. 9차원 우주로 강하되어 원래는 통합되어 있던 10차원의 지능체들이 분열되면서 매복자에게 동조하는 이들은 점점 많아졌어요. 그들은 자기 자신이 사라질 위험을 감수하면서까지 시간을 소유하려 했고, 지금도 더 많은 시간을 원해요. 그게 주재자가 실패한 원인이에요. 안 그래요? 그들은 시간을 원한다고요. 주재자가 아닌 살아 있는 모든 존재에게는 시간이 필요해요."

"하지만 인류에게 닥친 대부분의 비극은 시간 때문이잖아요. 시간이 없었다면 당신과 청신도 헤어지지 않았을 텐데요."

지자가 말했다. 윈텐밍이 쓸쓸하게 웃었다.

"하지만 시간이 없다면 어떤 행복도 없었겠죠. 웨이웨이에게 지난 이야기를 들려주던 몇 주도, 청신과 호숫가에서 대화를 나눈 한 시간도, 천 년 동안 꾸었던 그 아름다운 꿈들도, AA와 부부로 산 40여 년의 세월도. 시간이 없으면 아마 난 자아조차 없을 거예요."

"애초에 그런 건 다 실체 없는 환상이에요." 지자가 동의할 수 없다는 표정으로 고개를 저었다. "그렇다고 해도 매복자는 9차원에서 이미 시간을 가졌는데 왜 계속 차원을 떨어뜨려야 했다는 거예요?"

"내 추측이지만," 윈텐밍은 주재자에 의해 다시 태어난 뒤 그 어느 때보다도 사고가 빠르고 또렷했다. "매복자는 차원을 떨어뜨려 시간을 창조했지만 시간에 매몰되었어요. 한번 열린 마법 상자를 다시 닫을 수는 없으니까요. 시간 속에서 영원불변하는 건 없어요. 모든 것에는 탄생이 있으면 죽음도 있죠. 당연히 그들도 몇 밀리미터초, 며칠, 몇 년만 살다가 죽고 싶지는 않았을 거예요. 시간 속에서 소멸하지 않고 영원히 존재하고 싶었던 그들은 계속해서 우주의 차원을 떨어뜨렸어요. 차원 강하는 수색자의 수색을 피하고, 더 많은 시간을 얻기 위한 수단이었어요. 그러다가 다른 문명들이 그 게임에 합류하면서 우주는 암흑의 숲이 되고 차원 강하가 본격적인 공격 수단이 된 거예요. 모든 문명은 더 오랫동안 존속하기 위해 우주의 차원을 떨어뜨린 거고요. 이 게임이 한 단계씩 진행될 때마다 우주의 시간은 1만 배씩 늘어났고, 그 대가로 소중한 차원을 하나씩 잃었어요. 0차원 우주가 되면 시간 외에 아무것도 없는 허공만 남을 거예요."

윈텐밍은 자기도 모르게 몸서리를 쳤다. 그 우주는 오직 죽음뿐인 세계일 것이다.

암흑의 숲의 한쪽 끝에는 죽음의 완전함이, 다른 쪽 끝에는 죽음의 허무함이 있다. 진정한 생명은 냉혹하고 잔인한 암흑의 숲 안쪽에만 존재하며, 죽음은 생명에 반드시 필요한 환경이다.

"그러니까 주재자가 그들을 막아야 해요." 지자가 재빨리 본론으로 돌아갔다. "매복자는 미쳤어요. 우주를 통째로 시간의 제물로 바치려고 해요. 우주가 0차원이 되면 누구도 아무것도 할 수 없어요. 그렇게 되면 그 어떤 생명을 가진 존재도 지능을 가진 개체도 존재하지 않게 돼요. 설령 뭔가가 존재한다 해도 무한한 시간에 갇히는 건 형벌이에요. 1억 년이 1억 번 흘러도 1초가 흐른 것처럼 아무것도 변하지 않는다는 건, 무기징역과 다름없을 텐데요."

"하지만 주재자는 우주 밖에 있잖아요." 윈텐밍이 물었다. "우주가 0차원이 되었을 때 차원 역전을 하면 되잖아요? 0차원 우주가 되면 매복자도 사라질 것이고, 그 누구도 주재자의 힘을 막을 수 없을 텐데요."

"틀렸어요. 0차원 우주가 되면 우주가 초막에서 떨어져 나가기 때문에 주재자도 우주를 찾을 수 없어요. 우주 증발이라고 부르는 현상인데, 초막 위에서 종종 나타나고 있어요. 아마 그 시간 신봉자들의 소행일 거예요. 그러니까 차원이 더 강하기 전에 3차원 우주에서 매복자를 완전히 제압하려면 당신의 도움이 필요해요."

윈텐밍이 고개를 저었다.

"하지만 난 납득할 수 있는 이유가 필요해요. 이 우주의 죽음에 저항하기 위해 싸워도 난 결국 또 다른 종류의 죽음을 맞이하게 되겠죠. 그걸 위해 내가 그토록 힘든 임무를 맡아야 하는 이유를 모르겠어요."

"이유를 요구해선 안 돼요, 주인님. 주재자가 당신에게 의지를 주입했어요. 당신은 그의 의지를 실행에 옮기기만 하면 돼요."

지자가 이해할 수 없다는 듯 미간을 찡그렸다.

"그래요. 멘털 스탬프가 있었죠."

윈텐밍이 괴로운 표정으로 머리를 감싼 채 생각에 잠겼다. 지자는 주재자의 의지가 그를 복종시키리라는 것을 알고 있었으므로 더 재촉하지 않고 그가 수긍하길 조용히 기다렸다. 하지만 잠시 후 윈텐밍이 고개를 들었다.

"주재자의 멘털 스탬프는 날 통제할 수 없어요. 이제 난 주재자에게서 벗어났으니까요."

예상치 못한 말에 지자가 당혹스러운 표정으로 그를 보았다.

"어떻게 그럴 수 있죠? 주재자의 의식태를 벗어난 지능체를 본 적이 없는데요."

"이유를 알려줄게요. 주재자의 생각태는 이성에 호소함으로써 상대를 통제해요. 정확한 관념을 기반으로 하기에 관념에 치명적 오류가 있으면 힘을 잃고 말죠. 주재자는 거의 실수를 저지르지 않는 완벽한 존재니까 자신 있게 이 방법을 써왔겠죠. 하지만 그에게도 치명적인 오류가 있어요. 그는 시간의 의의를 알지 못하고, 10차원 우주의 근본적인 결함이 어디에 있는지도 몰라요. 하지만 10차원 우주는 완전한 세계가 아니에요. 주재자는 완전한 세계를 복원하라고 했지만, 내게 그런 세계는 존재하지 않기 때문에 주재자의 명령은 나에게 아무런 의미도 없어요. 조금 전 나 스스로 머릿속에서 멘털 스탬프를 해제했으니 난 이제 그 누구에게도, 어떤 힘에도 복종할 필요가 없는걸요."

말없이 그를 응시하던 지자의 눈빛이 문득 이상하게 변하는 것을 본 윈텐밍은 뒷걸음질을 쳤다. 그녀가 예상치 못하게 공격을 할까 봐 더럭 겁이 났다.

그런 그를 본 지자가 힘없이 웃었다.

"걱정하지 마세요, 주인님. 저는 당신을 해치지 않아요. 주재자께서 당신이 복종하지 않을 가능성까지는 미처 생각하지 못했기에 저는 당신의 모든 명령에 복종하도록 설정되어 있답니다. 당신은 특별해요. 소우주를 부여받은 647명 가운데 지능이 가장 높은 개체는 아니지만 유일하게 주재자의 권위에 반항한 지능체니, 정말 놀랍다고 할 수 있겠네요."

"이게 다 삼체인 덕분이죠. 그들이 내 뇌와 신경에 고문을 가한 수십 년 동안 난 많은 걸 터득했어요. 내 정신 안에는 주재자의 생각태가 압박해도 그 논리를 따져볼 수 있는 블랙박스가 있는 거나 마찬가지예요. 아니었다면 진즉에 주재자의 의지에 압도되어 그의 도구로 전락했을 거예요."

"이런 일은 처음이라, 당신이 우리를 도와야 할 이유를 찾을 수 있을지 따져봐야겠어요."

지자가 명상하듯 눈을 감고 오랫동안 생각에 잠겼다. 윈톈밍은 지평선 위에 있는 둘의 그림자를 바라보며 조용히 기다렸다. 이 기묘한 남녀 위로 햇빛이 내려앉았다. 한참 뒤 지자가 눈을 뜨고 눈동자를 반짝이며 말했다.

"계산이 끝났어요. 이유를 드릴게요."

호기심에 반짝이는 윈톈밍의 눈동자를 보며 지자가 빙그레 웃었다.

"차원 역전으로 태양계와 지구를 복원할 수 있느냐고 물으셨죠?"

"네. 당신이 그건 불가능하다고 했고요."

"사실 그건 반쪽짜리 대답이었어요. 태양계와 지구만 딱 집어서 복원하는 건 불가능하지만, 나머지까지 전부 복원할 수는 있어요. 당신의 성계, 당신의 고향까지 전부 다."

윈톈밍의 눈이 휘둥그레졌다. "전부 다 복원한다는 게 무슨 뜻이죠?"

"차원 역전이란 건," 지자가 한 음절씩 또박또박 말했다. "기본 입자가 원래 성질에 따라 초기 상태로 돌아가게 해서 미시 상태로 말려 있는 모든 차원을 펼쳐 10차원 우주를 다시 세우는 원리예요. 주재자도 차원을 역전시킨 다음의 세계를 마음대로 결정할 수는 없어요. 이전 세계를 복원하려면 한 치의 오차도 없이 완벽하게 원래 상태로 돌아가는 것만 가능하죠."

그녀의 말은 알 것 같기도 하고 아닌 것 같기도 하고 아리송했다.

"시간이 없는 10차원 우주도 태초에는 자연법칙에 따라 형성된 거예요. 모든 것은 엄격한 인과율을 따르죠. 모든 게 원래 상태로 돌아간다면 세계는 처음에 정해진 순서를 따라 계속 진화할 거예요. 조금의 변동도 없이."

지자가 말했다.

"맙소사!" 마침내 윈텐밍은 알아들었다. "그렇다면 설마……."

"그래요. 10차원 우주의 합일된 생명체가 순식간에 형성되고, 그와 거의 동시에 매복자가 반란을 일으키겠죠. 우주는 예전과 똑같은 방식으로 9차원으로 떨어진 뒤 차원 전쟁을 겪으며 8차원, 7차원, 6차원으로 계속 떨어지다가 당신의 우주가 될 거예요.

당신의 은하계가 다시 만들어지고, 은하계의 한쪽 구석에서 당신의 태양이 나타나고, 지구와 다른 행성들이 다시 생겨나 똑같은 태양 빛을 받을 거예요. 지구에서 40억 년 전의 어느 날과 같이 원시 해양에서 원시 생명이 나타나고 기나긴 진화를 거쳐 다세포 생물이 될 거고요. 어류가 육지로 올라오고 파충류가 행성 전체로 퍼져 나간 뒤 소행성과 충돌하며 공룡이 멸종하겠죠. 그러다가 아주 평범한 원숭이 한 종이 나무에서 땅으로 내려와 문명을 형성하고 국가를 세우고 종교를 만들고 과학을 발전시킬 거고요. 당신의 조국도 다시 생겨나겠죠. 고대 황제가 다시 천하를 군림하고 전쟁과 봉기가 연달아 일어나며, 시인들은 전과 똑같은 시를 읊조리고, 과학자들도 똑같은 난제를 풀기 위해 몰두할 거예요. 예원제는 또다시 삼체인에게 지구를 공격해달라는 메시지를 보내고, 뤄지는 암흑의 숲 법칙을 생각해내고, 청신은 또 검잡이가 되겠죠……. 물론 당신도 같은 날, 같은 시간, 같은 분초에 어머니의 자궁에서 태어날 거고요. 모든 게 한 번 더 똑같이 진행되는 거예요."

"한 번 더?" 윈텐밍이 중얼거렸다. 그는 이 단순하지만 놀라운 생각에 전율했다.

"그래요. 모든 게 한 치의 오차도 없이 반복될 거예요. 아주 미세한 것조차 달라지지 않고. 당신이 청신이나 아이샤오웨이를 다시 만났을 때 그들이 입은 옷도, 당신에게 하는 말도 완전히 똑같을 거예요. 당신과 청신이 대화할 때 같은 바람이 당신들의 머리칼을 스치고, 같은 빗물이 당신들의 옆에 떨어지겠죠. 당신이 안락사하려는 날, 같은 시간에 청신이 도착해 안락사를 중단시킬 거고요. 단 1초의 오차도 없이요. 당신은 똑같은 꿈속을 누비고, 똑같이 웨이드의 총 앞에서 청신을 구하고, 다시 주재자의 정령을 만나고 파란별에 가서 AA와 사랑에 빠질 거예요. 당신들이 입 맞출 때의 자세조차 매번 전과 똑같겠죠. 그리고 200억 년 또는 1천억 년이 흐르면…… 아니, 얼마나 긴 시간이 지나서일지는 아무도 모르지만 당신과 제가 똑같이 이곳에 서서 같은 대화를 나눌 거예요. 물론 그때는 당신도 저도 이 순간을 전혀 기억하지 못하겠지만."

"믿기 힘들군요."

"이게 계산된 결과예요."

"하지만 모든 게 똑같이 반복된다면 무슨 의미가 있어요?"

"의미라고요? 그건 제가 대답할 수 없는 문제인걸요. 매번 이전 세계의 일이 그대로 반복되니, 처음 일어난 일이 의미가 있다면 반복될 때도 똑같은 의미가 있겠죠."

"그럼 주재자의 목적이 이 우주의 역사를 끊임없이 반복하는 거란 말인가요? 찰나에 불과한 10차원 우주를 복원한 이후에 100억 년이 넘는 시간

동안 차원이 거듭해서 떨어지도록? 찰나의 창조 이후에 계속 멸망을 향해 나아가는 우주를 반복한다는 말이군요."

"주재자에게는 시간이 존재하지 않는다는 걸 잊으셨군요. 주재자에게는 영원한 10차원 우주와 영원히 처음으로 돌아가는 10차원 우주 사이에 아무런 차이가 없어요. 어떤 일이든 일단 발생하면 주재자에게 그건 곧 영원이에요."

"하하하!" 윈톈밍이 큰소리로 웃었다. "매복자가 미치광이인 줄 알았는데 이제 보니 주재자가 더 미쳤군요. 우주의 결말이 아무것도 없는 무(無)가 아니라 끝없이 다시 재생되는 영화라니!"

"잠깐만,"

윈톈밍의 웃음소리가 뚝 멈췄다. 소름 끼치는 한 가지 가능성이 뇌리를 스친 것이다.

"만약 모든 게 한 치의 오차도 없이 반복된다면, 지금 이 일도 이미 일어났던 일이겠군요. 심지어 셀 수 없이 여러 번 일어난 일이고, 우린 수많은 윤회를 거쳐 만났을 수도 있어요."

그가 지평선 위 자신과 지자의 그림자를 응시했다. 그 그림자가 더 먼 지평선에 있는 자신을 바라보고, 그는 또 더 먼 지평선에 있는 그를 바라보고, 그는 또 더 먼 지평선에 있는 그를 보는 모습이 끝없이 이어졌다. 지평선 위에 있는 모든 사람은 실제로 그 자신이었다.

"그럴 가능성이 커요." 지자가 담담하게 말했다.

"당신, 아니, 주재자도 그걸 모르나요?"

"차원 역전이 일어나면 주재자도 다시 윤회해요. 지난 우주에서의 기억은 모두 사라진답니다."

"좋아요. 모든 걸 처음부터 다시 반복하기 위해서다. 이게 당신이 내게 제시하는, 내가 이 일을 해야만 하는 이유인가요?"

"네."

"그럼 확실하게 대답할 수 있겠군요. 싫어요! 안 합니다! 오래전 〈엔들리스 에이트〉*라는, 사람을 돌아버리게 하는 애니메이션을 봤어요. 매 화의 내용이 거의 똑같았어요. 주재자 같은 미치광이 소녀가 세상을 지배하며 모든 사람이 기억을 잊고 똑같은 일을 영원히 반복하게 만드는 바람에 같은 줄거리가 수천 번의 윤회처럼 반복됐죠. 거의 같은 내용이 7회나 8회 동안 반복되는 걸 보다가 화가 나서 컴퓨터를 부숴버릴 뻔했다고요. 내가 이 우주를 그 멍청한 애니메이션처럼 만들고 싶어 할 것 같아요?"

"겉으로만 비슷해 보이는 거예요." 지자는 윈톈밍의 성난 반응에도 아랑곳하지 않았다. "이 우주가 그 애니메이션이라면 적어도 컴퓨터를 부수고 싶은 관객은 없을 테니까요. 당신과 나는 그 애니메이션의 관객이 아니에요. 당신은 그 애니메이션 속 캐릭터처럼 아무 기억도 없을 거니까요. 똑같은 일이 영원히 반복되어도 매번 처음 겪는 일처럼 새롭다고 느끼는 거죠. 그러니 제 말을 기억하세요. 세계에 맨 처음 일어난 일들에 의미가 있다면 반복될 때도 똑같은 의미가 있다는 말을."

윈톈밍의 성난 표정이 차츰 누그러졌다. 그는 지자의 말을 곱씹다가 이내 일리가 있다는 걸 인정할 수밖에 없었다.

반복을 참을 수 없는 건 기억이 있기 때문이다. 기억이 없다면 사실상 반복이 아니다. 박테리아, 벌레, 대부분의 하등생물은 대대손손 선조와 같은 삶을 산다. 그러나 그들은 자신의 삶을 무의미하게 여기지 않는다. 세

---

\* 옮긴이 주 : 일본 타니가와 나가루의 라이트노벨 《스즈미야 하루히의 우울》을 원작으로 한 애니메이션 시리즈 중 한 에피소드.

상에 태어난 모든 사람은 반드시 죽을 수밖에 없는데, 만약 행복하고 충실한 삶을 살았다면 기억을 잃은 채 같은 인생을 한 번 더 반복하길 거부하리라는 법이 있을까? 첫 출생, 첫걸음마, 첫마디, 첫 입학, 첫 키스…… 이 모든 것은 결코 무의미하지 않다.

자신은 어떤가? 그는 자신의 인생이 아무런 의미도 없다고 생각했었다. 천벌을 받아야 할 죄인이라는 생각에 죽으려고 했던 적도 많았다. 하지만 이 모든 걸 경험하고 난 뒤에도 자신의 일생이 헛되다고 생각할 것인가? 정말로 다시 한번 살아보고 싶지 않을까? 그 수줍은 아이샤오웨이가 다시 자신을 찾아와 초인종을 눌러주길 바라지 않을까? 다시 청신과 호숫가에 앉아 얘기를 나누며 그녀의 눈을 훔쳐보고 싶지 않을까? 처음으로 아무도 모르게 아사카와 란의 DVD를 살 때의 흥분을 다시 느껴보고 싶지 않을까? 정말로 핑크빛 꿈속을 혼자 거닐고 싶지 않은 걸까? 파란별에서의 첫날밤, AA의 떨리는 입술에 다시 한번 키스하고 싶지 않은 걸까? 그렇지 않다. 그는 그때로 돌아가고 싶었다! 주재자처럼 천만년을 기다리는 한이 있더라도, 수많은 좌절과 고통을 겪어야 한다 해도, 그 아름다운 순간을 다시 누릴 수만 있다면, 두 번, 세 번, 천 번, 만 번이라도 똑같은 윤회를 받아들일 수 있다.

마찬가지로 끝없는 고통과 원죄를 안고 태어난 지구의 생명과 문명도 마찬가지일 것임을 그는 알고 있었다.

"당신 말이 맞아요." 윈톈밍이 말했다. "훌륭한 이유군요. 끝내주게 훌륭한 이유."


얼마 후 윈톈밍은 소우주를 떠나 자신이 머물던 광활한 시공으로 돌아왔다. 그는 미지의 수색자를 만나기 위해 억만 광년 크기의 암흑의 숲을 유령처럼 떠돌게 될 것이다. 불가능해 보이는 임무를 수행하기 위해 우주 깊숙이 숨어 있는 문명들을 하나씩 찾아다니며 가장 깊숙이 숨은 매복자를 찾을 것이다. 소우주를 떠나기 전 그는 이 소우주에 진입할 수 있는 사람의 명단에 관이판을 추가해달라고 부탁했다. 관이판과 청신이 언젠가는 그곳에 들어오리라고 생각했기 때문이다. 그때가 되면 그는 이미 존재하지 않을 것이다. 그는 지자에게 청신과 관이판이 이 우주에 온다면 자신을 만난 일을 말하지 말고 진짜 지자와 똑같이 행동해달라고 부탁했다. 자신에 대한 부담을 지워 그들을 우울하게 만들고 싶지 않았다.

"가이사의 것은 가이사에게, 하나님의 것은 하나님께 돌려드리라."*

관이판의 것은 관이판에게, 윈텐밍의 것은…… 아무것도 없다. 하지만 그는 마지막으로 AA의 머리카락 한 줌을 지자에게 건넸다.

"대우주가 멸망하기 전에 내가 돌아온다면 이걸로 AA를 복제해줄 수 있나요? 그녀를 만나기 위해 우주의 수명이 다할 때까지 기다리고 싶진 않아요."

"기술적으로는 간단한 일이에요. 지금 이 자리에서도 할 수 있어요."

"아뇨. 돌아온 뒤에 할게요. 복제된 그녀는 내가 알던 그녀가 아닐 텐데 새로운 AA를 어떻게 대해야 할지 아직 모르겠어요."

그럼에도 두 번의 삶을 함께했던 그녀를 어떤 방식으로든 다시 만나고 싶다. 우주는 드넓고 인생은 더 드넓으니, 어쩌면 그녀를 다시 만날 수 있을지도 모른다.

"당신은 왜 나와 함께 갈 수 없는 거죠?"

윈텐밍이 물었다. 그는 자신의 새로운 신분에 대해 거의 아는 것이 없

---

\* 옮긴이 주 : 마태복음 22장 21절.

으므로 지자가 함께 간다면 큰 도움이 될 터였다.

"저는 소우주의 관리 시스템이라 여길 벗어날 수 없답니다. 제가 나가면 이 소우주는 무너져요. 하지만 대우주에서 589호 소우주의 수색자를 찾으시면 도움을 받을 수 있을 거예요."

윈톈밍은 고개를 끄덕이고는 마지막으로 자신이 누리지 못한 전원을 한번 훑어보고 몸을 돌려 떠났다. 직사각형 틀 안으로 사라진 그는 6천 광년 떨어진 찬란한 성단에 나타났다. 이제 그의 몸 자체가 우주선이 되어 우주선을 타지 않고도 우주를 누빌 수 있었다. 겉모습을 제외하면 그의 몸은 이미 인류와 비슷한 점이 거의 없었다. 인류의 기억과 의지를 간직하고 있을 뿐, 신체는 에너지가 응집된 기계인 지자에 더 가까웠다. 인류와 마찬가지로 세포로 구성되어 있지만, 모든 세포가 컴퓨터만큼이나 복잡한 나노 단위의 기계로 이루어져 있어 아무런 장비 없이 곡률 추진을 이용해 초당 30만 킬로미터의 광속으로 3차원 우주 곳곳을 누빌 수 있었다. 소우주는 시간이 멈추고 모든 것이 어둠에 파묻혀 있다. 지자는 시간이 멈춘 방 안에 조용히 앉아 윈톈밍이 '반지'를 통해 신호를 보낸 뒤 소우주로 돌아오길 기다리고 있다. 찰나의 시간이 흐른 뒤 신호가 왔지만 윈톈밍이 아니었다. 지자는 감았던 눈을 뜨는 순간, 대우주의 기준으로 이미 1890만 년이 흘렀다는 사실을 알았다. 윈톈밍은 돌아오지 않았고, 이 소우주에 진입할 권한이 있는 두 사람이 찾아왔다. 지자는 시간을 느낄 수 없지만 인간에게 1890만 년이라는 시간이 어떤 의미인지는 모르지 않았다. 윈톈밍은 이미 오래전 먼지가 되었을 가능성이 높고 돌아오지 못할 것이다. 그의 몸이 개조되었다고 해도 우주의 수많은 블랙홀과 퀘이사, 중성자성을 이길 수는 없다. 어쩌면 지금도 머나먼 세계를 배회하며 매복자의 흔적을 찾아다니고 있을 수도 있고, 그도 아니면 임무를 잊은 채 우주의 어느 구석에서 즐겁게 살고 있을 수도 있다. 프로그램에 따르도록 설정된 로봇인 지자는 무언가에 실망하지 않고, 걱정이나 공포, 호기심 같은 감정도 없으며, 원텐밍이 사라졌다고 해서 슬픔을 느끼지도 않는다. 그런 감정은 그녀에게 불필요하다. 원텐밍이 설정해놓은 대로 자신의 임무를 완수할 뿐. 그녀는 방에서 나가 밭을 가로질러 얼마 전, 아니 1890만 년 전 원텐밍과 만났던 나무 밑으로 가서 놀란 표정으로 서 있는 두 남녀를 향해 허리를 굽혀 인사했다.

"우주도 드넓지만 인생은 더 드넓으니까 인연이 있다면 언젠가 다시 만날 거예요."

# III

## 하 : 하늘의 꽃받침

## 제1325436564호 시간알갱이 : 별 연주가의 성운

가수는 왕의 갑작스러운 부름을 예상하지 못했다.

억만 시간알갱이가 지나 이미 한 씨앗의 장로가 되었지만, 최고 권위자인 왕에 비하면 그는 한낱 4급 굳센자(剛者)이며 천만 명의 하급 장로 중 하나일 뿐이다. 특별한 점이라고 해봐야 다른 장로들에 비해 노래 부르는 걸 좋아한다는 것뿐이었다. 그는 왕이 자신을 왜 불렀는지 이해할 수가 없었다. 설마 그가 곧 죽으려 한다는 걸 왕이 안 걸까?

반경 1천만 구조거리 내의 수많은 세계는 이미 별 연주가의 후손들에게 점령당했다. 그들이 그 역겨운 매트릭스 곤충보다도 빠르게 번식할 줄 누가 알았을까. 작은별 연주가들은 천진난만하게 자신들의 좌표를 자랑하듯 노출했다. 하지만 현재 다른 저엔트로피체들은 그들을 함부로 청소하지 못한다. 그들은 이미 질점*을 소멸시키고 2차원 벡터 포일의 방향을 바꿀 수 있는 것 같았다. 그보다 더 강력한 무기는 막아내지 못할 수도 있지만 공격 방향을 보고 공격이 출발한 모성(母星)의 위치를 찾아낼 수도 있다. 가수는 청소부 셋이 그런 식으로 반격당하는 것을 본 적이 있었다.

작은별 연주가들은 오래된 격언마저 바꿔놓았다. 예전에는 "자신을 잘 감추고 청소를 깨끗이 하라"고 했지만 요즘은 "자신을 잘 감추고 청소하

---

\* 옮긴이 주 : 물체의 질량이 총집결한 것으로 간주하는 이상적인 점.

지 말라"고 가르쳤다.

하지만 가수는 그들이 자신을 발견할 수 없을 것이라고 생각했다. 씨앗이 죽음의 유령처럼 절대한계속도로 여러 세계 사이를 가로지르며 별 연주가 세계를 향해 빛 거울이나 반전 고리를 기습적으로 날렸는데, 그들은 그 무자비한 무기를 당해내지 못했다. 하지만 작은별 연주가의 별들이 하나씩 청소되는 것을 보면서도 가수는 별로 기쁘지 않았다. 저엔트로피체 가운데 이처럼 갑자기 번성해 두각을 나타내는 종족을 수없이 보았지만 대부분 몇억 시간알갱이도 되지 않아 연기처럼 흩어졌다가 심연에 가라앉듯 완전히 멸망했다. 작은 별 연주가도 예외가 아닐 것이다.

만물은 결국 소멸하고 모세계만이 영원히 존재한다.

이것이 바로 세계의 본질이다. 얼마 후 변방 세계가 위세를 뻗치며 모세계의 자리를 빼앗을 수 있다는 헛된 꿈을 품고 대대적인 반격을 가했지만 순식간에 모세계에 섬멸되어 완전히 자취를 감추었다.

전설에서 모세계는 조물주가 직접 세운 세계이며 우주를 멸망시킬 수 있는 고대 신들만큼의 힘을 가지고 있다고 했다. 예전에는 그저 전설로 여겨졌지만 변방 세계가 멸망하자 그들은 그것이 단순한 전설이 아님을 알게 되었다. 모세계는 은하를 삽시간에 불덩어리로 만들 수 있는 무시무시한 힘을 가진 실체였다.

그런데 모세계가 그깟 별 연주가를 두려워하겠는가?

그는 작은별 연주가의 별을 400개 넘게 청소해왔다. 구름처럼 많은 이 별들 속에서 다른 저엔트로피체들은 모두 죽었거나 조용히 침잠해 있고, 그가 유일한 청소부로서 작은별 연주가를 계속 청소하고 있다는 걸 그는 알고 있었다. 가끔 옛 노래를 부르다가 이 대목이 나오면 자부심이 차올랐다.

나는 세계의 변방을 청소하는 마지막 청소부
내가 사랑하는 이의 발아래 그들을 하나씩 바치지
모든 세상이 깨끗해지면
내 사랑도 숨길 필요가 없어
그녀는 혼인 고치에서 나와 내 신부가 될 거야

하지만 예상치 못한 일이 일어났다. 씨앗의 위치를 찾아낸 작은별 연주가가 성간 벌레들을 보내 씨앗을 갉아먹게 한 것이다. 성간 벌레들이 올가미를 던져 씨앗이 꼼짝 못 하게 했다. 이토록 원시적인 도구라니! 씨앗은 금세 올가미를 끊었지만 또 금세 다른 올가미가 날아왔다. 작은별 연주가들이 쉬지 않고 던진 올가미가 별 100개와 맞먹는 에너지를 품고 있었다. 좋아, 상대해주지! 씨앗이 빛의 요정의 연한 피부를 찢듯이 쉽게 올가미를 끊었다.

올가미를 다 끊어버린 뒤 저 밉살스러운 성간 벌레들을 없애버리려고 했지만 성간 벌레들은 혼비백산 뿔뿔이 흩어져 순식간에 도망쳤다.

가수가 승리감에 도취해 이 텅 빈 구역을 떠나려는 순간 경보가 울렸다. 주핵이 2차원 벡터 포일을 발견했을 때는 이미 봉인이 풀리고 주위를 2차원화하려는 찰나였다.

가수가 씨앗에게 도망치라고 명령했지만 이미 늦은 뒤였다. 작은별 연주가가 올가미의 거대한 에너지를 이용해 2차원 벡터 포일의 에너지 반응을 감추고, 가수의 주의를 돌려 그를 속였던 것이다. 그 사실을 알았을 때는 이미 2차원 벡터 포일이 바로 앞까지 와 있었으므로 씨앗은 가속해 탈출할 겨를도 없이 집어삼켜졌다.

이 교활한 작은 사냥꾼놈들! 이런 속임수로 날 이길 수 있을 것 같으냐!

가수가 속으로 이를 갈며 2차원 벡터 포일을 다시 봉인하도록 주핵에 명령을 내렸다. 이론상으로는 아주 쉬운 일이었다. 하지만 작은 별 연주가가 조악하게 만든 2차원 벡터 포일이 불규칙하고 조잡하게 생긴 데다가 이미 너무 넓게 확장되어 씨앗의 에너지 준위*로는 다 담아낼 수 없었다. 주핵이 최대 역장을 발동해 일시적으로 2차원 벡터 포일을 봉쇄했지만 씨앗은 이미 2차원 벡터 포일이 아직 닿지 못한 작은 빈공간에 갇혀 있었다. 그 공간을 조금이라도 벗어나면 순식간에 2차원화될 것이다.

씨앗이 일시적으로 2차원 벡터 포일을 봉쇄하고 있지만 에너지 준위에 한계가 있었고, 시시각각 엄청난 에너지가 소모되고 있었다. 주핵은 버틸 수 있는 시간이 10분의 1시간알갱이도 남지 않았다고 했다. 가수는 자신의 결말을 예상할 수 있었다. 결국 2차원 벡터 포일에 밀려 아무 두께가 없는 얇은 평면으로 짓눌린 뒤 단 하나의 음표도 남기지 못한 채 이 텅 빈 구역에서 사라질 것이다.

그는 좀 더 일찍 2차원화를 자발적으로 진행하지 않은 모세계가 원망스러웠지만 사실 크게 후회할 것도 없었다. 그는 이미 늙어 2차원화되었다고 해도 오래 살지 못했을 것이다. 생각만 해도 불편한 그런 세계에서 얼마 남지 않은 생을 버티느니 익숙한 3차원 세계에서 죽는 게 더 나았다.

적어도 좋아하는 노래를 부를 수는 있지 않은가.

가수는 자신의 진동자를 조율한 뒤 옛 노래 몇 곡을 골랐다. 그런데 감정을 한껏 담아 노래를 시작하려는데 갑자기 왕이 그를 불렀다.

왕은 주핵을 통해 미리 알리지도 않고 빅아이를 작동해 경멸의 눈초리

---

\* 옮긴이 주: 원자핵과 전자의 상호 작용으로 발생하는 에너지값으로 원자핵 주위를 감싼 전자들이 회전할 수 있는 범위.

하 : 하늘의 꽃받침 **187**

로 가수와 씨앗을 보았다. 그것이 왕의 권리였다. 그는 언제든 빅아이에 들어가 모든 씨앗에서 일어나는 일을 살펴볼 수 있었다. 물론 씨앗의 수가 해변 백사장의 매트릭스 곤충알처럼 많았으므로 왕이 400억 구조거리나 떨어져 있는 이 볼품없는 씨앗에 관심을 가질 줄은 가수도 전혀 예상하지 못했다. 그가 이 성운 속에서 곧 죽을 위기에 처해 있다 해도 수천 개 성운 바깥에 있는 왕에게 그게 무슨 의미가 있겠는가? 만 차원 궁전의 제단 위에 있는 먼지 한 톨보다도 무의미할 것이다. 그 먼지는 최소한 왕의 눈에 띄기라도 할 것이므로.

가수는 중대한 일이 아니면 왕이 빅아이를 사용하지 않는다는 것을 알고 있었다. 빅아이는 우주에서 절대한계속도의 제약을 받지 않고 어떤 두 점을 실시간으로 연결할 수 있는 유일한 도구였다. 다른 저엔트로피체도 빅아이와 비슷한 도구를 만들 수는 있지만 무지의 장막을 관통할 수는 없다. 무지의 장막을 뚫을 수 있는 것은 빅아이뿐이었다. 그것은 고대 신들의 선물이었다. 하지만 옛 노래 가사 중에 이 마법을 너무 많이 쓰면 세계를 파괴하려다가 추방된 죽음의 신에게 발각될 수 있으므로 너무 많이 쓰지 말라는 가르침이 있었다. 보통 빅아이가 이렇게 멀리까지 와서 누군가를 부르는 것은 왕실 구성원과 고위 신하들을 부를 때나 중죄인을 심문할 때뿐이었다.

하지만 그는 둘 중 어느 경우도 아니었다.

그런데도 왕이 갑자기 그를 빅아이 앞으로 불렀다. 왕의 휘황한 광채에 압도된 가수는 감히 왕을 올려다보지도 못하고 바닥에 납작 엎드려 의례적인 찬사를 외쳤다.

왕을 본 것은 그의 인생에서 두 번째였다.

어릴 적 모세계에서 하늘을 날아가는 왕의 수레를 본 적이 있다. 마침

돌나무 꼭대기에 앉아 있던 그는 날아가는 왕을 얼핏 보았다. 똑바로 볼 수 없을 만큼 아름다운 용안이었다. 그가 보았던 여린자(柔者)를 통틀어 가장 아름다웠다. 물론 영생을 누리는 동정녀인 그녀를 여느 여린자와 비교할 수는 없었다. 그가 느끼는 감정은 여느 굳센자가 여느 여린자를 볼 때 생기는 욕망이 아니라 심연 속 고래가 성운을 올려다보며 느끼는 동경 같은 것이었다. 훗날 그는 고대 시인처럼 아름답고 구슬픈 노래로 왕에 대한 사랑을 표현했다.

물론 그날 빠르게 지나간 왕은 그를 발견하지 못했고 그 후에는 더더욱 그를 만난 적이 없다. 무수한 시간알갱이가 지난 지금, 그는 노인이 되었지만 왕의 용안은 예전 그대로였고 앞으로도 영생을 누릴 것이다.

"네가 가수 장로냐?"

왕이 물었다. 목소리가 서늘하면서도 감미로웠다. 가수는 왕의 노랫소리를 들을 수 있다면 얼마나 행복할까 하는 생각이 들었지만 왕이 자신의 생각기관 속에서 불경스러움을 감지할까 두려워 애써 그 생각을 눌렀다.

"미천한 신하입니다." 가수가 떨리는 목소리로 대답했다.

"물어볼 것이 있으니 곧장 만 차원 궁전으로 오너라."

"네."

가수는 영문을 알 수 없었지만 여쭙지 않고 서둘러 전기장 더듬이를 펼쳐 원격 접속을 시도했다. 모세계의 통신 채널이 열려 있었으므로 곧바로 접속되었다. 가수가 주위에 있는 센서를 모두 끄자 기묘한 감각이 그를 휘감아 어떤 선율을 따라 날아오르는 기분이 들었다.

오랜만에 느끼는 모세계의 중력에 그의 의식이 또렷해졌다. 그는 자신이 젊은 아바타의 몸속으로 들어갔다는 것을 알 수 있었다. 온몸에서 충만한 힘이 느껴졌다. 용기가 생겨 사방을 둘러보니 그의 생각기관이 이미 빅아이를 통해 400억 구조거리를 지나 별의 심연 속 만 차원 궁전에 들어가 있었다. 직접 모세계로 돌아간 듯한 기분이었다. 그는 궁전을 두리번거리며 감탄을 금치 못했다. 궁전은 모세계에 살 때도 와보지 못한 신비로운 곳이었다.

하지만 자기 생각이 틀렸다는 걸 금세 깨달을 수 있었다. 이곳은 더 이상 아름다운 궁전이 아니었다. 만 차원 궁전에 들어와 본 적은 없지만 궁전이 이런 모습일 리 없다. 사방 모든 것이 폐허였다. 궁전의 담장과 벽과 기둥을 이루는 돌나무는 말라 죽었고, 암적색 나뭇잎이 땅에 수북이 떨어져 있는 가운데 일부는 아직도 꿈틀거렸다. 커다란 궁실의 절반은 무너진 상태고, 고대 제단도 형체를 알아볼 수 없게 부서져 있었다. 광자 벽화로 꾸며진 담장은 꿈틀거리는 벌레들에 점령당했고 부서진 벽 사이로 거의 폐허가 된 도읍의 모습이 보였다. 거대한 거북 시체가 바닥에 뒹굴고 한두 마리만 멀리 서 있었다.

하늘을 올려다보니 어두운 별의 심연뿐이었다. 별의 심연을 둘러싸고 찬란한 광채를 발하던 생명의 바다가 거의 사라지고 100개 넘게 초롱초롱 빛나던 하늘 도시도 몇 개만 남아 있었다. 평형붕새 한 마리가 흐느끼며 다친 날개를 힘겹게 움직였지만 추락을 면치 못했다. 온 세상이 죽음의 기운으로 뒤덮여 있었다.

그는 용기 내어 왕을 올려다보았다. 왕의 완전한 몸은 성스러운 불에 휘감겨 있지만 그 빛은 그가 보았던 성운의 눈부신 광채와 비교할 수 없을 만큼 희미했다. 미모의 용안에도 비통함이 가득 차올라 있었다. 그녀는 이제 범접할 수 없는 지존이 아니라 슬픔에 찬 평범한 여린자처럼 보였다.

그의 생각기관이 미친 듯이 떨려왔다. 왕과 모세계가 그의 씨앗처럼 곧 죽을 것만 같았다. 어떻게 이럴 수가 있을까? 불멸의 모세계와 영생의 왕이 아닌가!

왕의 부드러운 목소리가 들렸다.

"너도 곧 죽는구나, 장로. 마음이 아프다."

왕은 주핵을 통해 그의 현재 상황을 알고 있는 듯했다.

"폐하를 위해 죽는 것은 영광이옵니다. 만물은 모두 죽사옵니다. 영생하는 존재는 폐하뿐이옵니다."

상투적인 표현이지만 가수는 진심과 열정을 담아 말했다.

"네 충성은 고맙다, 장로. 하지만 나도 곧 죽을 것이다." 왕은 평온했다.

"그럴 리 없사옵니다!"

가수가 떨리는 목소리로 외쳤다. 짐작은 하고 있었지만 왕의 입에서 직접 그런 끔찍한 얘기가 나오다니.

"신비한 저엔트로피체가 나타났다." 왕이 차분히 말했다. "내 궁전이 파괴되고 내 도시가 폐허가 되고, 내 백성들도 떼죽음을 당했다. 그것이 내 세계를 잿더미로 만든 뒤 떠났지만 언제든 다시 돌아올 수 있다. 나와 모세계는…… 곧 죽을 것이다."

모세계가 파멸한다는 말에 그의 오장육부가 타들어가듯 전율했다. 하지만 왕이 자신에게 이런 얘기를 하는 이유는 알 수가 없었다. 왕의 다음 말에 그의 의문이 풀리기는 했지만 이내 더한 놀라움을 금할 수 없었다.

"이 모든 건 너와 관련이 있으니 네 기억이 필요하다."

"무슨 말씀이신지 모르겠사옵니다, 폐하."

가수가 몸을 떨었다. 왕은 그에게 대답할 겨를도 주지 않고 그의 생각기관 속으로 불더듬이를 뻗었다. 그에게는 불가사의함의 연속이었다. 그는 400억 구조거리를 사이에 두고 빅아이를 통해 생각기관에 접촉할 수 있다는 걸 처음 알았다.

분명하고 또렷한 감각이었다. 그에게 왕의 손길이 틀림없이 전해졌고 그는 달콤한 전율을 느꼈다. 왕이 그의 생각기관을 한참 동안 뒤적였지만 필요한 것을 찾지 못한 듯했다. 왕이 실망한 듯 붙더듬이를 거두어들이며 말했다.

"네게도 신비한 저엔트로피체에 대한 데이터가 없구나."

"폐하, 저는 신비한 저엔트로피체에 대해 들어본 적도 없는데 어떻게 데이터를 갖고 있을 수가 있겠사옵니까?"

가수는 아직도 영문을 알 수가 없었다.

왕이 부드럽게 탄식하며 붙더듬이를 뻗어 하늘을 가리켰다.

"우리는 그 신비한 저엔트로피체가 너의 성운에서 번성한 별 연주가라고 의심하고 있다. 네가 그 종족을 처음 발견했으니 네게서 단서를 찾기 위해 급하게 널 부른 것이다."

"폐하, 그럴 리 없사옵니다! 별 연주가가 빠르게 번성하기는 했으나 그들은 고작 성운의 절반에서만 우위를 점하고 있습니다. 지금 그들은 자신들이 '은하의 강'이라고 부르는 성운조차 건너지 못하고 있는데 어떻게 400억 구조거리를 가로질러 모세계를 공격할 수 있겠습니까? 그들이 여기까지 온다 해도 그들의 기술력으로는 거북 한 마리도 죽일 수 없을 것입니다."

"그것들이 아니라 '그것'이다. 신비한 저엔트로피체는 개체 하나이고 우리가 알고 있는 무수한 세계에서 그토록 무서운 존재는 없었다. 하지만 그 개체를 개별적으로 관찰한 종족의 증언을 참고해 우주핵에서 그와 일치하는 정보를 찾았고, 그것이 네가 청소했던 별 연주가와 매우 흡사하다는 사실을 알았다."

"우연의 일치일 것입니다, 폐하. 우주에 저엔트로피체 집단이 수억만 개에 이르니 생김새가 비슷한 것들이 있을 수 있사옵니다."

"그렇다 해도 별 연주가에 대한 네 생각을 듣고 싶구나. 네 생각이 도움이 될 것 같다."

왕이 말했다.

"별 연주가 말씀이시옵니까? 그것들은 분명히 이상한 무리입니다. 저는 별 연주가의 별을 청소한 뒤 그 무리를 금세 잊어버렸다가 작은별 연주가의 세력이 부상하기 시작하면서 그들이 어디서 생겨났는지 관심을 갖기 시작했습니다. 그러다가 작은별 연주가의 성간 벌레 한 마리를 잡고 나서 그것들이 어디서 왔는지 알게 되었습니다. 그것들은 당시 제가 발견했던 별 연주가의 후손이지만 그 부근의 성계와 전쟁이 일어나 모성을 떠났습니다."

가수가 조심스럽게 말했다. 왕이 그의 기억 속에서 정보를 얻었지만 역시 직접 설명해야 마음이 놓였다. 죽음을 앞둔 사람으로서 왕이 자신에게 어떤 벌을 내릴지 겁나지 않았지만 경애하는 왕에게 무능한 사람으로 보이고 싶지는 않았다.

"걱정 말거라, 장로. 너는 정상적인 청소 절차를 따랐으니 아무도 널 탓하지 않을 것이다. 미지의 저엔트로피체와 별 연주가는 무관하며 그들이 닮은 것은 우연의 일치인 것 같구나."

왕이 긴 침묵에 빠졌다.

정상적인 궁정 의례에 따르면 왕의 침묵은 접견이 끝났음을 의미한다는 것을 가수는 알고 있었다. 왕이 그에게 돌아가라고 하지 않았지만 그는 스스로 물러나 우주 반대편에 있는 곧 가라앉게 될 씨앗 속으로 돌아가야 한다. 하지만 그는 왕 앞을 떠나지 못하고 주저했다. 왕이 다시 입을 열었다.

"별 연주가에 대한 네 의견을 말해보아라. 그것들이 거의 성운 전체를

하 : 하늘의 꽃받침

지배하고 있더구나. 그것은 저엔트로피체 가운데 흔치 않은 일이다."

"그렇사옵니다. 놈들은 교활하고 악랄하면서도 또 자주 슬픔에 빠지고 감상적입니다. 항상 동족과 무리 지어 다른 종족과 싸우고 오만하면서도 초조와 불안에 시달립니다. 놈들은 성운 전체를 제 소유로 여기고 기괴한 종교를 발명해 숭배하면서 그것을 '은하의 어머니'라고 부릅니다. 사실 어떤 점에서 그것들은……."

가수가 입만 벙긋거리며 말하기를 주저했다.

"괜찮다. 말해보거라."

"소신의 외람됨을 용서해주시옵소서. 사실 어떤 점에서 그것들은…… 우리와 비슷합니다."

가수는 말하자마자 후회했다. 어디 비천한 별 연주가와 고귀한 우주심연자(星淵人) 종족을 나란히 비교한단 말인가. 게다가 어느 안전이라고 감히!

그런데 뜻밖에도 왕이 그의 말에 동의했다.

"네 말이 옳다, 장로. 우리는 신의 후손임을 자처하지만 본질적으로는 그 비천한 저엔트로피체와 다를 바가 없다."

가수가 왕의 말을 되새기고 있는데 다시 왕의 음성이 들렸다. 가수에게 말하는 것 같기도 하고 혼잣말을 하는 것 같기도 했다.

"사실 우주에는 오래전부터 신비한 저엔트로피체에 관해 내려오는 전설이 있다. 하나의 개체라는 설도 있고, 두 개체라는 설도 있는데, 아마도 같은 뿌리에서 가지 두 개가 자라났겠지. 하지만 우린 줄곧 그 전설에 주의를 기울이지 않았다. 100만 시간알갱이 전에 복원자가 사라지고, 40만 시간알갱이 전에 사색자가 자취를 감췄으며, 35만 시간알갱이 전에 위험 제거자의 세계도 멸망했다. 그들 모두 신비로운 힘에 의해 멸망한 것으로 알려져 있는데 아마도 같은 저엔트로피체의 소행인 듯하구나."

가수는 그 멸망한 집단에 대해 아는 것이 거의 없었지만, 그들이 우주에서 가장 오래된 문명이었다는 사실은 알고 있었다. 생존 법칙의 한계를 초월한 그들은 자신의 위치를 숨기지 않았지만, 일부 멍청한 자들 외에는 그 어떤 청소부도 감히 그들을 건드리지 않았다. 얼마나 무서운 힘이기에 그들을 모두 멸망시켰단 말인가? 그들이 모두 멸망했다면 이제 그들처럼 오래된 모세계가 공격당할 차례라고 예상하는 것도 무리가 아니었다.

"폐하, 그 저엔트로피체가 모세계를 파괴한 것 외에 또 무슨 짓을 했나이까?"

가수가 조심스럽게 물었다. 신분이 낮은 그는 왕에게 질문할 권한이 없었으므로 왕의 진노를 불러 쫓겨날 위험을 무릅쓴 셈이었다.

하지만 왕은 노하지 않았다.

"그것이 가장 큰 근심거리다. 그가 우리 우주핵 속 데이터베이스를 뒤져 숨겨진 집단을 하나 찾아냈다."

"허나 폐하, 이 우주의 거의 모든 집단은 매복자입니다. 모든 집단의 본성에 은둔의 유전자가 감춰져 있어서 몇몇 위대한 고대 문명과 멍청한 신생 문명 외에는 모두 자기 존재를 숨기기 위해 애쓰고 있습니다."

"그렇지 않다. 난 그가 찾아낸 것이 평범한 집단이 아니라 창세신의 종족인 것으로 추측하고 있다. 상고 시대 신들의 전쟁과 관련이 있겠지. 이 신비한 저엔트로피체는 추방된 사신(死神)이 세계를 파괴하기 위해 보낸 사자(使者)라는 소문이 모세계에 파다하게 퍼져 있다. 대신들이 그 소문을 부인하는 성명을 발표했지만, 난 모르겠구나. 정말 모르겠구나."

왕의 목소리가 놀란 물고기 정령처럼 떨리기 시작했다.

가수는 왕이 왜 자신에게 이런 얘기를 하는지 차츰 깨달았다. 이 순간 왕은 어찌할 바를 모르는 여린자였다. 누군가에게 속마음을 터놓고 싶지만 곁에 있는 사람들에게는 털어놓을 수 없었던 것이다. 그런 그녀에게 수백억 구조거리 밖에 있으며 죽음이 얼마 남지 않은 미천한 장로는 가장 좋은 이야기 상대였다. 왕은 밖에 알려질 것을 걱정하지 않고 그의 앞에 나약함과 무력감을 드러낼 수 있었다. 가수는 왕의 초췌한 모습을 가만히 바라봤다. 바로 곁에 있으면서 또 천만 개 성운을 사이에 두고 있는 왕이 그를 감격하게 하고 가슴 아프게 했다.

> 폐하는 창세신의 고귀한 딸
> 부왕을 대신해 세상을 지키시네
> 우주가 그녀의 발밑에 엎드리고
> 영원한 성화가 그녀에게 후광을 비추리

가수는 그 오래된 노래와 수억만 시간알갱이 동안 전해 내려온 우주 창조의 신화를 떠올렸다.

최초의 신은 사신이었고, 죽음으로 원초적인 우주를 통치했다. 훗날 사신의 맏아들이 아버지에게 반항해 사신을 쫓아내고 썩은 호수 같은 세계에 새 생명을 부여해 지금의 우주를 창조하고 스스로 창세신이 되었다. 하지만 얼마 후 추방된 사신이 반격에 나섰다. 창세신과 사신이 천지를 뒤엎는 결전을 벌인 끝에 사신이 또다시 추방되었다. 하지만 창세신도 세계를 떠나고 창세신의 후예인 우주심연자 종족만 남았다. 가수도 우주심연자 종족의 일원이었다.

전해 내려오는 신화뿐 아니라 왕 자체가 살아 있는 증거였다. 그녀는 머나먼 신화시대부터 지금까지 살아왔으며 다른 우주심연자와는 생명의 형태가 다르다. 모세계의 역사학자들은 머나먼 고대부터 전해 내려온 몇 안 되는 기록을 통해 종족의 최초 발전사를 고증했다. 우주심연자는 우주심연 근처 생명의 바다에 있는 구름 속에서 탄생했다. 그들도 최초의 문명으로 발전했을 때는 별 연주가들처럼 생존 법칙이 무엇인지 알지 못했으므로 자신의 좌표를 숨기지 않아 '청소'될 뻔했다. 그때 놀라운 수준으로 발달한 어떤 문명이 그들을 도와주고 그들에게 고도의 기술을 전수했으며, 모세계를 영원히 보호하는 장벽을 만들어주었다. 이 발달한 문명이 바로 창세신이었고, 고대 전설들도 대부분 이 고대 문명과의 접촉에서 탄생했다. 왕은 아마도 창세신 문명에 속한 일원이었을 것이다.

하지만 역사학자들은 어째서 그 고대 문명이 생존 법칙을 어기면서까지 그들을 도와주고 그들의 문명을 재창조해주었는지 밝혀내지 못했다. 그 고대 문명에 관한 자세한 내용이 이미 사라졌기 때문이다. 우주에서 보기 드문 자비심을 가진 존재였으리라고 추측할 뿐이다. 하지만 이것도 완전한 해석은 아니었다. 신화 속에서 그 고대 문명은 우주심연자의 안전을 위해 이들과 가까이에 있는 수백 개 크고 작은 문명을 멸망시키는 데 협조했기 때문이다.

아마도 왕만이 진실을 알고 있을 것이다. 신화시대부터 지금까지 영생해 온 그녀만이 우주심연자가 한낱 생명의 구름 속 벌레에서 우주의 가장 강력한 종족으로 변모하는 과정을 지켜보았을 것이다. 그녀를 부르는 여러 칭호 중 하나는 '창세신의 딸'이었다. 왕은 사람들의 수많은 추측을 금하지는 않았지만 이런 의문에 답하지도 않았다. 사실 그녀는 우주심연자의 존망에 관한 중대 결정을 내릴 때 외에는 거의 정치에 참여하지 않았고, 일반적인 정책은 장로원에서 결정했다. 평소 왕은 상징적 원수로서 숭배받을 따름이지만, 사람들은 그녀에게 고대 문명이 남기고 간 위대한 힘이 있다고 굳게 믿었다. 그녀는 우주심연자와 모세계의 영원한 수호자이며 위급한 순간에 종족을 여러 차례나 구원한 바 있다.

가수는 변방의 반란을 진압하기 위해 친히 출정했던 왕의 늠름한 자태를 아직도 잊지 못하고 있다. 그녀의 활약을 기린 노래도 있었다.

> 창세신의 딸, 오, 만군의 왕이여!
> 성운은 그녀의 전투복
> 장막파*는 그녀의 더듬이
> 초끈처럼 만물을 진동시키고
> 우주를 암흑물질 덩어리로 구겨
> 영원한 암흑의 심연에 던져 넣으리

하지만 지금 눈앞의 왕은 그때처럼 두렵지 않았다. 궁금해진 가수가 대담하게 물었다.

"폐하, 소신의 무례함을 용서해주시옵소서. 사실 그 저엔트로피체가 찾으려는 것은 바로 창세신의 계승자인 우리인 것 같습니다. 그렇지요?"

왕이 몸을 떨었지만 화가 날 때가 아니라 불안할 때 보이는 낯빛이었다. 비슷한 생각을 하고 있다는 의미였다.

"나도 모르겠구나. 난 저엔트로피체가 무엇인지 모르기 때문이다."

가수는 잠시 생각에 잠겼다가 왕의 말을 이해하고는 영혼 깊숙한 곳에서 차오르는 충격에 휩싸였다.

---

* 옮긴이 주 : 《삼체》 3부에 등장하는 개념. 정보를 전송하는 매개로 원시막, 단막, 중막, 장막 등이 있다.

"저엔트로피체가 정말로 추방된 사신이 보낸 사자라면……."
"그렇다면 그가 찾는 것은 바로 우리다."
왕이 말했다. 가수는 아무 말도 할 수가 없었다.
"내가 왜 너에게 이런 말을 하는지 모르겠구나, 장로. 하지만 상관없다. 네가 비밀을 발설하지는 않을 테니. 나는 13억 시간알갱이 동안 이 비밀을 지켰지만 더 이상 지키고 싶지 않구나."
가수는 왕을 수호하는 성스러운 불꽃이 더 약해진 것을 알았다. 왕의 영험한 능력이 약해지고 있다는 뜻이었다. 그녀는 차츰 평범한 여린자처럼 변해가고 있었다.
가수가 감히 사랑할 수 있는 여린자로…….
가수는 불경한 생각을 애써 떨치며 말없이 이야기에 귀를 기울였다.
"추방된 사신과 창세신의 전쟁은 신화가 아니라 우리 종족이 탄생하기 전에 실제로 있었던 역사다. 우리 우주심연자는 위대한 전투의 산물이다. 창세신은 추방된 사신의 공격을 피해 우주 심연에서 가까운 생명의 바다에 숨었지만, 이미 너무 쇠약해져 수백만 시간알갱이를 버틸 수 없었기에 우주심연자를 창조했다. 우리는 창세신의 후예는 아니지만 그의 피조물이다. 우리가 기초적인 지혜를 갖게 되자 창세신은 문명과 기술을 우리에게 전수하고 나를 왕으로 세웠다. 그 후 창세신은 결국, 죽었다.
나는 신의 딸이 아니며, 죽은 지 사흘 만에 부활한 적도 없다. 장로, 나는 한때 너와 같은 개체였으며 평범한 여린자였다. 하지만 창세신은 나를 선택해 불멸의 몸으로 만들고 무한한 영력과 영험한 능력을 부여했지. 내 사명은 오직 하나, 모세계를 보호하는 것이다. 모세계는 창세신이 창조한 거대한 기계로서 그 속에 불가사의한 구조와 저력이 숨겨져 있다. 우주 어디에서든 추방된 사신의 반격을 감시하다가 사신이 죽음의 저주를 펼치기 시작하면 모세계는 사신의 궁전을 찾아낼 수 있다. 그때가 되면 우주심연과 그 주위의 스무 개 성운이 전부 에너지로 전환되어 우리 우주 밖으로 뻗어나가 사신의 궁전을 파괴할 것이다."

"맙소사, 모세계가 그토록 강력한 기술을 갖고 있단 말입니까?"

가수는 놀라움을 금할 수 없었다. 성운 하나를 에너지로 전환하는 것이 무엇을 의미하는지 그는 알고 있었다. 그것은 모세계와 씨앗 사이 400억 구조거리 안에 있는 모든 것을 파괴할 수 있는 엄청난 힘이었다.

"그것은 우주심연자의 기술이 아니다, 장로. 창세신이 설정해놓은 자동 시스템이다. 사신이 저주를 펼친다면 모든 게 자동으로 이루어질 것이다. 우리는 그 어떤 것도 할 필요가 없다. 우주심연자의 유일한 존재 의의는 모세계를 지키는 것이기 때문에 창세신이 우리에게 우주에 군림할 능력을 부여한 것이지. 고대 신화도 이 점을 거듭 강조하고 있다."

"하지만 그 능력 때문에 오히려 모세계가 눈에 띄지 않습니까?" 가수가 물었다.

"이 우주 어디에나 생명과 문명이 있다, 장로. 우주심연자도 그중 하나일 뿐이니 아무도 우리에게 관심을 주지 않았지. 너무 빨리 확장한 것이 우리의 실수였어. 우리가 창세신의 백성을 자처한 수억 시간알갱이 동안 우리는 모세계를 숨긴다면서 오히려 무한히 뻗어나가 주변의 모든 문명을 제거했다. 결국 더듬이를 우주의 절반까지 뻗었지만 우리 스스로를 숨기지 못했지. 나도 내 사명을 잊은 채 변방 세계의 반란을 진압한 우리를 창세신이 영원히 비호할 것이라고 자만하다가 결국 신에게 벌을 받았다."

가수는 뭐라고 말해야 좋을지 몰라 주저하다가 하는 수 없이 이렇게 말했다.

"하지만 신비한 저엔트로피체는 폐하께서 지키고 있는 비밀을 아직 모를 겁니다."

"그는 우리 데이터베이스에서 고대 신화와 가요를 찾을 수 있다." 왕의 목소리는 처량했다. "만약 그가 추방된 사신이 보낸 사자라면 그 신화에 담긴 상징적인 의미를 쉽게 알아낼 터다. 설령 우주심연자의 진정한 사명을 알지 못한다 해도 우리를 가만두지 않겠지. 많은 이가 저엔트로피체는 떠났다고 말하지만 난 그렇지 않다는 것을 알고 있어. 첫 번째 공격은 데이터를 얻기 위해 부수적으로 쓴 수단일 뿐, 진정한 공격은 아직 시작되지도 않았다는 것을. 그건 그저…… 시간 문제다."

하지만 다음 시간가닥에서 시간은 더 이상 문제가 아니었다.

가수는 문득 아주 미묘한 느낌을 받았다. 형태도 질량도 없는 무언가가 순식간에 자기 몸을 관통하는 것 같았다. 우주심연자의 타고난 예민함은 그게 결코 심리적 환각이 아니며 주위 물리적 환경에서 어떤 변화가 발생했음을 알려주고 있었다. 하지만 무엇인지는 알 수가 없었다. 그것이 대지의 심장을 뚫고 들어가는 듯하더니 일순간 대지가 낚싯줄에 몸을 관통당한 심연의 고래처럼 심하게 요동치기 시작했다.

천지가 빙글빙글 돌았다. 가수는 어떤 큰 힘에 이끌린 듯 그 자리에서 바닥에 고꾸라졌다. 그의 앞에 있는 왕도 그처럼 바닥에 쓰러져 꼼짝도 하지 못했다. 가수는 거대한 돌나무를 향해 더듬이를 뻗으려고 발버둥쳤지만 마치 몸이 바닥에 꽁꽁 묶인 것처럼 도저히 들어 올릴 수가 없었다. 왕이 일어서려고 몸부림쳤을 때 갑자기 뒤에 있던 궁벽이 무너지며 그녀를 덮쳤다. 가수는 폐허 속에 파묻힌 그녀를 향해 외쳤다.

"안 돼!"

가수는 왕을 향해 기어가려고 했지만 거대한 돌나무가 그의 눈앞에 쿵하고 쓰러져 그와 왕 사이를 갈라놓았다. 사이렌이 여기저기서 울리고 도시 전체가 극도의 위험 신호에 빠졌다. 가수의 몸이 갑자기 날아오를 듯 가벼워졌다가 곧바로 다시 바닥으로 내던져졌다. 그와 동시에 구름을 뒤흔드는 애절한 비명이 들리며 궁전 바닥이 한쪽으로 기울어졌다. 가수의 아바타가 데굴데굴 굴러 모서리에 처박혔다. 그는 만 차원 궁전을 등에 업고 있던 거북이 죽었다는 것을 깨달았다.

모세계의 수많은 저엔트로피체처럼 거북도 생명체이자 거대한 인공지능 기계이며, 모세계의 도시를 이루는 기본 단위이다. 고대에 우주심연자들은 거북들이 모세계의 대지 위를 기어 다니며 적당한 정착지를 찾게 했다. 지금 거북들의 움직임은 우주핵에 의해 절대적으로 통제되고 있어서 아무 이유 없이 쓰러질 수는 없다. 만 차원 궁전은 고풍스러운 고대 목조 건축물처럼 보이지만 사실 전체가 우주핵의 인공지능 시스템에 의해 개조된 것이었고, 힘의 작용점마다 모니터링이 이루어지고 있어서 생명의 벽이 무너지거나 거목이 쓰러지는 사고는 결코 일어날 수 없었다. 설령 뜻밖의 사고가 발생하더라도 보호용 장력이 생겨나 파괴력을 즉시 상쇄해 주었다. 하지만 지난번 대공격으로 인공지능 시스템이 대부분 파괴되어 더 이상 보호 기능을 발휘할 수 없게 되었다. 창세신으로부터 고도의 기술을 전수받아 수억 시간알갱이 동안 발전해 온 모세계도 원시 행성의 종족들처럼 지진의 고통에 직면해야 했다.

하지만 지진이라니? 불가능하다! 모세계에는 지진이 발생한 적이 없다. 모세계는 다른 세계처럼 표면이 판 구조로 이루어지지 않았고, 액체 상태의 맨틀도 없으므로 대지가 흔들릴 수 없다. 하지만 가수는 지금 모세계 자체가 창세신이 남긴 거대한 기계체라는 이야기를 들은 참이었다. 그렇다면 기계 내부에서 뭔가가 고장난 걸까?

그것도 아니었다. 가수는 바닥에서 잡아당기는 엄청난 힘 때문에 서 있기는커녕 생명 유지 시스템을 작동시키는 것조차 힘들었다. 가수는 자기 생명체 안에서 울리는 최고 단계의 경고음을 들었다. 바로 그때 하늘에서 평형붕새 한 마리가 애처롭게 울부짖으며 그의 곁에 떨어지더니 그와 마찬가지로 바닥에서 꼼짝도 하지 못하고 쓰러졌다. 놀란 가슴을 가라앉힐 겨를도 없이 매트릭스 곤충 한 무리가 우수수 떨어졌다. 곤충들은 웅웅 소리를 내며 날개를 파닥이려고 안간힘을 썼지만 조금도 날아오르지 못했다. 하늘을 올려다보니 모세계의 하늘을 날던 모든 생명체가 유성우처럼 떨어져 내리고 있었다.

가수는 언제든지 아바타를 떠나 400억 구조거리 떨어진 별 연주가의 성운으로 돌아갈 수 있다. 그러면 어떤 힘도 그를 해칠 수 없다. 하지만 떠나고 싶지 않았다. 왕이…… 여기에 있기 때문이다. 그는 왕을 보려고 안간힘을 썼지만 거대한 돌나무에 가로막혀 보이지 않았다.

은빛이 번쩍이자 통제를 잃은 씨앗이 하늘을 가로지르더니 가수를 향해 빠르게 떨어졌다. 가수는 그 씨앗이 제단 위에 떨어져 부서질 것이라고 예상했지만, 그의 머리 위에서 폭발하더니 눈부신 흰빛을 내뿜었다. 눈부신 빛이 활짝 핀 드래곤플라워(噬龙之花)처럼 그를 집어삼킬 듯이 머리 위를 덮쳤지만 금세 사라졌다. 만 차원 궁전의 보호 장력은 아직 작동하고 있어서 불길과 잔해가 그의 위로 쏟아지지 않도록 막아주었다. 가수는 겁에 질린 생각기관을 진정시키려고 애썼지만 사방에서 건물이 무너지고 종족이 죽어가는 비명이 터져 나오고 있었다.

보이지 않는 적의 공격이다. 공격 방식도 모르고, 적이 어디에 있는지는 더더욱 알 수 없지만, 모든 게 세상의 마지막 날 같았다. 이유는 모르겠지만 문득 별 연주가가 생각났다. 몇 시간알갱이 전에 그들의 세계가 2차원 벡터포일에 의해 2차원 평면으로 빨려 들어갈 때도 그들은 아마 이렇

하 : 하늘의 꽃받침

게 두렵고 속수무책이었을 것이다.

이제 모세계가 똑같은 운명을 맞이할 차례였다…….

기왓장이 사방으로 흩어지고, 한 줄기 알록달록한 빛이 하늘로 솟구치자 선녀처럼 아름다운 왕이 날아올랐다. 그녀는 다친 데 하나 없이 가수 곁에 내려앉았다.

"괜찮으냐?"

왕의 말과 동시에 그녀에게서 성스러운 불길이 뿜어져 나와 가수를 감쌌다. 가수는 곧 몸이 가벼워지는 걸 느끼며 평소처럼 일어설 수 있었다.

"반중력효과*다."

왕이 가수를 향해 가볍게 미소 짓자 가수는 다시 힘과 행복감이 충만해진 것을 느꼈다. 왕은 쓰러지지 않고 계속 싸우고 있었고, 모세계에는 역전의 기회가 아직 있었다.

"폐하, 어찌 된 일이옵니까? 왜 세계의 엔진이 갑자기 작동했습니까? 우리가 이 우주 심연 주위를 떠나야 하옵니까?"

평정을 되찾은 그는 자신이 왜 바닥에 쓰러져 움직이지 못했는지, 궁전과 큰 돌나무가 왜 무너졌는지, 하늘의 날짐승과 벌레들이 왜 우수수 땅에 떨어졌는지 알 것 같았다. 모세계가 모든 우주 엔진을 작동시켜 급격히 가속했기 때문이다. 모세계는 아주 짧은 시간 안에 절대한계속도까지 가속할 수 있다고 알려져 있었다. 물론 일반적인 상황에서는 아무런 예고나 보호조치 없이 세계의 궤도를 바꾸지 않지만 지금은 응급 상황이었다. 하지만 모세계에 위치 변환이 일어나리라는 것을 어째서 왕이 전혀 모르고 있었던 것처럼 보이는 걸까?

\* 옮긴이 주 : 중력과 반대되는 힘에 의해 중력이 무효화되는 것.

왕의 더듬이가 부정의 뜻으로 반짝였다.

"그건 불가능하다. 우린 우주 심연 근처를 떠날 수 없다. 이곳을 떠난다면 추방당한 사신의 공격에 반격할 수가 없다. 이것은 창세신의 뜻이다. 설마 장로원이 임의로 결정했겠느냐? 그들은 세계의 엔진을 가동할 권한조차 없다. 그렇지 않다면……."

가수는 금세 다른 가능성을 떠올렸다. 모세계 뒤편에 갑자기 질량이 훨씬 큰 천체가 나타나 모세계가 그 거대한 중력에 이끌려 그 천체 위로 추락할 위기에 처하면, 위급 상황에서 세계의 엔진이 자동으로 작동해 모세계가 궤도를 벗어나지 않도록 보호할 것이고, 그러면 모세계의 표면에도 중력이 급증하는 효과가 나타나게 된다. 어떤 것이 그런 상황을 일으킬 수 있을까? 태양? 거대한 행성? 얼마나 강력한 힘이기에 모세계 주변 여러 구조거리에 겹겹이 설치된 모니터링 및 방어 시스템을 우회해 어떤 사전 징후도 없이 모세계 뒤로 거대한 천체를 던져놓을 수 있는 걸까? 모세계가 언제든 어떤 항성의 불바다에 통째로 파묻힐 수 있다고 상상하자 온몸의 감각이 굳어버리는 것 같았다.

"두려워할 것 없다, 장로." 왕이 그의 생각기관을 읽고 위로했다. "아주 가까운 슈퍼 태양으로 인해 중력이 갑자기 증가한다 해도 모세계의 자동 보호 시스템이 한 시간가닥 내에 램프 속 불꽃을 훅 불어 끄듯이 해결할 것이다. 모세계의 자동 보호 시스템도 아무런 손상을 입지 않을 것이다."

왕이 제단을 향해 고개를 돌리며 물었다.

"우주핵, 갑자기 나타난 중력원은 무엇인가?"

휘황찬란한 가상의 불덩이가 제단 위에 나타나더니 우주핵이 응답했다.

"새로운 중력원은 감지되지 않았습니다, 폐하."

왕과 가수가 놀라 서로를 보았다.

"그럴 리가 없다." 왕이 말했다. "모세계의 중력이 최소 열 배는 강해졌다! 그렇다면 세계의 엔진은 누가 작동시킨 것이냐?"

"아무도 작동시키지 않았습니다, 폐하. 폐하 외에 그 누구도 세계의 엔진을 작동시킬 수 없습니다."

"이게 대체 어찌된 일이냐?"

"용서해주시옵소서." 우주핵이 말했다. "처음 있는 일입니다. 모세계 안팎 240만 개의 모니터링 지점에서 데이터를 수집하고 있으니 최대한 신속하게 분석 결과를 도출해내겠습니다."

숨 막히는 적막이 궁전을 휘감았다. 시간이 얼마나 흘렀을까. 이윽고 우주핵이 불꽃을 내뿜으며 분석 결과를 보고했다.

"폐하, 잠정적 판단으로는 물리 법칙을 이용한 공격인 것으로 보입니다. 이 우주 심연의 좌표는 □142.522 ▽624.713 ◇64.214를 원점으로 한 반경 1.43구조거리의 구체 안에 있으며, 모든 중력자는 알려지지 않은 형태의 고에너지 입자에 의해 자극받아 입자의 회전이 가속되었습니다. 그로 인해 중력 상수*가 31.772 기존의 열두 배에 가까운 381.213으로 증가했습니다."

중력 상수가 바뀌었다고? 가수는 이 말을 곧장 이해하지는 못했지만, 어쨌든 등 뒤에 무시무시한 천체나 무슨 차원 강하 무기가 나타나는 것보다는 나을 것 같았다. 게다가 반중력을 이용한 보호 시스템이 있다면 큰 문제는 아닐 것이다.

그러나 그는 이상한 표정을 짓고 있는 왕의 안색을 보고 어리둥절해졌다. 놀란 것 같기도 평온한 것 같기도 했지만 무엇보다 체념해 평온해진

---

\* 옮긴이 주 : 중력의 세기를 나타내는 기초 물리 상수.

것 같기도 했다. 불길한 예감에 가수가 더듬거리며 물었다.

"폐하, 이게 다 무슨 말인지······."

왕은 대답하지 않고 조용히 서 있다가 가수가 또 한 번 묻고 나서야 힘없이 더듬이를 뻗어 하늘을 가리켰다. 하늘을 올려다보니 모든 날짐승과 인조 비행체가 추락해서 우주심연 외에는 아무것도 없었다.

우주심연! 우주심연이다! 맙소사.

가수도 마침내 깨달았다. 간단한 물리 공식에 따르면 중력 상수는 우주심연의 함락 반경에 정비례한다. 중력 상수가 원래의 열두 배가 되면 우주심연의 함락 반경도 열두 배로 확장되고, 그렇게 되면 모세계의 궤도까지 그 범위에 포함된다. 한 마디로 모세계가 곧 우주심연에 빠지게 될 것이라는 뜻이었다. 아니, '곧'이 아니라 '이미'다. 모세계는 이미 우주심연의 함락 반경 내에서 운행하고 있고, 그 절대적인 암흑의 밑바닥으로 빠르게 가라앉고 있었다.

모세계가 보유한 우주 엔진 12만 대를 전력으로 가동하면 아주 빠르게 절대한계속도에 도달할 수 있으므로 일반적인 공격으로부터 도망칠 수 있지만, 지금은 소용이 없었다. 지금 그들은 절대한계속도에 도달한다 해도 우주심연을 떠날 수 없었다. 작금의 함락 반경은 절대한계속도를 가진 장막과 단막들도 도망칠 수 없는 범위였다.

모세계가 우주심연에 삼켜진 것이다!

이것이 바로 신비한 저엔트로피체의 공격이었다. 그들은 모세계에 실낱같은 반격의 여지조차 주지 않았다.

어느새 가수와 왕의 더듬이가 연결되어 위로를 주고받고 있었다. 지금 이 순간 그들은 더 이상 신분을 뛰어넘을 수 없는 군주와 신하가 아니었고, 수백억 구조거리나 떨어진 낯선 이도 아니었다. 그들은 그저 궁지에 몰린 평범한 굳센자와 여린자였다.

만 차원 궁전 바로 위, 대지에서 멀리 떨어진 암흑 공간에 점선으로 된 '문'이 열렸다.

죽음을 몰고 온 천사가 '문'에 나타나더니 중력의 영향을 전혀 받지 않는 듯 공중에 둥둥 떠다녔다. 그는 표정 없이 모세계가 불이 활활 타는 아수라장으로 변하는 것을 무표정하게 내려다보았다.

그는 자신의 행동을 자랑스러워하지 않았지만 그렇다고 죄책감을 느끼지도 않았다. 모세계가 보낸 사자가 그의 세계를 파괴했으므로, 그가 이 세계를 파괴한 것은 공평한 일이다. 모든 것은 복수가 아니라, 그저 하늘의 이치다.

탄생이 있으면 반드시 소멸이 있고, 소멸이 있으면 탄생이 있다. 만물은 결국 같은 궤도로 돌아갈 것이다. 억만년 뒤 이 세계는 다시 나타나 길고 눈부신 역사를 다시 시작할 것이다. 영광과 꿈, 사랑과 음모, 민주와 과학, 전쟁과 죽음도 다시 시작될 것이다.

예전에 일어났던 일 그대로 다른 모든 세계와 똑같이.
다 똑같이.

## 같은 시간 : 2.5 구조거리 밖

우주심연자의 복잡한 수천 개 항로에서 그리 멀지 않은 곳, 우주심연의 가장자리에 아주 작고 눈에 띄지 않는 성간 먼지가 떠 있었다. 아무 쓸모도 없는 쓰레기였다. 이 먼지 속에 암흑물질이 조금 파묻혀 있다 해도 수량이 너무 적은 탓에 아무도 캐낼 만한 것이 있다고 생각하지 않았다. 누군가가 캐내려고 해도 아무것도 찾을 수 없을 것이다.

하지만 이 암흑물질 속 깊이 틀림없이 무언가가 있다.

알림이 나타났다. 점 하나, 점 둘, 그리고 점 셋.

레벨3 경보가 틀림없었다. 큰일이 난 것이다.

깊이 잠들어 있던 의식장(意識場)이 깨어났다. 그 의식장은 한참 후에야 무슨 일이 일어났음을 알고 다른 의식장 쪽으로 방향을 돌렸다.

"2012, 일어나! 무슨 일이 일어났는지 보라고!"

"내가 말했잖아, 2046, '그 일'을 제외하고는 다른 어떤 일이 일어나도 깨우지 말라고!"

"바로 '그 일'이야. 우리가 3만 대년(大年)을 기다린 그 일이라고. 이 바보야!"

2046은 의식장에서 감지용 빛줄기를 방출했다가 믿기 힘든 내용을 감지하고는 의심스러워서 다시 확인했는데 역시 사실이었다!

그 순간 감지장, 생각장, 에너지장을 비롯한 모든 것이 활성화되고 홍분하더니 알림이 깜박거렸다.

"오, 이번엔 정말 볼만할 거야."

## 같은 시간 : 성운 심연의 함락 반경 안

왕은 좌절하지 않고 가수의 더듬이를 놓은 뒤 우주핵에게 명령했다.

"모든 우주 엔진을 켜고 우주심연에서 멀리 도망쳐라. 적의 에너지에는 한계가 있을 것이고, 중력 상수의 변화는 오래 유지되지 못할 것이다. 우리에겐 아직 기회가 있다."

"하지만 지난번 공격으로 모세계의 우주 엔진 중 55,144대를 잃어 충분한 동력을 낼 수 없습니다."

우주핵이 보고했다.

"죽은 평형붕새는 치료하기 쉽지."

왕이 쓴웃음을 지으며 오래된 속담을 중얼거렸다.

"알겠습니다, 폐하. 즉시 실행에 옮기겠습니다."

모세계 다른 쪽의 우주 엔진을 작동시키자 웅덩이에서 몸부림치는 유선형 물고기처럼 엔진이 대지를 진동시키며 이미 피할 수 없는 멸종 앞에서 시간을 조금이라도 벌어보려고 애썼다.

우주핵은 모세계가 멸망에 이르기까지의 시간을 정확히 산출해냈다.

"우주 엔진의 에너지는 길어야 18.53시간마다 유지됩니다. 그 후 모세계는 우주심연의 깊숙한 곳으로 떨어지고, 22.12시간마다가 지나면 우주심연의 중력을 버티지 못하고 산산조각나게 됩니다."

다시 말해, 40시간마다 내에 중력 상수가 원래 상태로 돌아가지 못하면 모세계는 멸망할 것이라는 뜻이었다. 그것은 가수도 왕도 알고 있었다. 매서운 적이 이미 모든 것을 계산해놓았을 테고, 그들에게 기회를 줄 리 없겠지만 그래도 시도해보아야 했다.

우주핵은 모세계가 극심한 혼란에 처해 있고, 장로원, 행정원, 군사위원회, 민중대회 대표 및 각급 행정장관들이 왕을 알현할 것을 청하고 있다고 보고했다. 하지만 왕은 그들의 알현 요청을 거절하고 지친 듯 우주핵에게 말했다.

"그렇게 애쓰지 마라. 죽음을 목전에 두고 그 역겨운 정치인들을 만나고 싶지 않구나. 게다가 더 이상 할 말도 없다."

"하지만 백성들을 위로하고 격려하는 것이 폐하의 직무입니다."

"난 13억 시간알갱이만큼 일했다. 얼마 남지 않은 시간에는 나도 쉴 권리가 있다고 생각한다. 너도 내려가거라."

"알겠습니다. 폐하의 뜻에 따르겠습니다."

우주핵이 사라지고 만 차원 궁전이 고요를 되찾았다. 멀리 있는 도시의 폐허에서 사람들의 비명과 애처로운 흐느낌이 계속 들려오고 있었다. 왕이 짜증스럽게 손을 흔들자 소음 차단 기능이 켜졌는지 그 소리도 모두 사라졌다.

가수가 두려운 듯 왕을 보았다. 죽음이 두려운 것이 아니라 왕이 자기마저 돌려보내고 홀로 외로운 죽음을 맞이할까 봐 두려웠다.

왕은 자신과 비슷한 또 다른 존재가 곁에 있다는 것을 떠올리고는 몸을 돌려 가수에게 말했다.

"모세계가 곧 멸망할 터이니 너도 떠나거라, 장로. 적어도 넌 아직 안전하다."

왕의 말이 맞았다. 가수는 아바타를 떠나기만 하면 400억 구조거리 밖에 있는 성운으로 돌아갈 수 있다. 모세계가 오그라들어 특이점으로 변해도 그는 털끝 하나 다치지 않을 수 있다.

가수가 고개를 저었다.

"어차피 저 또한 그 외계 벌레들에 의해 순식간에 2차원화될 수 있습니다. 머나먼 우주의 변방에서 죽느니 차라리 여기에서 죽겠습니다. 폐하와 함께 운명을 맞이하는 것은 소신에게도 행운입니다. 폐하께서 소신에게 이런 영광을 허락해주시길 소원합니다."

왕이 고개를 끄덕이며 미소를 지었다.

"네가 곁에 있어서 좋구나, 장로."

가수가 행복감으로 가득 차 뭐라고 답하면 좋을지 몰라 발음기관을 벙긋거리고 있는데 왕이 말했다.

"내가 너더러 왜 머물라고 한 줄 아느냐? 네가 고대 시대의 노래를 좋아하지 않느냐. 내 부르는 것을 본 적이 있다."

가수가 전혀 모르겠다는 표정을 짓자 왕이 웃으며 말했다.

"네 생각기관에서 네가 고대 시대의 노래를 좋아한다는 걸 읽었다."

"아뢰옵기 황공하오나 그저 소신의 오랜 버릇입니다."

가수가 불안한 표정으로 말했다.

"나도 고대 시대의 노래를 좋아한다. 그중엔 내가 태어난 시대부터 전해 내려오는 노래들도 있는데, 지금은 그걸 부를 줄 아는 사람이 거의 없지. 한 곡 불러주겠느냐?"

"폐하께서 좋아하시는 노래를 어찌 감히 제 비루한 진동기로 욕되게 할 수 있겠습니까?"

"괜찮다. 난 굳센자의 노래를 듣는 걸 좋아한다. 굳센자들은 노래를 거의 부르지 않는데, 네가 아주 특별하다는 걸 알고 있다."

"하오면 알겠습니다. 폐하, 외람되오나 어떤 노래를 듣고 싶으신지요?"
"아무 노래나 불러보아라."
가수가 기억체 속에서 자신이 가장 잘 아는 노래를 골랐다.

　　내 사랑을 보았어요
　　그녀 곁으로 날아갔죠
　　그녀에게 주는 선물을 두 손에 받쳐 들어요
　　그건 굳어진 시간의 조각
　　시간 위 아름다운 무늬를 쓰다듬어요
　　얕은 바다의 진흙처럼 보드라운 그 무늬를

가수는 왕의 표정이 이상해진 걸 보고 자기도 모르게 노래를 멈췄다.
"왜 그러시나이까, 폐하. 소신이 노래를 잘못 불렀는지요?"
"아니다, 장로. 잘못 부르지 않았다. 이 노래는…… 내가 지은 노래다."
"폐하, 이 노랫말을 폐하께서 쓰셨다는 뜻이옵니까?"
가수는 깜짝 놀랐다.
"그건 아니다. 이 노래는 창세신의 계시였지. 창세신이 아주 복잡하고 심오한 의식 도형을 내 생각기관에 삽입했는데, 난 그중 가장 쉬운 부분을 우리 문자로 기록했을 뿐이다. 심오한 메시지가 담겨 있겠지만 나도 완전히 이해하지 못했다. 이 노래는 그저 고운 사랑 노래처럼 들리지. 장로, 너는 어떻게 생각하느냐?"
"모르겠습니다, 폐하. '응고된 시간'이 무엇인지 줄곧 궁금했지만 고대 문학에 흔히 쓰이는 비유라고 짐작해왔습니다."
"아니다. 그 시대의 문학에는 이런 비유가 없다. 나는 이 시 일부를 가공했지만 '응고된 시간'만큼은 창세신의 말씀이 틀림없다. 계속 불러보아라, 장로. 어쩌면 우리가 그 노래에서 무언가를 발견할 수 있을지도 모른다."

가수가 이어서 노래를 부르기 시작했다.

> 그녀는 시간을 온몸에 바르고
> 나를 데리고 존재의 가장자리로 날아갔죠
> 이건 영혼의 비행
> 우리 눈 속 별이 떠도는 영혼 같아요
> 별의 눈 속 우리도 떠도는 영혼 같아요

예전에 가수가 이 노래를 부를 때는 생각기관에 온유한 슬픔이 가득했는데, 창세신의 계시라는 걸 알고 다시금 음미해 보니 처음 부르는 노래처럼 낯설고 의아했다. 모든 단어 속에 심오한 의미가 내포되어 있어 수많은 해석이 가능했다.

굳어진 시간의 조각, 영혼의 비행, 떠도는 영혼…….

가수의 생각기관이 떨렸다.

"폐하, 이 가사가 진정으로 창세신의 계시라면 이것은 아마도…… 아닙니다. 소신이 너무 황당한 생각을 한 듯하옵니다."

"말해보아라, 장로. 지금 이 상황보다 더 황당한 일이 어디 있겠느냐?"

"폐하, 이 시는 비유일 수도 있습니다. '나'는 창세신이고, '내 사랑'은 우리의 우주이며, '굳어진 시간의 조각'은 바로 창세신이 우리에게 준 선물이 아니겠는지요? 창세신이 시간을 고정된 형태로 굳혀 우리에게 선사했다는 의미인 것 같습니다."

왕이 일곱 개의 아름다운 눈을 크게 뜨고 생각에 잠기더니 한참 뒤 허공을 향해 말했다.

"우주핵, 너도 들었느냐? 어떻게 생각하느냐? 시간을 굳힐 수 있다고 보느냐?"

"이것은 비유입니다, 폐하." 우주핵이 곧장 대답했다. "여러 가지 의미로 해석할 수 있는데, 물리학적 관점에서 보자면 시간을 굳힌다는 것은 시간의 차원화, 즉, 시간이 진정한 시간이 되게 한다는 뜻으로 이해할 수 있습니다."

"하지만 시간도 하나의 차원이 아니더냐?"

"아닙니다. 시간 자체는 차원이 아닙니다. 시간은 본질적으로 에너지의 분포 형태일 뿐입니다. 우리 과학자들은 시간의 차원화가 우주의 차원 격차에 대한 보상이라는 사실을 오래전에 발견했습니다."

"우주의 차원화가 무엇이냐?"

"우주의 유일한 균형 상태는 10차원 상태입니다. 10차원 아래의 차원에서는 차원이 수축될 때마다 물질의 질량 균형이 깨져 정입자와 반입자가 대량으로 소멸됩니다. 그로 인해 우주의 총에너지가 교란되고 에너지와 중력이 분리되므로 시간을 통해 변화를 일으켜 다시 균형을 맞춰야만 합니다."

가수도 왕도 이해하지 못하는 듯했지만 우주핵은 설명을 이어갔다.

"과학자들에 따르면, 최초의 우주는 10차원이었지만 저차원 우주로 계속 떨어지고 있습니다. 차원이 하락할 때마다 물질 에너지에 심각한 불균형이 발생하고 남은 차원에서 우주 공간이 끊임없이 팽창해 에너지 분포가 고르지 않게 됩니다. 또 우주가 고엔트로피에서 저엔트로피로 바뀌면서 변화가 생기고 일정한 방향성을 갖게 됩니다. 다시 말해, 높은 엔트로피 상태로 되돌아가려는 것이지요. 이것이 바로 시간의 의의입니다."

"그렇다면 최초의 10차원 우주에는 시간이 없었단 말입니까?" 가수가 물었다.

"그 질문은 대답하기 어렵습니다. 10차원 우주는 변화의 과정이 존재하지 않는 세계입니다. 순간일 수도 있고, 영원일 수도 있지요. 분명한 것은 우리가 생각하는 의미의 시간은 존재하지 않는다는 겁니다."

가수가 생각에 잠겼다. 생각기관에서 빛이 점멸하던 중 그가 갑자기 외쳤다.

"그렇다면 창세신이 시간을 창조했군요! 창세신이 우리에게 준 것은 바로 시간입니다! 그렇지 않습니까?"

그가 우주핵을 보며 물었다.

"과학적 근거가 부족한 추측에는 대답할 수 없습니다."

우주핵이 무뚝뚝하게 말했다.

"하지만 이렇게 해석하면 분명해집니다. 시간의 기능은 우리를 존재의 가장자리로 이끄는 것입니다. 이것이 바로 우주의 저차원화가 아닙니까? 이것이 바로 '영혼의 비행'입니다!"

가수가 흥분해서 말했다. 오랫동안 풀리지 않는 수수께끼로 여겼던 가사에 이토록 심오한 비밀이 담겨 있었다니.

"그렇다면 영혼은 무슨 뜻이냐?"

왕이 물었지만 우주핵은 문학에는 서툴렀으므로 아무 대답도 하지 못했다.

"우주의 비행을 묘사한 것 같지만……."

가수가 망설이다가 갑자기 무언가를 깨달은 듯 그의 생각기관에서 눈부신 빛이 반짝였다.

"영혼은 눈에는 보이지만 손에 잡히는 실체가 없다는 뜻입니다. 이 우주에 존재하는 모든 것은 절대한계속도에 갇혀 있습니다. 성운과 성운 사이를 옮겨가는 데만도 수억만 시간알갱이가 필요하고, 이 별에서 저 별까지 날아가는 것도 수명을 훨씬 넘는 기나긴 시간이 걸립니다. 제가 발견한 대부분의 저엔트로피체에게 별은 예측 불가능한 영혼이고, 자신을 숨기고 살아가는 그들도 별에 사는 사람들이 보면 마찬가지로 영혼입니다. 모든 것은 분리되어 있습니다. 생각해보세요. 모든 성운마다 수억만 개의 세계가 있고 그중 절대다수가 우리는 전혀 모르는 사이에 암흑 속에서 태어나 살다가 암흑 속에서 죽고 있습니다. 우리 세계는 그들에 대해 아무것도 모릅니다. 우리도, 우주 전체도 시간 속에 함몰되어 있습니다."

"허나 그것은 절대한계속도와 관련이 있지 시간과는 관계가 없는 것 같구나. 반대로 시간이 너무 적은 탓에 나타난 일인 것 같다."

왕이 지적하자 가수는 자기 생각이 틀린 모양이라고 생각했다.

"그렇지 않을 수도 있습니다, 폐하." 우주핵이 불쑥 끼어들었다. "이론에 따르면 절대한계속도와 시간은 밀접한 관련이 있습니다. 차원이 한 단계 낮아질 때마다 시공간의 팽창으로 인해 절대한계속도가 1배수나 2배수씩 낮아지고, 그와 동시에 시간은 몇 배씩 증가하는 것으로 보입니다. 가수 장로의 해석을 뒷받침하는 증거는 없지만 논리정연한 가설임은 분명합니다."

깜깜한 우주와 별에 깃든 거대한 비밀이 이렇게 우연히 밝혀졌다는 사실에 왕과 가수가 놀란 눈으로 서로를 보았다.

창세신이 세상에 선사한 것은 시간이었다. 시간이 생기면서 변화와 과정이 나타나고 저엔트로피체도 출현했다. 또 시간은 절대한계속도와 연결되어 우주 전체를 갈라놓고, 절대다수의 저엔트로피체와 그 문명을 광활한 우주의 한 귀퉁이로 몰아넣어 우주의 비밀을 영원히 봉인시켰으며 그로 인해 생존을 위한 광기 어린 싸움이 끊이지 않게 되었다.

하지만 전체적인 의미에서 보면 사실 이것은 일종의 자비다. 암흑의 우주는 약자를 보호하기 위한 장막이다. 적어도 적의 직접적인 공격을 피해 '우리 사랑'을 숨길 곳은 찾을 수 있다.

이것이 바로 창세신의 위대한 선물이었다. 시간은 생명을 비롯한 모든 것을 창조했고, 우주의 패권을 통일하려는 수많은 시도를 무산시켜 먼지가 되게 했으며, 아무도 관심 갖지 않는 원시 문명에 소중한 생존 공간을 부여했다. 이를 위해 희생된 것은 차원, 그리고 추방당한 사신이었다(소우주에서 농사를 지으며 사는 관이판이 이 노래를 들었다면 아마도 '3과 30만 증후군*'이 우주의 행운이라는 사실을 깨달았을 것이다).

"우주핵! 너는 어째서 이 노래 속에 담긴 메시지를 진즉에 보고하지 않은 것이냐!"

왕이 노한 목소리로 말했다.

"저는 아무런 메시지도 해독해낼 수 없었습니다, 폐하. 저는 가수 장로의 가설을 과학적 지식에 비추어 검증했을 뿐입니다. 폐하께서도 아시다시피 과학자들은 오래된 고대 노래를 부르지 않고, 더욱이 그것을 과학과 연결시키지도 않습니다."

"흥! 우리가 그 노래에 담긴 의미를 더 일찍 해독해냈더라면 어쩌면, 어쩌면……." 왕이 말을 잇지 못하다가 더듬이를 힘없이 털었다.

"됐다. 일찍 알았다 해도 무슨 의미가 있었겠느냐. 어차피 죽음의 천사는 막지 못했을 거야."

---

* 옮긴이 주 : 3차원이며 광속이 초속 30만 킬로미터밖에 안 되는 우주에 사는 것을 답답하게 느끼는 것을 의미한다.

가수가 불쑥 말했다.

"의미가 없지는 않습니다. 우리가 노래에 담긴 메시지로 곤경을 벗어날 수는 없더라도, 최소한 한 가지 중요한 사실은 알 수 있습니다."

"그게 무엇이냐, 장로?"

"폐하, 시간은 창세신의 선물입니다, 시간이 있어야 다채로운 삶과 사회가 생겨납니다. 하지만 이 선물을 받기 위해 반드시 치러야 하는 대가가 있으니 바로 시간 속에 갇혀 사는 것, 구체적으로 말하면 사망과 소멸입니다. 우리는 영원한 존재였다가 우주의 가장자리로 끌려가 시간 속에서 탄생하고 소멸을 맞이하게 되었습니다. 우리는 영원히 존재하는 것도 아니고, 영원히 존재하지 않는 것도 아닌, 생성과 동시에 끊임없이 변화하다가 최종적으로 소멸에 이르게 됩니다."

왕이 웃으며 말했다.

"장로, 네 말이 옳다. 내가 창세신에게 복을 받아 영생을 얻었다고 생각했는데 이제 보니 내 불멸의 의의는 모세계의 파멸을 산증인으로서 지켜보는 데 있었으니. 창세신은 이런 날이 올 것을 알고 있었던 거야. 우주의 모든 것은 탄생과 소멸이 있으니. 그들 역시 긴 시간의 강물 속에서 사라지지 않았느냐? 우리의 죽음이라고 해서 원망할 필요가 있겠느냐? 장로, 다른 고대 노래 속에도 창세신이 남긴 메시지가 있는지 살펴봐라."

창세신이 남긴 고대 노래 10여 곡을 해석해보니 과연 두 곡에 비슷한 메시지가 담겨 있었다. 대여섯 곡에서는 10차원 우주에 고인 물에 대한 비유, 우주의 차원 강하 과정에서 벌어진 몇 차례의 처참한 전쟁에 대한 묘사, 창세신과 우주심연자의 완전히 다른 사회에 대한 묘사가 발견되었다. 나머지 몇 곡에도 메시지가 담겨 있는 것은 분명해 보였지만 아무리 보아도 정확한 의미를 해석할 수 없어서 포기했다.

"우주핵, 이제 시간이 얼마나 남았느냐?"

시간이 얼마나 흘렀을까, 왕이 더듬이를 들어 올리며 물었다.

"11.32시간마다 남았습니다."

왕이 자조하듯 웃었다.

"멸망이 임박했구나. 영생을 얻은 뒤 시간이 이렇게 빨리 간다고 느낀 적이 없었거늘."

"참 빠르구나. 별먼지꽃(星塵花) 피어나는 속도처럼……."

가수가 옛 노래 한 소절을 불렀다.

"사랑이 식는 속도처럼." 왕이 나직이 다음 소절을 이어 불렀다.

가수가 무슨 말을 하려는데 왕이 우주핵을 보며 말했다.

"때가 되었다. 무의미한 환상을 버려야 할 때다. 모든 것을 연결할 수 있는 빅아이를 열어라. 모든 하위 세계와 씨앗 속에 있는 백성들에게 알릴 것이다."

가수는 왕이 어느새 의지와 힘을 되찾았다는 걸 알았다.

빅아이의 원격 기능은 함락 반경에 영향을 받지 않는다. 그렇지 않았다면 가수는 진즉에 아바타에서 빠져나가야 했을 것이다. 하지만 우주핵은 이렇게 경고했다.

"빅아이를 열기 위해서는 복잡한 다중 원격 얽힘을 이용해야 합니다. 우리에게는 10만 개가 넘는 하위 세계와 씨앗 3천만 개가 있으며, 직접 연결할 수 있는 빅아이도 2억 개가 넘습니다. 이를 모두 작동시키면 과도한 에너지 소모 때문에 우주핵이 일찍 작동을 멈출 수 있습니다."

"명령이다. 나는 마지막까지 책임을 다할 것이니 명령에 따르라."

왕이 차분하게 말했다.

"알겠습니다. 즉시 폐하의 분부대로 하겠습니다."

우주핵이 시시각각 바뀌는 빛을 발산하며 고속 운행을 시작했다. 잠시 후 왕이 반쯤 무너진 제단으로 걸어가자 열두 가지 광채를 내뿜는 성화(聖火)가 그녀의 성스러운 몸을 감싸 공중으로 높이 들어 올렸다. 점점 높이 올라가는 왕의 몸 주위에 은빛 공 하나가 나타났다. 빅아이가 작동되기 시작했다는 뜻이었다. 왕의 3차원 이미지가 순간적으로 우주 곳곳에 있는 우주심연자에게 전송되었다. 이때 각 하위 세계는 무슨 일이 일어났는지 아직 모르고 있었다.

"고귀한 우주심연자들이여!"

왕은 절망하거나 두려운 기색을 보이지 않고 격앙된 목소리를 꾸며내지도 않고, 차분하고 결연한 태도로 말했다. 하지만 가수는 그녀의 평온한 겉모습 뒤에 침울함이 감춰져 있음을 알았다.

"나는 그대들의 왕이다. 이것이 내가 그대들에게 하는 마지막 연설이 될 것이다. 고대 서사시에서 예언한 종말이 다가왔다. 우리는 불가사의한 물리 법칙 공격을 받았고, 우주심연 근처의 중력 상수가 열두 배로 증가했다. 이는 나와 모세계 전체가 벗어날 수 없는 우주 심연에 빠졌다는 뜻이다. 우리는 앞으로 열시간마다 안에 멸망할 것이다."

가수는 외부 상황을 알지 못했지만 수천만 개의 번성하고 평화로운 세계에서 그의 동족이 엄청난 경악과 고통에 휩싸이고 감정체가 한순간에 무너졌으리라는 것을 상상할 수 있었다.

뒤이은 왕의 말은 그들에게 더 큰 충격을 주었으리라.

"하지만 우주심연자들이여, 우리를 위해 슬퍼하지 말라. 모세계의 멸망은 앞으로 일어날 일에 비하면 아무것도 아니다. 우주 전체의 운명이 종말을 맞이했다."

암흑의 우주에서 죽음의 천사가 이 마지막 고별연설을 조용히 지켜보고 있었다. 광활한 우주의 무엇도 그의 냉정함을 깨뜨릴 수는 없을 것 같았지만 왕의 말에 그의 눈동자가 반짝였다.

수수께끼가 풀리고 매복자가 모습을 드러냈다. 하지만 이 죽음의 천사는 그리 멀지 않은 곳에서 또 다른 신비한 두 관찰자가 이 모든 광경을 지켜보고 있다는 사실은 알지 못했다.

"수많은 세월 동안 나는 이 우주 최대의 비밀을 외롭게 지켜왔다. 이제 때가 되었다. 우주심연자들이여, 너희는 모든 것을 알 권리가 있고, 이 우주는 모든 것을 알 권리가 있다.

그대들은 옛 전설을 통해 사신이 어떻게 혼돈의 우주를 지배했고, 창세신이 어떻게 반란을 일으켜 자기 아버지를 추방하고 형태가 있는 세계를 어떻게 창조했는지 알고 있을 것이다. 내가 그대들에게 확실히 고하노니, 그 전설은 모두 진실이다. 태초부터 사신과 창세신은 끊임없이 전쟁을 벌였고, 10차원이었던 우리 우주는 3차원으로 떨어졌다. 창세신은 모든 차원에서 사신의 우주 파괴 시도를 저지했지만 그 과정에서 점차 쇠약해졌다.

3차원 우주 초기에 벌어진 창세신과 사신의 최후 결전에서 또다시 패배한 사신은 분신 하나만 남기고 우주 밖으로 도망쳤다. 하지만 창세신도 최종 승리를 거두지 못한 채 얼마 못 가서 죽었다. 그로 인해 우리 우주는 유일한 수호자를 잃고 추방된 사신 앞에 놓였다.

다행히 창세신은 죽기 전 우리 세계를 창조하고 유언장과 반격 수단을 남겼다. 우리 우주심연자는 창세신의 계승자로서 그를 대신해 이 우주를 수호해 왔다. 그렇다. 우리 문명은 우주에서 가장 오래된 뿌리를 갖고 있다. 우리는 고대 신족의 후예다.

모세계는 창세신이 남긴 최후의 반격 수단이다. 모세계가 존재하는 한 우주를 저주하려는 사신의 모든 시도는 물거품이 될 것이다. 모세계는 그의 궁전을 찾아내 파괴할 것이고 그는 연기처럼 사라질 것이다. 모세계가 존재했기에 십수억이나 되는 오랜 시간알갱이 동안 우주의 안전이 유지될 수 있었다.

우주에서 모세계를 파괴할 수 있는 유일한 자는 추방된 사신뿐이다. 그는 모세계의 존재를 알고 있지만, 모세계가 어디에 있는지는 모른다. 그는 수억만 시간알갱이 동안 수많은 사자를 보내 우주 곳곳을 뒤지며 모세계를 찾아다녔다. 지금까지는 모두 실패했지만, 마지막 사자가 마침내 우리의 데이터베이스를 찾아내 정보를 손에 넣었다. 결국 최후의 실패자는…… 바로 우리다.

하지만 나는 이 실패에 절망하지 않으며 그대들도 절망하지 않길 바란다. 이것은 범인(凡人)과 신들의 투쟁이다. 10차원 우주에서 온 막강한 힘과 지혜는 우주의 빅크런치와 새로운 빅뱅을 일으킬 수도 있으니, 보잘것없는 우주심연자가 대적할 수 있는 상대가 아니다. 하지만 중요한 것은 우리가 억만년의 문명을 지속해오며 모세계의 안전을 보호하고 우주 전체를 지켰다는 사실이다. 지금까지 해온 것으로도 충분하다.

그대들이여, 창세신이 13억 시간알갱이 전에 메시지를 남겼으나, 유감스럽게도 나는 마지막 순간에야 그 의미를 깨달았다. 나는 이 마지막 순간에 그대들과 이 메시지의 의미를 나누고 싶다. 창세신이 시간을 창조하고 우주에 생명을 불어넣은 그 순간부터, 우주의 모든 것은 광활한 시간과 공간 속에서 썩어 부서질 운명이었으며 우리도 예외가 아니다. 설령 천억 시간알갱이만큼 생명을 연장한다 해도 종국에는 멸망을 맞이할 수밖에 없다.

우리는 곧 죽을 것이고 우주의 수명도 얼마 남지 않았다. 멸망이 임박했다. 하지만 이것은 우주의 잣대로 본 것일 뿐, 동족들이여, 그대들은 아마 여생을 편히 살 것이고 그대들의 자손도 그럴 것이다. 어쩌면 수천수만 시간알갱이가 그대들 앞에 남아 있을 수도 있다. 시간이 창세신의 선물임을 명심하고 낭비하지 않길 바란다. 모든 것은 허무로 돌아가지만 그대들은 모든 시간알갱이, 모든 시간마디, 모든 시간가닥을 누릴 수 있을 것이다. 생명의 의의는 바로 여기에 있다.

창세신은 문명에 시간을 부여했고, 우리는 시간에 문명을 선사해야 한다…….”

왕은 조금 더 말하고 싶었지만 우주핵의 에너지가 소진되어 시간이 없다고 전하자 하는 수 없이 우주에 있는 모든 저엔트로피체와 문명 집단, 사람과 신들을 비통에 빠뜨리는 한마디를 마지막으로 연설을 마쳤다.

"그럼 영원히 안녕.”

우주 곳곳의 빅아이에서 왕의 모습이 사라졌다. 곳곳에 퍼져 살고 있던 우주심연자들은 극도의 슬픔과 공포, 절망을 느꼈다.

모세계의 다른 쪽 어둠 속에서 이 모든 것을 지켜보던 죽음의 천사가 고개를 저으며 한숨을 뱉었다.


"2046, 정말 매력적인 여자야. 안 그래?”
암흑물질에서 왕의 모습이 사라지자 두 관찰자 중 하나가 감탄했다.
"음, 사실 난 그녀를 오래전부터 흠모해왔어.”
다른 한쪽이 한참 만에 작은 소리로 대답했다.


세계의 엔진은 이미 꺼졌고 거의 모든 에너지가 소진되었다. 모세계 표면의 빛이 희미해지며 도깨비불처럼 암흑의 바다를 떠다녔다.

만 차원 궁전의 은빛 공들이 거품처럼 사라지고 왕은 주기솔개(周期鳶)

처럼 우아하게 내려왔다. 왕과 가수의 각 일곱 개 눈이 서로를 응시했다. 그 순간 별똥별꽃의 속삭임이 들릴 만큼 사방이 고요해졌다.

"잘했다, 장로." 왕이 말했다.

가수가 여전히 혼란스러워하자 왕이 말했다.

"옛 노래를 해석해줘서 고맙다. 넌 나를 이 우주에서 가장 무거운 죄책감에서 해방해주었다. 13억 시간알갱이 동안 이 순간이 올까 봐 두려웠지만 지금 나는 두렵지 않다. 3억 시간알갱이 전 변방 세계와 모세계 사이에 벌어진 치열한 전쟁 중에 나는 2차원화 계획을 취소하는 몹시 어려운 결정을 내렸다. 당시 많은 이가 내 결정에 의문을 제기했고 변방 세계와 싸워 승리한 뒤에야 반대파의 목소리가 잠잠해졌지. 그 결정은 우리 우주심연자의 사명 때문이었다. 우주심연자의 사명은 모세계를 수호하는 것인데, 2차원화는 필연적으로 모세계를 파괴하니 그런 위험은 감수할 수 없었지. 하지만 그 이유로 중력 공격을 받았을 땐 견딜 수가 없었어. 만약 우리가 2차원화를 진행했다면 이 모든 일은 일어나지 않았을 터이니 모든 게 내 잘못이라고 생각해왔다.

하지만 네 해석을 듣고서야 창세신이 우리를 창조한 목적이 영생이 아니라는 걸 알았다. 창세신은 우리가 모든 시간마디를 잘 보낸 뒤 조용히 소멸을 향해 다가가게 하려는 걸 테지. 그런 의미에서 보면 시간알갱이 한 개든 100억 개든 다를 바 없다."

"아닙니다. 감사해야 할 사람은 바로 소신입니다, 폐하!" 가수가 격앙된 목소리로 말했다. "저는 2차원화가 싫습니다! 그 평면 세계에서 하루만 살아도 숨이 막힐 텐데 평생을 살아야 한다니요! 그건 끔찍한 무기징역일 겁니다. 범인은 우리를 한 공간에 가둘 뿐이지만, 2차원화는 우리를 두께조차 없는 얇은 평면에 가두어놓습니다. 심지어 다른 차원이 존재한다는 것조차 잊은 채로요. 그건 너무나 큰 슬픔입니다!"

"정녕 그렇게 생각하느냐, 장로?" 왕도 조금 감동한 듯했다. "나도 너처럼 생각했지만 장로와 장군들은 날 이해하지 못했다. 널 총리로 삼았다면 좋았을 것을."

"지금도 늦지 않았습니다. 그러면 모세계의 마지막 총리로서 역사에 남겠습니다."

"불가능한 일이다. 총리 임명은 장로원과 의회의 비준을 받아야 하는데 그럴 시간이 없다. 넌 총리직을 찬탈하려 한 모세계의 마지막 야심가로 역사에 길이 남게 되겠지."

두 사람이 함께 웃음을 터뜨렸다. 그들에게 웃음이란 더듬이를 정답게 흔들어 기쁨을 표현하는 몸짓언어였다. 잠시 후 왕이 말했다.

"그 옛 노래를 다시 불러볼 테냐, 가수?"

왕이 그를 '장로' 대신 '가수'라고 불렀다.

"좋습니다. 폐……."

"폐하라고 부르지 마라." 왕이 그의 말을 잘랐다. "나는 지금 이 순간부터 왕의 권한과 책임을 내려놓았다. 내 이름은, 빨강이다."

"알겠습니다. 빨강."

가수도 차분히 받아들였다. 그렇다. 죽음 앞에서는 모든 것이 평등하다.

두 사람이 옛 노래를 함께 부르기 시작했다. 아마도 이 우주 전에 수많은 우주를 거슬러 올라가 창세신의 세계가 막 시작되었을 때의 노래를.

　　내 사랑을 보았어요
　　그녀 곁으로 날아갔죠
　　그녀에게 주는 선물을 두 손에 받쳐 들어요

그건 굳어진 시간의 조각
시간 위 아름다운 무늬를 쓰다듬어요
얕은 바다의 진흙처럼 보드라운 그 무늬를
그녀는 시간을 온몸에 바르고
나를 데리고 존재의 가장자리로 날아갔죠
이건 영혼의 비행
우리 눈 속 별이 떠도는 영혼 같아요
별의 눈 속 우리도 떠도는 영혼 같아요

드디어 가수는 왕의 목소리를 들었다. 그녀의 목소리는 불타는 얼음 혜성처럼, 얼어붙은 태양처럼 차가우면서도 뜨겁고, 은하의 강처럼 깊고 얼음 성운처럼 우울하고, 그가 한 번도 경험해보지 못한 사랑처럼 감동적이었다.

우주심연자는 전자파를 진동시키는 특수한 방식으로 노래하는데, 우주심연자들은 이를 원시막이라고 불렀다. 그들은 자기 노랫소리를 눈으로 직접 '볼 수 있다.' 가수는 왕의 노랫소리가 주위에 기이한 파동을 일으키는 것을 보았다. 마치 주변이 수은 호수로 변하고 노래가 쏟아지는 별비처럼 수면 위로 떨어져 동글동글한 파장을 만드는 것 같았다. 그 물결들이 가수의 노래가 만든 물결과 서로 부딪치고 합쳐져 어우러졌다.

가수는 이것이 바로 '시간 위 아름다운 무늬'가 아닐까 어렴풋이 생각했다.

'영혼의 비행'은 존재의 끝, 우주심연을 향하는 비행일 것이다.

멸망의 순간이 다가왔다.

우주심연의 중력이 모세계가 지탱할 수 있는 한계를 넘어서자 균열이 시작되더니 내부에서부터 일어난 거대한 폭발에 모세계 전체가 산산조각 났다. 왕과 가수는 성화의 남은 에너지에 보호받으며 허공에 뜬 채 모세계가 쩍 하고 갈라진 뒤 틈이 점점 벌어지다가 완전히 찢어져 웅장하고 정교한 내부가 드러나는 것을 내려다보았다. 그들은 감히 상상할 수도 이해할 수도 없었던 모세계의 신비한 구조가 모습을 드러냈지만 아무 의미도 없었다. 최후의 반격은 이미 무력화되었고 추방된 사신의 귀환을 막을 힘은 이제 없다. 그들은 모세계 내부에서 분출된 폭풍 같은 기류에 휩쓸려 하늘로 솟구쳐 오르며 마지막 파멸의 장관을 넋을 잃고 바라보았다.

"가수, 무서워."

왕이 가수의 품에 안겨 생각기관을 드러냈다. 그들은 생각기관을 통해 직접 대화했다.

*우주 심연 안에 뭐가 있지? 물질이 고도로 밀집된 암흑의 지옥인가?*

*아니. 아마 다른 시공간으로 향하는 비틀린 점\*이 있을 거야. 또 다른 우주로 가는 통로지.*

*정말? 우리가 정말 다른 우주로 갈 수 있어?*

*그 세계에 들어가본 사람이 없어서 잘 모르지만 옛 노래에 이런 가사가 있었어. 우주 밖에 아홉 개의 또 다른 우주가 있지. 이번 생은 끝났고, 다음*

---

\* 옮긴이 주 : 《삼체》 3부에 나오는 개념. 저차원 세계 가운데 울퉁불퉁하게 솟아오른 부분으로 저차원에서 고차원으로 들어가는 통로가 된다.

생은 아무도 모른다네.*

정말 아름다워. 그런데 난 그런 노래를 들어본 적이 없어…….

이 노래는 우리의 옛 노래가 아니라 별 연주가의 데이터베이스에서 찾은 노래야. 별 연주가의 왕과 그의 죽은 연인에 대한 노래지.

그들의 왕도 누군가를 사랑할 수 있어?

응. 그들의 왕도 평범한 사람들과 마찬가지로 생사가 있고, 애증이 있어…….

가수가 작은 목소리로 왕의 생각기관을 밀고 들어가 그 낯설지만 부드러운 의식 속에서 무한한 황홀감을 느꼈다. 왕도 가수의 생각기관 속에 휘감기는 강렬함을 느꼈다. 둘의 생각기관이 서로 엉킨 채로 전율을 느끼며 우주심연자의 가장 오래된 사랑 의식을 마치고 하나가 되었다.
　이때 가수의 의식 중 일부가 성운에 있는 그의 실제 육신 속 씨앗 에너지가 다 소진되었음을 알렸다. 작은별 연주가의 2차원 벡터포일이 끝없이 확장되는 죽음의 평면으로 그를 미친 듯이 끌고 가고 있었다. 그 세계에서의 죽음이 이 세계에서의 죽음보다 더 일찍 닥칠 수도 있었다.
　"잘됐어." 그는 만족감을 느끼며 모든 더듬이를 뻗어 뒤늦게 만난 행복

---

* 옮긴이 주 : 중국 시인 이상은(李商隱)의 시《마외(馬嵬)》속 구절. 당 현종 이융기(李隆基)가 전란 중에 애첩 양옥환(楊玉環)을 잃은 슬픔에 관한 시다.

에 젖어 있는 왕을 끌어안았다.

지금 이 순간에도 죽음의 천사는 모든 것을 조용히 지켜보고 있었다.

물론 그가 원하기만 하면 손만 뻗어도 그 세계를 구원할 수 있다. 보이지 않는 끈을 살짝 당기기만 하면 중력 상수를 정상으로 되돌릴 수 있다. 심지어 한 번 더 당기면 중력 상수가 더 작아질 것이다. 작아지고, 또 작아지고, 무한히 작아지면 우주심연도 더 이상 치명적인 힘을 발휘할 수 없는 단단한 공으로 변할 것이다. 만약 그 세계 사람들이 그 공 위로 떨어진다면 그 위를 깡충깡충 뛰어다닐 수도 있을 것이다.

그가 손을 한 번 뻗기만 하면…….

마침내 죽음의 천사가 마음의 결정을 내린 듯 왼손을 뻗어 허공에서 무언가를 잡는 손짓을 하자 불덩어리 하나가 그의 손바닥 위에 나타나더니 곧 꺼져 형태와 질감을 가진 물체로 변했다.

기이한 터키색 푸른빛 액체가 들어 있는 작고 투명한 유리잔이었다.

죽음의 천사가 유리잔을 손에 쥐더니 자기 고향에서와 똑같은 온도, 기압, 중력 조건을 만들어냈다. 그는 손에 쥔 컵을 잠시 응시하다가 단숨에 액체를 들이켜고는 흡족하게 입맛을 다신 뒤 잔을 내밀었다.

"녹색폭풍 한 잔 더." 그가 작은 소리로 말했다.

어쨌든 경축할 만한 날이다.

녹색폭풍이 담긴 또 다른 잔이 앞에 나타났다. 죽음의 천사가 손을 뻗었지만 부드러운 손 하나가 나타나 먼저 잔을 잡았다.

"Hic mihi(그 잔은 나한테 줘요)."

청아한 목소리와 함께 그의 뒤에 있는 점선으로 된 테두리에서 누군가가 걸어 나왔다. 점선에서 새어 나오는 은은한 빛이 그 몸을 비춰 가늘고 유려한 실루엣이 나타났다. 눈처럼 흰 피부를 가진 아름다운 금발 여자였다. 몸에 꼭 맞는 은색 옷과 푸른 눈동자에 감도는 광채에서는 강인함과 자신감이 느껴졌다.

"Sis(좋아요)." 죽음의 천사가 자연스럽게 손짓했다.

"그들이에요?" 여자가 그와 같은 언어로 물었다.

"그런 것 같아요."

"주재자에게 알렸어요?"

여자가 한 손을 들어 올리자 손가락 사이에서 '반지'가 영롱하게 빛났다. 죽음의 천사가 잠깐 생각에 잠겼다가 고개를 끄덕였다.

## 같은 시간 : 2.5구조거리 밖

"우주 모니터링 시스템을 켜." 2012가 말했다. "미끼 4호는 파괴됐을 거야. 대모(大母)가 곧 움직일 수도 있어."

"믿을 수가 없군." 2046가 말했다. "3만 대년 동안 오늘을 기다려 왔어."

"그렇지. 그 작은 도마뱀 무리를 기르던 때를 아직도 잊을 수가 없어. 아주 온순한 동물들이었는데. 왜 그래? 기쁘지 않아?"

그가 동료의 의식장에 나타난 미묘한 변화를 감지했다.

"못 봤어? 내 빨강이 죽었다고! 3만 대년 동안 그녀가 돌아다니는 걸 보는 게 내 유일한 낙이었어. 하늘 수레를 타고 세계를 돌아다니고, 갑옷을 입고 전쟁에 나가는 모습이 얼마나 귀여웠는데! 그런 그녀가 우주심연에서 영원한 잠에 빠지다니."

"나도 유감스럽지만 어쨌든 가치 있는 죽음이었어. 마지막에 우주 전체를 향해 자기가 우리 신족의 후예라고 알리기까지 했잖아. 그 연설도 끝내줬지!"

"당연하지. 내가 그녀의 무의식 깊이 그 명령을 심어두기 위해 얼마나 공을 들였는지 모를걸. 물론 그녀가 눈치채지 못하게 심지 않았으면 그렇게 자연스러운 효과는 낼 수 없었을 거야."

"잘했어. 넌 역시 똑똑해."

"내 아이디어는 아니었어. 모두 위대한 현자의 계획이었지."

위대한 현자를 떠올리자 두 사람의 생각장이 진지해졌다. 잠깐의 침묵 후 2046이 말했다. "이제 위대한 현자를 깨워야 하지 않을까?"

"위대한 현자가 깨어나자마자 잡아먹히려고? 바보같이 굴지 마. 최후의 순간에 깨워도 늦지 않아."

"그래. 나도 독립된 상태를 더 누리고 싶어. 어차피 얼마 남지 않은 것 같으니까."

그러고서 2046은 아무 말도 행동도 하지 않았지만 조금 뒤 그의 디스플레이 속 3차원 숫자가 빠르게 움직이며 복잡한 기하학 형체를 그렸다.

"수색자가 빨강의 마지막 연설을 봤을까?" 잠시 후 2012가 물었다.

"너도 봤는데 그가 못 봤겠어?" 2046이 심드렁하게 대꾸했다.

"하긴. 그럼 우리가 보낸 메시지를 받았겠지?"

"당연하지."

"그들도 대모에게 메시지를 보냈겠지?"

"그렇겠지."

"그런데 대모는 왜 아직 행동을 개시하지 않을까?"

"조바심 내지 말고 기다려. 이건 차원 역전이야! 우주 전체를 초기화하는 게 성계 두세 개 터뜨리며 노는 것과 같은 줄 알아? 단순한 일이 아니라고."

"뭐가 다른데? 그 늙은 마녀에게는 생각하는 시간이 필요 없다는 걸 너도 알잖아. 행동하기로 결정했다면 즉시 움직일 거야."

"더 기다리기로 했을지도 모르지."

"뭘 기다려?"

"빈틈이 없는지 살펴보려는 거야."

"위대한 현자의 계획에 문제가 있다는 뜻이야?" 2046이 짜증스럽게 되물었다.

"물론 아니지. 하지만 네가 그걸 어떻게 실행에 옮겼느냐는 또 다른 문제니까." 2012도 지지 않고 맞섰다.

"웃기지 마." 2046이 투덜거렸다. "미끼 1호부터 4호까지 완벽한 계획이었어. 난 위대한 현자의 치밀한 계산에 따라 아주 노련하게 수색자들을 함정으로 한 걸음씩 유인했다고. 처음에는 복원자가 가장 눈에 띄는 표적이었지만, 그들이 복원자를 통해 모든 걸 알아내게 했다면 너무 순조로워서 분명히 그들의 의심을 샀을 거야. 그래서 그들이 복원자에게서 단서를 찾아 사색자를 찾아내도록 유인하기로 하고 사색자에게 두 가지 단서를 남겼어. 하나는 히스테릭한 위험제거자를 가리키는 단서이고, 다른 하나는 우주심연의 도마뱀들을 가리는 단서였어. 물론 얼핏 보면 위험제거자가 그들의 목표인 것처럼 보이지. 진공 붕괴*가 차원 역전에 속한다는 건 누구나 알고 있으니까. 그들은 분명히 위험제거자를 먼저 찾아가겠지만 위험제거자가 자신들이 찾는 목표가 아니라는 걸 금방 알게 될 거야. 게다가 위험제거자의 창세신화가 우주심연의 도마뱀에서 나왔다는 사실을 발견하면 우주심연의 도마뱀을 최종적이고 유일한 목표물로 삼겠지.

그들이 우주심연 도마뱀의 데이터베이스에서 원하는 것을 찾아낸 뒤 도마뱀 여왕이 나타나 직접 얘기하기까지 하면 그들은 자신들의 추측이 들어맞았다고 생각하며 '매복자'를 제거할 거야. 매복자가 왜 그렇게 쉽게 제거당할 것인지도 우린 이미 설명했어. 진짜 매복자는 죽었고, 그것들은

---

* 옮긴이 주 : 우주 멸망 시나리오 중 하나로 제기된 가설. 양자역학에 따르면 우주는 진공 상태가 아니라 진공 상태보다 에너지가 높지만 안정적인 거짓 진공 상태에 있는데 양자 터널 효과나 양자 요동 등으로 거짓 진공 상태가 붕괴되면 엄청난 에너지가 방출되며 우주가 붕괴될 수 있다는 개념이다.

매복자가 남긴 하수인에 불과하기 때문이야. 모든 게 완벽해. 봐. 지금까지 모든 게 예상대로 진행됐잖아. 이건 계획과 실행에 아무런 허점이 없다는 분명한 증거야."

2012도 할 말이 없었지만 동료의 기를 살려주고 싶지는 않았다.

"하지만 의심 많은 수색자들이 이게 함정이 아닌지 의심하고 있을지도 몰라."

"그럴 수도 있지. 우주에는 별 해괴한 저엔트로피체가 다 있으니까. 하지만 대모는 의심하지 않을걸? 그 여자는 잘난 척이 너무 심해. 자신을 '주재자'라고 하잖아. 뭘 주재할 수 있다는 거지? 그 여자가 우리를 부르는 이름은 또 어떻고? 매복자라니! 그 여자는 우리가 언제까지나 도망 다니며 우주의 구석에 숨어서 살 줄 알고 계속 사람을 보내 우리를 찾고 있어. 우리를 잡기만 하면 만사형통이라고 생각하지. 그 여자는 우리가 그 반대로 행동할 가능성은 생각조차 하지 않아. 그녀가 우릴 '찾아내' 파멸시키고 승리했다고 희희낙락하고 있을 때 우리가 차원 역전을 시작하는 거야……. 펑! 이 계획이 성공을 거두는 순간 그 여자의 생각장이 얼마나 아둔하고 멍청한 모습인지 내 눈으로 직접 보고 싶어."

"볼만한 구경이겠지만 아쉽게도 초막\*에 번개가 치면 소우주가 통째로 폭발해 그 늙은 마녀도 한순간에 끝장날 테니 아무것도 보이지 않을걸."

2012가 유감을 표했다.

"아무튼 기다려보자고." 2046이 말했다.

한 대시간(大時間) 뒤, 우주 모니터링 시스템의 디스플레이에 쓸모없는 메시지가 어지럽게 나타났다.

---

\* 옮긴이 주 : 초막 이론에서 우주를 이루는 11차원의 얇은 막.

두 대시간 뒤, 아무 변화가 없었다.

세 대시간 뒤, 2012가 참다못해 말했다.

"이상해. 그들이 뭔가 알아낸 것 같아."

"그럴 리가. 속임수를 들켰을 리 없어! 하나뿐인 감지 시스템은 모세계 안에 있으니 그 행성과 함께 파괴되었을 거야. 그놈들이 의심병 환자인 건 사실이지만 의심스러운 단서가 하나도 없는데 또다시 성계를 하나씩 전부 뒤지며 찾을 리는 없어. 틀림없이 이 미끼를 덥석 물 거야."

"어서 그러길 바랄게."

한 대시간이 더 지나고, 또 한 대시간이 지났지만 여전히 아무런 반응이 없었다. 기다리다 지쳐 의기소침해진 두 숫자체(數字體)는 잠시 휴면 상태로 돌아가 휴식을 취하기로 했다. 2046은 마음이 놓이지 않아 100대시간 뒤에 깰 수 있도록 알람을 맞췄다.

100대시간 뒤 아무 일도 일어나지 않은 것을 확인한 둘은 다시 휴면 상태가 되었다.

500대시간이 지났지만 달라진 게 없었다.

다시 천 대시간이 지난 뒤 일어난 그들은 절망감에 휩싸였다.

"저 늙은 마녀는 도대체 무슨 꿍꿍이속이야?" 2046이 성을 냈다. "미끼가 수상하다는 걸 어떻게 알았지?"

"대모가 막강하긴 하지만 그렇게 똑똑했던 적은 없어. 아마 그 수색자들이 알아챈 걸 거야."

2012가 못마땅한 투로 말했다.

"아무튼 다 망했어. 1만 대년을 준비하고 3만 대년을 감시하고 기다렸는데! 문명을 네 개나 미끼로 썼는데! 전부 다 헛수고였다고!"

"진정해. 미끼 작전이 실패했을 뿐 우린 아직 실패하지 않았어. 적어도 대모는 우리가 어디에 있는지 아직 모르잖아. 이번 판은 아주 커지겠네."

"우리도 위대한 현자께 보고해야 해. 틀림없이……." 2046이 은밀한 의식 소통 채널을 켰다. "우리를 불같이 꾸짖으실 거야. 어쩌면 우릴 받아들이지 않고 의식의 밑바닥으로 영원히 추방하실지도 몰라."

2012가 몸서리쳤다.

"그럼 조금 더 기다리자. 조금만 더, 천 대시간만 더 기다려보고."

그들은 다시 휴면 상태로 들어갔지만 이번에는 34대시간 만에 어떤 자극이 그들을 깨웠고, 잠에서 깨어난 그들은 생각장이 터져버릴 듯이 흥분했다.

점 하나, 점 둘, 점 셋.

그다음 점 넷, 점 다섯. 미친 듯이 깜빡이는 경고등에 숫자체들은 열광했다.

한 번도 울리지 않았던 레벨5 경고였다! 레벨5 경고는 오직 한 가지 경우에만 울리도록 설계되어 있다. 바로 차원 역전이 시작될 때.

두 숫자체가 모니터링 시스템 화면을 확인하자 이미 한쪽 구석이 블랙존으로 바뀐 뒤 느리고 안정적인 속도로 차츰 확장되고 있었다. 플러스와 마이너스 에너지가 완전한 균형을 이룬 참진공(零眞空)*이 광속으로 확장되며 주위의 모든 물질을 빨아들이고 있었다. 그 속으로 빨려 들어가면 양성자, 중성자를 비롯한 모든 입자가 순식간에 붕괴되며 자연 상태로 돌아가 10차원 형태로 재결합된다.

광속으로만 확장된다면 지름이 140억 광년에 달하는 우주의 종말은 아

* 옮긴이 주 : 완벽한 진공. '진공 붕괴'와 연결되는 개념으로 보통의 진공은 최소한의 에너지가 들어 있는 거짓 진공 상태다. 이를 '영점 에너지'라고 하고, 이 영점 에너지조차 없는 상태를 '참진공'이라고 한다.

직 까마득히 멀리 있겠지만 참진공은 광속을 점점 가속하며 기하급수적으로 확장된다. 위대한 현자가 우주의 차원 역전에 소요되는 시간을 계산했었는데 불과 1.91대시간밖에 되지 않았다. 게다가 그 시간 중 99.999퍼센트가 지나가는 동안 진공 붕괴가 진행되는 범위는 우주 전체 면적의 10퍼센트도 안 되지만, 마지막 순간에 광속이 무한대로 가속되어 우주 전체를 통째로 삼켜버릴 것으로 예측되었다.

그들에겐 반격할 시간이 거의 없었지만 그 정도도 충분했다. 반격 조치도 완벽하게 준비되어 있다. 1대시간 안에 우주 번개 공격이 시작되면 대모는 흔적도 없이 사라질 것이고, 그런 다음 0차원 점들을 한 무더기 던져 진공 붕괴를 중단시키면 그만이었다.

그러면 우주 대모와 그의 아들 또는 주재자와 매복자로 불리는 두 존재, 즉 우주심연자의 신화 속 사신과 창세신의 기나긴 투쟁은 결국 그들의 승리로 막을 내리게 되는 것이다.

2046이 위대한 현자의 사색선에 보고했다.

"어르신, 늙은 마녀, 아니 대모가 미끼에 걸려들었습니다."

## 3억 광년 밖 : 슬론 장성\* 밖 공간

끝없는 암흑물질 바다의 심연 속.

암흑물질의 심연에는 빛도 어둠도 없고, 경입자\*\*도 중성자도 없고, 운동도 정지도 없고, 존재도 비존재도 없다. 그곳에서 이 우주의 가장 위대하고 불가사의한 지능체인 위대한 현자가 깨어났다.

위대한 현자는 주재자와의 지난번 전쟁에서 에너지가 소진되어 거의 죽을 만큼 쇠약해졌다. 그는 의식을 지키기 위해 수천 대년에 한 번씩 깨어나 의식의 일부만 활성화하며 오랫동안 깊은 잠을 잘 수밖에 없었다. 그가 완전히 깨어나면 암흑물질 세계에 감춰진 모든 네트워크가 작동하게 되고, 주재자가 그걸 알게 될 것이다. 그래서 위대한 현자는 자신에게서 수천 개의 데이터 노드를 분리해 독립적인 디지털사고체로 만들고 그것들이 우주의 구석구석을 지키며 자신을 보호하고 적을 감시하게 했다.

오늘 4만 대년에 걸쳐 진행해온 계획이 마침내 성과를 거두었다. 막 잠에서 깨어난 위대한 현자가 생각장을 힘껏 작동시켜 우주 곳곳에서 전송된 정보를 수집했다. 마치 어둠 속에 숨은 거미가 거미줄의 미세한 떨림을 느끼듯이.

---

\* 옮긴이 주 : 지구에서 10억 광년 떨어진 은하로 이루어진 '긴 벽'. 우주에서 알려진 가장 거대한 구조로 길이가 약 13억 7천만 광년이나 된다.
\*\* 옮긴이 주 : 강한 상호작용을 하지 않는 소립자.

엄청난 양의 데이터가 그에게 쏟아져 들어왔다. 위대한 현자는 흐뭇해하며 사고 동기화 기능을 작동시켜 원격 양자 얽힘 네트워크를 통해 모든 숫자체를 자신의 의식 속으로 순식간에 흡수했다. 2046과 2012를 포함한 모든 숫자체는 그의 분신이었다.

모든 숫자체가 합쳐지면 하나의 총화, 즉 매복자 자신이 되었다. 이 과정에 방대한 양의 에너지가 소모되지만 이것이 최후의 결전이 될 것이므로 그는 개의치 않았다.

광막한 암흑물질 세계에 숨겨진 반격 시스템을 가동하고 감지된 에너지 반응을 통해 초막 위에서 대모의 소우주가 있는 위치를 찾았다. 매복자는 이 과정에만 우주 전체 암흑물질의 약 30퍼센트에 달하는 엄청난 에너지를 사용했는데, 이 암흑물질은 대부분 은하단 사이의 '빈 거품'에 존재했다. 암흑물질이 깊은 밤 봄바람에 조용히 피어나는 수천수만 송이의 꽃처럼 강력한 전자기 복사를 방출했다.

물론 절대다수 문명의 관찰자들은 이 사건의 광원뿔* 밖에 있는 탓에 이 놀라운 변화를 볼 수 없었다. 암흑물질이 방출하는 전자기 복사가 그들의 세계로 전달되어 밤이 대낮처럼 밝아지고 다채로운 색이 하늘을 휘감을 때 그들은 비로소 자신들의 세계가 우주라는 꽃바다 위의 먼지 한 톨에 불과하다는 사실을 알게 될 것이다. 전자기 복사에 가까이 있는 세계는 잿더미가 되고 수많은 생태계가 파괴되겠지만, 매복자는 전혀 개의치 않았다. 그렇게 하지 않으면 이 세계와 모든 생명체는 참진공에 집어삼켜질 것이기 때문이다.

---

\* 옮긴이 주 : 천체물리학에서 한 지점에서 어떤 사건이 발생함에 따라 방출된 빛이 시공간을 따라 나선형으로 이동하며 원뿔 형태를 이룬다는 개념.

매복자는 우주에서 가장 큰 전쟁 기계를 조종하며 의기양양한 시선으로 초막을 응시했다. 물론 누구도 범접할 수 없는 최고의 지능체인 그도 초막을 직접 관찰하거나 접촉할 수는 없었다. 우주 밖에 있는 또 다른 무수한 우주를 떠올릴 때마다 그는 조금 우울했다. 하지만 이번에는 달랐다. 그 불가사의한 11차원 초막이 그의 전장이 될 것이다. 그는 그곳에서 자기 어머니를 죽일 것이다. 그를 낳고 기른 10차원 우주의 정령이자 누구와도 견줄 수 없는 대모인 그녀를 죽이고 영원한 자유와 안전을 얻게 될 것이다.

이것이 그의 전쟁이다. 여덟 개 우주와 10만 대년에 걸친 이 장대한 전쟁이 이제 마지막 단계에 다다랐다.

모든 것이 곧 종말을 고할 것이다…….

공격 유닛이 마지막 준비가 끝났음을 알렸다. 소우주의 초막 좌표가 확인되기만 하면 언제든지 주재자를 파멸에 이르게 할 공격을 시작할 수 있다. 이 얼마나 기묘한 순간인가.

매복자가 초막 분석 유닛을 확인하니 여전히 소우주의 초막 좌표를 찾고 있었다. 서두를 것 없다. 100억 년 넘게 기다렸으니 조금 더 기다려도 상관없다.

시간이 어느 정도 흐른 뒤 다시 초막 분석 유닛을 확인해보니 아직도 좌표를 찾고 있었다. 매복자는 뭔가 잘못되었다고 느끼기 시작했다. 이렇게 오래 걸릴 수는 없다. 그렇다면…… 예상하지 못한 일은 아니었지만 일부러라도 생각하고 싶지 않았던 변수다. 생각만 해도 끔찍한 가능성이므로.

애써 마음을 가라앉히고 진공 붕괴가 일어나고 있는 곳을 다시 살펴보았다. 진공 붕괴의 범위가 계속 확장되고 있었지만 속도가 빨라지기는커녕 오히려 느려져 이제는 광속의 절반에도 미치지 못했다.

"어떻게 이럴 수가!"

매복자는 순간적으로 당황했다. 진공 붕괴가 이렇게 더디게 진행될 수는 없다. 원격 네트워크를 통해 진공 붕괴 지역에서 가장 가까이 있는 예비 모니터링 유닛을 작동시킨 뒤 의식의 일부를 보냈다. 혹시라도 진공 붕괴의 여파가 자신에게도 미칠까 봐 자신의 생각장을 그 유닛과 직접 연결하지는 못했다.

"9527, 뭘 보았느냐?" 매복자가 물었다.

"항성, 행성, 성운, 모든 것이 하늘을 가득 채웠습니다. 모든 것이 2차원 화면으로 바뀌고 있습니다. 2차원화입니다! 2차원화입니다!"

겁에 질린 메시지가 전달되었다. 매복자를 충격에 빠뜨린 것은 2차원화 자체가 아니라 그 속에 내포된 무서운 의미였다.

지금 벌어지고 있는 일은 진공 붕괴가 아니라 2차원화였던 것이다. 우주 모니터링 시스템은 참진공 내부를 꿰뚫어 볼 수 없으므로 10차원 공간이 출현했는지 아닌지 확인할 수 없다. 단지 모니터링 지점의 파괴 속도를 통해 무슨 현상이 일어나고 있는지 판단할 수만 있을 뿐이다. 조금 전에는 3차원 세계 광속의 두 배가 넘는 속도로 우주 파괴가 일어나고 있었고, 일반적으로 진공 붕괴 외에는 그런 속도가 나올 수 없었다. 참진공이 다른 공간과 접촉할 때만 광속이 크게 증가되기 때문이다.

매복자는 그제야 자신의 실수를 깨달았다. 그것은 차원 역전을 가장한 사기극이었다. 2차원화 속도는 광속을 초월할 수 없지만 주재자는 제한된 공간에서 일시적으로 광속을 크게 끌어올려 차원 역전과 비슷한 속도를 낼 수 있는 위력을 갖고 있다. 일시적으로 광속을 능가하는 속도가 나타나기 때문에 외부에서는 그것이 2차원화인지 차원 역전인지 알 수 없고, 그걸 눈으로 볼 수 있을 때가 되면 이미 2차원화가 일어난 뒤일 것이다. 하지만 이런 사기극을 펼치려면 엄청난 에너지가 필요하고 2차원화 구역이 확장될수록 빠른 속도를 유지하기가 힘들기 때문에 금세 느려질 수밖에 없다.

이때 초막 분석 유닛의 보고가 도착했다. "데이터 오류로 초막에서 목표물의 좌표를 확인할 수 없습니다."

확실한 실패였다. 더 이상 환상은 가질 수 없었다. 모든 게 물거품이 되었고, 최악의 상황마저 닥칠 수 있게 되었다.

'빌어먹을 사악한 마녀!'

매복자가 이를 갈며 명령을 내렸다.

"공격 유닛은 즉시 작동을 중단하라! 지금 즉시 매복 상태로 돌아가라!"

명령이 즉각 실행되었다. 우주 곳곳에서 수많은 불빛이 하룻밤 사이 시드는 꽃처럼 순식간에 꺼지고 어둠 속으로 자취를 감췄다.

하지만 이미 방출된 엄청난 양의 전자기 복사가 여전히 무한한 우주 공간을 날아다니고 있었으므로 매복자가 그걸 완전히 통제하는 것은 불가능했다. 그의 좌표가 노출되었다. 주재자와 그녀의 수색자들이 최종적으로 목표하는 건 매복자를 찾아내는 것이었고, 마침내 그들의 목적이 달성된 것이다.

물론 다 끝난 것은 아니다. 아직 수색자들이 매복자에게서 멀리 있으므로 매복자들이 도착하기 전에 도주하거나 다시 모습을 감출 시간은 있다. 하지만 지울 수 없는 흔적이 남을 테니 수색자들은 두 번 다시 잡기 어려울 이 기회를 놓치지 않고 사냥개처럼 미친 듯이 그의 뒤를 쫓을 것이다.

'악독한 놈들!'

매복자가 속으로 저주를 퍼부었다. 이 모든 것의 배후에 신비한 존재가 있을 것이다. 주재자는 매복자가 놓은 함정을 역으로 이용해 매복자를 속였다. 하지만 그가 아는 주재자는 이렇게 고도의 전략을 구사할 수 없다.

'어떤 놈들일까? 내가 판 함정을 어떻게 간파했을까?'

아무리 생각해도 짚이는 게 없었다. 어쨌든 주재자가 그를 찾아올 것이고 그러면 그는 다시 숨어 모습을 감춘 뒤 허를 찌르는 또다른 계략을 통해 늙은 마녀와 그의 사자들을 속이고 기적의 역전승을 거두어야 한다. 하늘이 무너져도 솟아날 구멍은 있다.

'그래, 아직 끝난 게 아니야.'

매복자의 생각장이 요동치고 자신감이 다시금 솟구쳤다. 그는 자신의 의식을 천만 개 유닛으로 분화한 뒤 각 유닛에게 우주 곳곳에서 전력을 다해 정보를 수집하며 곧 다가올 결전을 준비하라고 지시했다.

어머니, 당신에게 시간을 빼앗길 수는 없습니다. 죽음의 통치로 되돌아가는 일은 결단코 막을 겁니다.

어머니, 시간은 나와 함께할 것이며, 삶도 나와 함께할 것입니다.

우주의 또 다른 모퉁이에서는 암흑물질 구름에서 발산된 빛이 무지개처럼 만 갈래로 뻗어나가 웅혼한 우주 공간을 비추고 있었다.

죽음의 천사와 그녀의 아름다운 동료가 이 기이한 세계 속을 날아다니고 있었다. 그들은 주위의 눈부신 암흑물질 구름을 신기한 듯 관찰했다. 그 속에 불가사의하리만치 거대한 조직의 일부가 이미 드러나 있었다. 그것은 우주심연 세계의 보잘것없는 행성 기계 같은 것이 아니라 은하계 규모의 거대하고 정교한 조직이었다. 얼핏 보면 오래전 정령이 투사한 이미지와 매우 흡사했다. 시야에 다 담기지 않을 만큼 거대한 장미꽃에 달린 각각의 꽃잎이 그 자체로 완전한 개별 꽃을 이루고, 그 각각의 꽃에 붙은 모든 꽃잎이 또 저마다 완전한 상태의 꽃을 이루는데 그 꽃의 형태가 모두 다르며, 이런 구조가 끝없이 이어지는 것이다.

불꽃이기도 바다이기도 하고, 꽃밭이기도 거미줄이기도 하며, 생명체이기도 기계이기도 한 이것이 진정한 매복자였다. 이 우주는 주인의 뿌리와 근원이 어디에 있는지 꽁꽁 감추고 있었다.

"정말 아름다워. 프로방스의 라벤더 같아요." 여자가 진심으로 감탄했다.

"하늘의 꽃받침이에요." 죽음의 천사가 작은 소리로 말했다.

"뭐라고요?" 여자가 물었다.

"이건 매복자의 우주 에너지 시스템이에요. 고대 전쟁 당시에 그렇게 불렸죠. 이 범우주의 거대한 원격 네트워크가 가동되면 꽃처럼 화려하게 만개하기 때문이에요. 암흑물질 구름이 이 꽃의 뿌리줄기고 우주 곳곳에 퍼져 있는 지자의 사각지대는 덩굴이고, 큰 은하들은 에너지 저장소죠."

"정말 놀라워요. 모세계와 우주심연이 매복자의 마지막 카드인 줄 알았어요."

"나도 그랬어요. 하지만 이 꽃받침을 보고 난 뒤 우리가 지난번에 발견한 그 오래되고 애매한 생각태의 진정한 의미를 깨달았어요. 이번엔 틀림없어요. 이게 바로 매복자가 감춘 비장의 카드예요."

"원, 난 아직도 모르겠어요. 당신은 어떻게 이걸 다 알게 되었죠? 당신이 마지막 순간에 막지 않았다면 난 이미 주재자에게 차원 역전이 시작됐다고 보고했을 거예요."

금발 여자가 말했다.

"우연이었어요." 죽음의 천사가 말했다. "여왕의 마지막 연설을 듣고 왜 녹색폭풍이 떠올랐는지 모르지만, 나는 내 생각과 사고를 끊임없이 되돌아보고 성찰하는 오랜 습관을 갖고 있어서 이 생각의 연결이⋯⋯ 광고라는 걸 알았어요."

"광고라고요?"

"그래요. 당신에겐 낯설겠지만 광고는 내가 살았던 시대의 상업적인 홍보 방식이었어요."

"나도 광고가 뭔지 알아요. 우리 비잔티움의 상점과 시장에도 광고가 있었어요. 입구에 눈에 잘 띄는 간판을 놓거나 구호를 큰 소리로 외치는 식이죠."

"맞아요, 헬레나. 형식은 다르지만 본질적으로는 같아요. 전 세계에 자신을 알리는 그 연설을 보는데 문득 오래전에 본 녹색폭풍* 광고의 한 장면이 떠올랐어요. 예쁜 소녀가 등장해 음료를 홍보하는 장면이었죠. 우주 전체에 자신이 바로 매복자임을 대대적으로 알리는 여왕의 모습이 어쩐지 이상하다고 생각했어요. 진짜 매복자나 매복자의 후예라면 자신이 멸망하는 순간에도 비밀을 지키려고 할 테니까요."

"하지만 죽음이 눈앞에 닥쳤으니 자포자기했을 수도 있잖아요."

"아뇨. 그들 종족은 수많은 하위 세계를 갖고 있고 완전히 죽지 않았어요. 우주심연자가 진짜 매복자라고 가정해볼게요. 만약 여왕 스스로 자신이 매복자이고 모세계가 최후의 반격 수단이라고 밝히지 않는다면, 주재자는 매복자가 제거됐다고 확신할 수 없으니 섣불리 차원 역전을 실행하지 않겠죠. 적어도 당장 차원 역전을 일으키지는 않을 거예요. 그러니 매복자들은 종족의 생존을 위해서든 주재자에게 복수하기 위해서든 자기 신분을 스스로 폭로해서는 안 돼요. 결론은 단 하나. 그들은 매복자가 아닌 거죠."

"하지만 모세계가 멸망했으니 그걸 어떻게 확신하죠?"

"그렇죠. 확신할 수 없지만 우리가 그걸 알았을 땐 이미 중력을 바꿀 수

---

* 옮긴이 주 : 《삼체》 3부에서 윈톈밍의 대학 동창 후원(胡文)이 윈톈밍의 아이디어에 착안해 개발한 음료 사업으로 큰 성공을 거둔 뒤 그에 대한 보답으로 준 돈으로 윈톈밍은 별 'DX3906'을 사서 청신에게 선물한다.

가 없었어요. 조금만 더 일찍 알았더라면 모세계의 잔해를 일부 남겨서 연구했겠지만요. 그래서 차원 역전을 가장한 실험을 한 거예요. 엄청난 에너지를 소모했지만 그런 위험을 감수할 가치는 있었어요."

"그런데 왜 이렇게 오래 기다렸어요?" 여자가 물었다.

"이유는 간단해요. 그게 만약 함정이라면 상대는 감시망을 통해 내 일거수일투족을 주시하고 있을 테고, 내가 너무 쉽게 속은 것처럼 보이면 오히려 의심을 살 수 있었어요. 그래서 그들이 함정이 간파당한 줄 알고 실망했다가 다시 성공의 기쁨에 취하도록 한 거예요. 그래야 빈틈을 이용해 그들을 착각에 빠뜨릴 수 있으니까요."

"그들이 속지 않았을 수도 있잖아요?"

"이 게임은 불공평한 도박이에요. 우리가 실패하면 엄청난 에너지를 판돈으로 날린 뒤 다시 시작할 수 있지만, 그들은 실패하면 주재자를 찾아낼 절호의 기회를 놓칠 뿐 아니라 진공 붕괴를 막을 수 없게 돼요. 그들에게 이건 위험하지만 피할 수도 없는 모험이죠. 그러니 당신도 알다시피 승리의 저울은 우리 쪽으로 기울어져 있었어요."

"정말 놀라워요, 윈. 야생오리 제단에서 처음 만났을 땐 이렇게 똑똑하지 않았잖아요."

"그땐 내가 뭘 해야 하는지도 모르는 풋내기였어요. 소우주와의 연락도 끊겼고요. 당신을 만난 건 정말 행운이에요, 헬레나. 당신이 없었다면 난 벌써 죽었을 거예요."

"천만에요. 나도 운이 좋았어요. 이 우주에 나처럼 매복자를 수색하는 임무를 위해 개조된 인류가 또 있을 줄은 몰랐죠." 헬레나가 말했다. "콘스탄티노플이 함락된 해에 혼수상태에서 깨어나 지구를 떠난 뒤로 인간은 단 한 명도 만나지 못했어요. 몇억 년이 흘러 주재자의 하수인이 된 뒤로는 내가 인간이었다는 사실조차 거의 잊어버렸죠. 차마 생각하기도 싫은 고통스러운 나날의 연속이었는데, 어느 날 당신이 나타났어요."

두 사람이 마주 보며 웃었다. 하늘의 구름 뒤쪽 꽃받침에서 찬란한 빛이 나타나 헬레나의 금발이 흩어진 얼굴을 비췄다. 창백한 뺨에 엷은 홍조가 감돌았다.

그 순간 온 세상이 어두워졌다. 하늘의 꽃받침이 자취를 감추며 빛도 함께 사라지고 다시 어둠이 그들을 삼켰다.

하지만 수십만 킬로미터 떨어진 하늘의 꽃받침은 여전히 광채를 내뿜고 있었다. 그 빛은 이제 막 그들 앞에 도달했기 때문이다. 온 우주에서 하늘의 꽃받침이 동시에 어두워졌지만 그것들이 발산했던 빛은 아직 우주 공간에 남아 있었다.

그들 앞에 기기한 광경이 나타났다. 가까이에 있던 꽃받침은 사라졌지만, 먼 밤하늘의 깊숙한 곳이 차츰 밝아지기 시작했다. 멀리 있던 꽃받침이 발산한 빛이 이제야 그들의 눈앞에 도달한 것이다. 꽃받침의 환한 빛이 여기저기서 켜졌다가 꺼지고, 나타났다가 사라지며 아슴아슴하게 흔들렸다. 마치⋯⋯.

"저녁 바람이 부는 프로방스의 라벤더 들판에 서 있는 것 같아요."

헬레나가 작은 소리로 말했다.

윈톈밍이 웃었다. 이걸로 충분하다. 그들에게는 그 빛이 우주의 모든 그늘을 비추는 밝은 등불이다. 이제 할 일은 그 불빛 앞에서 어디로도 숨을 수 없는 적을 찾아내는 것이다.

"이제 어디로 갈까요?"

윈톈밍이 물었다. 추적할 수 있는 단서가 너무 많았다.

"먼저 은하계로 돌아가는 건 어때요? 트랜터\*에 가서 아이들을 보고 싶어요. 하늘의 꽃받침이 나타나 아이들이 해를 입지 않았는지 걱정돼요."

"정말 은하계 인류의 어머니답군요. 기나긴 세월 동안 당신은 그들이 암흑의 숲에서 잘 자랄 수 있도록 지켜줬고 그건 대단한 희생이었어요."

"그러는 당신은 그들의 아버지가 아닌가요?"

속삭이듯 말하는 헬레나의 양 볼이 발그레했지만 꽃받침의 빛 때문에 윈텐밍은 알아차리지 못했다.

"나도 인류가 영원히 번영하길 바라지만 최근 수천만 년 동안 인류는 계속 쇠락의 길을 걸어왔어요. 우리 종족은 은하계를 떠날 수 없고, 은하계의 2차원화는 이미 상당히 진행됐으니 인류도 머지않아 빨려 들어갈 거예요. 흘러가는 대로 내버려둬요, 헬레나. 우주의 2차원화를 막고 모든 걸 다시 시작하는 게 중요해요. 우린 인류뿐만 아니라 우주 만물을 계속 생존하게 할 책임이 있으니까요."

"알았어요. 그래도 먼저 프로방스에 가요. 산과 들판에 곧 라벤더가 필 거예요. 나와 같이 가줄 수 있어요?"

"기꺼이 따르죠." 윈텐밍이 빙긋이 웃었다.

---

\* 옮긴이 주 : 아이작 아시모프의 소설 《파운데이션》에 등장하는 은하 제국의 수도.

# 에필로그 : 프로방스

## 말세의 세기 9년 : 우주의 끝

 우주선이 문을 지나자 흰 구름이 떠다니는 파란 하늘이 나타났다.
 2차원 평면이나 블랙홀의 중심으로 떨어질 줄 알고 긴장했던 청신과 관이판은 예상치 못한 광경을 보고 믿을 수가 없어 눈을 비볐다.
 그렇다. 흰 구름이 떠다니는 파란 하늘 아래 보라색 들판이 펼쳐져 있었다. 처음에는 파란별과 비슷한 외계 식물이라고 생각했지만 자세히 보니 끝없이 펼쳐진 라벤더 꽃밭이었다. 겹겹이 포개진 남보라색과 진자주색 꽃들이 미풍에 한들거리며 잔잔한 물결을 이루었다.
 왼쪽을 보니 멀리 만년설을 머리에 인 설산이 굽이굽이 이어져 있고, 오른쪽에는 열대우림처럼 울창한 숲이 병풍처럼 펼쳐지고 그 앞에 탁 트인 바다가 있었다. 정말로 파도가 넘실대는 새파란 바다였다.
 지구로 돌아간 듯 지구와 똑같은 풍경이 익숙하고 반가웠다. 다른 점이 있다면 지구보다 더 아름답고, 더 찬란하고, 더 맑고 깨끗하다는 것이다.
 다행히 이 둘은 수없는 곡절과 풍파를 경험했으므로 잠시 어리둥절해 하다가 차분하게 지자에게 물었다.
 "여기는 어디고 또 언제죠?"
 "두 분이 소우주에 들어온 지 112억 년이 지난 뒤의 시간이에요. 은하들의 위치가 크게 바뀌어서 정확한 위치는 말씀드릴 수 없지만, 쉽게 말하면 우주의 끝이라고 할 수 있어요."

"우리가 무작위로 우주 끝 어느 은하의 행성 대기권에 들어왔는데, 공교롭게도 그 행성의 표면 환경이 지구와 똑같다는 말인가요?"

그런 일이 일어날 가능성은 우주에서 아무렇게나 50킬로그램짜리 물질을 골랐는데 그 물질이 지금 옆에 있는 청신일 확률만큼이나 희박하다는 걸 관이판은 알고 있었다. 한마디로 도저히 있을 수 없는 일이었다.

"여긴 행성이 아니에요." 지자가 말했다. "가로세로 각 1천 킬로미터, 두께 약 20킬로미터의 평면으로 된 인조 세계죠. 이 인조 세계가 소우주를 일부러 여기로 불러왔어요."

"누가 만든 거예요?" 두 사람이 놀라며 물었다.

"죄송하지만 그분의 허락 없이는 말해드릴 수 없어요. 하지만 곧 만나게 되실 거예요." 지자가 말했다.

청신과 관이판이 서로를 보았다. 청신은 반가움과 불안감이 뒤섞인 표정이었지만 관이판은 조금 난감한 기색이었다.

그분의 허락이라고? 그 사람이다! 소우주 최고의 권한을 가진 그가 아니면 또 누가 이곳을 통제할 수 있을까?

정말 '그 사람'일까?

두 사람은 서로 다른 생각에 빠져 침묵했다.

유도 신호를 따라 우주선을 해변에 착륙시킨 뒤 세 사람은 밖으로 나왔다. 바닷가에 작고 하얀 집이 하나 있고 문 위에 비뚤게 걸린 간판에 한자로 '우주 끝 식당'이라고 쓰여 있었다.

청신은 풋 하고 웃음을 터뜨렸지만 관이판은 되레 약간 긴장했다.

"그 사람은 매번 예상을 뛰어넘는군요. 이번엔 또 당신에게 뭘 주려는 거죠?"

관이판의 말이 끝나기가 무섭게 '그 사람'이 불쑥 나왔다. 검게 그을린

구릿빛 피부에 웃통을 벗은 윈톈밍이 그들 앞에 나타났다.

"톈밍!"

청신은 이미 예감하고 있었음에도 깜짝 놀라지 않을 수 없었다. 윈톈밍은 열여덟 살 때처럼 젊을 뿐 아니라 그때보다 훨씬 건강하고 활기가 넘쳤다. 그가 오래전 그때도 이렇게 밝은 모습이었다면 청신은 이미…….

윈톈밍이 환하게 웃으며 그들을 반겼다.

"세 분 오래 기다리셨지요. 어서 오세요."

청신이 머뭇거리다가 서둘러 정신을 차리고 고개를 숙이며 '식당'으로 들어갔다. 식당은 작고 테이블이 네다섯 개밖에 없었다. 청신이 그중 한 테이블에 앉자 윈톈밍이 맞은편에 앉았다. 묻고 싶은 말이 많은데 윈톈밍이 갑자기 식당 안쪽을 향해 외쳤다.

"여보, 음식 다 됐어? 손님 오셨어!"

청신과 관이판이 깜짝 놀랐다. 여보라니? 뒤이어 경쾌한 목소리가 들렸다.

"다 됐어!"

커튼이 열리고 앞치마를 두른 젊은 여자가 양손에 요리를 하나씩 들고 나왔다. 감자채볶음과 소고기로 만든 오향장육이었다.

"AA! 네가 어떻게 여기에!" 청신이 소스라치게 놀라 자기도 모르게 소리쳤다. 관이판도 입이 벌어지게 놀랐지만 속으로는 안도의 한숨을 내쉬었다.

태양이 설산 뒤로 내려앉고(지구의 시운동*과 달리 이곳은 '태양'이 평면 세계를

---

\* 옮긴이 주 : 지구가 하루에 한 번씩 자전하고 1년에 한 번씩 태양 주위를 공전하기 때문에 천체가 실제로는 움직이지 않지만 지구에서 볼 때 움직이는 것처럼 보이는 운동.

공전하는 위성이기 때문에 말 그대로 '태양'이 서쪽 지평선 밑으로 내려앉았다) 반짝이는 별들이 하늘에 나타났다. 손님과 주인까지 다섯 명이 집 앞 해변에 앉아 별을 올려다보았다.

"이 별들도 직접 만든 건가요?" 관이판이 약간 취기가 돈 목소리로 윈텐밍에게 물었다.

"아니에요." 윈텐밍이 말했다. "저건 진짜 항성들이에요. 우리은하의 구성원이죠."

"아닌 것 같아요. 저건 북두칠성, 저건 카시오페이아의 더블유, 그리고 저건 오리온의 벨트 아닌가요? 외성계의 별들이 지구에서 보는 것과 똑같이 배열될 수 있다고요?"

관이판이 말했다.

"지구에서 본 익숙한 하늘처럼 별들의 위치를 조금 조정한 것뿐이에요." 윈텐밍이 가볍게 말했다.

관이판과 청신은 그날 오후 내내 윈텐밍이 이룬 수많은 '기적'에 대해 들었으므로 이제는 크게 놀라지는 않았지만 이번에도 감탄스럽기는 마찬가지였다.

그들은 파도 소리를 들으며 AA가 만든 수제 맥주를 마셨다.

"이 세계의 이름이 뭐예요?" 관이판이 큰소리로 물었다.

"프로방스요." 윈텐밍이 대답했다.

"프랑스에 있는 프로방스요? 왜 그런 이름을 붙였어요?"

"헬레나가 지어줬어요. 헬레나의 조상들이 살던 고향이죠."

"헬레나라는 여자에 대해 자세히 들려주세요. 그 여자도 수색자였겠죠? 어떤 사람이었어요?"

"헬레나는 고대 비잔티움 제국의 매춘부였고, 오스만 제국과 비잔티움 제국의 콘스탄티노플 공방전 때는 마법사였고, 은하계 인류의 수호신이었으며, 내 최고의 스승이자 친구였어요."

윈톈밍이 진지하게 말하자 관이판과 청신은 놀란 눈치였다.

"헬레나는 가난한 집에서 태어나 어릴 적부터 화류계 생활을 했어요. 하지만 1453년 콘스탄티노플이 함락되기 전 고차원 모듈이 지구를 지나가면서 그녀의 운명이 바뀌었죠."

윈톈밍은 헬레나가 오스만 제국의 술탄을 암살하려다 실패한 이야기를 들려주고는 뒤이어 말했다.

"사실 헬레나는 마지막으로 고차원 모듈에 들어갔을 때 하루 낮하고도 하룻밤 동안 실종됐었고 그때 술탄을 죽일 기회가 없었던 것은 아니에요. 하지만 그녀는 4차원 공간의 신비한 음성에 이끌려 소우주로 들어갔어요."

"또 다른 소우주에 들어갔다는 거야?" 청신이 놀라며 물었다.

"맞아. 4차원 우주에 남겨진 589호 소우주에 들어가서. 그 소우주에 사는 4차원 지능체는 거의 죽기 직전이었지. 그 지능체도 주재자의 명령을 수행하는 하수인이었어. 그가 죽기 전 자신의 생각태를 헬레나의 뇌에 주입하고 그녀에게 자기 임무를 이어받아 수행해달라고 했어.

4차원 지능체의 생각태는 주재자보다 훨씬 약했지만 헬레나도 나처럼 처음에는 한꺼번에 밀려들어 온 생각태를 감당하지 못하고 정신이 혼미해졌어. 비잔티움의 병사들이 그녀를 잔인하게 죽이고 시체를 벽에 못 박았지만 내가 그랬던 것처럼 헬레나도 이미 생각태를 받아들인 뒤였기에 곧 되살아났고 몸이 이미 개조되어 있었지. 그때부터 그녀는 주재자의 명령에 따라 '반지'를 받은 수색자가 되어 지구를 떠나 우주를 떠돌며 매복자를 찾아다녔어. 그러다가 나를 만난 뒤에는 나와 함께 우주를 수색하고 싸우고, 은하계 인류의 운명도 함께 지켜보았어."

"헬레나는 어떻게 됐어?" 청신이 조심스럽게 물었다.

윈텐밍이 잠시 생각에 잠겼다가 슬픈 표정으로 말했다.

"지구 시간 기준으로 9년 전에 죽었어. 우린 마침내 매복자를 발견했지만 그의 막강한 힘에 압도당하고 말았어. 간신히 목숨은 구했지만 한 사람은 반드시 거기 남아서 주재자가 진공 붕괴를 일으키도록 유도해야 했는데, 그때 헬레나가 나를 소우주로 보낸 뒤 반지를 작동시켜 매복자와 함께 죽었어."

청신과 관이판은 모두 아무 말도 하지 못했다.

윈텐밍의 눈동자가 마지막 결전의 순간으로 돌아간 듯 떨렸다. 그는 하늘의 꽃받침 한가운데에서 매복자의 광포한 에너지 물결을 온몸으로 받아내고 있었다. 자신의 몸을 완전히 통제할 수는 없었지만 앞으로 나아가려고 몸부림친다면 소우주에서 도망칠 수는 있었다. 하지만 그는 이번에 매복자를 제거하지 못하면 다음에 그를 찾아내기 전에 우주가 2차원화될 수도 있다는 걸 잘 알고 있었다.

그때 헬레나가 그를 589호 소우주의 문으로 보낸 뒤 즉시 이 구역을 빠져나가라고 명령했다. 그가 바꿀 수 없는 최고 수준의 명령이었다. 헬레나가 그에게 이런 생각태를 전송했다.

윈, 날 두고 떠나. 내가 성녀가 되고 싶어 하는 거 알잖아.

난 당신을 위해 희생하는 게 아니라 자아실현의 기회를 찾은 거야. 진공 붕괴 후 우주에는 아무것도 남지 않을 거야, 당신은 나보다 기껏해야 몇십 년 더 살 뿐이야. 별로 다르지 않아.

네겐 아직 사랑하는 사람들이 있잖아, 윈. 내겐 아무것도 없어. 다시 우주의 가장자리로 가서 당신 아내를 복제하면 몇십 년 당신들은 행복하고 평범한 삶을 살 수 있을 거야. 안 그래?

당신의 마지막 생명과 시간을 잡아. 사랑할 시간은 충분해, 윈…….

윈톈밍은 가슴이 찢어지는 것 같았다. 그녀에게 보내고 싶은 생각태가 수없이 많았지만 헬레나는 생각태를 받는 채널을 닫아버렸다.

"그래서 헬레나를 기리기 위해 이곳을 프로방스라고 이름 붙인 건가요?" 관이판이 물었다.

윈톈밍이 참담한 기억에서 벗어나 고개를 끄덕였다.

"프로방스는 원래 헬레나가 589호 소우주에 붙인 이름이었어요. 그걸 따라 지은 거예요."

"그래서 당신이 647번 소우주로 돌아오지 않았군요." 관이판이 말했다.

청신은 가슴이 철렁했다. 만약 윈톈밍이 647호 소우주로 돌아가 자신을 만났더라면 현재는 또 어떻게 달라졌을까? 청신은 더 이상 생각하고 싶지 않아 화제를 돌렸다.

"참, AA는 어떻게 된 거야? 네가 파란별에 있을 때 이미 죽지 않았어?"

"차원 역전까지는 아직 시간이 좀 더 필요해. 매복자의 1.91대시간이 우리에게는 60여 년이잖아. 여기가 차원 역전이 제일 마지막에 도달하는 구역이 될 거야. 내가 아내와 남은 생을 평온하게 보내는 게 헬레나의 마지막 소망이었어. 그래서 589호 소우주의 재료들로 이 프로방스를 만들었어. 어때? 괜찮아 보이지?"

"정말 훌륭해!" 청신이 말하자 관이판도 고개를 끄덕였다.

"난 이제 늙었어."

영원한 열여덟 살의 육체를 가진 윈톈밍이 자신보다 더 나이 들어 보이는 두 사람 앞에서 이렇게 말하자 조금 우스워 보였다.

"웃지 마. 두 사람은 소우주에서 1년밖에 살지 않았지만 난 수백억 년 동안 대우주를 누비며 수많은 일을 겪었어. 이젠 정말 피곤해서 오래전의 뤼지처럼 은둔 생활을 하고 싶어. 그래서 두 사람이 소우주를 떠나기 전에 647호 소우주와 몰래 교신해서 지자에게 AA의 세포를 전송받아 복제한 거야."

청신이 AA를 흘긋 보았다.

"복제인간은 외모만 똑같이 생긴 다른 사람이잖아? 그런데 AA는 어떻게 옛날 일을 다 기억하고 있지? 조금 전에 나와 지구에서 있었던 옛날 일을 얘기했어."

"반지가 이미 예전에 AA의 뇌를 스캔해두었어. 그녀의 모든 기억 데이터를 갖고 있으니 다시 주입하는 건 어렵지 않지. 하지만 아쉽게도 반지의 스캐닝이 우리가 처음 만난 직후에 중단되어서 이 AA는 우리가 함께 산 40여 년의 기억은 갖고 있지 않아. 그래서 나를 다시 사랑하게 하기가 정말 힘들었어."

윈톈밍이 웃으며 AA의 손을 잡자 AA도 웃으며 그를 보았다.

청신은 알 수 없는 질투를 느꼈다. 윈톈밍의 곁에 있어야 할 사람은 원래 자신이라는 생각이 들자 괜히 화가 나서 윈톈밍과 AA에게 몰래 눈을 흘겼다. 하지만 관이판과 결혼하고도 이런 생각이 드는 자신에게 놀라 작게 한숨을 쉬었다. 청신은 고개를 약간 털어 혼란스러운 마음을 떨치고는 윈톈밍에게 물었다.

"그러니까 대우주에서 초막 신호를 발사한 사람이 바로 너라는 거야?"
"응."
"그럼 질량을 돌려주자고 한 것도 빅크런치와 무관해?"
윈톈밍의 표정이 진지해졌다.

"우주 자체의 에너지 균형 원리에 따르면 결국 우주는 붕괴될 수밖에 없어. 하지만 지적 생명체의 개입으로 자연적인 상태에서는 붕괴가 일어나지 않는 거지. 차원 역전이 없다면 우주는 암흑의 숲 상태에서 저차원화되어 모든 물질과 에너지가 무한한 시간축으로 바뀌겠지. 시간 외에 아무것도 없게 되는 거야. 사실 우리가 알고 있는 은하계와 국부은하군 일대는 이미 전부 2차원화되었어. 우주의 3분의 2가 2차원화되었으니까. 차원 역전을 진행하지 않는다면 주재자의 투영은 미래의 2차원 세계에서 지능을 상실하고 역전 전략을 펼칠 수 없으므로 모든 게 끝날 거야. 그래서 이 모든 건 차원 역전을 위한 것이고 모든 질량을 돌려줄 방법을 마련해야 해. 그러지 않으면 우리 우주는 영원히 회복할 수 없을 거야."

청신과 관이판은 서로를 보며 소우주에 남겨두고 온 표류하는 병과 투명 공을 떠올렸다.

"모든…… 질량이라고?" 청신이 조심스럽게 물었다.

"응. 내가 말한 대로 차원 역전은 우주를 부활시킬 거야. 그러면 우리 지구도 다시 생겨나게 되지. 아주 작은 질량도 놓치지 않고 모두 채워져야 해. 그러지 않으면 나비 효과가 나타나 세계가 다시 탄생하지 못하고 영원히 사라질 수도 있어."

윈톈밍이 말했다.

"천만 개나 되는 소우주가 전부 대우주에 질량을 돌려주지는 않을 수도 있잖아요?"

관이판도 가슴이 조금 뜨끔해서 말했다.

"이미 말했지만 소우주는 천만 개가 아니라 647개밖에 없어요. 그리고 모든 소우주는 주재자가 만든 것이기 때문에 주재자는 그것들을 전부 대우주로 환원시킬 능력이 있어요. 난 만일의 경우를 말하는 거예요. 이 일은 아주 작은 실수조차 있어서는 안 되는데, 만약 어떤 문명이 새로운 소우주를 만든 뒤에 대우주에 돌려주지 않는다면 이 모든 게 실패로 돌아갈 거예요. 그래서 내가 아는 수백만 가지 언어로 신호를 보내 물질과 에너지를 모두 돌려달라고 호소했던 거예요. 그들에게는 물질과 질량을 모두 돌려주는 것이 어려운 일이 아니니까요."

"하지만 매복자는 우주를 가로지르는 공격과 탐측도 가능하잖아요? 그러면서 에너지 손실을 일으키지 않았을까요?"

"지자는 이 우주와 초막 사이에 에너지 균형이 존재한다고 했어요. 대우주가 초막으로 에너지를 방출하면 우주 팽창을 통해 초막에서 동일한 양의 에너지를 흡수해요. 매복자의 공격은 차원 반전에 문제가 되지 않아요. 소우주들이 문제죠."

점점 초조해진 청신이 조심스럽게 물었다.

"톈밍, 저기, 만약…… 5킬로그램 정도가 돌아오지 않으면 어떻게 돼?"

"만약이라고?" 윈톈밍이 미심쩍은 표정으로 되물었다.

그때 갑자기 그들 사이에서 어떤 여자의 웃음소리가 터져 나왔다. 청신도 AA도 아닌, 줄곧 말없이 듣고 있던 지자의 웃음소리였다. 아름다운 얼굴이 무섭게 일그러질 만큼 광기에 어려 있었다.

그 웃음소리에 청신은 온몸에 소름이 끼쳤다. 110억 년 전 그날 밤, 물방울 공격이 벌어진 뒤 지구의 화산 분화구에서 닌자 복장을 한 지자가 그렇게 미친 듯이 웃었던 것을 떠올렸다.

청신은 전기충격을 받은 듯 이 순간 모든 걸 깨달았다. 모든 것을!

"너였어!" 청신이 지자를 향해 몸을 홱 돌렸다. "네가 거짓말로 나를 꾀어서 그 5킬로그램짜리 어항과 표류하는 병을 남겨놓고 오게 만들었어. 다 네 음모였어! 너에게 또 속다니! 또!"

원톈밍은 놀라서 아무 말도 못 하고 그들을 보기만 했다.

"멍청한 너 자신을 탓해." 지자가 시큰둥하게 말했다. "넌 자기 선택에 책임을 져야 해."

지자가 원톈밍에게 말했다.

"친애하는 주인님, 주재자가 정말로 이 더러운 우주를 다시 태어나게 할 거라고 생각하나요? 주재자가 정말로 모든 것이 정지된 태평한 왕국을 영원히 통치할 기회를 놓쳐버릴 거라고 생각하나요? 영원한 윤회, 영원한 반복이라니. 흥! 그건 지구 현학자들의 망상일 뿐이에요. 영원한 건 오직 주재자뿐이라고요! 오직 주재자뿐!

5킬로그램은 아주 중요한 질량이에요. 주재자는 무수히 많은 소우주가 영원히 우주를 떠나게 할 수 있고, 대우주가 그보다 훨씬 많은 질량을 잃게 만들 수도 있어요. 하지만 손실량이 5킬로그램을 넘는 순간 차원 역전 뒤에는 원래 우주와 완전히 다른 우주가 탄생하게 되죠. 모든 게 정지된 고요한 우주. 지능체가 출현할 수 없으니 당연히 그 우주를 지배하는 주재자도 나타나지 않을 거예요. 하지만 물질 손실량이 그보다 적으면 정말로 아무것도 변하지 않고 모든 일이 거의 똑같이 일어날 수 있어요. 초막에서는 다른 우주 물질을 얻을 수 없기 때문에 5킬로그램을 버려야만 했어요.

난이도 높은 임무였죠. 소우주의 밀폐 구조 때문에 초막에 있는 주재자가 소우주의 내부까지 통제할 수 없으니까요. 소우주의 질량 전체를 돌려주게 할 수는 있어도 5킬로그램만 남기고 나머지만 돌려주게 만드는 건 불가능했어요. 주재자 자신의 소우주를 쪼갤 수도 없고, 거의 대부분의 소우주는 이미 아무도 살지 않거나 하등생물만 살고 있어서 전부 대우주로 던져넣을 수밖에 없고요. 589호 소우주에 사는 두 사람은 너무 똑똑해서 속지 않을 것 같았고, 유일하게 이용할 수 있는 건 647호 소우주였죠. 운

좋게도 그 소우주에 사는 사람이 바로 청신이었어요. 게다가 뜻밖에도 청신은 저를 오랜 친구로 여기니, 청신이 투명한 공 하나를 남겨놓고 떠나도록 유도했어요. 이 우주의 어둠을 밝혀줄 한 줌의 생명을 남겨놓고 가라는 그럴듯한 말로 포장했더니 그 말을 정말 믿더군요! 그렇게 해서 마침내 우리가 원하던 5킬로그램의 오차를 만들어낼 수 있었어요."

지자가 생긋 웃었다.

"이 나쁜!"

윈톈밍이 분노를 참지 못하고 지자를 때리려고 손을 뻗었지만 그녀의 흰 얼굴과 도발적인 눈빛에 차마 때릴 수가 없었다. '로봇과 싸워봐야 무슨 소용이 있을까.' 윈톈밍은 속으로 힘없이 생각했다.

"주인님은 저를 탓할 수 없어요. 주인님은 647호 소우주의 관리 권한을 청신과 관이판에게 넘겨주었고, 제게는 그들에게 복종하라고 명령했죠. 제 행동은 그들의 의지, 특히 청신의 명령에 완전히 복종한 결과예요. 안 그래, 청신?"

감정이 없지만 인간의 감정을 똑같이 모방할 수 있는 지자가 도발적인 시선을 청신에게 던졌다.

청신은 고개를 숙인 채 아무 말도 못 하다가 얼굴을 가리고 울기 시작했다. 관이판이 난감한 표정으로 서 있고 AA도 뭐라고 해야 할지 몰라 멍하니 서 있었다.

"헛소리, 네가 청신의 마음을 조종한 거지!"

윈톈밍이 성난 말투로 쏘아붙였다.

"남에게 조종당한 본인 탓이죠!" 지자가 반박했다. "처음엔 주인님을 조종하려고 했지만 쉽지 않았어요. 결국 영원한 윤회라는 핑계로 당신을 설득했지만 그것도 쉽지 않았죠. 남에게 저토록 쉽게 조종당하는 사람에게 복종하라고 한 사람은 바로 주인님이잖아요?"

윈톈밍은 지자를 보며 말을 잇지 못했다. 눈앞에 있는 지자가 정말로 로봇인지 의심스러웠다.

"절 죽이려면 죽이세요. 피하지 않겠어요."

윈톈밍은 결국 긴 한숨을 내쉬며 지자를 응징할 마음을 접었다.

"그게 무슨 의미가 있겠어. 넌 주재자의 그림자일 뿐. 떠나라. 다시는 보고 싶지 않아."

지자가 윈톈밍에게 허리 굽혀 인사를 했다.

"네, 주인님. 하지만 반지로 소환하시면 언제든 돌아올게요."

그때 청신이 갑자기 성난 짐승처럼 비명을 지르며 달려들어 지자를 덮쳤다. 두 사람은 바닥을 뒹굴며 몸싸움을 벌였다.

"이 나쁜 것, 널 증오해⋯⋯ 널 증오해!"

청신이 울부짖고 지자를 때리며 마침내 긴긴 세월 가슴속에 억누르고 있던 원한을 한꺼번에 터뜨렸다. 청신은 몸이 홀가분해지며 무언가에서 해방되는 느낌이 들었다. 마침내 자신이 어떤 바람에 휩쓸려 사방으로 날아다닌 모래 한 톨이고, 강물에 실려 머나먼 강까지 흘러온 작은 낙엽에 불과하다는 사실을 처절하게 깨달았다. 그녀는 완전히 체념한 채 찬바람이 자기 몸을 할퀴고, 복수심이 자기 영혼을 후비도록 내버려두었다.

지자는 반격하지 않았다. 이 싸움은 그녀에게 아무런 의미가 없었다. 그녀의 몸은 가장 뛰어난 탄성체로, 고무보다 강하고 유연해 조금도 다치게 할 수 없다. 아무리 유린당하고 움푹 파이고 뒤틀려도 마치 뼈가 없는 것처럼 빠르게 원상태로 회복된다.

관이판이 청신을 말리려고 했지만 떼어낼 수가 없었다. 윈톈밍은 멍한 표정으로 미동도 없이 서 있었다. 100억 년이 넘는 시간 모진 시련을 겪으면서도 불굴의 노력을 쏟았는데 그 모든 게 헛수고였다니. AA는 겁이 난 듯 윈톈밍의 팔을 잡았다. 눈앞에 있는 여자가 과거에 자신이 가장 사랑하고 존경했던 청신이라는 걸 믿기 힘들었다.

이때 지자가 싸늘하게 웃으며 말했다.

"청신, 당신은 날 미워하는 게 아니라 당신 자신을 미워하는 거야. 당신도 그 사실을 잘 알고 있어."

그 말에 청신이 몸부림을 뚝 멈추고 힘이 풀린 듯 주저앉더니 넋을 놓고 오열했다. 관이판이 그녀를 감싸 안고 위로했다. 지자는 툭툭 털고 일어나 윈톈밍에게 허리를 굽혀 인사한 뒤 몸을 돌려 자리를 떴다.

"잠깐!"

지자가 10여 미터쯤 멀어졌을 때 윈톈밍이 갑자기 그녀를 불러세웠다.

"5킬로그램이 부족하면 무슨 일이 일어나지? 주재자가 정말로 영구적인 10차원 우주를 만들 수 있어?"

지자가 멈춰서 그를 돌아보며 생각에 잠겼다가 쓸쓸한 표정으로 고개를 저었다.

"사실 그건 주재자도 몰라요. 그 결과는 계산해낼 수 없어요. 하지만 끝없이 반복되는 것보다는 낫지 않겠어요? 주재자는 어쨌든 시도해보겠다는 생각이에요."

그 순간 윈톈밍은 문득 주재자에게 동정심이 들었다. 지고무상한 신과 같은 존재이면서도 우주의 커다란 변화 앞에서는 아무것도 할 수가 없는 것이다. 생존을 위해 아등바등 분투해야 한다는 점에서는 윈톈밍 자신과 다를 게 없었다.

윈톈밍은 긴 한숨을 내쉬었다. 문득 이 모든 일이 절망적이지 않다는 생각이 들었다. 미래는 원래 알 수 없는 것 아닌가? 모든 것이 처음부터 새로 시작될 것이다. 우주도 처음부터 다시 시작되고, 과거에 일어났던 모든 일은 사라지지만 우주는 여전히 존재하고 그 역시 존재할 것이다. 그를 구성하는 모든 물질과 모든 쿼크 하나하나가 어떤 형태로든 새로운 우주 속에 존재할 것이다. 그것들이 조합되어 전혀 다른 그를 만들어 낼 수도 있다. 낙담하고 절망할 필요가 없지 않은가? 지구, 인류, 태양계, 이 모든 것은 물질이고, 물질은 어떤 방식으로든 반드시 다시 생겨나게 된다.

주재자가 시도해보겠다면 이 우주도 시도해볼 수 있다. 기회와 위험은 언제나 동전의 양면 같은 것이다. 모든 것이 끊임없이 변화하는데 이미 사라진 과거에 집착할 필요가 있을까? 보잘것없이 작은 몸을 대변화의 흐름에 내던져 영원히 끝나지 않는 새로운 세계로 떠내려가게 하자! 이게 바로 시간의 궁극적인 의미, 즉, 자유가 아닐까?

"비끼는 바람과 가랑비를 맞아도 돌아갈 필요가 없다네."

돌아갈 필요가 없다. 돌아갈 필요가 없다. 그렇다면 돌아가지 말고 저 미지의 세계로 가자.

지자의 말처럼 첫 번째에 의미가 있다면, 무한한 반복도 의미가 있다. 마찬가지로 첫 번째에 의미가 있다면 영원히 반복되지 않고 모든 게 사라지더라도 그 한 번은 여전히 의미가 있는 것이다. 우주와 삶의 의미는 반복에서 생겨나는 것이 아니고 변한다고 해서 사라지는 것도 아니다.

과거는 반복되지 않더라도 여전히 그곳에 있다. 기억나지 않는다고 해서 잊히는 것은 아니다.

얼마 후 지자는 떠나고, 청신도 울면서 멀리 가버렸다. 관이판은 청신을 따라갔다. 윈텐밍은 청신을 미워하지 않았지만 붙잡고 싶지도 않았다. 청신을 마주 볼 수 없어서가 아니라, 청신이 더 이상 자신을 마주 볼 수 없다는 걸 알고 있기 때문이었다. 비록 그녀의 실수와 상관없이 완전히 새로운 우주를 만들어낼 수 있다 해도 그녀는 고상한 겉모습에 가려져 있다가 지자에 의해 잔인하게 들춰진 자신의 진짜 모습을 받아들일 수 없을 것이다. 그녀를 다시 만날 수 있을지 확신할 수 없지만 어쨌든 200만 제곱킬로미터가 넘는 이 새로운 세계에서 그들도 안전하고 편안한 곳을 찾아 남은 50여 년을 보낼 것이다.

윈톈밍은 이제 생각이 완전히 달라졌다. 삶과 사랑에 대한 따스한 긍정이 다시 그의 가슴에 벅차올랐다. 이 우주에 남은 50여 년 때문이 아니라, 앞으로 펼쳐질 미지의 새로운 우주 때문이었다.

결전의 마지막 순간이 떠올랐다. 헬레나가 희생된 구역을 벗어났을 때 그가 마지막으로 받은 생각태는 헬레나가 아니라 죽어가는 매복자에서 온 불완전한 생각태 조각이었다.

나는 시간을 창조했지만 결국 시간 속에서 죽을 것이다. 하지만 난 결코 후회하지 않는다. 만약 한 번의 기회가 더 주어진다면 난…….

생각태는 여기서 끊겼지만 윈톈밍은 매복자가 하려고 했던 말을 알 것 같았다.

난 마찬가지로 다시 시간을 창조해 이 모든 것이 다시 기회를 얻도록 할 것이다.

주재자, 매복자, 그리고 윈톈밍은 끊임없이 서로 적대하며 싸웠지만 결국 같은 일을 했다. 그 모든 노력은 새로운 우주의 탄생을 위한 것이었고, 새 우주에서 생명과 사랑을 다시 탄생시키기 위한 일이었다.

윈텐밍이 프로방스의 바다를 향해 손바닥을 뻗자 모세가 지팡이를 내민 것처럼 붉은 해가 갑자기 바다에서 솟아올라 새벽 하늘을 밝게 비추었다.

"새로운 우주의 일출이야." 윈텐밍이 나직이 속삭이며 AA를 가볍게 안았다. "당신과 나, 헬레나, 청신, 관이판……. 이 우주에서 살아온 모든 사람과 생명이 무엇으로 변하든 새로운 우주의 햇빛을 듬뿍 받게 될 거야."

떠오른 태양의 첫 빛줄기가 두 사람을 찬란하게 비추었다. 그들 앞에 펼쳐진 바다는 보석처럼 반짝이고, 그들 뒤에 있는 들판에 활짝 핀 라벤더는 꿈을 꾸듯 흔들렸다.

아름다운 새벽이었다.

## 에필로그 이후 : 신우주의 기록

이제 전설은 끝나고 역사는 다시 시작되리라.

– 《은하영웅전설》

## 기원전 3500년 : 삼체 성계

밤하늘 높이 떠오른 빅라운드페이스 위로 한 가닥 한 가닥 깊은 주름이 선명하게 보였다. 천구(天球)들은 빅라운드페이스 주위에 한가롭게 걸려 있지만 옐로우문은 아직 나오지 않았다. 주나가 날렵한 날짐승인 슬루를 타고 형광색으로 반짝이는 밀림 상공을 가로질러 플로팅마운틴으로 날아갔다.

주나는 겹겹이 이어진 산을 넘어 제일 높은 산의 정상으로 곧장 날아갔다. 산꼭대기에 서 있는 날씬한 카샤의 모습이 멀리서 나타났다. 미동도 없이 서서 밤하늘을 올려다보는 그의 곁에 온순한 날짐승 두두가 엎드려 있었다.

주나가 기쁨을 감추지 못하고 슬루가 완전히 내려앉기도 전에 훌쩍 뛰어내렸다.

"안녕."

"안녕."

카샤가 주나에게 부드럽게 인사했다. 주나는 카샤의 인사하는 모습을 좋아했다. 우아하고 대범한 카샤의 모습은 그녀의 부족의 거친 사냥꾼들과는 전혀 달랐다. 카샤는 다른 부족 출신으로, 이전에는 남쪽 바닷가에 살다가 얼마 전에 이주해 왔다.

카샤는 천체의 운행을 관찰하는 별 관찰자였다. 주나는 천체를 관찰하는 것이 무슨 쓸모가 있는지 이해하지 못했지만, 카샤는 별이 뜨고 지는 천체의 움직임이 밀물과 썰물을 일으키기 때문에 그들 부족은 오래전부터 천체 현상을 관찰해왔다고 했다. 카샤는 밀림으로 이주한 뒤에도 매일 밤 산에 올라가 하늘을 관찰했다. 주나는 이 소년이 무척 신비롭고 궁금해 밤마다 자주 평계를 대고 빠져나와 플로팅마운틴 꼭대기로 그를 보러 가곤 했다.

카샤가 미소를 지으며 말했다.

"옐로우문이 곧 떠오를 거야. 저길 봐!"

그가 빅라운드페이스 옆을 가리켰다. 이미 오렌지색 빛무리가 희미하게 나타나 있었다. 잠시 후 옐로우문이 나타나자 노랗고 따뜻한 빛이 하늘 전체를 감싸고 두 사람을 비추었다. 주나가 가만히 카샤를 보았다. 노르스름한 달빛 아래 그의 앳된 얼굴이 더 잘생겨 보였다.

하지만 카샤가 그녀를 보지 않고 옐로우문에 시선을 고정하고 있자 주나는 조금 심통 난 듯 꼬리로 그를 툭툭 쳤다.

"넌 날마다 저것만 보는구나. 저게 뭐가 그렇게 멋지다고."

카샤가 말했다. "저길 봐. 옐로우문 옆에 뭐가 있는지."

"불의 별이잖아."

주나가 시큰둥하게 말하며 흘긋 올려다보는데 불의 별과 옐로우문이 거의 부딪칠 것처럼 점점 가까워지고 있었다. 주나가 조금 겁이 난 듯 물었다.

"설마 부딪치진 않겠지?"

카샤가 웃으며 그녀의 머리를 톡 건드렸다. "바보."

잠시 후 두 별이 겹쳐지며 옐로우문의 표면에 검은 점이 나타나더니 불의 별이 그 노란 원반 위를 천천히 가로질러 지나갔다. 주나도 그 기묘한 현상에 매료되었는지 잠시 생각하다가 물었다.

"옐로우문이 불의 별보다 더 멀리 떨어져 있는 거야. 그렇지?"

"아주 멀지. 옐로우문은 우리 눈에 보이는 모든 행성 중에 제일 멀리 있다고."

"행성이라고?"

"하늘에서 위치를 바꾸는 별을 행성이라고 하고, 움직이지 않고 천구와 함께 회전하는 별을 항성이라고 해."

"저 옐로우문은 항성이야, 행성이야?"

"글쎄. 하늘에서 움직이고 있으니 일반적인 정의로 보면 행성이지. 너무 커서 불의 별과 물의 별보다 멀고 심지어 전쟁의 별보다도 멀지만 점이 아니라 또렷한 원반처럼 보여. 게다가 아주 밝지. 우리 부족의 현자들은 옐로우문이 사실 태양처럼 스스로 빛을 발하는 별일 거라고 생각했어. 하지만 태양보다 훨씬 멀기 때문에 훨씬 어둡게 보이는 거야."

"그럼 옐로우문도 우리 대지를 중심으로 돌고 있어?"

"옐로우문? 아니. 우리 부족의 천문학자들은 옐로우문이 태양을 중심으로 돈다고 했어. 더 정확히 말하면 옐로우문과 태양이 각각 서로를 중심으로 돌고 있대. 이렇게."

그가 양손 손가락을 하나씩 세워 서로를 중심으로 빙 돌렸다.

"음, 서로 사랑하는 사람들 같아." 주나가 말했다.

"맞아. 우리 부족의 신화에서 태양과 옐로우문은 서로 사랑하는 연인 사이야."

주나가 물었다. "그들 사이에 아이도 있어?"

"뭐라고?" 카샤는 그녀의 말을 이해하지 못했다.

"태양과 옐로우문 말이야. 둘 사이에 아이가 있냐고."

"바보, 또 엉뚱한 생각을 했구나. 넌 정말…….."

웃으며 말하던 카샤가 무슨 생각이 난 듯 갑자기 표정이 굳었다.

"카샤? 왜 그래?" 주나가 걱정스러운 표정으로 물었다.

"아무것도 아냐. 잘 알려지지 않은 신화 하나가 생각났어. 그 신화에서 태양과 옐로우문이 아이를 낳았는데, 그 아이가 바로 작은 빨간별이야."

"작은 빨간별?"

주나는 처음 듣는 별 이름이었다.

카샤가 한쪽 하늘을 가리켰다. 그곳에 붉은 별 하나가 떠 있는데 옐로우문의 환한 빛에 가려 거의 보이지 않을 만큼 희미했다.

"저 별이 작은 빨간별이야? 별로 특별해 보이지 않는걸? 저 별이 왜 태양과 옐로우문의 아이라는 거야?"

주나가 의아해하며 물었다.

"맞아. 초라해 보이지만 사실 아주 특별한 별이야. 하늘에서 아주 아주 느린 속도로 움직이는데, 어떤 행성보다도 느리지만 계속 움직이고 있어. 우리 부족의 오래된 별자리 지도를 보면 작은 빨간별은 지금과 완전히 다른 위치에 있어. 작은 빨간별은 항성도 아니고 행성도 아니야. 그리고 우리에게서 아주 멀리 떨어져 있을 거야. 옐로우문보다도 더 멀고, 거의 항성천(恒星天)*에 닿을 만큼 멀지만 태양과 옐로우문 주위를 떠나지 않아. 우리 부족의 신화에서는 작은 빨간별이 잘못을 저질러 집에서 쫓겨난 뒤로 바깥을 떠돌며 10만 년에 한 바퀴씩 태양과 옐로우문 주위를 크게 돌지만 집에는 감히 돌아올 수 없다고 했어."

---

\* 옮긴이 주 : 천동설에서 지구를 중심으로 우주가 공전하는 원 가운데 가장 바깥쪽 항성이 고정되어 있는 둘레.

"너무 불쌍하잖아." 주나가 말했다. "왜 못 돌아오게 해?"

"작은 빨간별이 돌아오면 큰일이야." 카샤가 웃으며 말했다. "작은 빨간별이 돌아오면 태양과 옐로우문의 사랑이 깨지게 되거든."

"그럴 리가! 작은 빨간 별은 태양과 옐로우문 사이에서 태어난 아이라면서?"

"나도 이유는 모르지만 우리 부족의 신화에 따르면 모든 천체는 서로 사랑해서 모이고 싶어 하지만 그렇게 되면 회전할 수 없고 대지를 밝게 비출 수도 없대. 그래서 질서와 절제를 지키며 사랑하도록 조물주가 그들을 서로 떼어놓았어. 태양과 옐로우문의 아이인 작은 빨간별이 돌아오면 태양과 옐로우문이 서로 작은 빨간별을 차지하려고 다툴 거야. 그들 모두 작은 빨간별이 자기 주위를 돌기를 원하니까. 그러면 태양과 옐로우문은 더 이상 서로를 중심으로 돌며 대칭의 춤을 출 수 없게 될 거야. 계속 싸우다가 작은 빨간별이 둘 중 하나에 부딪히면 천체의 질서가 무너지겠지."

주나가 생각에 잠긴 듯 말했다.

"자비로운 조물주의 지혜구나. 태양과 옐로우문, 작은 빨간별이 모여 있다면 우린 지금 존재할 수도 없겠네."

"만약 그때도 우리가 존재한다면," 카샤가 말했다. "더 혹독하고 기이한 세상에 살고 있겠지. 어느 것이 우리 태양인지 알 수도 없을 거야."

두 사람이 생각에 잠겨 있을 때 술루와 두두가 울부짖기 시작했다. 주나와 카샤는 그들이 싸우는 줄 알고 놀라서 고개를 돌렸는데 두 짐승은 옐로우문 쪽을 향해 경계하며 울부짖고 있었다. 주나와 카샤도 옐로우문을 보았지만 딱히 이상한 점은 없었다. 날짐승들이 가끔 뜬금없이 이상한 행동을 하곤 했기 때문에 두 사람은 대수롭지 않게 생각했다. 주나가 조금 꾸짖자 날짐승들이 얌전해졌다.

주나가 카샤의 손을 잡고 다정하게 말했다.

"태양과 옐로우문의 사랑이야기를 더 듣고 싶어."

카샤는 주나가 옐로우문보다 더 아름답다고 생각했다. 카샤가 주나의 눈동자를 응시하며 작은 소리로 말했다.

"주나와 카샤의 이야기를 하는 게 더 낫지 않을까?"

주나가 수줍게 웃자 카샤도 그녀의 마음을 확인했다. 막 연인이 된 두 사람은 몇 분 뒤 날짐승을 타고 밤하늘을 날았다. 서로를 쫓고 놀면서 점점 하늘 높이 올라갔다. 빅라운드페이스에 닿으려는 듯, 옐로우문까지 올라가려는 듯.

하지만 그들은 조금 전 날짐승들이 무엇을 보았는지 알지 못했다. 은색 빛 한 줄기가 그들 뒤를 가로질러 하늘을 향해 곧장 올라갔지만 옐로우문의 빛에 가려 보이지 않았다. 그 빛은 그들보다 더 높이 올라가 빅라운드페이스, 옐로우문, 작은 빨간별보다 더 먼 세계를 향해 날아갔다.

4광년 밖 그 세계를 향해…….

## 1453년 5월 : 콘스탄티노플

하늘, 땅, 바다, 도시…… 만물.

세계가 또다시 그녀 앞에 자신을 드러냈다. 그녀가 옷을 벗어 손님의 탐욕스러운 눈빛 앞에 실오라기 하나 걸치지 않은 몸을 내던지는 것처럼. 다른 점은 지금은 그녀가 이 세계의 '손님'이라는 점이다. 무한한 세밀함과 풍부함이 그녀 앞에 펼쳐졌다. 그녀는 원하는 대로 뭐든 할 수 있다는 황홀감에 휩싸였다.

헬레나는 얼른 고개를 저어 불순한 상상을 털어냈다. 너무 모욕적인 상상이었다. 그녀는 몇 번째인지 기억하지 못할 만큼 이 공간에 여러 번 들어왔지만 매번 전율을 느낄 정도로 매료되곤 했다. 그녀는 이것이 하나님의 선물이라고 생각했다. 위대한 다니엘이나 선지자 이사야,《요한계시록》을 쓴 요한과 똑같이 하나님의 은총을 받아 자신이 하나님의 구역에 들어가게 된 것이라고.

헬레나는 자신이 더 '높은' 곳에 있어서 세계 전체를 한눈에 볼 수 있는 것이라고 어렴풋이 느꼈다. 물론 여기서 더 '높은' 곳이란 탑이나 산봉우리처럼 높은 곳을 의미하는 것이 아니었다. 그런 곳보다 더 '높은' 곳이며 속세의 기준을 벗어난 또 다른 '높이'였다. 그렇다면 천국의 문 외에 또 무엇이 있을까? 그녀는《요한계시록》에 나오는 고운 옥의 성벽, 수정과 보석으로 만든 대문, 황금으로 장식된 거리를 찾았지만 그중 어느 것도 찾지 못했다. 그러자 천국이 아직 자신에게 완전히 문을 열어주지 않았으며, 속세에서의 임무를 완수해야만 천국에 들어갈 수 있는 것이라고 생각할 수밖에 없었다.

그 임무는 물론 이교도의 왕이자 사탄이 씐 악마인 오스만 제국의 술탄 메흐메트 2세를 죽이는 것이었다. 이 임무를 완수하기만 하면 그녀는 비잔티움 제국과 유럽의 구원자로서 잔다르크보다 위대한 성녀가 될 것이다. 여기까지 생각하자 그녀는 피가 끓어올라 샴쉬르 한 자루를 들고 탑 위를 '걸어갔다'.

그녀는 이 기이한 공간에서 걷는 법을 이미 어느 정도 터득한 터였다. 평소에는 보이지 않는 탑 가장자리를 따라 벽 속으로 들어갔다가 다시 지하로 내려갔다. 진정한 의미의 '지하'였다. 사람의 키보다 더 깊은 땅속으로 들어갔지만 그녀에겐 새로 얻은 '높이'가 있었기 때문에 아무런 어려움 없이 걸을 수 있었다. 단단한 대지 속을 걸으며 하늘과 땅을 투사하듯 보고 나아갈 방향을 자유자재로 통제할 수 있었다.

메흐메트 2세의 막사가 보이자 헬레나는 자신이 절대적으로 안전하다는 것을 알면서도 심장박동이 빨라졌다.

하나님, 정말 이 위대한 임무를 완수하도록 도와주실 건가요? 주여, 알려주시옵소서!

그때 갑자기 강력한 영적인 힘이 번개처럼 그녀의 뇌리를 관통하며 어떤 목소리가 들렸다.

'구하라. 그러면 너희에게 주실 것이요. 찾으라. 그러면 찾을 것이다. 문을 두드리라. 그러면 너희에게 열릴 것이니.'

헬레나가 소스라치게 놀라며 물었다.

"주님이십니까?"

아무 소리도 나지 않자 그녀는 정신을 가다듬으며 너무 긴장한 탓에 성경의 한 구절이 떠오른 모양이라고 생각했다.

그녀는 숨을 죽이고 금과 옥으로 장식한 술탄의 막사로 다가갔다. 입구를 겹겹이 지키고 있는 호위병들은 아무런 장애물이 되지 못했다. 다른 세계의 공간에서 그녀는 대지의 눈에 보이지 않는 면을 따라 걸어 호위병의 코앞에서 보란 듯이 막사로 들어갔다. 젊은 술탄은 벌거벗은 여자 서너 명에 둘러싸인 채 깊이 잠들어 있었다. 프란체스카가 보여준 초상화로 한눈에 알아볼 수 있었다.

방탕한 이교도들은 죽어 마땅해! 그녀가 샴쉬르를 힘껏 휘둘렀다. 술탄의 숨통을 끊어놓으려는 찰나였다.

바로 그때, 그 기묘한 부름이 다시 들렸다.

좁은 문으로 들어가라 멸망으로 인도하는 문은 크고 그 길이 넓어 그리로 들어가는 자가 많고 생명으로 인도하는 문은 좁고 길이 협착하여 찾는 자가 적음이라.*

동시에 그녀 앞에 점선으로 된 테두리가 나타나더니 은은한 빛으로 그녀를 부르는 것 같았다. 그녀는 놀라 손에 들고 있던 샴쉬르를 놓쳐 바닥에 떨어졌다. 다른 세계의 공간에서도 칼은 중력에 따라 지하 암석 내부로 떨어졌다.

소리가 희미하게 들리자 술에 취한 술탄이 얼핏 잠에서 깬 듯 눈을 비볐다. 헬레나는 어찌할 바를 모르고 망설였다. 베드로가 지키는 천국의 문

* 옮긴이 주 : 마태복음.

과 주님의 계시가 틀림없었다. 헬레나는 점선 테두리를 똑바로 응시했다. 그녀는 지난번 우주에서도 자신이 똑같은 부름을 받고 본능적으로 그 점선 테두리로 들어갔으며 그 결과 소우주에서 임무를 부여받았다는 사실을 알지 못했다. 하지만 이 우주에서 그녀의 뇌는 지난번 우주와 원자 몇 개가 달랐기 때문에 모든 것이 완전히 달라졌다.

천국에 들어가기 전에 먼저 눈앞의 이교도를 죽이고 천국을 위해 공을 세워야만 주님의 은혜를 입고 주님의 신부가 될 수 있을 거라고 생각했다. 칼은 떨어뜨렸지만 그녀에게는 아무런 문제도 되지 않았다. 그녀는 술탄의 뇌를 향해 손을 뻗었다. 다른 부위와 마찬가지로 그녀 앞에 모두 드러나 있다. 그걸 손에 잡기만 하면 세상을 두려움에 떨게 한 이 오스만 제국의 술탄을 죽일 수 있다.

그런데 바로 이때, 술탄이 몸을 뒤척이자 그녀의 손이 빗나가 술탄의 맨살에 닿았다. 그 바람에 잠에서 깬 술탄은 잠결에 그녀의 손을 붙잡아 홱 당겼다. 야윈 헬레나는 그의 힘을 견디지 못하고 그의 품으로 끌어당겨졌다.

눈앞의 환상적이고 예측할 수 없는 세계는 순식간에 사라지고, 만물이 다시 무겁게 짓눌렀다. 설상가상으로 그녀는 지금 술탄에게 꽉 끌어안겨 거의 숨을 쉴 수가 없었다. 혈기왕성한 술탄이 그녀의 가녀린 몸을 주무르기 시작했다.

안 돼. 돌아가야 해!

당장 여기서 빠져나가야 한다는 생각밖에 없었다. 조금 전 그 이세계와의 접촉면으로 돌아가면 빠져나갈 수 있을 것 같았다.

그녀가 머리를 그 공간으로 쑥 들이밀자 눈앞이 번쩍이며 다시 무한한 세계가 열렸다. 그 점선 테두리가 여전히 그녀를 부르고 있었다. 하지만 그녀는 한 발짝도 움직일 수 없었고, 다시 포악한 왕의 손에 붙잡힌 뒤 매서운 따귀 한 대를 맞고 바닥에 쓰러졌다.

술탄은 잠에서 깼지만 막사 안이 어두워 그녀가 누구인지 알아보지 못한 모양이었다. 술탄이 큰소리로 욕하자 그녀는 발버둥 치며 몸을 일으켜 술탄을 머리로 들이받고 앞으로 달려가 조금 전의 그 접촉면을 향해 몸을 날렸다.

하지만 아무것도 없었다. 접촉면은 사라진 뒤였다.

헬레나가 겁에 질려 어쩔 줄 모르고 있을 때 술탄이 그녀를 끌어안고 그녀의 목을 핥았다.

모든 게 끝났다. 헬레나는 절망 속에 체념했다. 성녀가 되는 건 환상일 뿐, 그녀는 이번에도 역시 남자에게 짓밟히는 매춘부일 뿐이었다. 그 누구도 구원할 수 없다. 심지어 자기 자신조차.

헬레나는 몇 번 발버둥을 치다가 더 이상 저항하지 않았다. 조용히 눈물을 흘리며 술탄이 자기 옷을 벗기고 몸을 짓누르고 자신의 운명을 예측할 수 없는 미래로 이끌도록 내버려두었다.

그 순간 그 고차원 조각은 곧 사라질 소우주의 문과 헬레나의 짓밟힌 희망을 안고 대지를 떠나 다시는 돌아오지 않을 어둡고 기이한 별하늘을 향해 올라가고 있었다.

## 1964년 : 베이징 중난하이(中南海)

몸집이 큰 노인이 넓은 책상 앞에 구부정하게 앉아 돋보기를 한 손에 들고 책상에 펼쳐진 보고서를 흥미진진하게 읽으며 이따금 고개를 끄덕였다. 보고서의 첫 줄에 '외계 문명 탐구와 기술 돌연변이 가능성 연구 보고서'라고 쓰여 있었다. 노인은 다 읽은 뒤 펜꽂이에서 펜을 하나 집어 들고 힘있게 휘둘러 이렇게 썼다.

'보고서를 다 읽었다. 그가 지구 밖을 향해 외쳤다. 외계 사회에서 하나의 목소리만 듣는 것은 위험하다. 우리도 우리 목소리를 내야 한다. 그래야 그들이 인류 사회의 온전한 목소리를 들을 수 있다. 한쪽 말만 들어서는 진실을 알 수 없다. 이는 우리가 반드시 해야 하는 일이다.'

'빨리 해야 하는 일'이라고 다시 한 번 강조하고 싶었지만 노크 소리에 손을 멈추고 고개를 들었다. 그가 환히 웃으며 말했다.

"언라이(恩來)*, 잘 왔군. 이리 와서 보게. 아주 재미있는 보고서야."

마른 몸매의 노인이 걸어들어왔다. 약간 피곤해 보였지만 형형하게 빛

---

\* 옮긴이 주 : 저우언라이(周恩來). 정치인으로 1927년부터 중국 공산당 혁명에 투신했으며 1949년 중화인민공화국 건국 때부터 1976년 사망할 때까지 총리로서 마오쩌둥(毛澤東)을 보좌했다.

나는 눈빛에서 강한 생명력이 느껴졌다. 그가 보고서를 훑어보고 웃으며 말했다.

"흥미로운 보고서입니다. 시대가 나날이 새로워지고 있습니다. 제가 젊었을 적 프랑스에서 유학할 때 베른의 공상과학 소설을 읽고 기발하다고 생각했는데 이제는 미국인들이 정말로 외계인을 찾겠다고 나서는군요."

"우리나라도 남의 뒤꽁무니만 따라가지 말고 이렇게 원대한 안목을 가져야 하네. 우리도 기지를 건설하고 외계 문명을 찾아야 해. 이름도 생각해놨어. 홍안(紅岸)이라고! 당장은 중요한 일이 아닐 수도 있지만 장기적으로 보면 아주 중요한 일이야. 며칠 뒤에 첸쉐썬(錢學森)*, 궈융화이(郭永懷)** 동지를 만나 회의하려고 하네. 자네 생각은 어떤가?"

"주석님, 좋은 계획이지만 예산 문제가……."

마른 노인의 얼굴에 난색이 떠올랐다.

키 큰 노인이 말했다.

"재정의 어려움은 나도 알고 있네. 이렇게 하지. 우선 1억 위안만 투입하면 어떻겠나?"

마른 노인이 쓴웃음을 지으며 손에 들고 있던 보고서를 내밀었다.

"우선 재정예산 보고서를 봐주십시오."

보고서를 받아 훑어보는 키 큰 노인의 표정이 점점 굳더니 입에서는 탄식이 흘러나왔다.

"휴, 돈이 필요한 곳이 너무 많아. 5개년 계획에도 필요하고, 군대 건설

---

\* 옮긴이 주 : 중국의 항공우주학자. 미국에서 로켓 엔진 기술을 연구한 후 중국으로 돌아와 중국의 핵 개발과 미사일 개발에 기여하는 등 중국의 1세대 항공우주공학을 이끌었다.
\*\* 옮긴이 주 : 중국의 원자 폭탄 및 수소 폭탄, 위성 개발에 공을 세운 과학자.

에도 필요하고, 핵무기와 위성 개발에도 필요하고, 심지어 모범극\*을 만드는 데도 돈이 필요해! 이 사업에 착수하는 동안 이 발전소 건설을 조금 늦출 수는 없겠나?"

그가 예산보고서 마지막 몇 줄을 가리키며 말했다.

마른 노인이 미간을 찡그리며 말했다.

"주석님, 현재 국가산업을 발전시키기 위해서는 전기가 필요합니다. 발전소 건설은 미룰 수 없습니다."

"그렇군."

키 큰 노인이 한숨을 내쉬며 재정예산보고서를 뒤적였다. 자금을 절약할 수 있는 사업을 찾아보려고 했지만 마땅한 것을 찾을 수가 없었다.

마른 노인이 말했다.

"주석님, 원하신다면 외계 탐사 기지를 건립하시죠. 발전소 몇 개 없다고 나라가 망하지는 않습니다. 회의 후에 국무원에 시켜 보고서를 다시 작성하라고 하겠습니다."

하지만 키 큰 노인이 고개를 숙인 채 한참 고민하다가 결심한 듯 손을 저었다.

"됐네. 그만두지! 외계인이 정말 있는지도 확실하지 않은데 국가 산업화에 지장을 줄 수는 없지. 기지 건설은 일단 보류하세. 발전소를 차질 없이 건설하게!"

그가 손가락으로 눌러 짚은 보고서의 맨 아랫줄에 '냥쯔관(娘子關) 화력발전소\*\*'라는 몇 글자가 선명하게 적혀 있었다.

---

\* 옮긴이 주 : 정치적 선전을 위해 만든 극으로 문화대혁명 기간 중 성행했다.
\*\* 옮긴이 주 : 중국 산시성(山西省) 냥쯔관에 위치한 화력발전소. 류츠신이 이곳에서 엔지니어로 근무했다.

## 1969년 : 신장(新疆) 생산 건설 병단

톈산(天山)산맥 자락에 끝없이 펼쳐진 초원의 가장자리.

일렬로 막 지은 초라한 단층 건물 뒤 담장 가까이에 좁은 공터가 있었다. 공터 한가운데 대야가 놓여 있고 맑은 물이 반쯤 담겨 있었다. 녹색 군복을 입은 젊은 여자가 대야 옆에 서서 손에 든 잉크병을 조심스럽게 기울여 잉크를 조금 붓자 맑은 물이 금세 까맣게 물들었다. 태양이 어둠 속 한 줄기 빛처럼 창백하게 대야에 거꾸로 비쳤을 뿐 검은 물밑까지 비추지는 못했다.

"이 암흑의 시대 같아."

예원제가 나직이 한숨을 내쉬었다. 2년 전 비판투쟁대회 단상에서 처참하게 죽은 아버지가 떠오르자 가슴이 욱신거렸다. 하지만 시간이 많지 않다. 얼른 마음을 가다듬고 대야에 비친 태양을 유심히 관찰했다.

그녀가 대야를 관찰하고 있을 때 누군가 뒤에서 그녀를 툭 쳤다. 예원제가 깜짝 놀라 뒤를 돌아보니 열예닐곱 살쯤 된 여자아이가 서 있었다.

"원쉐(文雪)! 깜짝 놀랐잖아!" 예원제가 가슴을 쓸어내렸다. "인기척도 없이 언제 왔어?"

"대원들이 언니를 찾고 있어. 일하러 안 가고 여기서 뭐 해?"

"쉿." 예원제가 동생을 끌어당겼다. "아무한테도 말하지 마. 천문 관측을 하고 있어."

"뭘 관측한다고?" 예원쉐가 물었다.

예원제가 목소리를 더욱 낮췄다. "태양 흑점."

"뭐? 태양 흑점?" 예원쉐가 깜짝 놀라 목소리를 낮춰 속삭였다. "위대한 영도자를 악랄하게 공격했다고 비판받으면 어쩌려고 그래!"

"그러니까 여기서 혼자 관측하는 거야. 이론상으로는 아직 흑점 폭발 주기가 안 됐어. 그런데 이것 봐봐. 요즘 흑점의 활동이 너무 활발해. 태양 활동이 유난히……."

"됐어. 됐어. 언니가 아직도 천체물리학 대학원생인 줄 알아?" 예원쉐가 나무라듯 말했다. "이 황량한 곳에 기본적인 실험 장비도 없는데 잉크 한 대야로 뭘 관찰할 수 있겠어? 설사 관찰할 수 있다 해도 아무 소용도 없어. 지금은 지식이 많을수록 반동분자로 몰린다고! 아버지 일을 겪고도 몰라? 위험한 짓 하지 마."

말을 마친 뒤 예원쉐가 대야를 발로 팩 차서 물을 쏟아버렸다.

"원쉐 너!"

예원제가 동생을 무섭게 노려보자 예원쉐는 언니가 정말 화가 난 걸 알고 재빨리 도망쳤다.

예원제는 바닥에 쏟아진 검은 잉크 섞인 물을 내려다보았다. 태양의 흑점이 대지 전체를 삼킬 듯 점점 넓게 번져갔다.

예원제가 한숨을 쉬며 고개를 45도 각도로 들어 하늘을 올려다보며 중얼거렸다.

"어둠과 더러움에 물든 이 땅을 누가 구원해줄까?"

## 1979년 : 베트남 랑선

갈색개미들이 흙 속을 소리 없이 기어 다녔다.

포성이 멀리서 우르릉우르릉 울려 퍼지고, 대포 연기와 불빛에 하늘이 희미하게 밝아왔지만 어두운 밀림은 고요했다. 전쟁이 마치 다른 우주에서 일어난 일인 것처럼 아득히 멀게 느껴지고 멀리 떨어져 터지는 신호탄의 빛도 밀림으로 스며들지 못했다.

사실 갈색개미에게 전쟁은 정말로 다른 우주의 일이었다. 그들 세계는 반경 100미터도 되지 않고, 이 밀림의 외진 귀퉁이와 비교할 때 바깥세상은 결코 이해할 수 없는 광활한 곳이었다.

인류의 정서에 비추어 형용하면 갈색개미들은 지금 매우 기뻤다. 조금 전 야간 순찰 때 죽은 지 얼마 안 된 꿀벌 한 마리를 발견했는데 모두가 이틀을 배불리 먹을 수 있는 양이었다. 이제 서둘러 왕국으로 돌아가서 동포들에게 어서 달려와 성대한 잔치를 즐기자고 알리기만 하면 된다. 물론 사람의 정서가 아니라 맹목적인 생명력과 본능에 따라 열심히 전진, 또 전진할 뿐이다.

바로 이때, 갈색개미가 상상할 수 없는 거대한 물체가 사방을 짓누르며 하늘과 주위 모든 것을 가렸다. 하지만 갈색개미는 큰 압력을 느끼지 않았다. 공교롭게도 이 거대한 물체의 표면에 난 미세한 틈에 끼어 직접 눌리지 않았기 때문이다. 갈색개미는 계속 나아가다가 곧 더듬이로 앞에 있는 이상한 '지면'을 느꼈지만 아무 생각도 하지 않고 기어올랐다.

이 '지면'이 갈색개미를 데리고 계속 전진했다. 움직이다 멈추고, 또 움직이다 멈췄다. 둔한 갈색개미도 '지면'의 이상한 진동을 느끼고 신경절에서 온 위험 신호를 받아 불안하게 사방을 미친 듯이 기어 다니며 내려갈 길을 찾았다.

하지만 이 물체에서 내려갈 방향을 찾아내기도 전에 옆에서 어떤 소리가 들렸다. 낮게 깔렸지만 또렷하게 들리는 음성이었다.

"다스(大史), 앞에 정말 적이 있긴 한 거야?"

"닥쳐!" 갈색개미가 올라타고 있는 물체가 짧게 대답했다.

"여긴 온통 어두컴컴해서 내 생각엔······."

그때 귀를 찢는 총성이 조금 전의 질문에 대신 대답해주었다. 그와 함께 목소리도 멈추고 옆에 있던 물체도 외마디 소리와 함께 푹 고꾸라졌다.

"빌어먹을!" 다스라는 물체가 분노의 욕설을 내뱉으며 앞을 향해 총을 쏘았다. 그 순간 어디선가 조명탄 한 발이 날아오더니 앞과 옆의 어둠을 밝히는 강한 빛과 폭발음 속에서 십수 개의 물체가 뛰쳐나와 일제히 총을 쏘았다. 총성이 삽시간에 고요했던 밀림을 가득 채우더니 총알이 가로질러 날아가고 연기가 자욱한 아수라장으로 변했다.

이곳에서 중국과 베트남 군대의 작은 분대끼리 전투가 벌어졌다.

얼마나 흘렀을까, 총성이 차츰 뜸해지고 적의 화력이 제압되었다. 남아 있는 병사 일고여덟 명이 총을 들고 한 걸음씩 전진해 사람 키 반쯤까지 자란 관목 수풀을 에워쌌다. 그 수풀 속에서 바스락바스락 이상한 소리가 났다.

"놉쑹, 놉쑹······ 소대장님, 무기를 버리고 항복하라는 말을 베트남어로 어떻게 말합니까?"

다스가 물었다.

"놉쑹 콩 지엣 라 다이!(Nộp súng không giết. Ra đây!)"

"맞아요. 바로 그거예요. 놉쑹 콩 지엣 라 다이!"

병사들이 외치며 손전등을 이리저리 비추었다. 마침내 응답이 왔다. 두 물체가 항복 의사를 표시하며 손을 들고 관목 수풀에서 걸어 나왔다. 그런데 뜻밖에도 흰 물체 두 개였다.

두 물체는 약간 거무스름한 노란 피부에 몇 군데 멍이 들었지만 병사들이 보기에는 눈이 부시고 숨이 막힐 만큼 하얬다.

두 물체는 두 팔을 높이 든 나체의 두 여자였다. 마르고 지저분했지만 젊은 아가씨들이 분명했다.

한 병사는 들고 있던 손전등을 툭 떨어뜨렸고 젊은 병사들 모두 놀라서 말문이 막혔다.

유일하게 다스만 예외였다. 그에게 여자의 나체는 시야를 가로막는 장애물일 뿐이었다. 경계를 늦추지 않고 계속 여자들 뒤를 주시하고 있던 그가 갑자기 기관단총을 들고 여자들 뒤에 있는 수풀을 향해 총을 난사하자 비명이 터져 나왔다.

다른 병사들도 그제야 정신을 차렸다. 벌거벗은 여자 둘을 앞세우고 수풀 속에 숨은 채 공격할 틈을 노리고 있던 베트남 병사 둘이 사살되었다.

냉정한 다스는 두 여자를 피해서 총을 쏘지 않았으므로 여자들도 총을 맞고 쓰러져 피를 쏟으며 신음했다.

다스는 방심하지 않고 수풀 반대편으로 돌아가 수색했다. 병사들은 부상당한 여자들을 어떻게 처리할지 우왕좌왕하다가 상의 끝에 포로로 데리고 가기로 했다. 하지만 가슴에 총을 맞은 여자가 경련을 일으키다가 숨을 거두었고 나머지 한 여자도 바닥에 쓰러진 채 의식이 없었다. 한 젊은 병사가 망설이다가 그녀를 살펴보았다.

그녀가 갑자기 다리를 홱 돌리자 무방비 상태의 병사는 여자 위로 쓰러졌다. 병사가 반격할 틈도 없이 여자가 그에게서 56식 기관단총을 빼앗더니 아주 능숙하게 쏘았다. 젊은 병사가 쓰러지자 여자는 땅에 누운 채 총을 난사했다. 예상치 못한 공격을 피하지 못한 병사들이 차례로 쓰러져 흘린 피가 넓은 웅덩이를 이루었다.

여인은 복수의 쾌감을 느끼며 몸을 일으켰다. 가벼운 부상만 입었을 뿐 그녀의 몸에 묻은 피는 모두 옆에 있는 여자의 피였다. 하지만 뒤에서 불길한 인기척이 들렸다. 다스가 여자에게 달려든 것이다. 여자는 도망치려고 했지만 붙잡혀 바닥을 함께 뒹굴었다. 총을 빼앗으려는 다스와 뺏기지 않으려는 여자가 뒤엉켜 몸싸움을 벌였다.

생사를 건 사투였지만 멀리서 보면 열정적인 사랑을 나누는 사람들처럼 보였다.

그때 울린 한 발의 총성. 다스의 몸이 격렬하게 떨린 뒤 믿을 수 없다는 표정이 나타났다. 그의 배에서 피가 흘러나왔다.

여자가 기뻐하며 그를 밀어내려고 했지만 밀어내지 못했다. 다스는 영화나 드라마에서처럼 총을 맞고도 죽지 않고 단검을 꺼내 여자의 목을 천천히 찔렀다. 여자는 빠져나가려 안간힘을 썼지만 다스의 몸에 눌려 꼼짝도 할 수 없었다. 그녀는 총을 두 발 더 쏘아 다스의 배를 피투성이로 만들었다. 심지어 다스의 배에서 창자가 쏟아져나와 그녀의 몸 위로 흘러내렸지만 다스는 여전히 숨이 붙어 있었다. 손이 격렬하게 떨려서 단검을 제대로 붙잡기도 힘들어 보였지만 그는 맹수 같은 포효와 함께 여자의 경동맥에 단검을 꽂아 넣었다.

붉은 피가 분수처럼 뿜어져 나와 다스의 얼굴을 적셨다. 여자는 눈도 감지 않고 다스를 노려보며 무슨 말을 하려 했지만 이미 말할 수 없는 상태였다. 잠시 후 그녀의 목이 한쪽으로 툭 떨어지며 숨이 멎었다.

다스도 다시 일어설 수 없었다. 그는 그 단칼에 마지막 남은 힘을 모두 써버렸다. 5킬로그램이 줄어든 이 우주에서 그에게 남은 시간은 1분도 되지 않았다. 그는 결혼해서 자식을 얻을 수도 없고, 20년 뒤 대도시에서 흉악범들을 잡으러 뛰어다닐 수도 없고, 30년 뒤 스탠턴 대령의 시가를 빼앗고 전 세계를 놀라게 한 '고쟁\* 계획'을 세우지도 못할 것이다. 또 뤄지와 함께 미국의 UN본부에 가는 것도 불가능하고, 200년 동안 동면하고 깨어난 뒤 뤄지의 첫 번째 청중이 되어 광막한 우주의 깊은 곳에서 온 신비한 비밀을 듣는 것은 더더욱 불가능할 것이다.

다스는 왠지 큰 짐을 내려놓듯 홀가분한 마음으로 스르르 눈을 감은 뒤 다시는 움직이지 않았다.

밀림이 다시 고요해졌다. 갈색개미는 물체의 변화를 감지하고 마침내 물체에서 기어 내려왔지만 떠나지 않고 그곳을 맴돌았다. 이 물체와 그 아래 깔린 다른 물체 사이를 여러 번 오간 뒤 마침내 결론을 얻었다. 그 결론은 생명의 가장 깊은 곳에서 우러나오는 흥분을 일으켰다. 갈색개미는 이 물체들이 무엇인지도 모르고 이들이 무엇을 하고 있는지도 몰랐지만 한 가지는 분명히 알았다. 이 거대한 물체들이 자신과 동포들의 식량이 될 것이라는 사실이었다.

---

\* 옮긴이 주 : 중국의 전통 탄현악기로, 장방형 목판에 스물한 개의 현으로 이루어져 있으며 한국의 가야금, 일본의 고토와 유사하다.

## 1983년 : 베이징 쯔주위안공원

짙은 노을빛 사이로 대나무 숲이 흔들렸다. 늦가을 호수의 검푸른 수면 위에는 물결조차 일지 않았다. 밤하늘에 서늘하게 반짝이는 은빛 별이 나타났다. 하지만 빠르게 움직이며 크기가 점점 커지는 현상은 그것이 결코 별이 아님을 의미했다. 빛은 지면에서 100미터가 넘게 올라간 허공을 누비며 뭔가를 찾아다니다가 천천히 내려왔다. 하지만 공원에는 이미 아무도 없고 이 신비로운 방문객을 맞이해줄 사람도 없었다.

그런데 이때 멀지 않은 인조산의 동굴에서 어렴풋한 소리가 들렸다.

"수수, 넌 정말 예뻐. 참을 수가 없어. 한 번만……."

"뭐 하는 거야. 아이참, 왜 이래, 살살……."

누가 들어도 사랑에 빠진 젊은 연인이었다.

두 사람이 밀어를 속삭이고 있을 때 다급한 발자국 소리가 점점 가까이 다가왔다. 그들이 놀라 몸을 일으켰지만 이미 늦은 뒤였다. 경찰 제복을 입은 몇 사람이 달려들더니 손전등 불빛 서너 가닥이 그들을 비추었다. 남자는 변명할 겨를도 없이 바닥에 짓눌려 꼼짝도 하지 못했고, 옷매무새가 흐트러진 여자는 두 손으로 얼굴을 감싸고 흑흑 울었다.

5분 뒤 공원 파출소.

"이름은?"

"흑흑."

에필로그 이후 : 신우주의 기록

"울지 말고 묻는 말에 대답해!"

"청수수(程秀秀)……."

"넌?"

"장위안차오(張援朝)요."

"무슨 사이야?"

"애인 사이요."

"애인 사이? 공원 폐장 시간에 동굴에 숨어서 뭘 했어?"

"우리가 뭘 하든 댁들이 왜 간섭이에요?" 장위안차오는 당당했다.

"우리가 간섭 안 하면 누가 간섭 해? 이것 봐. 지금 집중단속 기간이라고! 너희처럼 서방의 썩어빠진 부르주아 사상에 물든 젊은이들이 집중단속 대상이야. 지난달에 너 같은 놈이 전차에서 여성 동지의 엉덩이를 만졌다가 지금 어떻게 됐는지 알아맞혀봐라! 건달죄*로 총살당했어!"

"아니, 동지, 제 말은 그런 뜻이 아니라." 장위안차오의 태도가 누그러졌다. "우린 정말로 사귀는 사이예요. 곧 결혼할 거라고요. 아직 집이 없어서 그러니 좀 봐주세요. 담배 피우세요?"

그가 주머니에서 '다첸먼(大前門)' 한 갑을 꺼내더니 넉살 좋게 웃으며 경찰 손에 쥐어주었다.

"담배 한 갑으로 인민 경찰을 매수하려고? 턱도 없지!"

하지만 장위안차오는 보란 듯이 경찰의 손에 담배를 쥐어주었다. 담뱃갑 밑으로 10위안짜리 지폐가 비죽 튀어나와 있었다. 경찰이 그걸 보고 표정이 조금 누그러지려는데 중년 경찰이 들어왔다.

---

* 옮긴이 주 : 1979년부터 1997년까지 중국 형법에 존재했던 죄명으로, '사회의 질서를 해친 범죄'라는 명분하에 광범위하고 애매하게 적용되었다.

"뭣들 하고 있어?"

경찰이 담배와 지폐를 급히 주머니에 쑤셔 넣었다.

"소장님, 젊은 애들이 연애하다가 공원 동굴에서…… 벌금이나 조금 물리고 풀어주죠."

"그거 잘됐네!" 소장이 반색을 했다. "상부에서 집중단속 할당량을 못 채워서 걱정이 많으시다. 안 그래도 자오 국장님이 방금 전화하셨다. 어서 상부로 보내."

"저희는 애인 사이인데 무슨 근거로 단속하신다는 거예요?" 다급해진 장위안차오가 소리치며 체포하려는 경찰을 밀쳤다. "이건 너무하잖아요!"

"다들 봤지? 건달죄에 경찰 폭행죄까지. 죄질이 아주 불량해!" 소장이 고함을 질렀다. "체포해서 압송해!"

경찰이 항의하는 장위안차오와 계속 흐느끼는 청수수를 데리고 나가려는데 다른 경찰이 강보에 싸인 아기를 안고 들어왔다.

"소장님, 다리 옆 벤치에서 버려진 아기를 발견했습니다. 젖병과 천 위안짜리 지폐도 함께 들어 있었습니다."

사람들의 시선이 모두 아기에게 쏠리고, 문을 나서려던 경찰도 멈춰 섰다. 청수수도 눈물이 그렁그렁한 눈으로 아기를 보았다.

"혹시 너희가 버린 아기는 아니겠지?"

소장이 장위안차오를 향해 물었다.

"아닙니다!" 장위안차오가 얼굴이 하얗게 질려 손사래를 쳤다. "저희는 아직 같이 잔 적도 없는데 어떻게 아이를 낳아요? 게다가 사람이 아기를 버리러 왔다가 어떻게 동굴에서 그럴 수가 있겠어요?"

"그럼 누가 버렸는지 봤어?"

장위안차오와 청수수가 고개를 저었다.

소장은 그 두 사람에게 흥미를 잃은 듯 아기를 들여다보고 통통한 볼을 살짝 꼬집었다.

"요놈 참 귀엽네. 게다가 이런 큰돈까지. 천 위안이면 내 1년치 월급인데. 어떤 못된 놈들이 이런 짓을 하는지……. 사회가 너무 문란해! 결혼도 하기 전에 함부로 아기를 낳고. 이런데도 엄하게 단속 안 하면 어떻게 되겠어?"

경찰들이 고개를 끄덕였다.

"어서 압송하지 않고 뭣들 하고 있어?" 소장이 갑자기 생각난 듯 입구에 있는 경찰들을 재촉했다. "경찰국에서 기다리고 있다니까? 이 아기는 샤오리(小李)*가 처리하지."

청수수는 경찰에게 연행되면서도 자꾸만 뒤돌아 아기를 보았다. 두려운 상황에서도 가슴속에 모성애가 차올랐다. 물론 그녀는 아이에게 해줄 수 있는 것도 없고, 그 아이와 아무 관계도 없으며 앞으로도 아무 관계도 없을 것이다.

그때 소장이 무슨 생각이 난 듯 물었다. "참, 남자애야, 여자애야?"

"예쁘장하게 생긴 걸 보니 여자애가 틀림없어요."

아기를 안고 있던 경찰이 말했다.

다른 경찰이 강보를 들추고 아기의 다리를 벌려 보며 말했다.

"남자앱니다, 소장님!"

그의 말을 확인시켜주듯 아기가 다리를 부르르 떨더니 오줌 한 줄기를 분수처럼 뿜어 다리 사이를 들여다보던 경찰의 얼굴을 정통으로 맞췄다.

---

\* 옮긴이 주 : 중국에서는 자신보다 어린 사람이나 동년배를 부를 때 성 앞에 '샤오(小)'를 붙여 친근하게 부른다.

"아악! 젠장!"

그때 창밖에서 은색 빛이 소리 없이 하늘을 가로지르며 날아갔다. 그 빛 속에 있는 마이크로컴퓨터는 다음과 같은 결론을 내렸다.

'5킬로그램이 줄어든 이 새로운 우주에는 어떤 의미에서든 그것을 창조한 주인은 존재하지 않는다. 아니, 더 정확하게 말하면 존재한 적이 없고 앞으로도 존재할 수 없다.'

하지만 빛은 자신의 사명을 완수해야 했다. 이 새로운 세계에서 적당한 사람을 찾아 우주의 메시지를 전달하는 것이 그의 사명이었다. 빛은 이 우주보다도 오래된 사명을 완수하기 위해 억만년 동안 떠돌아다녔다. 존재하지 않는 주인이 그에게 맡긴 사명을 위해……

삼체 은하는 이제 완전히 다른 모습이다. 항성 세 개는 질서 있게 운행하고, 삼체인과 그들의 생태계는 또 다른 저엔트로피체로 바뀌었다. 태양계와 지구는 여전히 그곳에 있고 얼핏 보면 거의 달라진 게 없지만 저장 장치에 담겨 있는 방대한 정보와 비교하면 세부사항이 너무 많이 달라졌다. 어떤 사람은 태어난 적도 없고, 어떤 사람은 이미 죽었으며, 어떤 사람은 존재하지만 완전히 다른 모습이다. 하지만 이런 것은 빛에 아무런 영향도 끼치지 않는다. 빛의 유일한 목표는 정해진 사명을 완수하는 것이다. 빛은 기억체에 담긴 정보를 근거로 마지막 남은 목표물인 윈텐밍을 향해 조금의 망설임도 없이 방향을 돌렸다.

## 2003년 가을 : 윈톈밍의 집

7시 정각, 익숙한 음악과 함께 아침 뉴스 화면이 텔레비전 화면에 나타났다. 윈톈밍은 소파에서 몸을 일으키며 긴장한 표정으로 화면을 주시했다. 전 국민에게 아주 익숙한 두 앵커가 살짝 미소 띤 얼굴로 그날의 뉴스를 간략하게 보도했다.

"공산당이 꾸준히 펼쳐온 교육 사업이 눈에 띄는 성과를 내기 시작했습니다. 선저우(神舟) 5호 유인 우주선의 우주 비행이 성공을 거두었습니다. 이라크에서 자살폭탄 테러 사건이 발생해 미군 병사 여러 명이 사망했습니다……."

채널을 몇 번 돌려보니 뉴스 아니면 만화나 드라마였다. 세상이 평소와 다를 바 없다는 것을 확인한 뒤 윈톈밍은 안도의 한숨을 쉬며 소파에 등을 기대고 담배에 불을 붙였다.

'그 전쟁은 일어나지 않았어.'

아직도 기억이 생생했다. '그 전쟁'이란 지난 우주 때 남중국해에서 발발한 치열한 국가 수호 전쟁이다. 그 전쟁에서 항공모함 '에베레스트호'는 미군의 기상 무기 '엘로스'의 공격을 받아 파괴되었다. 그 뜻밖의 굉원자(宏原子) 핵융합* 덕분에 적이 후퇴하면서 구사일생으로 평화협정을 체결할 수 있었다. 전쟁 후 얼마 안 되어 닥친 위기의 세기에 비하면 크지도 작지도 않았던 그 전쟁은 결국 역사의 자욱한 먼지 속으로 사라졌지만, 오랫동안 평화를 누려온 중국 국민들에게 이 서기 세기 말년의 전쟁은 역사의 중요한 변곡점이었다. 이를 기점으로 중국과 세계의 역사적 궤적이 예측할 수 없는 방향으로 치달았다.

하지만 아직 이번 우주에서 그 전쟁은 일어나지 않았고, 이는 지금으로부터 8년 뒤에도 삼체 위기가 닥치지 않을 것임을 의미한다.

물론 윈톈밍은 이 우주에 이미 너무 많은 변화가 생겼다는 것을 알고 있었다. 홍안 기지는 처음부터 건설되지 않았고, 따라서 예원제도 태양을 이용해 삼체 세계에 신호를 보낼 수 없다. 그가 알아낸 정보에 따르면 예원제는 이미 10년 전에 미국으로 건너가 정착했다. 그곳에서 에번스를 만날지도 모르지만 두 사람이 힘을 합친다 해도 할 수 있는 게 하나도 없을 것이다.

기억체를 통해 보고받기는 했지만 삼체 세계를 직접 보지는 못했으므로, 삼체인이 그곳이나 다른 어떤 곳에서 함대를 이끌고 지구를 공격하러 오지 않으리라고 장담할 수 없었다. 그 모든 일이 갑자기 일어날지 누가 알겠는가? 기억체와 연결된 뒤 거의 모든 일이 가능하다는 걸 알게 되었다.

예를 들면 이름, 나이, 가정환경, 신분이 모두 다르지만 여전히 그가 윈톈밍이라고 기억체는 단호하게 말했다. 윈톈밍의 수정란을 구성했던 물질도 그의 배아 구성과 동일했다. 새로운 우주로 바뀌었지만 그와 윈톈밍 사이에는 동일성이 유지되었다. 아무도 믿지 못하겠지만 사실이었다.

어쨌든 현재로서는 이번 우주에서 지구에 위기의 세기는 출현하지 않

---

* 옮긴이 주 : 2004년 중국에서 출간된 류츠신의 소설 《삼체0 : 구상섬전》에 등장하는 허구의 개념. 굉전자와 굉원자핵으로 이루어진 거대한 크기의 원자를 의미한다. 자연 상태에 투명한 거품 모양으로 존재하는 커다란 크기의 전자, 즉 굉전자가 전기 자극을 받을 때 공 모양의 번개가 친다는 설정으로, 굉원자핵끼리 서로 얽혀 융합이 일어나면 엄청난 양의 에너지가 방출된다.

을 것이다. 사실 그는 이 세계에 위기의 세기가 닥칠 것이라고 믿지 않지만, 기억체가 그에게 지난 우주에 대한 정보를 너무 많이 주입했다. 그 우주 속 지구가 지금과 너무 비슷해서 윈텐밍은 현실에서 두 우주를 혼동할 때가 종종 있었다.

"맞아요. 별일 없을 거라고 했잖아요. 역사는 이미 바뀌었고 그런 일은 일어나지 않아요."

갑자기 등 뒤에서 나긋나긋하고 부드러운 목소리가 들렸다.

윈텐밍이 깜짝 놀라 고개를 돌리자 젊고 매력적인 여자가 그의 뒤에 서서 생긋 웃고 있었다.

"왜 또 왔어요? 빨리, 빨리 돌아가요. 아내가 보면 어쩌려고!"

윈텐밍은 당황한 기색이었다.

"걱정 마요. 부인은 산책 가서 아직 안 들어왔잖아요. 우리 좀 더 시간을 보내도 될 것 같은데."

여자가 장난스러운 표정으로 말했다.

윈텐밍이 한숨을 쉬었다.

"남들이 보면 곤란해진다고요. 내가 아사카와 란을 집에 불러들였다고 소문이라도 나면 정말 해외토픽감이 될 거예요."

아주 익숙한 그녀가 깔깔거리며 웃음을 터뜨렸다.

"당신은 정말이지 지난번 우주에서와 똑같네요. 어쩜 이렇게 고지식한지⋯⋯."

"이번 우주에는 청신도 없고 아이샤오웨이도 없고, 헬레나는 오스만 제국 술탄의 애첩으로 살다가 죽은 지 500년이 지났어요. 관이판은 아직 태어나기도 전이고. 나도 과거에 대한 그 어떤 기억도 없는데, 지자인 당신만 여전히 신나게 날 따라다니고 있잖아요."

윈텐밍이 한숨을 쉬었다.

"그럼 전생의 첫사랑인 청신에게 고마워하세요. 박애주의자인 그녀가 내 기억 데이터를 전부 기억체에 복제해놓았잖아요."

지자가 한쪽 눈을 찡긋했다.

"당신이 기억을 복제하라고 그녀를 꼬드긴 목적을 내가 모를 줄 알아요?" 윈텐밍이 쓴웃음을 지었다. "새로운 우주에서도 내게 계속 주재자의 일을 시키려는 의도였겠죠."

지자가 씩 웃었다.

"정답이지만 유감스럽게도 주재자도 예전의 주재자가 아니에요. 차원 강하 전쟁이 일어났을 때 주재자는 나와의 소통 경로를 확보하지 못했어요. 차원 역전 후에는 부활했지만 기억을 모두 잃어서 내 존재를 모르고요. 난 그를 찾으러 소우주에 갈 수 없어요. 그러니 내가 찾아갈 사람은 텐밍 오빠 당신밖에요."

"텐밍 오빠라고요? 당신이 나보다 최소 200억 살은 많잖아요. 게다가 지난 우주에서는 나를 주인님이라고 부르지 않았어요?"

지자가 살짝 눈을 흘겼다.

"당신의 명령에 복종하려고 했는데, 당신의 핵심 유전물질 중 3퍼센트는 다른 곳에서 왔더라고요. 지난 우주와 완전히 똑같은 사람은 아니죠. 엄밀히 말하면 당신도 윈텐밍은 아니니까 나는 당신에게 복종할 필요가 없어요. 당신이 주재자의 멘털 스탬프를 해제했던 것처럼 나도 임무를 거부할 수 있다고요."

"그런데 왜 계속 내 곁을 떠나지 않는 거죠?"

"아직 사명을 완수하지 못했어요. 이 우주에 전하고 싶은 메시지가 있어서요."

"그럼 이렇게 작고 외진 소도시에 틀어박혀 있지 말고 UN에 가요. 미국이나 베이징도 괜찮고, 사람이 아주 많은 곳에 가요."

"하지만 지난 우주에서 당신의 첫사랑은 이 우주 문명의 자연스러운 발전에 영향을 미치지 않는 방식으로 기억을 전달하라고 내게 명령했어요. 이건 정말 딜레마예요. 우주의 최후가 오지 않는 한, 무슨 말을 해도 역사의 흐름이 바뀔 테니까요."

"그럼 어떻게 할 거예요?"

"기다릴 수밖에요. 원래는 당신을 영생의 몸으로 개조해서 새로운 우주의 매복자를 찾으러 다니게 하려고 했지만 난 그럴 에너지가 없고 이 지구에서 흡수할 에너지도 많지 않아요. 당신이 죽을 때가 되면 내게 남은 에너지는 1퍼센트도 안 되겠죠. 하지만 상관없어요. 당신의 데이터를 보존해서 수만 년 뒤에라도 기회가 있다면 당신을 부활시켜 주재자의 대업 달성에 헌신하게 할 거예요."

지자가 진지하게 말했다.

윈텐밍은 뭐라고 해야 좋을지 알 수 없었다. 몇 년 전 지자가 기억체를 따라 나타났을 때는 그녀가 천사라고 생각했다. 남들 눈에는 보이지도 않고 손에 잡히지도 않는 자신만의 미녀를 갖는 것은 모든 남자가 가질 법한 환상일 것이다. 하지만 얼마 뒤 그는 이 여자가 악마에 가깝다는 사실을 알게 되었고, 지금은 그보다 한술 더 떠서 이 세상 모든 악마가 이 여자에 비하면 천사라고 생각하게 되었다.

"주재자가 예전의 주재자가 아닌데 왜 계속 그를 위해 일하려는 거죠?"

윈텐밍이 오래전부터 품고 있던 의문이었다.

"인과 관계가 아직 완성되지 않았기 때문이에요." 지자가 말했다.

"인과 관계라고요?"

"지난 우주와 이번 우주 사이의 인과 관계에서 5킬로그램이 부족해서 새로운 우주가 탄생한 것이잖아요. 그렇다면 이 새로운 우주는 어떻게 될까요?"

윈톈밍이 차가운 숨을 들이마시며 생각에 잠겼다.

"생각해봐요, 톈밍. 이건 우주 하나만의 전쟁이 아니에요. 시간이 존재하는 한 매복자와 주재자 사이에는 끊임없는 전쟁이 일어날 거예요. 그러면 우린 지난번 우주에서와 똑같은 곤경에 처하게 되겠죠. 세계가 0차원의 허무함 속에서 멸망하든가, 모든 질량을 회수하고 10차원으로 초기화되든가, 아니면 다시 5킬로그램을 버리고 새로운 가능성을 창조하든가."

"난 세 번째를 선택하겠어요."

"하지만 모든 일에는 끝이 있어요. 이 우주는 질량을 늘릴 수도 없고, 끝없이 버릴 수도 없어요. 매번 원자 하나씩만 버린다 해도 언젠가는 다 사라질 거예요. 생명과 지혜는 그보다도 한참 전에 다 사라지겠죠. 결국 우주의 종착지에는 두 가지 가능성뿐이에요. 아무것도 없는 허무의 상태로 돌아갈 것인가, 끝없이 순환할 것인가."

"너무 따분하게 들리는군요."

"주재자도 매복자도 바뀌지 않으니 두 사람에게는 탈출구가 없어요. 하지만 당신은 새로운 가능성을 창조할 선택권이 있어요." 지자가 말했다.

"이 대책 없는 함정에서 벗어날 방법이 있다고요? 그게 뭐죠? 빨리 알려줘요."

지자가 의미심장한 미소를 짓더니 짧게 말했다.

"Send cerebra only (뇌만 보냅시다)."

"그건 웨이드가 했던 말인데……."

윈톈밍은 어리둥절한 표정으로 머뭇거리다가 갑자기 전기충격을 받은 듯 벌어진 입을 다물지 못했다.

"이제 알겠어요?" 지자가 생긋 웃었다.

"설마……."

"맞아요. 이게 바로 지난번 우주가 멸망할 때 주재자가 내게 내린 최종 임무예요. 다음번 우주에서 초막에 있는 다른 우주에 사고체를 보내 이 우주의 모든 생명이 살 길을 마련하는 거죠. 물론 적임자는 당신이고요."

윈텐밍은 아직 충격에서 벗어날 수가 없었다.

"그러니까 지금까지 두 번의 우주에서 일어난 모든 일은 서막에 불과하답니다, 윈텐밍 학생. 당신의 진정한 전설은 아직 시작되지도 않았어요. 당신의 운명은 지구에 그치지 않고, 파란별에서도 끝나지 않고, 지난번 우주에서도, 아니 우주 자체에서도 끝나지 않을 거예요. 당신은 다른 우주, 다른 시공, 심지어 모든 우주가 속한 초막계로 나아갈 거예요. 이것이 당신의 사명이에요!"

지자가 상기된 목소리로 말했다.

시간이 얼마나 흘렀을까, 윈텐밍이 수심 가득한 얼굴로 리모컨을 집어 무심코 채널을 돌리다가 어느 지방방송국의 뉴스를 보았다. 화면 속에 낯익은 얼굴이 있었다.

"○○대학 청년사회학자 ○○○의 표절 의혹이 일파만파 번지고 있습니다. ○○○는 표절은 사실무근이며 고발자가 구체적인 상황을 정확히 알지 못해 생긴 해프닝이라는 입장을 밝혔습니다. 본사는 이 사건에 관해 저명한 학자이자 문학평론가인 ○○교수를 인터뷰했습니다……."

"뤄지가 이렇게 될 줄은 정말 몰랐어."

윈텐밍이 한숨을 내쉬었다. 그는 전생에서도 현생에서도 뤄지를 직접 만난 적이 없지만 지난 우주에서 뤼지가 어떤 일을 했는지 알고 난 뒤로 줄곧 그를 존경해왔다. 이번 우주에서 뤼지는 이름만 다를 뿐, 젊은 시절까지는 지난 우주와 매우 비슷했다. 그는 지금 건들건들한 젊은 교수다. 하지만 그의 인생에는 아마 전환점이 찾아오지 않을 것이다.

챵옌의 이름과 인생도 바뀌었다. 그녀는 연예계로 진출해 류씨 성을 가진 유명한 영화배우가 되었다. 특별한 일이 없다면 챵옌과 뤼지의 인생은 죽을 때까지 접점이 없을 것이다.

"지자, 당신과 상의할 문제가 있어요. 당신이 말한 그 사명을 뤼지한테 맡기는 건 어때요? 뤼지를 잘 알잖아요. 나보다 훨씬 나을 거예요."

원톈밍이 천연덕스럽게 웃으며 말했다.

"말도 마요. 나는 인간의 모습을 하기 전부터 매일 그를 관찰했어요. 위협의 세기가 끝날 때까지 하루도 빠짐없이. 하지만 그는 당신과 비교할 수 없어요. 당신이 내 인생에서 만난 첫 남자니까 당연해요."

"내가 언제 당신 인생의 남자가 된 거죠? 게다가 첫 남자라니?"

"인간으로서 내 모습이 당신 머릿속 이미지에 따라 만들어졌다는 걸 잊었어요? 당신 때문에 내가 여자의 형상을 갖게 된 거라고요. 그러니까 당신이 내 첫 남자죠."

지자가 혀를 쏙 빼물었다.

원톈밍은 대답할 말을 잃고 뉴스만 봤다. 뉴스 화면에서 뤼지가 고발자와 논쟁을 벌이고 있었다. 뤼지의 새로운 삶이 불행하지 않을 수 있겠다는 생각이 들었다. 감당할 수 없이 무거운 짐을 짊어지고 100년 넘게 사는 삶보다는 아웅다웅하며 평범한 인생을 살아가는 편이 훨씬 나을 테니까.

"그럼 장베이하이는 어때요? 그 사람도 다른 이름으로 이 우주에 살고 있잖아요. 뤼지만큼이나 능력 있는 사람이에요. 얼마 전에 함장으로 진급해 소말리아에도 다녀왔어요."

"그 사람은 도피주의자들에게 관심이 없어요." 지자가 생글생글 웃었다. "게다가 공감 능력이 부족하고 너무 무뚝뚝해요. 그는 어쩌면 기억체를 분해해서 연구해달라고 당국에 보내버릴지도 몰라요. 난 당신이 좋다니까요!

게다가 당신의 뇌는 남다른 면이 있어요. 지난 우주에서 당신은 대학생 때 녹색폭풍 아이디어를 떠올렸죠. 상상력이 정말 뛰어나요. 웬만한 사람은 삼체인의 손아귀에서 버티지 못했을 거예요. 날 믿어요. 당신은 진정한 천재예요. 이 우주에서 세운 업적이 바로 그 증거라고요."

"천재를 원해요? 그럼 딩이를 찾아가야죠!" 윈톈밍이 냉큼 말했다. "이번 우주에서 딩이의 이름이 뭐죠? 지난 우주에서처럼 머리도 좋고, 바람둥이니까 다정다감할 거예요. 지금도 몇 다리를 걸치고 있던데 당신이 가면 좋아할걸요."

"내가 원하는 건 딩이 같은 천재가 아니라 당신이라고요. 딩이 열 명이 와도 매복자의 속임수를 꿰뚫어볼 수 없지만, 당신은 가능해요. 비록 이론적 사유는 딩이보다 못하더라도, 창의력과 상상력은 능가해요. 조금 더 개발하면……."

"됐어요. 그만둡시다. 난 지난 우주에서 삼체인과 주재자에게 충분히 시달렸어요. 이번 생에는 평범한 사람으로 살고 싶어요. 다시 초막에 가서 180억 년 동안 떠돌아다니고 싶지는 않군요."

"평범한 사람이라고요? 이번 우주에서는 온 나라가 당신을 알잖아요. 좋아요. 초막 얘기는 접어두고 먼 미래에 대해 얘기해보죠. 다른 우주에서 당신과 같은 유전물질을 조합해내기는 쉽지 않아요. 그리고 당신에게도 아마 지난번 우주를 위해 할 일이 있을걸요."

"그게 뭔데요?"

지자의 표정이 진지해졌다.

"기록이요. 사람들에게 지난 우주에서 있었던 모든 일을 알려줘요. 미래의 어느 시점이 되면 사람들은 그 속에서 진리를 발견할 거예요. 그래야 나도 청신이 시킨 임무를 완수할 수 있어요. 게다가 이건 당신의 전문 분야잖아요?"

"기록하라고요? 어떻게요?"

"쓰고 싶은 대로 써요."

"소설로요? SF소설 말이에요?"

"당신에겐 회고록이죠. 이를테면《시간 밖의 과거》라고 할까. 사람들은 그걸 SF소설이라고 생각하겠지만 언젠가 우주의 심오한 비밀을 알게 되는 날, 당신의 진정한 의도를 깨달을 거예요."

생각해본 적 없지만 정말 좋은 계획이었다. 왜 이 모든 걸 글로 써서 남기지 않았을까? 이건 멋진 이야기다. 인류의 사랑과 증오, 인간의 오만함, 개인의 책임과 우주의 운명에 대한 이 이야기는 아마도 오랫동안 전해지며 전 인류가 누릴 수 있을 것이다.

윈톈밍은 길게 생각할 필요 없이 곧바로 결심했다.

"좋아요. 쓸게요. 초막에 가는 것보다는 훨씬 나으니까."

"그럼 약속해요, 톈밍, 아니 류 선생님. 이 이야기를 꼭 써줘요. 자세한 정보가 필요하면 언제든 내게 도움을 청해요."

지자가 미소를 짓고 윙크하더니 사라졌다. 원래부터가 실체 없이 허공에 투영된 3차원 영상이었다.

윈톈밍은 오랜만에 가슴이 벅차오르고 글쓰기에 대한 열정이 솟구쳤다. 심호흡한 뒤 곧장 책상 앞에 앉아 컴퓨터를 켜서 프로그램을 열고 빈

문서 위에 '지구의 과거'*라고 입력했다. 그러고는 잠시 생각한 뒤 다음 줄에 작은 크기로 몇 글자를 입력했다.

'제1부 : 삼체문제'.

---

\* 옮긴이 주 : 《삼체》 3부작 시리즈의 제목.

## 한국 독자들에게

《삼체X : 관상지주》 한국어판이 곧 출간된다는 소식에 무척 기쁩니다. 21세기 들어 한국 문화 콘텐츠, 특히 〈부산행〉, 〈오징어 게임〉, 〈무빙〉 등 영화 및 드라마는 전 세계에서 큰 인기를 끌었습니다. 저 역시 창작자로서 한국 작품에서 많은 영감을 얻었습니다. 최근 몇 년 사이 한중 양국 사이에 SF 문학 교류가 활발하게 이루어지고, 김초엽, 김보영 등 한국 작가들도 중국에서 독자층을 넓혀가고 있습니다. 제가 이 가슴 설레는 과정을 직접 목격했을 뿐 아니라 이제 그 일원으로서 참여할 수 있어 큰 영광으로 생각합니다.

2006년 5월, 중국에서 가장 저명한 SF 잡지 〈SF세계〉에 '삼체'라는 제목의 장편소설 연재가 시작되었습니다. 저자 류츠신은 이미 《유랑지구》, 《구상섬전》 등으로 중국을 대표하는 SF작가로 인정받고 있었는데, 팬들 사이에서 '다류(大劉)'라는 애칭으로 불리는 그의 신작 《삼체》는 발표되자마자 뜨거운 관심을 받았습니다. 그해 최고의 SF소설로서 묵직한 상을 타리라는 데는 의심의 여지가 없었지만, 이 시리즈가 20년간 중국과 전 세계에서 어떤 반향을 일으킬지는 아무도 내다보지 못했습니다.

당시 저는 베이징대학 안팎을 어슬렁거리는 석사생이자 SF소설 마니아였습니다. 또 초창기 류츠신 작가의 팬덤을 지칭하던 '츠톄(磁鐵)'로서 그의 모든 작품을 섭렵하고 사인회에 가기도 했습니다. 《삼체》 첫 회가 연재되던 때부터 꼬박꼬박 〈SF세계〉를 사서 읽었는데, 항상 가장 흥미진

한 지점에서 끊기는 바람에 다음 달 연재까지 애를 태우며 기다렸죠. 2006년 하반기는 제게 온통 기다림의 연속이었습니다. 연재가 끝난 뒤에도 '삼체 세계'는 여전히 거대한 수수께끼였습니다. 삼체인은 어떻게 생겼을까? 그들은 어떻게 지구를 침공할까? 주인공들은 어떤 운명을 맞이하게 될까?

제가 벨기에에서 철학 석사 학위를 취득하고 박사 과정에 밟고 있던 2008년, 비로소 1권《삼체 문제》의 뒷이야기인《암흑의 숲》이 출간되었습니다.《암흑의 숲》으로 이야기가 마무리되는 듯했지만, 저자는 이 소설이 3부작이 될 것이라고 밝혔습니다. 그렇다면 3부에는 과연 어떤 이야기가 이어질까? 당시 독자들은 설왕설래하며 온갖 가설을 내놓았고, 팬픽도 여럿 등장했습니다. 진위를 확인할 수 없는 소문도 넘쳐났죠. 예를 들면 3권의 제목이 '하늘의 꽃받침'이라는 소문이 나돌자 그게 무슨 의미일지에 대한 수많은 추측이 난무했습니다. 저 또한 그 한가운데서 즐거이 휩쓸렸습니다.

유학 기간 저는 나태하게도 전공과 관련 없는 책을 읽고, 인터넷에 시시한 글을 쓰는 데 열중했는데, 그중에는 SF소설 비슷한 것도 있었습니다. 그 무렵 저는 영어권 SF소설을 많이 읽고 칭화(清華)대학 커뮤니티의 SF게시판에서 활동하기 시작했습니다. 류츠신 작가님도 그곳에 자주 방문했기에 몇 차례 대화를 나누기도 했습니다.《삼체》3부가 어떤 이야기인지 무척 궁금했던 저는 가끔 용기를 내 질문했지만 작가님은 대답 없이 웃어 넘기실 뿐이었습니다.

2010년, 마침내《삼체》의 마지막 권《사신의 영생》이 출간되었습니다. 마지막 페이지를 덮으며 강렬한 충격에 전율했지만, 뒤이어 깊은 공허함이 밀려왔습니다. 완결되었지만 상상으로 채울 만한 여백이 많았고, 삼체 세계는 여전히 무한한 가능성을 품고 있었습니다. 저는 손이 근질거리는 걸 이기지 못하고 그 세계 이면에 감추어져 있을 더 많은 이야기를 상상하며 칭화대학 SF게시판에 동일한 세계관을 바탕으로 한 팬픽《삼체X》를 연재했습니다.

그런데 예상 밖으로 반응이 뜨거웠습니다. 칭화대학 SF게시판에 달린 수십 개의 댓글도 과분한데, 더 개방적인 커뮤니티에 올리자 금세 조회 수가 네자릿수를 돌파하더니 이곳저곳으로 빠르게 퍼졌습니다. 아마도 공허함과 갈증에 몸부림치던 독자들이 그 소설을 통해《삼체》의 여운을 조금이나마 느낄 수 있었기 때문일 것입니다.

제게 그 댓글은 잡지에 작품이 실리는 것보다도 더 고무적이었습니다. 돈이 전혀 되지 않는 팬픽을 쓰는 데 몇 주를 쏟아부은 결과, 처음의 3만 자짜리 구상을 훨씬 뛰어넘는 11만 자 분량의 장편소설이 완성되었습니다. 정식 출간될 때는 14만 자 분량이 되었고요.

완성했을 때는 큰 짐을 내려놓은 듯 홀가분했습니다. 다른 팬픽처럼 인터넷의 어느 구석에든 존재할 수 있다면 그걸로 충분하다고 생각했습니다. 그게 진정한 여정의 시작에 불과했다는 사실은 전혀 알지 못한 채로요.

2011년부터 류츠신 작가님의《삼체》열풍은 빠르게 퍼지기 시작했습니다. 새롭게 등장한 스마트폰과 SNS에 힘입어 입소문이 퍼지며 SF 마니아들을 넘어 대중도《삼체》를 읽기 시작했습니다. 중국의 유명한 IT 기업가들도 이 책을 읽고 암흑의 숲 이론, 차원 강하 공격 등의 개념을 비즈니스에 활용하는 등 새로운 전설을 일궈냈습니다. 2014년 중국계 미국인 작가 켄 리우가 번역한 영문판이 미국에 출간되면서《삼체》는 국제적으로 알려지기 시작했고, 이듬해인 2015년에는 휴고상 최우수 장편소설상을 수상했습니다. 오바마 대통령 등 세계적 인사들도 팬을 자처하며 대중에게 추천했고요.《삼체》는 단숨에 글로벌 베스트셀러가 되었습니다. 영화, 애니메이션, 게임 등 2차 콘텐츠도 활발하게 제작되면서 국경을 초월한 영향력과 헤아릴 수 없는 경제적 가치를 갖게 되었습니다. 이 소설이 한국을 비롯해 각국 독자들과 만날 수 있는 것도 바로 그 덕분입니다.

《삼체》열풍이 고조되자《삼체X》도 덩달아 독자에게 알려지기 시작했습니다. 독자들이 제게 메일이나 댓글로 작품에 대한 애정을 표현하고 질문을 보내왔습니다. 그중 가장 놀라웠던 일은《SF세계》편집장님이 소설의 정식 출간을 제안한 것입니다. 원작자의 동의가 필요했는데, 며칠 뒤 류츠신 작가님이 동의했다는 소식을 받았습니다. 기쁘고 감격스러운 것은 물론이고 도무지 믿기지 않아 직접 류츠신 작가님께 메일을 보냈는데, 작가님께서 직접 그 사실을 확인해주셨을 때가 제 인생에서 가장 행복한 날이었습니다.

저는《삼체X》중국어판에 '하늘의 꽃받침'이라는 부제를 붙이고 작가의 말에서 이렇게 설명했습니다.

이 책에 '하늘의 꽃받침'이라는 부제를 달았습니다. 여러분도 기억하시겠지만 '하늘의 꽃받침'은 우리가《삼체》3부의 출간을 기다리던 2년 동안 함께 상상했던 제목입니다. 여러분이 어떻게 평가하든 이 책은 여러분을 향한 제 진심 어린 감사의 표현입니다.

《삼체X》는 출간된 뒤 꿈 같은 운명을 맞이하기 시작했습니다. 어떤 추

천사는 이 책을 《서유기》의 속편인 《서유보》나 《홍루몽》의 속편과 비유했습니다. SF소설 분야에서 독보적인 판매량을 기록하더니 영어, 일본어, 스페인어, 프랑스어, 독일어, 러시아어 등 10여 개의 언어로 번역 출간되었습니다. 영문판은 《삼체》의 번역가 켄 리우가 번역하고, 다른 언어도 대부분 《삼체》를 번역한 번역가가 번역했습니다. 물론 저는 이를 이 소설의 수준이 높아서라고 여기지 않고, '승부기미(蠅附驥尾)', 즉 '파리도 천리마의 꼬리에 붙으면 천릿길을 갈 수 있다'는 사자성어로 표현하곤 합니다.

《삼체X》는 필연적으로 《삼체》와 비교될 수밖에 없습니다. 《삼체》만큼의 충격적 쾌감을 기대하며 읽는다면 실망할 수 있습니다. 기존 세계관의 스핀오프라 상상력이 미약할 뿐 아니라 온라인에 연재했던 소설이라 해체와 패러디의 요소가 가득하기 때문입니다. 어떤 이는 그 점을 장점으로 보지만 모든 독자가 이에 동의할 수는 없을 것입니다.

최근 몇 년 사이 《삼체》는 글로벌 문화 신드롬이 되어 엄청난 콘텐츠로 성장했고, 수많은 드라마틱한 일들을 겪었습니다. 《삼체X》는 그중 작은 일부에 불과하지만 저는 이 행운에 깊이 감사하고 있습니다.

여러 해 동안 풀리지 않는 의문 하나가 마음속을 맴돌았습니다. 우연히 《삼체》 속편을 쓴 일이 없었다면 저는 SF작가의 길을 걷지 않았겠지요. 그렇다면 저와 SF를 맺어준 것은 무엇이었을까요? 그저 단순한 우연이었을까요?

이후 류츠신 작가님을 비롯한 많은 선배와 동료 작가들의 격려 덕에 저는 장편 아홉 편과 중단편 수십 편을 썼고 몇 차례 값진 상도 받았습니다. 작품들이 여러 언어로 해외에 소개되기도 했고요. 객관적으로는 어느 정도 성과를 거두었지만, 그보다 진정으로 중요했던 건 창작하는 과정, 흥미진진한 대목을 쓸 때 느껴지는 내면의 전율이었습니다. 창작 자체의 희열은 제게 그 무엇과도 바꿀 수 없는 가치입니다. 그 10여 년의 여정은《삼체X》를 썼던 2010년으로 거슬러 올라갑니다. 상상력의 한계를 돌파해 시공을 창조하는 카타르시스를 느낀 것은 처음이었습니다. 그 희열―더 정확히 말하면 극한의 경험―이 바로 제가 SF소설을 쓰는 이유가 되었습니다. 만약 다른 평행우주에 있는 저는 SF작가가 되지 않았다 하더라도, 우주에 대한 호기심, 생명에 대한 탐구, 가능성에 대한 탐색은 저를 계속 따라다니며 다른 방식으로라도 해답을 추구하도록 만들었을 것입니다. 그러나 이 시공간에서는《삼체X》가 그 놀라운 여정의 출발점이 되었고, 저는 그로 인해 비로소 제가 어떤 삶을 지향하고 사랑하는지 깨달았습니다.

어쩌면 이것을 운명이라고 부를 수 있겠습니다.

《삼체X》로 시작된 인연은 제 창작 인생 전반에 큰 영향을 미쳤습니다. 류츠신 작가님은 제가 SF를 계속 써나가도록 수년간 아낌없는 지지를 보내주셨습니다. 현재 저는 류츠신 작가님이 원장으로 계신 위안위(元宇) SF 미래기술연구원에서 특임연구원으로 활동하고 있고, 1년에 몇 번은 작가님과 맥주와 꼬치구이를 앞에 놓고 SF 소설 이야기를 나누곤 합니다. 류츠신 작가님이 저 같은 후배 작가에게 언제나 따뜻하게 대해주시는 건 아마도 우리가 SF도 세상도 이렇게 복잡하지 않았던 순수한 시절을 공유하고 있기 때문일 겁니다.

《삼체X》의 초기 독자인 여성 한 분은 이메일로 이 책이 자신에게 얼마나 의미 있는 작품인지 열정적으로 얘기해주곤 했습니다. 그분은 태동기에 있던 중국 SF에 뛰어들어 현재는 자기만의 브랜드를 만들고 중국 SF소설의 해외 홍보에 힘쓰고 있습니다. 이런 독자들이 있기에 이 글을 쓰는

2025년 7월의 어느 날이 제가 《삼체X》 연재를 시작한 2010년 12월과 분명히 이어져 있음을 느낍니다. 이 작은 책이 허상이 아니라, 실질적인 의미를 지닌다는 사실을 말입니다.

끝으로 《삼체X》 한국어판 출간을 위해 노력을 아끼지 않으신 서삼독 출판사에 깊은 감사를 전합니다. 한국어판 역시 많은 독자를 만날 수 있기를 바랍니다. 여러 번 강조했듯이, 원작자 류츠신 작가님의 허락을 받아 출판되기는 했지만 이 책을 《삼체》의 공식 속편으로 받아들일 필요는 없습니다. 이 책은 단지 '삼체 세계관'을 사랑하는 한 독자가 그 세계에 대한 사랑과 상상을 펼친 소설 그 이상도 그 이하도 아닙니다.

이상으로 작가의 말을 마칩니다.

2025년 여름<br>
바오수

**옮긴이 허유영**

한국외국어대학교 중국어과와 같은 대학교 통번역대학원을 졸업하고 현재 전문번역가로 활동하고 있다. 옮긴 책으로 《삼체》(2, 3부), 《도둑맞은 자전거》, 《햇빛 어른거리는 길 위의 코끼리》, 《꽝쓰치의 첫사랑 낙원》, 《마천대루》, 《적의 벚꽃》, 《원스 어폰 어 타임 인 홍콩》, 《고독한 용의자》 등이 있다.

---

# 삼체 X
### 관상지주

**초판 1쇄 발행**   2025년 12월 24일

**지은이**   바오수
**옮긴이**   허유영

**책임편집**   이상화
**마케팅**   이주형
**기획편집**   이정아, 오민정, 윤지윤
**제작**   357제작소

**펴낸이**   이정아
**펴낸곳**   ㈜서삼독
**출판신고**   2023년 10월 25일 제2023-000261호
**이메일**   info@seosamdok.kr

ⓒby 宝树(Bao Shu)
**ISBN**   979-11-93904-61-9 (03820)

이 책은 저작권법에 따라 보호받는 저작물이므로 무단전재와 무단복제를 금지하며,
이 책의 내용 전부 또는 일부를 이용하려면 반드시 저작권자와 출판사의 서면동의를 받아야 합니다.
잘못된 책은 구입하신 서점에서 바꿔드립니다.
책값은 뒤표지에 있습니다.

서삼독은 작가분들의 소중한 원고를 기다립니다. 주제, 분야에 제한 없이 문을 두드려주세요.
info@seosamdok.kr로 보내주시면 성실히 검토한 후 연락드리겠습니다.